U0123311

風和日麗

艾偉◎著

第一章

楊小翼對自己的身世充滿了好奇和憂鬱。她探尋其中之謎，一無所獲。每次她問媽媽，媽媽要麼沉默，要麼淡淡地說：

「你爸爸總有一天會來找我們的。」

那時候，楊小翼和媽媽住在公園路的一間石庫門裡。那是一幢巨大的建築，在公園路一帶遍地都是傳統木結構中式房舍中，這幢帶著歐式風格的建築顯得相當醒目，看上去既明亮又結實。它的二樓有一個小小的陽台，站在陽台上，能看到沿街的一切。可以看到街頭孩子們歡鬧的情形，看到天空和雲彩，看到附近公園裡飛過的蝴蝶。六月的一個黃昏，楊小翼看到一隻松鼠在陽台上，一會兒，牠迅速竄入天井裡。天井裡的夾竹桃開滿了細小的白花。

楊小翼和媽媽的生活非常簡單。自她懂事起，就和媽媽生活在永城。媽媽在一家叫「慈恩」的教會醫院工作，起先做護士，後來因爲醫院人手不夠，被升任爲內科醫生。慈恩醫院是一家教會醫院，坐落在三江口的碼頭邊。楊小翼則在教會學校上學，由學校的嬷嬷們照顧。學校叫慈恩學堂，在天主堂背後的一座法式小房子裡。

她沒有爸爸。

楊小翼覺得這是一個嚴重的問題。只要睜開眼，看看周圍，鄰居家的孩子基本上都有父母。這些事實就像一面鏡子，照見了她的家庭存在的問題。有一天，鄰居米豔豔突然對她說：「楊小翼，我媽媽說你是一個私生女。」楊小翼聽了相當刺耳。她明白「私生女」的意思，這是個難聽的詞，這個詞就像隨意擲在街頭的垃圾，有一種骯髒的氣味。那天楊小翼感到自己像一隻醜陋的蟲子，是討人厭的。她滿懷委屈地再次問媽媽，她是不是一個「私生女」。媽媽第一次明確而堅定地告訴她：「你爸爸是個了不起了的男人。」然後就不再說什麼。

一九四九年冬季的某天，一輛綠色軍用吉普車在楊家門口停了下來。那時，楊小翼正在和米豔豔玩一種叫「跳房子」的遊戲。楊小翼看到吉普車上下來一個軍官，站在媽媽面前，給媽媽一個軍禮。

那一年楊小翼八歲，在某些方面她表現得驚人地早熟。她對眼前出現的場景異常的敏感，一下子想到了媽媽口中那個「了不起的男人」。她停止了蹦跳，直愣愣地看著這一切。她一點也不感到奇怪，就好像她對這樣的場景早有準備，她一直在等待著這一刻的來臨。

楊小翼的目光一直追隨著那軍人。軍官的臉黑黑的，眼睛細小有神，上面蓋著厚厚的單眼皮，看上去很忠厚的樣子，嘴角有幾條很深的皺紋，倒顯出威嚴來。她把軍官的形象牢牢地印在了腦子裡。

媽媽的手裡拿著一把用來撣灰塵的撣子，她僵立在那兒好一會兒，她似乎不相信發生的這一幕，好像軍官的一個軍禮把她弄懵了。慢慢地，她的臉上出現百感交集的表情，目光裡有一種難以掩飾的喜悅和悲傷。大概是爲了掩飾自己已經湧出的淚水，媽媽進了房間。那個軍官跟隨著進了石庫門。

吉普車就停在外面。吉普車上那個司機是個中年軍人，身體略有些發胖，非常和善。他在駕駛室裡向楊小翼和米豔豔招了招手。米豔豔大概以爲那司機找她有什麼事，跑了過去。楊小翼聽到米豔豔和司機在說話，但她不關心他們聊天的內容，她關心的是媽媽和那個軍官在屋子裡幹什麼。

一會兒，那軍官出來了。媽媽跟在他的身後，已恢復了平靜。

楊小翼希望媽媽停下來解釋一下，但媽媽好像並沒有看見她。媽媽上吉普車時，那軍官扶了她一把。楊小翼聽到米豔豔在問：

「楊阿姨，你要到哪裡去？」

媽媽微笑著摸了摸米豔豔的頭。

一會兒，吉普車就開走了。

吉普車開走了。四周恢復了原貌，非常安靜。楊小翼懷疑剛才是在做夢。她跑進石庫門，來到自己的房間。她先是站在陽台向遠處眺望，試圖再看一眼那輛綠色的吉普車。什麼也沒有看到。她的眼前晃動著那軍人的臉。彷彿害怕這張臉在她的腦子裡消失，她閉上了眼睛。她眞想把這張臉用一把刀子一筆一畫地刻在腦子裡。後來，她想起鏡子。她站在鏡子前，試圖找出自己和那張臉之間的聯繫。她失望地發現她和那張臉是多麼不同：那人的眼睛很小，她的眼睛卻是大而明亮；那人的鼻子很大，但她的鼻子卻是又細又小；那人的眉毛十分粗黑，而她卻是淡如菊瓣（這是索菲婭嬷嬷對她的描述）。可慢慢地，楊小翼的臉和他的臉在想像裡重疊在了一起，她終於找到了共同點：他和她一樣，有一顆虎牙，只是她的在左邊，而他的在右邊。

楊小翼每年要和媽媽一起去上海探親。楊小翼的外公是上海一位名醫，他擁有一家相當有名的醫院，叫德仁醫院，很多旅居上海的外國人都是他的病人。外公家在淮海路的一個弄堂裡，弄堂裡種植著高大的白楊樹。白楊樹的盡頭，有一扇大大的鐵門，鐵門的花紋具有西洋那種繁複的特性。

打開鐵門，就是一幢精巧而明亮的西式住宅。外公家經常有客人。有一次楊小翼還在外公家見到過宋慶齡，她是因爲身體不適才來找外公就診的。當時，楊小翼並沒有認出她，只覺得這個人挺面熟的。後來，媽媽告訴她，那女士就是宋慶齡，孫夫人。楊小翼這才想起在一本什麼書上見到過她的照片。不過，楊小翼當時也沒有太大的驚奇。

一九四八年春節，楊小翼和媽媽同往年一樣去上海探親。

上海輪總是在每天清晨六點鐘準時出發。它出發時，會發出壓抑的汽笛聲。楊小翼覺得這汽笛聲裡有一種超凡脫俗的東西。在她的感覺裡，這聲音甚至比教堂的鐘聲還要神聖，當然也比嬤嬤們嘴裡的經文來得神聖。這聲音把她的靈魂帶往很遠很遠的地方。這是一種類似於飛翔的感覺，就像海鷗在風平浪靜的海面上滑翔，前方海天一色。

那一年，上海似乎比永城更混亂。整個上海有一種漂泊而恍惚的氣息。不知往何處去的迷茫寫在每個人的臉上。媽媽說，上海的物價漲得離譜，就算是外公這樣的殷實人家也感到入不敷出。不過，外公看上去非常鎮定，他照例每個星期天去徐家匯天主堂望彌撒。外婆像往常一樣，除了在生活上照顧外公和舅舅，她幾乎什麼都不操心。舅舅的心思有點兒亂，他是學法律的，他想隨當時的出走潮去香港，但外公不同意。楊小翼也不想外公走。要是他們走了，那她就不能來上海了，也沒有機會再乘坐上海輪了。

「舅舅，你不要走啊，你爲什麼要走呢？」

舅舅沒理睬她。他好像對外公的決定不甘心，他說：

「爸，去香港是最現實的，我們可以先觀察一陣子，還是可以回來的啊。」

可是，外公不爲所動。

從上海回來，永城也變得像上海一樣亂了。原來也是亂世，但原來的亂中並沒有把生活秩序打亂，一切都按部就班運行著。可現在，很多人想要離開這個城市，一些人開始朝南方遷徙，一些人去了台灣，一些人則逃往雲南和廣西。

索菲婭嬷嬷也要走了，她要回到她的法蘭西去了。

索菲婭嬷嬷走的時候，來到楊小翼家。她誇張地和媽媽擁抱，一邊哭，一邊說：

「……親愛的楊瀘，我得走了。共產黨要來了，共產黨不喜歡外國人，我沒辦法留下來。眞捨不得走，我捨不得你們，我會想你們的。」

然後蹲下來，捧住了楊小翼的臉，說：

「親愛的寶貝，你知道嗎？是我把你帶到這個世界上來的，我是你的接生婆。你媽媽生你的時候難產，吃了好多苦。不過，你的命很大。你來到這個世界時，哭聲很大，好像有用不完的力氣。我那時想，你是個會走得很遠的人，像我這樣。我都沒有想過到中國來，可我來了，我走得那麼遠。認識你們眞是高興，我捨不得離開這兒……我希望我們以後能再見……」

說到這兒，索菲婭嬷嬷已泣不成聲。媽媽開始安慰她。她卻連聲說：

「對不起，對不起。可我捨不得這裡的一切。」

楊小翼被分別的悲傷氣氛感染了，她哭得比誰都響。毫無疑問，索菲婭嬷嬷的悲傷是眞實的，看她的表情，彷彿經文中所說的世界末日到了一樣。楊小翼在悲傷的間隙，發現媽媽的表情非常平靜，眼睛裡有一種少見的篤定。

索菲婭嬷嬷走後，媽媽每天晚上都聽收音機。收音機是這次去上海時外公送給她的。收音機發出一些鏗鏘聲音，伴隨著嗞嗞的干擾聲。那些日子，楊小翼特別能睡，一次，她從睡夢中醒來時，媽媽還在聽廣播。她以爲媽媽睡覺時忘了關收音機。她摸到媽媽房間，想把收音機關掉。但媽媽還沒睡著，她的目光明亮而熱烈，能把人灼傷。媽媽的心情看起來很好，她讓楊小翼過去，然後抱住了她。

「孩子，馬上就要解放了，你爸爸要回來了。」

那天晚上，楊小翼有一種從未有過的幸福感。一直以來關於爸爸的形象就像變幻無窮的天邊流雲，但此刻似乎固定了下來。她從未這樣眞實地感受爸爸的存在。這種感受像浴室的蒸氣包圍了她，讓她感到溫暖。這天晚上，她做夢了。在夢裡，爸爸的形象非常清晰，爸爸低頭親吻了她的臉。但醒來後她怎麼也想不起爸爸的樣子。

難道，爸爸終於從夢裡來到現實中了嗎？

米豔豔在樓下叫。楊小翼放下鏡子，來到陽台上。米豔豔向她招手，叫她下去。

楊小翼剛在米豔豔前面站定，米豔豔就急不可待地問：

「他帶你媽媽去哪裡了？他和你媽媽認識嗎？」

楊小翼突然嚴肅起來，她壓低聲音說：

「米豔豔，你不要同人說，我只同你一個人說。我媽媽說，我爸爸馬上要來找我們了。」

「那人是你爸爸嗎？」米豔豔問。

聽到米豔豔這麼問，楊小翼的心怦怦地跳起來，她不知道如何回答米豔豔，只是詭祕地笑了笑。她心裡有一種甜蜜的鎮定，她相信那人就是爸爸。

米豔豔臉上露出懷疑的表情。米豔豔說：

「我見過他，那天媽媽帶我去給解放軍演出，他也在台下看。他是個大官嘍，我媽媽說，他接管了永城，他叫劉雲石。」

這就對了，他確實是個「了不起的男人」。楊小翼燦爛地笑出聲來。

「但是，小翼，那個男人是有老婆的呀，我見過她，演出那天她就坐在他身邊。他還有兩個小孩呢。一個是男孩，一個是女孩。那天，那個女孩一直在台下鬧，我媽媽根本沒法唱戲。後來，那個軍官打那個男孩的屁股，罵那男孩沒管好自己的妹妹。」

楊小翼不相信米豔豔的話，她認爲米豔豔這是在嫉妒。米豔豔這麼說是因爲米豔豔的爸爸，那個典當行的老闆，其實也是有家庭的，還有兩個老婆呢。那典當行老闆有六個小孩。

有一次，楊小翼在公園裡見到米豔豔的媽媽王香蘭。王香蘭是永城越劇團的名角，公園裡的遊客見到她非常開心，都爭著要她的簽名。王香蘭站在西子門公司那只永遠轉動的巨大的風扇下，接受戲迷們的歡呼。這時，人群中突然躥出兩個女人，當街罵王香蘭不要臉。王香蘭不示弱，和兩個女人對罵起來。兩個女人就圍了上去，扯王香蘭的衣服和頭髮。三個女人打作一團。這時，楊小翼看到那個典當行老闆帶著他的六個孩子，茫然地站在馬路對面。每個孩子的手上都拿著一支冰棒，他們白白胖胖的，看起來眞的像經文裡所說的天使。

當時，楊小翼是很吃驚的。後來，慈恩學堂的范嬷嬷告訴楊小翼，那兩個女人就是那典當行老闆的兩個老婆，王香蘭只不過是他的相好。「這是違背上帝的旨意的。上帝先創造了男人，又從男人身上取了肋骨創造了女人。按上帝的旨意，一個男人只能娶一個女人，並要照顧好女人，直到一起進天堂。」范嬷嬷說。這段經文楊小翼早就聽過了，但她有點不太相信這個故事。一根肋骨怎麼會變成一個女人呢？不過經文上說上帝是萬能的，男人還是用泥土做的呢？在一撮泥土和一根骨頭之間做選擇的話，她寧可選擇一根骨頭，雖然這根骨頭是屬於男人的。

楊小翼一直沒有同米豔豔講公園裡看到了這一幕。她覺得這是很殘忍的事。她還是有點同情米豔豔的。米豔豔曾叫她「私生女」，她想米豔豔自己才是呢。楊小翼說：

「也許你看錯了吧？米豔豔。」

「我不會看錯的。那軍官好凶噯，把那男孩的屁股都打出血來了。我知道他住在哪裡，我帶你去吧。」

那年冬天，風和日麗，街上行人很少，經常見到的是一些士兵，他們衣著單薄，軍容整潔，和穿著厚厚冬裝市民比，他們顯得神清氣爽。楊小翼和米豔豔走在街上，有一個士兵還俯下身子把楊小翼抱在懷裡，在她臉上親了一口。那軍人的笑容燦爛而調皮，他的牙齒很白，給人很深的印象。他放下楊小翼後，一搖一晃地朝縣學街走去。然後進了一個院子。那個院子看上去很隱蔽，它的台門正對著一條幽深的弄堂，弄堂口子上有兩棵巨大的香樟樹，把天空遮去了大半。

米豔豔說，那個軍官就住在這座院落裡面。

院落的圍牆非常高，除了院子裡的遮天蔽日的高大樹木，楊小翼什麼也看不到。米豔豔把楊小翼抱了起來，讓楊小翼趴到圍牆上。楊小翼先看到院子北邊的那座小樓。那是一幢簡樸的水泥結構兩層樓房，它的屋頂是平的。頂上有一個鐵皮棚子，在冬日陽光下閃著明亮的光芒。小樓立在那裡，顯得相當笨拙，就像一個巨大的積木玩具。小樓的四周都是植物。那小樓前坐著一個女人。那女人看上去有些心神不寧，她呆呆地坐在屋簷下，很長時間一動也不動。這時，兩個孩子從那小樓裡衝了出來。一個是男孩，長得很像那個軍官，另一個是女孩，長得比那男孩矮一些。他們像是在吵架。那男孩手中拿著一架望遠鏡。那個女孩纏著男孩要玩他的望遠鏡，男孩沒理她。女孩很凶悍，她在用腳踢那個男孩。她叫那女人爲「媽媽」，要那女人收拾男孩。男孩被女孩踢得哇哇地叫起來，但那女人對兩個孩子打架無動於衷。這時，男孩拿起了望遠鏡，對著圍牆張望。女孩也發現了正攀援在圍牆上的楊小翼，她就跑到圍牆邊，對著楊小翼叫道：

「你爬牆想幹什麼？是不是想偷東西？」

聽到院子裡有人吼，米豔豔慌亂中鬆了手，楊小翼被重重地摔在地上。她的屁股一陣麻木，緊接著痛感就從屁股的脊椎處向四周擴展，痛得兩眼冒出像是聖誕老人帽子上的巨大的金星。那兩個孩子從台門裡追出來。那女孩要把她們當小偷抓起來，可那男孩說：「她們又沒偷東西，你憑什麼說她們是小偷？」他把她們放了。

「楊小翼，你現在相信了吧？」米豔豔的聲音裡有一種少有的誠意，好像她這麼做完全是爲楊小翼著想。

楊小翼不知道說什麼，她感到莫名的委屈。這委屈當然不僅僅是因爲那個女孩把她當作小偷，比這個要嚴重得多。不知怎麼的，此刻她的頭腦中出現典當行老闆的兩個女人在公園裡扭打王香蘭的情形。她不願意這個場景出現在腦海中，卻揮之不去。

不知什麼時候，楊小翼的眼中溢滿了淚水。米豔豔沒有發現，她沉浸在自己的世界裡，她問：

「楊小翼，你注意那男孩了嗎？他很俊，是不是？」

楊小翼對此一點興趣也沒有。她想著媽媽，她是在那個院子裡嗎？她又和那個軍官在談什麼呢？

那天，媽媽從軍官那兒回來，果然神色黯然。她走的時候，身體裡似乎有一股興奮勁兒，眼中滿是希望，但此刻，媽媽看上去有些憔悴，好像一下子老了許多。

楊小翼的目光一直探尋著媽媽，她希望媽媽告訴她一些好消息。媽媽似乎被她看得有點心神不寧。

「你看什麼呢？」媽媽問。

「媽媽，那個人爲什麼把你帶走？」

媽媽摸了摸她的頭，微笑著輕輕地說：

「孩子，解放了。」

媽媽想了想，從兜裡摸出一張紙幣，遞給她：

「你去街上玩一會兒，去買串冰糖葫蘆吃。」

她接過錢，沒有像往日那樣奔向糖果店。她有很多問題要問媽媽，但不知道如何開口。她怕她的問題讓媽媽爲難，也怕從媽媽那兒聽到她不願聽到的消息。

媽媽向房間走去，她的背影有一種莫名的孤單。

那天晚上，媽媽房間的燈一直亮著。媽媽的那只收音機再也沒有響起。半夜的時候，楊小翼偷偷地爬起床，從門縫裡窺看媽媽。她看到媽媽從一只櫃子裡取出一只用藤條編織的匣子。媽媽打開匣子上的銅鎖，從裡面取出一疊什麼東西。好像是信件，媽媽在翻閱它們。她看不清媽媽此刻的表情。一會兒媽媽的背部輕輕抖動起來，像是在抽泣。她不知道要不要進去安慰一下媽媽。

那天晚上天氣非常寒冷，西伯利亞來的寒流正襲擊永城。楊小翼因爲是從被窩裡爬出來的，只穿了睡衣，一會兒，她就冷得發抖。她只好退回自己的房間，鑽進被窩。

這之後，楊小翼一直偷偷地觀察著媽媽的一舉一動。媽媽有了一些新的變化。她換了一個新的髮式。媽媽的頭髮原來一直是盤在後腦勺的，然後用一個黑色的網兜罩著髮髻。現在，媽媽的頭髮剪短了一些，齊耳披在肩膀上，媽媽看上去比以往多了些嫵媚，一下子年輕了不少。楊小翼在媽媽的舊相冊裡看過媽媽年輕時的樣子。那時候，媽媽梳著烏黑的學生頭，眼珠子也是漆黑的。媽媽確實是個美人兒。現在媽媽的樣子似乎和過去銜接上了。

幾天以後，媽媽對楊小翼說，她要去一趟北京。媽媽說：

「北京很遠，來回得一個月時間。不過，你放心，劉伯伯會照顧你的。」

媽媽說話的時候，正是黃昏，太陽已經下山了，窗外開始灰暗起來。房間裡的電燈早早地打開著，但因電壓不是太穩，加上功率不高，電燈光不夠強烈。媽媽正對著鏡子梳頭，她的頭髮看上去非常光亮。

楊小翼知道北京現在是新中國的首都，很多大長官都住在那兒。

「去北京幹什麼呢？」楊小翼問。

「媽媽有很重要的事。」

「什麼重要的事呢？」

「我得先去一下醫院，病人正等著我呢。」

這是媽媽慣常的手段。面對她想隱瞞的事情，她或是答非所問，或是假裝沒聽見。以前，楊小翼常問這樣一些問題：爲什麼外公在上海，她們卻在永城？爲什麼她要跟媽媽的姓？爲什麼宋慶齡找外公看病，外公又是怎麼認識她的？面對這樣的問題，媽媽或是避重就輕或是沉默以對，那時候她的雙眼會露出一種既茫然又堅韌的光亮，她嘴唇緊抿，好像那些問題並不存在。

出發前的那天晚上，媽媽說：

「路過上海時，我會去看看你外公。你有什麼要對外公說嗎？」

聽說媽媽要去看望外公，楊小翼很想跟著媽媽一道去，但她知道媽媽不會答應。她搖了搖頭，說：

「我以後自己會告訴他的。」

媽媽說：「那好，以後有機會的。現在還挺亂的，等安定下來再說吧。」

媽媽早已整理好了行李。兩只皮箱整齊地放在衣櫃的落地鏡子邊上，鏡子使行李一下子增多了，成了四只皮箱。媽媽此刻坐在床鋪上，雙目明亮，但這明亮又是空洞的，好像這會兒她成了個瞎子，什麼也看不見。

「媽媽，你會留在北京嗎？」

那一刻，楊小翼有點擔心媽媽因爲太傷心，不再回來。要是媽媽不回來，那她一個人怎麼生活呢？想起要去劉家大院住，她也有些不安，那兩個孩子會欺負她嗎？那女孩好像挺兇的，對她充滿了敵意。

媽媽的目光從遙遠的地方回來，她笑了笑說：

「我當然要回來，你在這兒呢。」

然後，媽媽過來抱了抱她。她覺得媽媽抱著她時有些心不在焉，媽媽的懷抱是冰冷的，好像此刻媽媽的身體完全成了一具軀殼。

第二章

大約一個月後，媽媽從北京回來了。也許是因爲旅途勞頓，媽媽的臉色看上去十分蒼白，臉上有些若隱若現的悲哀。媽媽接楊小翼回家時，劉伯伯站在門口目送他們，他的臉色凝重，好像發生了什麼大事。

那天晚上，媽媽一聲不吭。這倒沒讓楊小翼感到奇怪。過去，媽媽有時候也會外出一段日子，回來也不說什麼話。不過，那時候回來，她還會帶回一些糖果，這次什麼也沒有。楊小翼的目光自然落到她的行李箱上。行李箱放在那面鏡子面前，沒被打開過。這趟北京之旅彷彿已耗盡了媽媽的元氣，她已沒有力氣打開它。

「劉伯伯家還高興嗎？」

楊小翼點點頭。

在劉家的這些日子，楊小翼感到由衷的喜悅。劉伯伯待她很好，經常抱她，見到她，他那張嚴肅的臉會立即軟下來，堆成一臉慈祥的皺紋，那笑容似乎還帶著某種諂媚的意思。楊小翼能感受到他內心的歡喜，這歡喜從他眼神裡溢出來，讓她感到非常溫暖。她整天和那兄妹倆玩，哥哥叫劉世軍，妹妹叫劉世晨。劉世晨開始對她有敵意，叫她「小偷」，可畢竟是孩子，玩起來就什麼都忘了。與世晨不同的是，劉世軍待她非常友善。有一天，他對她說：「我懷疑你是老劉生的，否則老劉爲什麼對你這麼好？老劉對他親爹也沒這麼好。」聽了這話，她心裡面竟然暗暗高興。還有劉世軍叫劉伯伯爲「老劉」，她也覺得好玩。劉世軍還讓她玩望遠鏡。遠處的天一塔在望遠鏡裡顯得無比龐大，龐大得讓人感到恐怖。劉世軍說：「天一塔的地宮直通基地司令部。」這話讓她感到這裡的一切與眾不同，充滿神祕感。

她覺得劉家有一種熱氣騰騰的家庭氣氛。這種氣氛令人迷醉。以前米豔豔帶她去米老闆的當鋪店，楊小翼看到米豔豔在米老闆的膝頭爬上爬下，她是多麼羨慕。她感到有爸爸是件多麼好的事，哪怕這個爸爸另外有一個家。只是那個叫景蘭的女人——就是劉世軍的媽媽，楊小翼內心有點排斥她。景蘭阿姨有點怪異，即使在飯桌上也經常失神，好像靈魂不在她身上。劉世軍說，他媽媽坐過國民黨的牢，受過酷刑，腦子壞了。不過劉世軍補充道，這只是表面，她其實什麼都明白的。楊小翼覺得在這幢屋子裡，景蘭阿姨如一片空中飄蕩的羽毛一樣無聲無息。這讓她略有不安。

媽媽這會兒好像努力在想什麼事，有些走神。一會兒，媽媽說：

「我去上海看望外公了。外公、外婆、舅舅都很好。外公把醫院捐給了國家，他成爲上海醫界的代表，參與了新政府的工作。」

這之後，楊小翼和媽媽的生活發生了一系列的變化。大約是劉伯伯的安排，媽媽去國立醫院工作了，除了做內科大夫，她還參與醫院的管理工作。楊小翼也不再去慈恩學堂，而是去了剛成立的位於鼓樓邊的幹部子弟學校上學。

人的記憶是有選擇性的。關於媽媽的北京之旅，楊小翼很快就淡忘了。在很長一段日子，在楊小翼的感覺裡，媽媽這次北京之旅似乎根本就沒有存在過。

媽媽從北京來後，劉伯伯每週都要來石庫門看望媽媽。他一般在星期六下午到來。楊小翼放學回家的時候，經常看到劉伯伯和媽媽坐在那兒，沉默以對。媽媽態度平和，神情端莊。不過，媽媽偶爾也有失態的時候，有一次，楊小翼回家時，碰到劉伯伯眼眶泛紅，慌張地從石庫門出來，楊小翼叫他，他也不理。楊小翼來到屋裡，看到媽媽臉上掛著淚水。楊小翼大吃一驚，不知道出了什麼事。她很少見到媽媽流淚。媽媽見到她，轉身擦掉了淚，然後平靜地說：

「放學啦？」

楊小翼不知道他們之間出了什麼事。

在楊小翼的認知中，劉伯伯來石庫門是盡著某種義務。

有一次，楊小翼特意問過劉伯伯，他在一九四一年是不是來過永城。劉伯伯拍了拍她的臉說：

「對啊，那時候我在上海呢，曾經來過永城辦事。」

楊小翼覺得這個回答是意味深長的。

每次，楊小翼放學回家，如果看到劉伯伯的吉普車停在門口，她的心便會飛起來，她衝進去，爬到劉伯伯的大腿上。劉伯伯微笑著低下頭，親她的臉。她的小臉被他硬硬的鬍子扎痛。

楊小翼通常會纏著劉伯伯講故事。劉伯伯大都講打仗的故事、革命的故事，但這些革命故事和幹部子弟學校老師講的不一樣，劉伯伯的革命故事有著更多的人間煙火氣，好像戰爭只不過是日常生活。

楊小翼仔細觀察媽媽對劉伯伯的態度。媽媽往往在劉伯伯到之前回家，回來後就開始擦洗家裡的一切，好像這一天是她的打掃日。有時候，媽媽也會讓楊小翼幫忙。她當然很樂意。家裡有一套用來沏茶的景德鎮瓷具，每次媽媽都會用這套瓷具招待劉伯伯。瓷具在媽媽的擦拭下，上面那些精美的線條和菊化圖案變得鮮豔奪目。楊小翼最喜歡擦洗的就是這套茶具。她想像著劉伯伯捧著茶具喝茶的樣子，心裡便喜歡得不得了。

在楊小翼的感覺裡，劉伯伯像一個溫暖的太陽。劉伯伯經常會給她帶來一些小甜點或小禮物。小禮物眞的很小，是一根頭繩或一根橡皮筋，但那時候物質匱乏，要找到這樣的小東西也不是件容易的事，楊小翼很滿足了。只是這些小禮物從高大的劉伯伯的手中出現，她感到有些滑稽。她看重這些禮物，把它們收集起來珍藏著。有空的時候，她會翻出來把玩。

楊小翼不再去想「爸爸是誰」這樣的問題了。劉伯伯的形象牢牢占據了她的心。有時候，這個和藹的形象還到她的夢裡來。她感到她的生活有了一個穩固的基礎，她和所有人一樣，什麼也不缺。那段日子，她覺得自己擁有生活賜予的全部快樂和幸福。

多年以後，楊小翼回憶這段時光，有一種太陽重升的明亮的感覺。這種感覺同劉伯伯有關，也同「革命」這個詞語有關。「革命」把一個時代一分爲二，過去的叫做舊社會，現在是新中國。時間開始了。新這個詞讓眼前的一切明亮起來，讓世界放射出光芒來。街景還像過去一樣破舊，由於連年戰爭，到處都是殘垣斷壁，但現在灰暗的氣息不復存在，到處陽光燦爛，充滿了生氣。

在幹部子弟學校裡，楊小翼感到一種自由的喜悅。劉世軍和劉世晨都在幹部子弟學校，劉世軍已是三年級學生，劉世晨和楊小翼同班。有他們在，楊小翼感到新的環境不那麼陌生。

同慈恩學堂比，這裡簡直像天堂。在幹部子弟學校，不用再做那麼多宗教儀式了，不用在一日三餐時感謝主賜予食物，也不需要晨課禱告了。這是多麼好！就像范嬤嬤所說，天堂裡什麼都不用幹，天堂的河裡流著蜜汁，食物隨處可得。范嬤嬤說得多好多準確。在幹部子弟學校，每天中午都可以喝一杯熱熱的牛奶，還可以吃上一個白白的饅頭。

當然，這裡的孩子可沒有慈恩學堂那麼規矩，那麼聽話。雖說天堂流著蜜汁，但這些孩子有本事把河裡的蜜汁變成臭水溝。如果你沒管住牛奶杯，那麼很有可能牛奶杯裡已撒上了小便或吐上了唾沫。他們糟蹋起上帝的食物來，一點敬畏也沒有。他們對惡作劇的熱愛勝過讀書。有一天，下課的時候，楊小翼發現自己穿在腳上的一隻皮鞋不見了。一定是誰在上課的時候，偷偷爬到桌下，把她的鞋子脫了去。她非常奇怪，怎麼回事呢？爲什麼她會感覺不到丟了皮鞋呢？難道是誰給她施了魔法嗎？大概是老師講得太生動了吧。老師講的是關於革命及其理想問題，老實說她不怎麼聽得懂，那是一種她從來沒有聽過的語言，這語言和最近在收音機裡出現的語言是一樣的，這些語言裡有一束光芒，能把她的眼睛刺痛，然後讓她小小的心臟跳動起來。

大概是因爲這個城市劉伯伯的官最大，老師叫劉世晨當班長。劉世晨雖是個女孩兒，但她當班長孩子們都服。孩子們在一起時，經常相互比較誰的父母官兒大。楊小翼從來不參與這樣的比較，這方面她是自卑的。有一個孩子問楊小翼父母的情況。她有點兒心虛，臉漲得通紅。她想了好一會兒，才吞吞吐吐地說：「劉書記向我媽媽敬軍禮。」這話傳到劉世晨那兒，劉世晨帶著一幫孩子圍住了她，冷笑著說：「你竟敢說我爸向你媽敬禮？你媽算個什麼東西？」在劉世晨的氣勢前面，楊小翼不知如何是好，只得低頭。不過，她心裡是不服氣的，劉伯伯確實向媽媽行了軍禮。

劉世晨冷冷地看了看楊小翼的腳，指了指她腳上的皮鞋，冷冷地說：

「你瞧瞧，這班上誰穿皮鞋的？只有你這個資產階級小姐。」

說完，劉世晨帶著人走出了教室。

楊小翼聽了這話感到無地自容。無產階級、資產階級、反革命分子、剝削、暴力、專政。這些都是她剛剛在幹部子弟學校學的詞彙，雖然似懂非懂，但她清楚「資產階級小姐」是不好的，這個詞代表電影裡面那些打扮得花枝招展的令人作嘔的女人。

春天的時候，新政權鎮壓了一批反革命分子。

楊小翼一星期前已知道了這消息，是劉世軍告訴她的。劉世軍說，那將是一次公判大會，解放軍會當著老百姓的面，把這些反革命分子就地槍決。

劉世軍說這話時非常興奮。他用手當槍，對著遠處，叭叭地打了幾槍。他說：

「一顆子彈擊中腦子，你想想，腦袋會是什麼樣子？」

楊小翼看過一些電影，電影裡經常有死人的場面。根據這些經驗，她的眼前浮現出腦袋被子彈擊中後血流如注的景象。奇怪的是，她竟然沒有感到害怕，好像這一切也如電影一樣是不眞實的，只是一齣戲。

「腦袋會從中間裂開來，然後腦漿飛迸而出。」劉世軍的臉上有某種奇怪的幸福的表情，「也許開裂的腦袋會在空中飛一段路程。」

楊小翼傻笑起來。她覺得劉世軍像在說書。城隍廟的說書先生說的都是歷朝歷代英雄好漢的故事，這些故事裡經常出現那樣的細節。她記得范嬷嬷不讓孩子們去聽那些故事，她說，那是魔鬼的故事。

公判大會那天，楊小翼和劉世軍、劉世晨一起去觀看。那天，原三民主義廣場——現在叫民主廣場前面人山人海，場面沸騰，其盛況比過年看煙花的人還多。那些隊伍排得整齊的觀眾是由政府各部門和學校組織來的。楊小翼和劉世軍、劉世晨是自己偷偷跑來的。他們混在看熱鬧的人群中，好不容易才擠到前面。劉伯伯坐在主席台上，他的左右都是軍官。那些「反革命分子」低著頭，掛著寫有他們名字的巨大的牌子，牌子把他們的上半身完全掩蓋了，他們的名字上打著一個大大的紅叉子。

一會兒，劉伯伯開始講話，他講述了鎮壓反革命分子的理由和偉大意義。台上的那些「反革命分子」，臉上毫無表情，他們的臉像是蠟像做的，顯得脆弱而虛假，好像靈魂早已不在他們的身體裡。只有他們的眼睛才透著活氣，因爲他們的眼睛裡面遍布著驚恐。驚恐讓他們有了一種遙遠的氣息，好像他們早已置身於這歡樂的現場之外。

有人開始宣讀他們的罪狀。人群屏息傾聽，現場一下子安靜得出奇。這些「反革命分子」大都是特務，或蔣介石政府的高官，或地方權紳，或戰犯。他們的罪行是觸目驚心的，罪狀大都涉及到殺人等種種霸行。那個宣讀的人在一些細節上描述得十分仔細。這些可怕的細節像一把刀子一樣戳破了眼前的和平氣息，讓楊小翼害怕。

這時，楊小翼認出了他。他是個醫生，經常受范嬷嬷的邀請到慈恩醫院來出診。他站在第一排的最左邊。她不知道他的名字，每次做彌撒，他都會來。做彌撒的時候，慈恩學堂的孩子就成了唱詩班的成員，他們站在教堂的講台上，隨著儀式的進行根據不同的主題進行演唱。他總是坐在教堂最前排的左側，就像他此刻在審判席上的位置。只要詩班唱到「因他降世，親歷死地，現今榮耀無比」時，他就會流下淚水，然後，跪在地上進行祈禱。他是最熱心的教友，每次儀式完畢，他都會走上台給唱詩班的孩子分發糖果，或擁抱他們。那時候他的眼神裡充滿了仁慈，好像他就是上帝的化身。孩子們看到他都很高興，因爲他總是那麼慷慨。

楊小翼久久地凝視著他。此刻，他的眼神同他們一樣，黯淡無光。楊小翼不知道他因何站在那裡。那人開始宣讀他的罪狀：革命期間曾有黨的地下工作領導人受傷後到他所在的醫院救治，被他出賣了，領導人不幸被國民黨槍決。宣判書還說，這人的兒子是國民黨軍官，現已逃往台灣。這樣的指控令楊小翼心驚肉跳，他竟然是一個幹出如此險惡之事的壞蛋。那一刻，她感到自己小小的心靈被某個奇怪的夢境所控制。

她不知道那個宣讀的人是何時結束的，當她回過神來時，廣場上的人正在歡呼。槍決已正式開始。一排軍人已站在那些罪犯的身後，端起了槍，對著他們的後腦勺。劉世軍描述的情形眞的出現了，但語言和現場是有區別的，當看到腦袋被擊碎時，楊小翼感到噁心直衝喉嚨。

那天，劉世軍一直在同她談清算問題。劉世軍說，新社會就是要把舊社會的壞蛋一個個抓出來，得到應有的懲罰。只要在舊社會做過壞事的人，人民就不會放過他，就要把他放到人民的審判席上審判。說這些話時，十三歲的劉世軍的口氣是毋容置疑的眞理在握的。

楊小翼對此不是太懂，但她卻因此對自己的身世擔憂起來。她想起外公，他也是個醫生，並且還開了一家醫院，他算好人還是壞人？媽媽也曾是教會的醫生，和革命似乎沒有任何關係。這樣一想，她開始感到恐慌，如果要清算的話，她也將深陷其中。

那天，劉世軍帶著楊小翼在西門口的郊外閒逛。楊小翼看到春天的農田開滿了細小的野花，或黃色或淺紫色地點綴在雜草間。但她無心欣賞春天的美景，她忐忑不安地問劉世軍，開了一家醫院的醫生是什麼成分？劉世軍想也沒想，便鏗鏘有力地回答：

「是資本家。」

楊小翼大吃一驚。她有點不敢相信。在她那時候的意識裡，資本家面目醜陋，都躲藏在陰暗角落瑟瑟發料。她不能想像外公和資本家聯繫在一起。她著急地問：

「你在同我開玩笑嗎？」

「千眞萬確。」他斬釘截鐵地回答。

她突然有一種孤立無援的感覺。外公肯定不是革命者，她唯一能希望的是媽媽是個革命者，因爲人們似乎無權向一個革命者追究出生。她曾問過媽媽，你是革命者嗎？媽媽不理她。媽媽總是這樣，習慣於在這樣的問題前沉默，說出的往往只是事實的極小部分。她不指望媽媽會告訴她什麼。

劉世軍曾告訴她很多地下工作者的故事。她覺得媽媽的形象完全可以演義成一個黨的地下工作者。媽媽一個人帶著她。媽媽有時候經常外出，一個月不歸。媽媽身上有一種令人費解的神祕的東西。也許媽媽眞的是革命者。

然後，她心裡清楚媽媽不是革命者，她只不過是個普通的女人，一個普通的醫生。她進入幹部子弟學校完全是因爲劉伯伯的幫助。

那天，楊小翼回家的時候，看到劉伯伯的吉普車停在家門口。看到吉普車，她有一種想哭的衝動。她眞的就哭了。這哭是踏實的哭，這哭讓她頓覺輕鬆，剛才的壓力一下子消失了，就好像她重新出生了一次，變得乾淨而純正。這種自我想像讓她如飲甘泉，無比美妙。

鄰居對楊小翼側目而視。她不清楚他們爲什麼會有這麼奇怪的目光。楊小翼哭完後，沒有馬上進屋，而是爬到了吉普車上。劉伯伯的駕駛員是一個和善的胖子，姓伍，黑臉，腫眼泡，不說話時十分嚴肅，但一說話整張臉就笑得打皺，那皺紋像水波一樣一圈圈地蕩開來，蔚爲壯觀。他從戰爭年代起一直跟著劉伯伯，是劉伯伯的專職駕駛員。他穿著軍裝，但軍裝在他身上沒有一點兒英武之氣，倒像個和善的農民。伍師傅見楊小翼上車，問她想不想去附近兜一圈。她點點頭。伍師傅發動汽車，緩緩向小巷口開去。在那一刻，她的心裡有一種泰山一樣的安穩感，好像她生命的根基因爲劉伯伯而更加扎實。她第一次感到自己的血統純正。

那天晚上，楊小翼噩夢連連。她的眼前一直晃動著那個被槍斃的男人的臉，後來那張臉像一隻鳥一樣飛翔而去。從噩夢中醒來，她的意識裡還留著對那人的同情的殘痕，她因此很迷惑，坐在床上，雙手合十，像過去對上帝所做的那樣，爲那男人的靈魂祈禱。

有一天晚上，好久沒來的范嬷嬷突然來到楊小翼家。

范嬷嬷是媽媽的好朋友，以前她經常來楊小翼家串門。從她們的聊天中，楊小翼瞭解到范嬷嬷是慈恩學堂的恩主。范嬷嬷的先生早先是上海開銀行的，所以范嬷嬷和外公是舊識。後來她的先生得肺結核死了，他們沒有子女。范嬷嬷相信先生一定去了天國，她必須去天國和先生見面。她賣掉了銀行的股份，回到永城老家。永城有幾百所教堂，范嬷嬷把錢捐給了教會。遵照范嬷嬷的心願，教會創辦了慈恩醫院和慈恩學堂。那已是十幾年前的事了，那會兒楊小翼還沒出生呢。

范嬷嬷的神色有點憔悴。她和媽媽講起了最近發生的一些事。范嬷嬷的學堂解放後已捐給了新政府，但當年在慈恩學堂就讀的一個男孩最近揭發了范嬷嬷，說范嬷嬷是帝國主義的走狗。楊小翼記得，那男孩是范嬷嬷從街頭撿回來的流浪兒，男孩來到慈恩學堂後經常偷食聖器室裡的聖餐。范嬷嬷說起這件事來，非常疑惑。「要是沒有我，他會在街頭餓死。」范嬷嬷說，「不過，我寬恕他，他將來會後悔的。」

後來范嬷嬷說她想申請去香港，但新政府一直把她的申請壓著，沒有說同意或不同意。楊小翼猜到范嬷嬷來的目的，她是想讓媽媽在劉伯伯那兒通融一下，好讓她順利成行。

不知怎麼的，那天楊小翼對范嬷嬷很冷淡。特別是她想去香港這件事，楊小翼很看不起。她認為那是范嬷嬷心裡有鬼，想逃避新政府的清算。

這天，楊小翼很早就睡了。當她醒來的時候，范嬷嬷已經走了，媽媽房間的燈光亮著。應該過了子夜了，媽媽竟然還沒有睡，她在幹什麼呢？

她起來小便了一次。路過媽媽房間時，她趴在門縫偷看。媽媽手裡拿著一些信件在讀。床頭櫃上放著那只用藤條編織的精緻的匣子，它打開著。媽媽的眼中有一些光影，那是淚光嗎？媽媽的手在顫抖，手中拿著一盒火柴。一會兒，她點著了火柴，顫抖地湊近左手的信件。當火柴快要點著信件時，她猶豫了。火柴燒盡了，燒痛了她的手。她吹滅了火柴，把它扔在地板上。後來，媽媽把信折疊好，鄭重其事地放進了那藤匣子裡，並把匣子鎖好，然後放入櫃子下層的抽屜裡。當媽媽把抽屜關閉時，轉頭朝門方向張望。她以爲媽媽發現了她，趕緊溜回自己的房間。

她裹緊被子，假裝睡著。媽媽在看什麼呢？放在匣子裡的是什麼東西？她爲什麼如此傷感？媽媽究竟是個什麼樣的人？匣子裡的東西同范嬤嬤有關係嗎？難道媽媽藏著見不得人的東西嗎？楊小翼感到不安。

第二天，楊小翼上學差點遲到。劉世軍著急地在校門口等她，見到她就問，「你怎麼啦？眼皮怎麼腫了？你哭過了？是不是被你媽罵了？」他的關心讓她很感動，她搖搖頭，然後拉住了他的手。劉世軍說：「你一定有事。」她想了想，就把昨晚所見告訴了劉世軍。

劉世軍說：「你媽媽去北京這件事，我覺得挺奇怪的。她去幹什麼呢？」

她嚇了一跳。她完全忘了媽媽去北京的事。她也看不出昨晚所見和媽媽北京之行有什麼聯繫。

「你媽媽爲什麼不留在北京？怎麼又回來了呢？」

這話楊小翼不愛聽。媽媽當然要回來，因爲劉伯伯在這裡，她在這裡。她想起劉世軍曾分析媽媽去北京的原因，他說媽媽可能是民主人士，那些民主人士，沒打仗、沒流血，現在都往北京跑，想做大官。劉世軍這麼說時一臉不屑。

她嗆道：「我媽媽不是民主人士，所以她回來了。她去北京可不是爲了做官。」

劉世軍見她不高興，趕忙賠笑臉：「我不是這意思啦。我是說，是說，你媽媽去北京幹什麼呢？」

「同你說了我不知道。」

「你生氣了啊？」

其實她沒有生氣，只是對劉世軍言語中的態度感到不安。這種態度裡隱藏著一種優越感。她說：

「劉世軍，你是不是認爲我和你是不一樣的人？」

「怎麼會呢。」

「你心裡就是這麼想的。」

劉世軍的臉上露出天大冤枉的樣子，他說：「我要是這樣想，我從這裡跳下去。」

當時，他倆正站在二樓的陽台上。幹部子弟學校所在地原來是舊政府議會的辦公地點，房舍都是西洋建築，二層樓，高大結實。

見劉世軍著急的樣子，她笑了。

「你跳啊？」

劉世軍也笑了。他顯然明白，她已原諒了他。

她說：「你要是不跳，那你從此後要對我好，比對劉世晨更好。」

劉世軍爽快地答應了，說：「沒問題。」

「眞的？」

「眞的。」

這時候，上課的鈴聲響了，楊小翼和劉世軍匆匆趕往各自的教室。

第三章

劉伯伯和媽媽有了曖昧的傳聞。這一傳聞，楊小翼最先是從米豔豔那裡聽來的。奇怪的是，聽到這個傳言，她一點也不生氣，相反，對米豔豔還頗有好感。那段日子她原本是有點討厭米豔豔的。

米豔豔也來幹部子弟學校上學了，成了楊小翼的同班同學。解放後，米豔豔的媽媽王香蘭女士革命熱情相當高，組織劇團演員，排了好幾齣宣傳革命的戲，《九件衣》、《血淚仇》、《劉胡蘭》等，去給進城的部隊慰問演出，深受部隊歡迎。一次演出結束，劉伯伯還接見過王香蘭。王香蘭儼然是一位革命藝術家了。米豔豔因此也進了幹部子弟學校。

王香蘭來過幹部子弟學校演出。因爲革命了，她喜歡穿黃軍裝。這個漂亮女人爲人熱情，見到學生，都想擁抱一下，好像她是一位超級媽媽，有取之不盡的母愛。

那個典當行老闆在新政府的第二次審判中被槍決了。楊小翼有點同情米豔豔。可米豔豔對楊小翼說，她和那個男人沒有關係，那個男人根本不是她爸爸。

「可你說過他是你爸爸呀。」楊小翼說。

「不是，那是騙你的。」

楊小翼當時很生氣。她覺得米豔豔這個人是不誠實的，也是不可靠的。因爲看她不順眼，在楊小翼眼裡，米豔豔似乎什麼都令人討厭了。米豔豔像她的媽媽一樣，熱情得有些過火，見誰都會露出燦爛的笑容，好像她是位超級明星。米豔豔雖然喜歡幫助人，可她幫人也像在演戲，如果你有什麼困難同她說，她會一下子興奮起來，好像她一直等著別人的困難，好像解決別人的難題是她的使命。

可是，當米豔豔對她說了關於媽媽和劉伯伯關係曖昧的傳聞時，她竟然一下子喜歡上了米豔豔。那一刻，她覺得米豔豔像一個天使，覺得她的那張酷似王香蘭的明星臉充滿了眞誠。只是米豔豔眼裡流露的關心和擔憂讓楊小翼有些不開心。不過，同內心巨大的喜悅比起來米豔豔的眼神顯得微不足道。那一刻，楊小翼目光明亮堅定。

「聽了這些謠言，你不生氣嗎？」

楊小翼搖搖頭，說：「也許這不是謠言呢？」

「是嗎？」

「是的。」她非常確信地說。

她甚至很想告訴米豔豔，她是劉雲石的女兒。不過說不說都一樣，因爲這是明擺著的。

楊小翼喜歡這種傳言。只是傳言中那些鬼鬼祟祟的氣息不是太令人滿意。要是能把一切攤在陽光下，那是多麼好啊。但這世界是複雜的，連她在這個問題上都欲言又止，不要說是別人了。她不得不承認這個傳言終究在這個陽光明媚世界之外，是需要小心掩蓋起來的。

她渴望再次聽到這個傳言。她豎著耳朵，追蹤著空氣中的竊竊私語。它在那兒，它就在那兒。她在多個地點，多個時間段聽到這個傳聞。有一天，她聽到公園路糖果店的夥計在同一個顧客述說這件事。她假裝什麼也沒聽到，她昂首走過糖果店，內心充滿驕傲。

等這個消息傳到劉世晨那兒，已是第二年的冬天了。那時候，楊小翼已經讀三年級，劉世軍上初中部就讀了。劉世軍的個子迅速躥升，突然間變得人高馬大。雖然他的臉還掛著一些稚氣的表情，但嘴唇上有了一層毛茸茸的鬍子。有一天，楊小翼見他在用劉伯伯的剃鬚刀刮鬍子，還嘲笑過他。他只是溫和地笑笑，眼睛亮晶晶的。自從他長個子以來，他的性情大變，一改過去的調皮，變得老成了許多。他的目光老是跟蹤著楊小翼，目光裡有一種兄長式的關心。楊小翼喜歡捕捉他的眼神，並用調皮的方式回應他。她的調皮讓他有些驚慌，於是她更是惡作劇般地和他做這個遊戲。

劉世晨聽到這個傳言的反應和楊小翼絕然相反。她認定這是米豔豔散布的流言。在一個週末的黃昏，當楊小翼和米豔豔結伴走出校門時，劉世晨一臉嚴肅地在學校左側等著她們。米豔豔還沒來得及反應過來，劉世晨便抓住米豔豔衣襟，狠狠地給了米豔豔一個耳光。

米豔豔平時雖以好脾氣聞名，但她也不是省油的燈，她揪住了劉世晨的頭髮，而劉世晨的手像老鷹的爪子在米豔豔那張美麗的臉蛋上劃來劃去。米豔豔臉上留下一道道血痕。米豔豔一定感覺到自己的臉被撕破了，她響亮地哭泣起來。劉世晨鬥志昂揚，意志堅定，她的頭髮在米豔豔的手中上下起伏，她強忍著痛，不停教訓米豔豔：

「誰叫你到處亂造謠的？老子揍死你，揍死你。看你不管好你的臭嘴……」

由於用力過猛，劉世晨變得氣喘吁吁，她說出的話顯得含混不清。

有很多人在邊上圍觀。冬天，空氣寒冷而乾燥，大家都穿著厚厚的冬裝。打架的那兩個人像兩團泥塊在柏油馬路上滾動，馬路上塵土飛揚。

劉世軍就是這個時候趕到的。劉世軍當機立斷，抱住劉世晨，把劉世晨從那團滾動的泥塊裡撈起來，然後放到一邊。劉世軍用一種命令的口吻對楊小翼說：「你管好她。」然後，他來到米豔豔面前，捧起米豔豔的臉。米豔豔見有人關心她，哭得更歡了。米豔豔臉上的傷口滲出血跡，看起來給人一種血肉麻糊的感覺，非常嚇人。劉世軍可能也被嚇壞了，他背起米豔豔，就往醫院跑。

「你看到米豔豔的臉了嗎？眞嚇人。」楊小翼對劉世晨說。

劉世晨像公雞一樣昂著頭，但嚴肅的臉上這會兒有了一種虛弱的暗影。也許爲了抵抗這種虛弱，她強硬地說：

「如果她再造謠，我還揍她。」

楊小翼奇怪地看了看劉世晨。她對劉世晨這麼厭惡米豔豔不甚理解。在這件事上，她和世晨的立場完全相反。因此，在那一刻，她在情感上和世晨十分疏遠，世晨一定也疼痛難忍，但她不想安慰她，相反，她十分同情米豔豔，她擔心豔豔美麗的臉蛋會因此破相。

米豔豔臉上的傷看起來可怕，其實沒有大礙，過了幾天，便完好無損了。米豔豔對劉世軍那天的表現非常滿意，也非常欣賞。有一天，米豔豔對楊小翼說：

「劉世軍很有大哥哥的樣子。」

楊小翼喜歡別人讚美劉世軍，她驕傲地說：

「是的，他就是我哥。」

米豔豔臉上露出意味深長的曖昧的笑容。楊小翼喜歡上了米豔豔過人的聰明。

楊小翼不知道媽媽和劉伯伯是否聽到外面的傳言。劉伯伯還是一如既往，堅持每週來看望媽媽。劉伯伯一見到楊小翼，臉便會舒展開來，鐵人變成了泥人。楊小翼喜歡看到劉伯伯在嚴肅和溫和之間奇妙的變化過程。劉伯伯經常會重複一句話：

「越來越像你媽媽了。」

劉伯伯的左腳在戰爭中曾被子彈擊中，氣候變化時，經常要痠痛。剛好媽媽學過針灸，在劉伯伯來石庫門時，媽媽就會替他扎幾針。有幾次楊小翼回家時，看到劉伯伯躺在一張病床上（這病床是媽媽專門爲劉伯伯準備的），他的腿上扎著幾枚銀針。和劉伯伯粗糙的臉不同，他腿上的皮膚細膩白皙。

他躺在那兒顯得那麼高大，臉堂黝黑，身上有股暖烘烘類似長頸鹿的氣味。在所有的動物中，楊小翼最喜歡長頸鹿，每次去動物園，她都要去撫摸牠。牠身上有一種乾淨的騷味兒，會帶給她一種穿透心肺的暖洋洋的感覺。劉伯伯的氣息與牠極爲類似。這種氣息甚至出現在她的睡夢中。夢裡，劉伯伯變成了長頸鹿，舔她的臉。

有一天，劉伯伯來楊小翼家晚了些。媽媽要劉伯伯一同吃飯。劉伯伯爽快地答應了，好像他一直盼著媽媽邀請他似的。他在餐桌上坐下來時，甚至還有那麼一點兒受寵若驚的模樣兒。

那天，整個用餐過程，楊小翼內心充滿了喜悅。她第一次感受到這石庫門裡面有了一種濃郁的家庭氣氛。楊小翼因此很踏實，就好像劉伯伯是一根柱子，把這石庫門牢牢裡擎了起來；又像一個太陽，把陰氣過重的空間熏曬得生機勃勃。「生機勃勃」是幹部子弟學校老師常用的詞。想起這個詞，楊小翼忍不住笑出聲來。劉伯伯很好奇，問她笑什麼。他還檢查自己，看自己身上有什麼不對勁的地方。楊小翼笑得更瘋了。

「你別理她，她一天到晚瘋瘋癲癲的。」

劉伯伯溫和地摸了摸她的頭，眼神裡充滿關切。看著他的眼神，楊小翼心裡一酸，眼眶濕潤起來。不過她不想讓劉伯伯和媽媽看見，趕緊起來去盛飯。在盛飯時，她幻想，要是劉伯伯天天在家吃飯該多好。

楊小翼依舊每個週日去劉家玩。那天，進入劉家大院，她發現氣氛有些凝重。劉世晨可能被凝重的氣氛罩住了，一副噤若寒蟬的樣子。楊小翼很少見到劉世晨這樣的表情，所以，不自覺也嚴肅起來。劉世軍畢竟已長大成人，倒是顯得沒事似的。後來劉世晨把楊小翼拉到一個角落：

「我爸發怒了。」

「爲什麼？」

「煩我媽。」

「景蘭阿姨怎麼啦？」

「她吃味兒。」

「吃誰？」

「你媽。」說完，劉世晨瞪了楊小翼一眼，像是在審判她。

楊小翼的臉紅了。她想，可能外面的傳言也傳到了景蘭阿姨的耳朵裡。雖然楊小翼一直希望劉伯伯和媽媽關係非同一般，但劉伯伯畢竟是有老婆的，他和媽媽是不合法的，只是她不願承認這「不合法」而已。

這天，楊小翼一直鬱鬱寡歡。她害怕見到景蘭阿姨和劉伯伯，好像見到他們，關於她的身世會最後攤牌。她害怕攤牌，害怕攤牌後不知如何收場。也許她從此再也進不了劉家了。她寧願這事糊裡糊塗的。

後來，楊小翼見到了景蘭阿姨。她叫她，她有些茫然。這倒是她舊日的模樣，她整日像是靈魂出竅的樣子。她依舊是熱情的，她給了楊小翼一塊西瓜。

楊小翼路過劉世軍房間時，劉世軍像一個思想家一樣站在窗口沉思。劉世軍現在越來越深沉了，好像全世界所有的問題都來到他前面，需要他作出解答。見到他的模樣兒，楊小翼忍不住要逗他一下。她來到他身後，蒙住了他的眼。

他知道是她。

「米豔豔老誇你呢。」她說。

這是眞的。自從劉世軍背著米豔豔去醫院後，米豔豔經常誇他。

「噢。」他的臉紅了一下。

「她很漂亮是不是？」

「還好吧。」他冷冷地回答。他好像對這話題沒興趣。

劉世軍議論起景蘭阿姨吃味的事兒。他皺著眉頭，問：

「你說老劉同你媽是什麼關係？」

看著他少年老成的樣子，她有些好笑，反問：

「你說什麼關係？」

「我不知道。」

「傻瓜。」

「什麼意思？我不懂。」

「你是個傻瓜，你就是一個傻瓜。」

劉世軍有點摸不著頭腦。他憨厚地傻笑起來。他傻笑的樣子眞是很好玩。她高興了點兒。

那個星期楊小翼過得有點揪心。她擔心景蘭阿姨和劉伯伯鬧不愉快會讓劉伯伯望而卻步，從此不來看望媽媽。那樣的話，楊小翼會非常非常失望。她已習慣了劉伯伯每週來她家，這像是一個儀式，如果失去這個儀式，她會失去生活的根基，她會恐慌。

星期六下午，楊小翼放學回家。在快要到公園路的時候，她都不敢朝石庫門前的空地張望。她害怕那裡只有一根孤零零的電線杆，那樣的話說明劉伯伯沒有來。她還拋硬幣預測結果，暗暗希望一切如常。後來，她下決心抬眼朝那邊望去，劉伯伯的吉普車停在那裡。她高興極了，飛快地向吉普車奔去。

吉普車司機伍師傅正在裡面打盹兒。她和伍師傅已經很熟了。伍師傅喜歡開玩笑，開玩笑時，別人沒笑，他自己已笑開了懷，笑聲很有感染力。那天，她來到吉普車邊，把書包重重地擲在裡面，坐了上去。這時，司機一個機靈醒了過來。他似乎有種不知今夕何年的恍惚。楊小翼說：「開車。」他馬上聽話地發動了車子。發動機響了一會，他問：「書記呢？」她說：「我怎麼知道。」他說：「書記在你家，馬上要出來了，我不能離開。」她說：「你怕什麼？有我呢，你開車帶我去玩會兒。」司機看看她，不情願地開動車子，然後緩緩向公園路口開去。

那天，楊小翼在吉普車上，快樂得想要飛起來。她叫司機開快些，開快些。司機說：「你怎麼啦，今天怎麼這麼瘋啊。」她說：「我高興啊。」司機壞笑起來，問是不是收到男生情信了？她說：「呸。」司機大笑，她也跟著笑。迎著車窗吹進來的風，她高聲唱起剛學會的一首革命歌曲《五月的鮮花》。

第四章

楊小翼十二歲那年，家裡出了一件事，外公自殺了。

外公自殺前來永城看望了她們。

那天，學校裡來了剛從朝鮮戰場上回來的兩個戰鬥英雄，全校學生被集中在操場上聽報告。那兩個戰鬥英雄一個斷了一條腿，一個瞎了一隻眼睛，雖然看上去有點醜陋，但在楊小翼的眼裡，他們顯得無比高大，英武，令人仰視。他們倆口才很好，滔滔雄辯，美帝國主義在他們的語言裡顯得愚蠢而可笑。那個瞎眼說，他曾用機槍打下一架美國飛機，還活捉了跳傘逃亡的美國人。他說，美國人全副武裝，飛行員帶著無線電，美國人隨時都會來援救的，但那天，他迅速地活捉了美軍飛行員。志願軍戰士把美軍飛行員裝入柴油筒裡，然後反扣在運輸車上運回國內。那天，他們的演講迷倒了學校所有的人。坐在旁邊的劉世軍悄悄對楊小翼說：「總有一天，我也要上前線，要成爲一個英雄。」楊小翼說：「要是斷了腿怎麼辦？」劉世軍十分鄙夷地說：「犧牲都不怕還怕斷腿？」

秋天，樹葉開始凋零，空氣裡彌漫著一種深秋獨有的蕭瑟氣息。那天，她衣服穿得太少，放學回家時感到有些寒冷，一路上打了幾個響亮的噴嚏。她趕緊用奔跑的方式取暖。米豔豔在背後說：「小翼，你等等我，等等我。」

楊小翼拐進公園路，看到一個形容憔悴的老頭站在家門口。她一眼認出是外公。她大約有一年沒見到外公了。見到外公的樣子，她嚇了一跳。外公好像一下子變得蒼老了，原來神情矍鑠的身板變得萎靡不振了，他雙眼茫然，一副心事重重的模樣。她輕輕叫了一聲「外公」。外公好像不認識她似的，一會兒才回過神來，笑著抱了抱她。

對外公的到來，楊小翼是很吃驚的。在她的記憶裡，外公從來沒來過永城。她當時就有一種不祥的預感。

「外公，你怎麼來永城了？你什麼時候來的？」

「外公來看看你們好不好。你媽媽還沒下班嗎？」

「媽媽要到五點鐘才回家。」

她打開家門，讓外公進屋。外公在屋子裡張望了一下，然後在餐桌邊坐下來。但外公顯得心神不定，沒坐一會兒，他就站起來，在客廳裡踱了幾步。最近幾次楊小翼跟媽媽去上海，外公家的氣氛越來越壓抑，外公經常沉默不語，好像身上承受著巨大的壓力。

「外公，外婆和舅舅都好嗎？」

「都挺好的。不錯，不錯。」外公像是在喃喃自語。

後來，媽媽回家了。媽媽顯然對外公的到來也很吃驚。媽媽回家那刻，外公顯得特別軟弱，眼眶泛紅，像個見到媽媽的孩子。楊小翼沒有見過外公這樣的表情，在她的印象裡，外公一直是自信而從容的，好像一切都了然於胸，一切盡在掌控之中。但眼下，他顯然遇到了前所未有的難題。

晚上，媽媽和外公坐在客廳裡，沉默以對。媽媽和外公本來話就不多，過去見面也常常是這個樣子。在外公長長地嘆了一口氣後，媽媽對楊小翼說：「你先回房間去，媽媽和外公說會兒話。」

楊小翼很不願意離開，她覺得一切應該是開誠布公的，她不希望他們有什麼事瞞著她。她又坐了一會兒。媽媽有些不耐煩，她提高了嗓門：

「聽到了沒有？」

她只好起身回房。但中間，她回客廳倒了一杯開水，發現外公竟然泣不成聲。媽媽左手端著一杯茶，右手在拍外公的背。見到楊小翼，外公迅速擦去了眼淚，然後假裝咳嗽起來。楊小翼看了一眼媽媽，她的眼眶紅紅的，臉上的表情十分擔憂。

楊小翼猜不出外公究竟出了什麼事。

外公在永城待了三天，上海三自愛國教會的人就趕來了。陪同來的還有永城教會的人。他們勸外公馬上回上海，但外公表現得十分固執。他的脖子一直梗著，頭一動不動，自始至終沉默不語，好像那些勸說的人並不存在。

楊小翼希望外公回去，聽那些人的話。她認爲外公這樣是不對的。

不過，那些人走後，外公也不見了。楊小翼以爲外公終於回上海去了，鬆了一口氣。媽媽卻心神不寧，對外公不告而別憂心忡忡。

第二天，楊小翼剛從學校回家，米豔豔一臉誇張地跑過來告訴她：

「小翼，你不知道嗎？你外公出事了，在輪船碼頭。」

楊小翼很吃驚，問：「他怎麼啦？」

「剛才警察來找你媽媽，說你外公在輪船碼頭的水裡淹死了。你媽媽現在趕去輪船碼頭了。警察說，你外公是自殺。」

有很長一段時間，楊小翼不知道如何反應，她站在那裡一動不動。她竟然對外公的死沒有太多的憐惜或不捨，內心反而有一種不知被什麼東西傷害了的複雜情感。一直以來，外公的身分是楊小翼內心最虛弱的一環，在新中國，外公這樣的人即使把財產捐給了國家，即使成了醫界的代表參與政府工作，也還是面目可疑的。那一刻，她覺得那種她一直擔心著的暗流終於湧了出來，對她構成巨大的威脅。

要等到多年以後，楊小翼才知道外公自殺的原因。那時候，她閱讀了一九四九年以後上海教會改造的材料，外公的相關言論也在其中。當時外公是上海教會的代表人物，一九四九年前後，外公除了忙於醫務工作，還在教會組織裡任副總幹事，負責教會出版物事項。在「三自愛國運動」教育過程中，外公對諸多的問題想不通，存在抵觸情緒。通過這些材料，楊小翼對外公當時的處境有所瞭解。

一九四九年後，在革命意識形態裡，天主教是有原罪的，這原罪就是天主教天然地同資本主義和帝國主義有聯繫，教會必須進行適應新意識形態的改造，即所謂的「三自愛國運動」。外公的基本觀點是，天主教應該有超然而永恆的位置，政教應該分離，「凱撒的歸凱撒，上帝的歸上帝」。

外公來永城，是從新政府用來改造牧師、傳道者的「教牧人員學習班」逃出來的。他無法忍受在學習班中那種相互批評、控訴的氣氛，他認爲這是反天主教義的。耶穌說：「你們不要論斷人，免得被論斷。」外公認爲批評或控訴就是論斷人，是在人身上找過錯，而忘記了自己身上的罪。外公還寫了一篇叫〈順從人還是順從神〉的文章，認爲神造世界說是接受天主教的前提，而除此之外的勞動創世說就是「不信派」。外公的觀點在當時被全面圍剿。外公的死是因爲他的信仰的根基被摧毀了，而不是別的原因。新政府對他還是挺禮遇的。

但當時，楊小翼對外公的自殺很不能理解，在走向輪船碼頭的路上，她的內心甚至懷著一些仇恨。她覺得外公的自殺玷污了她血統的純正。

她來到碼頭，外公躺在水泥地上，樣子相當駭人。他的雙眼睜著，眼珠朝上，好像還在企求他的那個上帝的原諒，好像他還有很多的困惑期待上帝的解答。他的身體因爲在水中浸泡過，比平時浮腫了很多。楊小翼見了，一陣噁心。趕緊跑到邊上嘔吐起來。她一邊嘔吐，一邊哭。悲哀就在那一刻降臨，非常洶湧。她想起每次坐船去上海，外公總是在輪船碼頭等著，一臉溫情。楊小翼見到他，就會不由自主地撲到他的懷裡。在上海的日子，外公雖然非常忙，常常半夜也要出診，但總是抽出時間帶著她去大世界玩。他還帶著她參加各種慈善募款活動，他總是慷慨解囊。要是在街頭，他會默默對流落在街頭的窮人施以錢幣。她很清楚外公是個心地善良的人。

媽媽滿眼淚光。她非常節制，沒有哭出聲來。李醫生站在她邊上，憂慮地看著她。

李醫生見楊小翼哭泣，過來安慰她。

「小翼，別難過，你別太難過啊。」

李醫生是媽媽的同事。他有時候會來楊小翼家串門，所以彼此很熟。他帶著她離開了現場。她不住回頭看外公。她有點不相信外公已經死了，她覺得死亡是不可思議的事情。

媽媽發電報給外婆和舅舅，告訴了外公的死訊。

在外婆和舅舅趕來前，外公的喪事都由李醫生在料理。外公的自殺對媽媽的打擊顯然是巨大的，那幾日，一向堅強的媽媽變得非常軟弱。

在教會的人聚集在石庫門祈禱的時候，米豔豔進來觀看。看到教士在外公身邊念經文，她轉頭對楊小翼說：

「這不是搞迷信嗎？」

這話令楊小翼感到心虛。她擔心米豔豔把這事兒傳播到同學那兒。楊小翼知道，在幹部子弟學校，上帝是和那些諸如「資產階級」、「反動派」、「愚昧」、「迷信」等詞語聯繫在一起的。上帝早已被那些氣勢恢弘的詞語驅逐了。

那一刻，楊小翼試著用「幹部子弟學校」的觀點審視眼前的場景，她真的看出這個葬禮有著影影綽綽陳舊的氣息，就好像陽光正從屋子裡退去，這裡成了一個黑暗的見不得人的世界。楊小翼盼望這個儀式早點結束。

還好，葬禮非常草率。教會的人祈禱完後，外公的屍體就被運到火葬場，實施了火化。沒一會兒工夫，外公變成了一撮骨灰，被裝進一個木盒子裡面。木盒呈深紅色，木盒上面有一個象牙鑲嵌成的十字架。

楊小翼注意到李醫生對媽媽非常體貼，他和媽媽似乎有著很強的默契感。

李醫生是個年輕而漂亮的醫生。他是西班牙華僑，曾在法國學醫，他是因爲聽到祖國解放的消息而回國效力的。他回永城的那一天，劉伯伯親自接見了他，對他的愛國情懷大加讚賞。李醫生在接見過程中說的唯一一句話是：「我希望早點找到工作。」很快地，他被安排到了媽媽所在的醫院。

「這次眞的要謝謝你了，小李。」葬禮完後，媽媽對李醫生說。

「別客氣，我應該的。」

那天，媽媽留李醫生在家吃飯。李醫生也沒有客氣。也許剛剛辦完喪事，氣氛依舊很壓抑，大家都很沉默。媽媽會偶爾給李醫生夾菜，李醫生明亮的目光就瞥向媽媽。媽媽垂著眼簾，假裝沒看見。

在外公葬禮的過程中，楊小翼一直在盼望劉伯伯來幫助媽媽。劉伯伯沒有來。外公的葬禮，劉伯伯沒有踏進楊家一步。這讓楊小翼非常失望。

外婆和舅舅是在外公火化後趕到永城的。

舅舅身上有一種令人不安的鬼鬼祟祟的氣息，但外婆還是像原來一樣貴氣而冷靜。她沒有問媽媽任何問題，好像她早已預料到外公有這麼一天。

外婆和舅舅在石庫門住了一夜。那天晚上，外公的骨灰盒就放在客廳裡。看著這骨灰盒，楊小翼有一種不眞實之感。昨天，外公還在這客廳裡咳聲嘆氣，但今天晚上，外公就消失了，只留下這只冰冷的骨灰盒。她有點兒些恍惚。她發現這屋子裡的人都有點恍惚。

舅舅同媽媽講了他新近的遭遇。新政權成立後，審判都是在革命的名義下進行的，他所學的法律專業根本沒有用。他失業了。現在他暫時在一家糖果廠當工人。他從來沒這麼辛苦過。舅舅在述說這一切時，內心充滿了不平。

舅舅指了指骨灰盒，憤然說：「我恨他，是他不讓我去香港的，現在他卻拋下我不管了。」

媽媽說：「你不要怨天怨地啊，誰知道會這樣呢。」

「你也是，當年你也是勸我留下來的。」舅舅說：「我是被你們害慘了。」

媽媽臉上露出凜然的表情，但她並沒有回應。

「爲什麼他不來幫幫我們？嗯？」舅舅責問媽媽，「天下不是讓他們打下來了嗎？到頭來反倒是我們家破人亡？天底下怎麼有這樣的事？」

媽媽毫無表情的臉輕微地抖動了一下，她回頭對楊小翼說：

「小翼，你回房間，我和舅舅談話。」

就在這個時候，范嬤嬤畏畏縮縮地來了。楊小翼沒有走。

范嬤嬤很久沒有來了。她的眼神裡有一種卑怯的不安，好像她的到來是一件唐突的事。她對媽媽說：

「我想了想，還是覺得應該來看望楊先生，楊兄弟。我們老早就認識了，當年，你懷孕的時候，楊兄弟把你託付給我，我沒有照顧好你們。現在楊兄弟走了，上帝收留了他，我要來祝福他。我知道我也許不該來，我馬上就走，我祝福完就走。」

范嬷嬷的話語裡透露著奇怪的不滿。她這麼說的時候，媽媽突然號咷大哭。楊小翼從來沒見媽媽哭得如此悲傷。她一直是個堅強的女人。看到媽媽哭，她也跟著哭了。

范嬷嬷摸了摸楊小翼的頭，說：

「小翼，不要哭，你外公是去了天堂。」

外婆從頭到尾沒有說一句話。舅舅的臉上卻露出奇怪的笑容。

那天晚上，楊小翼躺在床上，想著舅舅和范嬷嬷意有所指的話。舅舅所說的那個他是劉伯伯嗎？應該是。那一刻，她突然對劉伯伯有了怨恨。舅舅說得對，他爲什麼不能保護外公呢？他不是一個大官嗎？他不但不保護外公，連外公死了他都不來幫忙。

他應該來幫助我們的呀。我們家出了那麼大的事，他竟然不聞不問。

如果他來了，那一切就會明亮起來，她就不會感到如此不安了。如果他來了，米豔豔一定會閉上她那張臭嘴。從這件事上，她意識到了自己的眞實處境，歸根結蒂，她和媽媽是被拋棄的人。

那天晚上，想起外公的意外死亡，想起他那張駭人的死亡的臉，她感到孤立無援。

一覺醒來，太陽已照進了楊小翼的房間。房間裡暖洋洋的。她覺得這些天來發生的一切像一個古怪的夢境。站在陽光下看家裡發生的事，她嗅到了一種不合時宜的陳舊氣味，就好像這個家回到了一九四九年之前。這讓她感到不安。她對家裡出現的陰暗的一面充滿了抵觸和惶惑。她希望一切趕快過去，不再出現。

她起床的時候，媽媽告訴她，外婆和舅舅準備回上海去。聽到這個消息，楊小翼的心頭竟然湧出一種久違的輕鬆。她想，這一幕終於要結束了。她還想，如果米豔豔問我，外公爲什麼自殺我怎麼回答呢？

楊小翼和媽媽去碼頭送外婆和舅舅。媽媽的眼睛浮腫，神情肅穆。

那天天氣十分寒冷。在深秋慘澹的陽光下，舅舅走入船倉的背影分外孤單。外公的骨灰盒放在他右手提著的黑色行李袋裡，他走得很快，卻又顯得十分茫然，就好像奔向某個未知的目標。

外公死後，楊小翼跟媽媽去過一次上海。也許是由於她的心態問題，那次上海之行非常不愉快。那時候，外婆和舅舅已被趕出洋房主樓，他倆被安置在院落左邊的庫房裡。庫房又要做灶房，又要做睡房，相當擁擠，楊小翼和媽媽都沒有落腳的地方。外婆家有一種晦暗而絕望的氣息，這種氣息令人窒息。她不甘融入這種氣息之中。

這氣息不應離我這麼近，我得遠離它，逃離它。

這之後，她再也不想去外婆家了。但媽媽依舊每年都要去上海探親。

第五章

外公去世後，李醫生經常來看望媽媽。他似乎總是有理由來，或是病人的事，或是醫院的事，或是個人的事。媽媽單位裡發送一些水果及日用品之類，李醫生也會幫媽媽送過來。

外公剛去世那陣子，媽媽是脆弱而悲傷的。但人的身上有一種叫遺忘的潛質，沒多久，媽媽似乎從中擺脫了出來，臉上有了淺淺的笑意。

朝鮮戰爭結束後，蘇聯強化了對中國的支援。永城的街頭又能見到外國人了，不過，他們是蘇聯專家。他們住在專家樓裡面。整個社會頓時有了蘇聯人的氣息，廣播裡播放的是蘇聯歌曲，電影院放的是蘇聯電影。電影帶來的另一個影響就是交誼舞開始在永城流行起來。

媽媽的醫院也經常搞這樣的職工聯誼活動。偶爾媽媽會帶上楊小翼。

李醫生總是邀媽媽跳舞，他們配合得很默契。楊小翼以前沒見過媽媽跳舞，沒想到媽媽跳得這麼好。媽媽跳完一曲下來，楊小翼問：「媽媽，你哪裡學的呢？」媽媽抱了抱她，面帶微笑地說：「上海學的呀。」

李醫生的風度很好，跳舞時面帶微笑。每跳完一曲，他都會把媽媽送到楊小翼這邊。他對楊小翼開玩笑說：

「小翼，媽媽交給你了，你要替我照看好她。」

媽媽就咯咯咯地笑出聲來。那段日子媽媽似乎很高興。

聯歡活動結束後，醫院有時會有聚餐。有一次，媽媽心血來潮，去醫院的食堂幫廚。媽媽即使幹廚活，看上去依舊是優雅的，好像她幹的活兒是一件藝術品。媽媽身上有一種奇怪的優越氣質。楊小翼不知道這氣質來自何處？難道媽媽天生就是這樣的人嗎？

有時候，李醫生晚上也來楊家，和媽媽在客廳裡閒聊。有一次，楊小翼聽到媽媽在向他打聽法國的情況，問他在法國的什麼城市留學。李醫生說他在法國的多個地方待過，巴黎和里昂待的時間比較長。

楊小翼想起了索菲婭嬤嬤。索菲婭嬤嬤就在里昂。媽媽是因爲想念索菲婭嬤嬤而這麼問嗎？那天晚上，楊小翼想起索菲婭嬤嬤那張平靜而明亮的臉時，感覺往事是如此遙遠，好像那些日子已是她的前世。但是，往事還在那兒，只要願意，她就能想得起來。在夜深人靜的時候，這些往事會令她感傷。

李醫生顯然是媽媽在醫院裡最親密的人。這種親密令楊小翼有種本能的不安，她因此對李醫生冷淡起來。李醫生見到她，便會展露笑容，並在那兒等著她的回應，但她連招呼也不打一個，逕自上樓做作業去了。她聽到從樓下客廳裡傳來李醫生或媽媽的笑聲，便會心煩意亂。

她雖然對媽媽和李醫生的私交感到不舒服，好在劉伯伯依舊每週來她家。在她看來，劉伯伯和媽媽的關係至少到目前爲止是牢不可破的。

多年後，楊小翼回憶這段時光時意識到，她其實是成人世界的局外人，她只活在自己狹小的天地裡。這個小小的世界更多地同劉世軍、劉世晨、米豔豔和她的同學們相聯繫。那個成人世界的大門始終是向她關閉著的。那個世界不在陽光之下。陽光下的事物是多麼簡單：樹木、花朵、山和水，大地和天空，還有莊稼和建築。它們堅如磐石。但成人世界卻是不成形的，抽象的，她知道它在那兒，但她看不見。它更像是事物長長的影子，是那個堅如磐石的世界的反面。它隨處存在，她卻不得其門而入。

然而這個世界也會偶露崢嶸，突然向她展示複雜而神祕的一角，彷彿驚鴻一瞥。這樣的展示讓那個成人世界顯得更加幽深曲折，顯示出奇異的曖昧來。

有一天，楊小翼回家的時候，感覺氣氛有點不對頭。家裡的窗簾拉下了，客廳裡很黑。媽媽很少在白天把窗簾拉下的。她從陽光下進屋，眼睛一時不能適應黑暗，什麼也看不清。她拉開了窗簾，看到客廳的餐桌上，有一杯還是熱氣騰騰的茶水，一件灰色的外套掛在餐椅的靠背上。她認出那是李醫生的外套。她的心怦怦直跳。

她迅速上樓，站在媽媽的房間外。從裡面傳來奇怪的聲音，這聲音甕聲甕氣的，既壓抑又快樂，這聲音像是剛剛從某個瓶子（像《一千零一夜》那個漁夫打撈上來的瓶子）放出來的。她大氣都不敢出，把眼珠放在門縫裡看。她看到李醫生赤身裸體趴在媽媽的身上。她差點暈眩過去。她只感到身體軟弱無力，但心臟卻強勁得像要從胸口跳出來。她靠在門邊，癱坐在地上。裡面的人顯然聽到了門外的聲音。他們慌亂地開始穿衣。

憤怒和屈辱就是從這個時候湧上了楊小翼的心頭。她重重敲了一下房門，然後就跑下了樓。她聽到媽媽房間的門開了，媽媽在背後心虛地說：

「小翼，你怎麼這麼早回來了？」

她沒理媽媽，衝出石庫門。那一刻，她第一個想到的人就是劉伯伯。她覺得媽媽背叛了劉伯伯。她向劉家大院跑去。

媽媽問：「小翼，你去哪裡？」

她不想看媽媽一眼，不想再看媽媽那驚惶失措的醜陋模樣，不想看到李醫生那毫無廉恥的身體。她跑得很快，一會兒，就來到了劉家大院。景蘭阿姨像往日那樣木然坐在院子裡，似乎沒看到她的到來。楊小翼一路小跑上了樓。劉伯伯在自己的書房裡。在沒見到劉伯伯之前，她的情感是混亂而麻木的，只知道發生了不好的事，發生了不該發生的事，見到劉伯伯，她的情感才有了方向，她意識到媽媽傷害的不是她，而是劉伯伯。她突然覺得劉伯伯好可憐。懷著這份同情和憐憫，她爬到劉伯伯的腿上，失聲痛哭起來。

劉伯伯見楊小翼哭得如此悲傷，不知如何是好。他問：

「小翼，你怎麼啦？你怎麼啦？是不是世晨欺負你啦？」

她使勁搖頭。但劉伯伯好像認定她的悲傷一定與世晨有關，他抱著她，在走道上喊：

「世晨，你在嗎？你給我出來。」

劉伯伯聲音如雷，在小樓的走道上轟響。她被劉伯伯驚著了，她不哭了。她認眞地說：

「劉伯伯，世晨沒有欺負我。」

景蘭阿姨顯然聽到了劉伯伯的吼聲，她上了樓來。她問劉伯伯，「找世晨幹嘛？」劉伯伯問：

「她人呢？」景蘭阿姨說：「還沒回家呢。」

見劉伯伯這麼認眞地找世晨，楊小翼不安起來。她再一次對劉伯伯說：

「世晨對我挺好的，眞的。」

一個小時後，媽媽也來到了劉家。她的臉上充滿了羞愧。劉伯伯說：「小翼哭得傷心欲絕，不知出了什麼事，問小翼，她也不肯說。」媽媽似乎鬆了一口氣。媽媽說：「小翼這幾天老是神神道道的，不用理她。」劉伯伯若有所思地點點頭。

自撞見媽媽和李醫生的私情以後的很長一段日子，楊小翼沉默寡言，看什麼都不順眼。

有一天，楊小翼和米豔豔吵了起來。吵架的原因同外公的死有關，米豔豔的相關問題讓楊小翼感到不舒服。楊小翼一直沒回答她，後來實在忍不住，就用極其刻薄的語言反擊米豔豔。她說：「米豔豔，你不要以爲自己有多了不起，你算個什麼東西？你以爲你眞的是革命後代，你的親爹爹不是被槍斃了嗎？」米豔豔當場就禁聲了。一會兒，她發出尖利的哭泣聲。這哭泣聲就像她媽媽王香蘭唱的越劇，委婉曲折，哀怨淒慘。

劉世軍問她，「你心情不好嗎？究竟出了什麼事？怎麼火氣這麼大？」楊小翼沒理他，說：「沒事兒，你別管我。」

一天，劉世軍陪楊小翼在永江邊玩。外公死後，她開始有意識迴避關於教會的一切。她甚至努力不走通往永江邊天主堂的路，寧可繞道而行。這天，不知怎麼的，他們無意中來到了原來的慈恩學堂。教堂讓她想起了媽媽和李醫生的事——在經文裡他們是有罪的。她對劉世軍說：

「我看不起我媽。」

「楊阿姨挺好的啊，你爲什麼看不起她呢？」

「我媽是個缺乏革命意志的人。她是一個小資產階級。」

「小翼，你媽挺有風度的，你不覺得你媽很好看嗎？」

劉世軍的話讓她反感。她說：

「那你也是個小資產階級。」

「小翼，你現在學會亂扣帽子了。」

「向你學的。」她冷冷地說。

她很想告訴劉世軍關於媽媽的事。但出於對媽媽的背叛、沉溺和墮落的羞愧，她說不出口。

就在這時，楊小翼看到有兩個孩子押著范嬤嬤從她的住處出來。她認出了那兩個人，是范嬤嬤從街頭撿回來的孤兒，其中之一就是那個偷聖餐的傢伙。他們押著范嬤嬤，罵罵咧咧的。

「你這個帝國主義的走狗，你也有這一天。你從前多威風的啊？你從前用藤條打我們的手，現在輪到我們來教訓你了……」

他們開始用藤條打范嬤嬤。

范嬤嬤看見了楊小翼。她投向她的目光十分無助。楊小翼知道她是在求援，人高馬大的劉世軍就在身邊，楊小翼只要讓劉世軍去阻止那兩個孩子，范嬤嬤就不用再受他們折磨了。但那會兒楊小翼的心異常冷硬，她拉起劉世軍的手，轉身就走了。她想范嬤嬤一定非常非常失望。

也許因爲看不起媽媽，她對與媽媽相關的一切，滿懷敵意。這些相關的事包括：上海的外公家、教會和那個從資本主義法國留學回來的李醫生。她認爲媽媽的罪惡也有范嬤嬤的一份。在他們這些人身上，或多或少有一些資產階級的軟弱性，那種不合時宜的所謂「風度」。楊小翼斷定一切和資產階級有聯繫的人最終會做出醜惡的爲人不齒的事情。

自從那次撞見媽媽和李醫生私情，媽媽變得謹慎起來。李醫生不再來了。在公共場所，媽媽和李醫生之間也經常離得遠遠的，彷彿他們從未認識過。給楊小翼的感覺是，媽媽和李醫生之間似乎結束了。生活又恢復了往日的樣子，一切紋絲不動，一副風過無痕的模樣。

楊小翼鬆了一口氣。

但這事以後，楊小翼對媽媽越來越好奇，她總覺得媽媽還有很多見不得人的事情瞞著她。

讀小學五年級的時候，楊小翼開始對媽媽房間裡鎖著的那只櫃子充滿了好奇心。長這麼大，她都沒有打開過這只櫃子。她不知道櫃子裡面藏著什麼。那段日子，她經常對著櫃子胡思亂想。她想像裡面一定有著一些鮮爲人知的人事證物，也許這些證物關乎媽媽的過去或自己的來歷。這種想像對楊小翼構成了巨大的誘惑。

一個星期天的午後，媽媽去醫院值班了。石庫門四周出奇的安靜，安靜得就好像時光流逝的聲音都聽得見。楊小翼站在二樓的陽台上，看著天空中車轍似的細雲，心思卻在那只櫃子上。她下了很大的決心，轉身進入媽媽的房間。她決定打開櫃子，一窺其中的祕密。

媽媽的房間有點幽暗，同室外明亮的午後比，反差極大，她一時有點不能適應。一會兒，房間裡暗紅色的西式大床和櫃子顯現在南窗投入的光線中。她看到一把銅質的彈子鎖把兩只抽屜和櫃子門緊緊扣死了。

要打開這把鎖並不容易。她試圖用別的鑰匙開這把鎖。倒楣的是由於慌張，鑰匙斷在了鎖孔裡面。爲了不讓媽媽知道，她得想辦法把鎖砸了，然後去公園路那個鎖匠那兒修理。

當鎖啐嗒一聲被砸開時，她疑神屏息，心臟幾乎停止了跳動。她慢慢地打開抽屜。令她失望的是，抽屜裡藏著那只藤條匣子，怎麼都打不開。當然，也並不是一無所獲，在櫃子裡她發現了在電影裡看到過的資產階級小姐穿的旗袍，一雙高跟鞋，還有一支銅皮口琴。她拿起口琴吹了一下，它發出的空曠的聲音嚇了她一跳。她趕緊放下。她還把高跟鞋穿在腳上，對她的腳來說這高跟鞋還是大了一點。就在這時，另一只打開的抽屜裡的一張黑白照片引起了她的注意。它壓在一個筆記本下面。筆記本她剛才看過了，裡面只是一些化學方程式和一些藥物名稱，有好幾十張小方紙夾在筆記本裡。她剛才沒有見到這張照片，但這張照片像魔術一樣突然變了出來。她拿起來仔細看。照片上是一個男人，理著一個運動員一樣的短髮，眉目秀氣，腰身挺拔。他的目光稍微有點向上，好像任何人都不在他眼裡，顯得自信而堅定。他的嘴緊抿著，嘴角出現一條向下彎曲的紋路，顯示出某種威嚴和拒人千里的表情。這是個漂亮的中年男人，但楊小翼對這照片裡的人有一種莫明的拒斥。

他是誰呢？媽媽爲什麼珍藏著這張照片呢？這張照片同媽媽有什麼關聯？楊小翼的想像變得複雜起來。難道媽媽除了劉伯伯，除了那個該死的李醫生還有別的男人？

這個人的存在對她來說是一個巨大的威脅。她不願見到照片上的這個人。她把這張照片從筆記本上抽出來，放進自己的口袋。她希望讓他消失，消失在這只櫃子，消失在這幢房子，消失在這個世界。要做到這一點非常容易，只需一根火柴，或者連火柴都不需要，只需要揉碎，扔入抽水馬桶裡面就解決了。事實上，很長一段日子，她沒燒掉，也沒扔掉，這張照片一直夾在她的書本裡。上課的時候，她會惡狠狠地偷看他幾眼，就好像照片上的這個人是她的敵人。有一天，她發現夾在書本上的照片不翼而飛了，她發了一會兒愣，照片怎麼丟了呢？同時也鬆了一口氣，這個人終於不存在了。

大約半個月後，媽媽發現楊小翼動過她的抽屜了。她顯得相當著急，好像發生了天大的事，追問道：「小翼，是不是你打開過了？那張照片呢？」這時，楊小翼才感到事情不妙。

就是那一天，媽媽狠狠揍了她一頓。媽媽很少下手這麼重。楊小翼一直忍著沒哭，好像她是一個視死如歸的革命者。也許是因爲楊小翼的倔強，媽媽揍她時自己哭泣起來。媽媽的哭泣讓楊小翼感到十分恐慌與不安。她看到媽媽坐在客廳裡目光呆滯，沒有說話，只是放肆地哭著，淚水滂沱。媽媽的臉上暗影重重，充滿了不確定感。她那種恍惚而遊移的表情，像鏡子反射出的陽光，不停地在顫動。楊小翼不清楚媽媽爲什麼如此悲傷，如此脆弱，爲什麼同她熟悉的形象反差如此之大。這會兒，楊小翼已鎮靜下來，她用冷靜的目光居高臨下地審視著媽媽。

後來媽媽慢慢平息了，她又恢復了楊小翼熟悉的樣子，挺拔、優雅，臉上雲淡風清。她問楊小回去。

翼，「痛不痛？」楊小翼淡然地搖了搖頭。媽媽似乎想解釋她剛才的行爲，張了張嘴，又把話吞了

那個週末，楊小翼到劉家大院，見到劉伯伯時，突然感到委屈。想起媽媽因爲一張照片發那麼大火，她無論如何不能理解。不過，她忍住了淚水。但見到劉世軍時，她卻沒有忍住，在他面前大哭了一場。

楊小翼本來是不會哭的，是劉世軍弄痛了她。那天劉世軍和劉世晨打乒乓，楊小翼在旁看著。劉世軍不小心把球拍摔到楊小翼身上，剛好擊中媽媽揍過的傷口上。楊小翼疼得站不住，蹲在地上。最初她忍著痛沒流淚，但當劉世軍著急地撫住她，關切地問候她時，她再也忍不住了，眼淚突眶而出。劉世軍慌了，他問：

「怎麼了？很痛嗎？我看看。」

劉世晨在等著繼續打球，她揮動拍子敲擊球桌，催促劉世軍回來。但劉世軍的心思都在楊小翼身上，頭都沒回。劉世晨見了很不以爲然，她尖刻地說：

「劉世軍，你不像個男人，像一隻哈巴狗。」

說完，世晨氣憤地走了。「噁心。」她邊走邊嘀咕。

世晨走後，楊小翼哭得更歡了。她把媽媽揍她的事兒都告訴了劉世軍。當然，她沒有說打開櫃子的事。她這麼傾訴時，委屈得鼻子發酸，覺得自己是世上最可憐的人。

那天，劉世軍一直幫楊小翼揉傷口，直到她不再哭泣。

「楊阿姨一個人帶著你也不容易，她偶爾發火也正常。」

劉世軍說話已經像個大人了。他身上有一種大人一樣的熱騰騰的氣味，楊小翼很想他能抱抱

她。

楊小翼和媽媽的關係日趨緊張，一度，她幾乎不和媽媽說一句話。

十四歲那年夏天，楊小翼的個子迅速躥升。秋天的一個晚上，她醒來的時候，發現下身濕漉漉的。她伸手一摸，是血液。她馬上意識到發生了什麼。她出生在醫生世家，她知道這是怎麼回事。但她對這猝然發生的事依舊是惶惑而害怕的，好像突然之間什麼都改變了。她不清楚這改變是好還是壞。

她沒有把這一切告訴媽媽。她不想讓媽媽知道自己身上發生的事。她把床單拆下來，她得把它洗乾淨。她來到天井的水龍頭前洗滌。子夜的月色非常明亮，天井裡的一切清晰可辨。黏結在床單上的血液很難洗去。她用了很多肥皂，使勁搓洗。她覺得這血液很髒，令人厭惡。

媽媽早上起來的時候，看到了晾在天井裡的床單，探究地看了看她。她臉紅地低下了頭。晚上，楊小翼回家時，發現床頭放著兩只新的衛生巾和一本書。她知道是媽媽放著的。她翻開這本書，書裡有一些插圖。當她看到手繪的男性的生殖器時，趕緊慌張地合上書，大氣都不敢出。她對媽媽給她看如此「流氓」的書而生氣。她想，怪不得媽媽會幹出那樣的事，因爲她的腦袋裡充滿了骯髒的思想。她把這本書藏匿在箱子底下。

第六章

後來，楊小翼回憶她的童年和少年時光，覺得自己的生活基本上是快樂而無憂的。雖然生活中總是伴隨著這樣那樣的問題，伴隨著一些陰影，但總的說來，還是稱得上幸福。幸福時光總是如此，往往難以說清，眞要說起來，只留下一堆空洞的感覺，好像那些日子像空氣一樣不著痕跡。她受同學、朋友和老師的喜歡，品學兼優。無論是交友，還是在一些歡聚的場合，她總是應付自如。她學會了跳新疆舞，在一次全市的唱歌比賽中，得了一等獎。母親依舊過著單身生活，像往常一樣全心投入到工作之中。

轉眼到了一九五八年，楊小翼十七歲了。

十七歲那年春天，楊小翼和米豔豔還是形影不離的女伴。她經常帶米豔豔去劉家玩。那時候，劉世軍高中快畢業了，成績不是太好，他想高中畢業後參軍去。劉世晨變化滿大的，她變得溫和了，對誰都和顏悅色——當然是那種有優越感的和顏悅色。那個毛手毛腳的富有戰鬥精神的劉世晨隨著身體的成長變得收斂了許多。也許是因爲米豔豔巴結劉世晨，劉世晨對米豔豔冰釋前嫌，態度比以前好了不少。

那時候，王香蘭女士不但在本市聲名大噪，在附近地區乃至全國都有了影響。原因是王香蘭帶領著她的劇團（劇團已歸國有）進行了一系列的改革。題材從過去的才子佳人與帝皇將相轉向了社會主義火熱生活中的普通勞動者，理念上即是每一齣戲都貫穿著革命這根紅線，並從革命舞蹈、美術、音樂中汲取了許多程式。她的戲劇改良看來是成功的，劇團還受邀去北京演出，王香蘭女士受到周恩來總理的接見和表揚。本市人民都為藝術家王香蘭驕傲。為此劉伯伯——劉雲石書記，還專門開了一次表彰大會，嘉獎了王香蘭女士。

米豔豔一直對劉世軍很有好感。自劉世軍背著負傷的米豔豔去過醫院後，米豔豔經常同楊小翼提起劉世軍，並誇讚劉世軍長得像劉伯伯，十分耐看。楊小翼對米豔豔的這種情感不以為然，小小年紀就愛啊恨啊，就才子佳人啊，根本就是小資產階級思想。楊小翼有時候要挖苦米豔豔，嘲笑她是不是愛上劉世軍了。米豔豔倒是挺大方，只是笑笑，不否定也不承認，一點也不忸怩。

那時候，米豔豔已經是個大美人了，十分惹人注目。和劉世軍一樣，她的學習成績一向不太好，她把心思都放在人情世故上了。因為學習成績不好，米豔豔早就跟著她母親在學戲了。她的母親本來不想讓米豔豔學的，但因為王香蘭從舊社會被喻為下三爛的戲子忽然被捧成人民藝術家，感到現在演員的社會地位同過去不可同日而語，王香蘭就十分樂意米豔豔去演戲了。

自從撞見母親和李醫生的私情，楊小翼對兩性情感在思想上一直很抵觸，認為任何兩性私情都是不健康的，是和革命格格不入的。可人是多麼複雜，楊小翼慢慢覺出自己內心深處的矛盾：一方面，她厭惡男女之間過分親熱之舉；另一方面，在夜深人靜的時候，她也盼著這樣的情感降臨到自己的身上。

事實上，這樣的情感已經出現在她身邊。那段日子，在學校，在回家的路上，或者在某個街角，總是有一雙眼睛注視著她。這種注視既讓她無所適從又讓她由衷快樂。

每天睡覺前，楊小翼都會想到他。他叫伍思岷。他是劉伯伯司機的兒子，也在幹部子弟學校。他一直是個好學生，長相英俊，品學兼優。他曾是學校的國旗手，曾是迎接蘇聯專家的鮮花少年，學校演講比賽的常年優勝者。他意志堅定，嚴於律己，每天晨跑後洗一個冷水澡，以錘煉革命意志，即使在冰天雪地的冬季也不間斷。楊小翼覺得這樣想像他像是在給他做一份操守鑑定，怪好笑的。可她能想起來的就是這些詞語，她挑不出別的更準確的詞語去描述他。總之，他除了驕傲以外，完美無缺。

但楊小翼一直沒和他說過一句話。

冬天的時候，母親從上海出差回來，她給伍師傅帶了一雙帆布手套。母親坐過伍師傅開的那輛吉普車，吉普車的車窗漏風，坐在裡面非常寒冷，母親就想著給伍師傅買一雙手套禦寒。母親讓楊小翼送過去。「好讓他早點保暖，大冬天的，我看他的手上都生凍瘡了。」母親說。

奉母親之命，楊小翼帶著手套向伍師傅家走去。天確實很冷，那天西北風很大，吹在臉上，像無數的針頭在臉上劃過，肌膚有一種開裂似的疼痛。

伍師傅家住在一幢老式舊宅子裡。這建築裡面住著三戶人家，都是部隊幹部。一個向陽的小院子是共用的。楊小翼看到吉普車停在院子外的道路上，猜想伍師傅應該在家裡。那天，院子的門虛掩著，楊小翼想也沒想，大大咧咧地推門進入。

令她尷尬的是，院子裡伍思岷正對著一個自來水籠頭洗澡，他幾乎是赤身裸體的。她尖叫了一聲。他回過頭來，看到了她。楊小翼連連說「對不起」，急忙退了出去。這時，她聽到伍思岷在裡面喊：

「你等我一會，我馬上好。」

楊小翼站在院子外面，心跳震天動地。她滿腦子都是伍思岷的身體。雖然只是一瞥，也不是看得太清楚，可那白晃晃的樣子，像魔鬼一樣鑽進了她的腦子。她原本被西北風吹紅的臉變得更加鮮豔。她不好意思等他，幾乎是倉皇逃遁。

但她剛邁出幾步，就聽到伍思岷在背後叫她：

「楊小翼，你有事嗎？」

她站住了，緩緩地轉過頭去。他穿著一件襯衣，頭髮因為剛洗過很蓬鬆，眼神炯炯，顯得朝氣蓬勃。她努力笑了笑，笑得有些僵硬，她說：

「我媽從上海帶來一雙手套，送給你爸爸。」

他收下了手套，說了聲謝謝。他不像演講台上那樣能說會道，相反有點兒結巴。他紅著臉說：

「你不坐會兒嗎？」

「不了，」她說：「米豔豔等著我。」

「噢，」他點點頭，然後指了指吉普車，說：「我會開車，要不我送你回去？」

「不用了，謝謝。」她像在害怕什麼，倒退著和伍思岷告別了。

「再見。」

他向她揮揮手。

回到家，她老是想他赤裸上身洗澡的場景。

他說他會開車。他竟然會開車。他是多麼聰明。

她還想到自己在他前面的笨拙。她照鏡子，回憶當時的表情，覺得自己十分可笑而愚蠢，一點也不大方。她對自己極不滿意。

伍思岷一如既往地注視著她。

但是，在現實生活中，她和伍思岷依舊沒有任何接觸。她和他的關係像空氣一樣若有若無。但只要她願意，她就能從空氣裡感受到一股暖流在汩汩流淌。她感到既危險又快樂。

那時候，楊小翼經常和米豔豔、世軍、世晨聚在一起，他們常聊的話題除了革命以外，就是電影、戲劇和小說。多年後，楊小翼回想起自己的青春歲月，發現革命有著它特有的詩情和愛意。這種愛意既指向領袖，又指向革命者浪漫的可能。

當時最流行的電影是《一江春水向東流》。這部電影讓楊小翼深深著迷，她看了不下十遍，在電影院看，也在市委的小禮堂看。照說這部電影不算是一部純粹的革命電影。當然有革命，革命對於楊小翼來說從來是重要的，是一個基石。但這部電影裡也有腐朽。那是被他們批判的十里洋場的腐朽，上官雲珠演的那個角色，胸脯高聳，肌膚裸露，和男人跳貼面舞，和男人打情罵俏。這些場面刺激著青春期的楊小翼。革命和腐朽在此並行不悖。但這腐朽因爲都籠罩在革命這個大主題中，倒顯示出一種風華絕代和柔情萬種來。也就是說，在楊小翼的意識裡，革命和戀愛開始變得不那麼矛盾了，相反因爲革命的崇高感，讓戀愛變得更富激情，顯示出一種動人的詩意。革命和戀愛都需要自我獻身。

自然而然地，楊小翼和一本書相逢了。當然是一部有著堅強意志的革命者的書，也是一部關於革命者愛的書。這本書眞的符合她當時的全部想像和審美願望。這本書叫《牛虻》。

那時候，每個男孩子都希望自己成爲亞瑟或牛虻，每個女孩當然希望自己是瓊瑪。亞瑟們和瓊瑪們都渴望和自己的愛人在革命中共同成長，相互折磨，歷經磨難，然後彼此諒解。這樣的想像是激動人心的，這樣的想像讓楊小翼的肌膚充滿了力量，充滿了某種毀滅的欲望。感動、嘆息、崇敬、無奈、希望，這是她閱讀《牛虻》這部書的關鍵字。她經常和米豔豔、劉世軍、劉世晨討論這本書，書中的人物像是活在現實生活中，成了他們共同的朋友。

楊小翼對這部小說的熱愛還有隱祕的原因，那就是小說的主人公亞瑟是一個私生子。她雖然非常不願意自己是個私生女，但事實上是的。這讓楊小翼對這部小說有一種莫名的親近感。她對亞瑟的情感因此變得十分複雜。一方面，她非常理解他的心理，當瓊瑪的耳光落在亞瑟的臉上，亞瑟因此自殺的時候，她有一種切膚之痛。另一方面，當牛虻折磨蒙太里尼神父時，她不能理解，她覺得牛虻太忍酷了。但楊小翼從來沒有同人講述這種感受。

米豔豔經常給他們唱戲。在劉世軍的房間裡，他們關上門窗，拉上窗簾，看米豔豔表演。那是米豔豔最高興的時候，也是最動人的時候。她在昏暗的燈光下演唱時，楊小翼經常會有一種幻覺，米豔豔不再是熟悉的那一個，而是另外一個人，美好，乾淨，超凡脫俗。楊小翼都有些嫉妒她了。這時有人提議，我們來演《牛虻》。米豔豔當然是最興奮的一個，這是她最擅長的領域啊。

在如何分配角色的時候，他們起了一些爭執。劉世軍扮亞瑟那是當然的，沒有人同他搶這個角色。可是三個女孩子誰都想演瓊瑪，嚷得最凶的是劉世晨，非演瓊瑪不可。劉世軍反對，他說：「你演瓊瑪，我會笑死，還怎麼演？」世晨就不高興了。米豔豔沒表態，不過她的姿態是瓊瑪非她莫屬。劉世軍看著楊小翼，眼睛亮亮的，他說：「你來演瓊瑪吧。」米豔豔臉暗了一下，走開了。她站在一邊，念瓊瑪的台詞。楊小翼想了想說：「瓊瑪的戲分多，讓米豔豔演吧。」

因角色的需要，楊小翼和世晨女扮男裝，楊小翼演了蒙太里尼神父，世晨演革命者波拉。當蒙太里尼不出場時，楊小翼還得演牛虻的情人，那個吉普賽女郎綺達。劉世軍的演技非常糟，當他面對綺達和瓊瑪時，他經常搞不清狀況。米豔豔嘲笑他，「你對綺達太好了，牛虻不愛綺達的。」或者說：「你把瓊瑪冷落了，牛虻不會這樣對待瓊瑪的。」倒是世晨放得非常開，把波拉演得有聲有色，鋒芒蓋過了劉世軍。

其實楊小翼並沒有全身心地投入這個遊戲。她想著另外一些事情：如果伍思岷來演牛虻會是什麼樣子，一定比劉世軍要出色得多。

那幾天劉世軍的目光非常明亮。當他伏在瓊瑪的懷裡，和瓊瑪告別的時候，他投向楊小翼的目光充滿了喜悅（那不是牛虻的目光，牛虻的目光應該是憂傷而複雜的）。有一天，在演戲的時候，劉世軍突然在楊小翼臉上親了一下，劉世軍輕輕地在她耳邊說：「小翼，我喜歡你。」楊小翼當即咯咯咯地笑出聲來。但劉世軍很嚴肅，眼中充滿了既受傷又盼望的表情。她的心沉了一下，她敏感地意識到劉世軍對她有了超乎兄妹的情感。她非常驚奇劉世軍會有這種想法，她一直把他當成兄長的。她假裝不懂，但心裡面卻是高興的。

「楊小翼，你在笑什麼？」米豔豔敏感地問：「劉世軍對你說了什麼好笑的事嗎？」

「世軍說你很漂亮。」楊小翼笑著說。

劉世軍狠狠地白了楊小翼一眼。但米豔豔非常高興，她突然做小女人狀，用拳頭打楊小翼的胸脯——好像她就是劉世軍。

這樣排演是令人愉快的。他們在黑暗中，想像著風雲變幻的革命，想像著自己是革命的主角，想像著一個新的世界有待他們去創造，他們的革命豪懷就澎湃起來。

那年夏季，楊小翼突然收到一封信。信是寄到班上的，是劉世晨送過來的。劉世晨大老遠就在喊：「楊小翼，你的信。」她很奇怪，怎麼會有她的信。她想到會不會是伍思岷寫的，又不敢相信眞的是他。

他是那麼驕傲，他好像不會給我寫信的。

劉世晨把信砸在楊小翼的課桌上，臉上掛著好像識破了某個罪惡勾當的不以爲然的表情，然後轉身走了。

那信一動不動地躺在課桌上。楊小翼一時有點兒亂，不知如何反應。那信封上確實寫著她的名字，但寄信人的地址欄上只寫了曖昧的「內詳」兩個字。上面的字跡楊小翼很熟悉，是伍思岷的。伍思岷經常在學校的黑板報上抄寫新聞或文章（像高爾基的《海燕》之類），楊小翼熟識他的字跡。她意識到那個讓她既嚮往又害怕的事情終於走近了她。表面上不動聲色，實際上，她差點兒暈眩過去。她迅速把信收起來，藏在口袋裡。那一節課，她什麼也沒聽進去，放在口袋裡的信像一枚定時炸彈，讓她坐立不安。她有一種置身於火山口的感覺，好像自己隨時會被大火吞噬，或被泥石流掩埋，粉身碎骨。

那天，楊小翼跑到永江邊，雙手顫抖地拿出這枚「定時炸彈」，讀起來。

楊小翼同學：

收到這封信，你也許會感到吃驚吧？說起來是有點荒唐，我們幾乎沒說過話，現在我卻給你寫了這樣一封信。可我實在忍不住了，因爲在我的感覺裡，我好像已經熟稔了你。

我們僅有的一次接觸是那麼有戲劇性。對我來說，這是多麼彌足珍貴的一刻。我一直遠遠地關注著你的一舉一動。你是多麼聰明、活潑、大方，可是我無緣接近你。就是那次之後，我終於有了一個關於你的眞實記憶。記得那天，我看著你遠去的樣子，感到無比甜蜜。我一次一次回憶這個場景，也許就是在這樣的回憶中，你成了我心裡最熟識的人。

回顧這一年來我的思想，在總路線、大躍進、人民公社三面紅旗指引下，如你所見，我的生活一直是蓬勃向上的。但不知怎麼的，我還是感到有所欠缺。這就是我寫這封信的原因。

我知道我們還很年輕，未來的路還很長，黨交給我們的任務有待我們去完成，我多麼希望能和你攜手前進，成爲革命的戰友，共同走完這條健康、親密、友好的革命道路。

多麼希望你把我當成你的親密戰友。

致

革命敬禮！

伍思岷

楊小翼被這封信壓垮了。她呼吸急促，幾乎不能思維，好像天在那一刻塌了下來。雖然在夜深人靜的時候她對此有所嚮往，但她還沒準備好，當這事兒眞的降臨之時，她迅速成了另外一個「她」，變得非常冷靜理智。她意識到，已經降臨到身上的事情對一個中學生來說是不好的，甚至是醜惡的。

她決定不回應伍思岷。她假裝什麼也沒發生。

但是，每天伍思岷在校門口等著她。他的眼睛不再像以往那樣明亮，相反，似乎有一些茫然。她知道他在等待她的回答，她的沉默讓他日漸消瘦。

她倍感壓力，不知道該如何是好。

有一天，在劉家大院，她和劉世軍打乒乓球，她打得心不在焉。劉世軍問她這幾天怎麼啦，一副心事重重的樣子。她一直想同劉世軍說這件事，她實在不能承受這樣的心靈重壓。在劉世軍的追問下，她給劉世軍看了伍思岷的情書。

劉世軍的神色變得非常奇怪，他接過情書的時候雙手抖個不停，好像這封情書非常之重，耗掉了他所有的力氣。他的雙眼像揿釘一樣牢牢地盯著信紙，看了好久才抬起頭來，眼神裡有一種被傷害了的破碎的神情。他惡狠狠地說：

「他是個僞君子。」

這樣的評論讓楊小翼不舒服。她說：

「怎麼會呢？他一直是個很上進的人。」

「那只是表面，你瞧，他寫得多噁心。『共同走完這條親密、友好的革命道路，』革命道路有親密、友好的嗎？哪條革命道路不是血雨腥風的？」劉世軍說話的時候，表情裡有明顯的厭惡。

她突然後悔給劉世軍看這封信了。劉世軍的反應令她不安，她怕這件事會不可收拾。她說：

「世軍，你可千萬不能把這件事說出去啊。」

劉世軍警惕地看了看楊小翼，反問道：

「小翼，你什麼態度？你對他有好感嗎？」

她說：「我不是不知道怎麼辦嗎？不是同你商量著嗎？」

劉世軍顯得很傷心，他搖了搖頭，說：

「這說明你對他有好感，否則怎麼會不知道怎麼處理呢？」

「你胡說八道，我不理你了。」她真的生氣了。

劉世軍見她生氣，軟了下來。他說：

「小翼，對不起啊，我說錯了。可是，你還這麼小，不能這麼早就考慮這個事情。」

她說：「不會的，你就放心吧。」

但劉世軍的目光依舊是不信任的，憂心忡忡的。

楊小翼是後來才知道劉世軍沒有保守祕密。劉世軍幾乎用一種羞辱人的方式公開了此事。他帶著他的朋友蘇利文去了伍思岷的班級，那會兒正是課間休息時間，劉世軍站在講台上，當著所有人的面，背誦了伍思岷寫給楊小翼的信。伍思岷驚呆了，一個人站在那兒毫無反應。一會兒，伍思岷離開了教室。

那天下午，伍思岷曠課了，不知去了哪裡。晚上，老師把伍思岷曠課的事告訴了伍師傅。伍師傅非常吃驚，伍思岷一直是個好學生，一直是個嚴以律己的學生幹部，他怎麼會這樣呢？他怎麼可以無故缺課呢？伍師傅狠狠地批了兒子一頓，要兒子寫檢討書，好好反省。但伍思岷不予理睬。

後來發生的事顯然是伍思岷精心設計的。楊小翼要等到事件發生後才明白自己闖了多少大的禍，犯下了多麼大的罪過。

那天是星期天，劉世軍帶著蘇利文來找楊小翼玩。米豔豔見劉世軍來公園路，就從自家屋裡跑了出來。楊小翼懷疑她一直趴在窗口等著劉世軍的到來。四個人正在商量去哪裡玩的時候，一輛吉普車朝公園路開來。那是劉伯伯的吉普車，楊小翼以爲是劉伯伯來看望母親了。她很奇怪，劉伯伯昨天剛來過她家，怎麼又來了呢。

吉普車開得像喝醉了酒的人那樣東倒西歪。快到他們面前時，吉普車一個急煞車，路面發出刺耳的磨擦之聲。這時候，楊小翼已經看見開車的不是伍師傅，而是伍思岷。看著伍思岷蒼白而堅毅的臉，她心裡一陣慌亂。她還不知道他爲何而來。車門打開了，伍思岷從駕駛室裡跳下。他跳下來時差點跌倒，不過，他平衡能力很好，是學校體操隊的，他踉蹌了一下就站穩了。他一直看著楊小翼，目光既受傷又堅定。她試圖對他笑，她笑得有點僵硬，她不知道如何應付這個場面。就在這個時候，伍思岷從口袋裡拿出一把刀子，刺向自己的手臂。血馬上湧出。她驚呆了。

伍思岷痛苦地高喊了一聲。楊小翼還來不及反應過來，伍思岷已跳上吉普車，發動後，向劉世軍撞去。當時，劉世軍和蘇利文站在一起，見此情景，他倆都嚇壞了，往公園路的北端跑去。吉普車緊追不捨。

悲劇還是發生了。楊小翼目睹了悲劇發生的整個過程。在吉普車追逐劉世軍時，她覺得那吉普車就像在她的心頭碾過。她不停地喊：「不要，不要。」但無濟於事。那吉普車像發狂的公牛，怒氣沖沖地衝向倉皇逃遁的劉世軍和蘇利文。最後，吉普車撞倒了蘇利文，然後，吉普車撞在公園路邊的一棵香樟樹上。

楊小翼幾乎要暈眩過去。身邊已沒有人，只有她一個人站立在那兒。米豔豔跟著吉普車在跑，她一定在爲劉世軍擔心。當吉普車撞上香樟樹後，她才氣喘吁吁地停了下來。劉世軍臉色蒼白，眼中充滿了恐懼。

鮮血從汽車的輪胎上流下來，蘇利文被碾到了。楊小翼相當震驚。也許是太震驚了，她的感官有點兒麻木。她不相信眼前發生的一切，她希望這是個噩夢。直到好久，她才明白，一切都是眞實的。她頓時淚流滿面。她意識到這一切同她有關。

楊小翼無法面對這血腥的場面。她慢慢地移步過去。她覺得走向那邊的路如此遙遠，如此艱難，好像她正走在荊棘的路上。她看到吉普車車頭開裂，發動機冒煙；蘇利文的腿被吉普車擠壓在樹上，看上去像是折斷了。蘇利文還活著，他沒有喊叫，他的目光裡有一種奇怪的鎮定，好像這僅僅是一場遊戲。伍思岷跳下了吉普車，他精神一下子萎靡了，像是大病了一場。他回頭淡然地看了蘇利文一眼，低著頭離開了現場。

楊小翼完全懵了。看著伍思岷離去的背影，她竟奇怪地惦記著伍思岷，擔心他再幹出什麼更嚴重的事來。她思緒恍惚，不能自持。有人把蘇利文送進了醫院。

值得慶幸的是，蘇利文命大，蘇利文竟然只是粉碎性骨折。不過醫生說，由於蘇利文腿部的肌肉大量剝離、損傷，他的腿傷好了後，腿部將會非常醜陋。「就像樹的根部一樣醜陋。」

一九五九年，這是一個大事件，它關涉到很多人的命運。因爲這輛吉普車不僅僅是劉伯伯的交通工具，它還是一件公物。經過了「三反五反後」，公物已具備某種神聖不可侵犯的品質，任何損壞公物的行爲，都被視爲不可原諒，甚至是一項在政治上極爲嚴重的錯誤，除了要賠償損壞公物的錢，還要相應的行政處罰。伍師傅自然要承擔責職。誰也幫不了他，即使劉伯伯需要像要伍師傅這樣忠心耿耿的司機，他也無法替伍師傅說話。那段日子，伍師傅再也不能做司機了，他能做的就是等待，等待組織給他處分。

劉伯伯對劉世軍進行了嚴格的審問，但劉世軍自始至終不吭一聲。伍思岷也一樣，沉默得像一塊石頭。對伍思岷做出這樣的事，所有人都不敢相信。蘇利文完全是個局外人，他對自己蒙受的飛來橫禍只能自認倒楣。

三天後，組織的處分下達了。伍師傅雖然在地區黨委做劉伯伯的司機，但他依舊保持著軍籍——這可能同劉伯伯兼任著地區警備部隊第一政委的身分有關，所以，伍師傅是作爲退伍處理的。這樣，伍師傅只好帶著全家老小遷返到廣安老家。

很多年以後，楊小翼依然記得他們一家離開永城的情形。母親去送他們全家，但她不敢去，她只能站在暗處看著他們。伍師傅走在最前面，伍思岷依舊抬著頭，伍伯母則怨氣沖天，眼裡充滿了敵意。她罵伍思岷，「現在好了，我們這個家都被你毀掉了。」

楊小翼知道，這一切的源頭就在她這兒。她做了一件蠢事，她犯的錯誤是不可原諒的。她不但深深地傷害了一個人，還影響了一個家庭的命運。

那陣子，楊小翼和劉世軍的關係非常緊張。她不理睬他，不和他說一句話，無論他怎樣低聲下氣地懇求，她都不回應。他急得眼淚都掉下來了。米豔豔在楊小翼面前替劉世軍說情，米豔豔說：「劉世軍這麼做是因為伍思岷配不上你，他只不過是一個司機的兒子。」聽了米豔豔的話，楊小翼非常生氣，大發雷霆。她說：「一切同你，同劉世軍沒有關係，錯都在我一個人身上。」

很多次，楊小翼走在街上，總覺得那雙眼睛依舊注視著她。她會習慣性地在人群中尋覓。然而，這個城市不再有伍思岷的影子。他們去了老家——四川廣安。廣安離重慶市很近。楊小翼沒有去過重慶，重慶的歷史給她的感覺有些奇怪，它既是革命的，又有一點點「反動」，它是延安和南京奇怪的混合物，有著延安和南京雙重的氣味。她查了地圖，那是個非常遙遠的地方，是內地。從地圖上看，那地方有很多高山。

第七章

楊小翼又一次認識到個人情感的可怕和不健康，她從中體悟到自己的軟弱，她不但對伍家產生愧疚感，對「革命」也產生了羞愧感。她覺得自己感情用事，缺乏革命意志，這才是釀成那樣的大錯的原因。

那年暑假，楊小翼決定去參加學農勞動，到農村去鍛鍊自己。她希望自己被曬黑，成爲一個像革命雕塑裡面的女戰士，面目剛毅，渾身肌肉。在她的積極要求下，學校同意她去農村勞動。

米豔豔本來打算同楊小翼一起去的，但米豔豔在最後時刻退縮了。她的堂皇的理由是，這個假期她要和母親去爲工農兵演出。她說，也許到時候會去楊小翼所在的村莊演戲呢。楊小翼對米豔豔去不去是無所謂的。那時，她只想一個人待著，去勞動或受苦，讓身體承受重壓，承受皮肉之苦，這是她所需要的。某種意義上，她去農村有贖罪的願望在裡面。

楊小翼住在村婦女主任家裡。她是個風風火火的女人，有點兒人來瘋。她見到楊小翼這個城裡人，非常熱情，帶著楊小翼到處參觀。她的目光裡帶著某種嘲弄的意味，她說：「你這麼細皮嫩肉的，鄉下的太陽可厲害了，你非得蛻層皮不可。」

婦女主任像是有意想嚇唬楊小翼，顯擺似地幹最重的活，男人一樣扛打穀用的拖拉機，水田裡的泥土沾滿了她的全身。婦女主任挑釁意味是很濃的，這是她的熱情無法掩蓋的眞實心態。

正是收割季節。在這片平原上，滿眼都是金色的稻浪。視線慢慢向遠方移動，田野廣大得讓人感到渺小。在很遠很遠的地方，青黛色的山丘劃出一條分割線，像是在天空和田野之間壘起了一堵牆。這堵牆不但沒有緩解楊小翼的渺小感，反而讓她壓抑，她有一種像是被裝在某個盒子裡的令人窒息的感覺。這種感覺是楊小翼需要的，她需要重壓，需要一種想像中的自我錘煉，需要像一枚螺絲釘一樣在一架想像的機器裡不停地轉動，直到一個「新人」誕生。

楊小翼埋頭收割。鐮刀在她手中笨拙地揮舞，汗水最初像雨水一樣從她的額頭揮灑下來，不久，她的衣衫便濕透了。她驚異於自己有如此豐沛的汗水，就像她的身上藏著一個貯量豐盛的水庫，怎麼也流不盡。她使盡全力，但還是遠遠地被婦女主任拋在了身後。婦女主任離她越來越遠，她的背影越來越小。不過，楊小翼並不氣餒。

有朝一日我一定會追上她的。我們都是人，凡別人能做到的，我也一定能做到。

楊小翼低著頭，憋著一口氣。她不敢看前方，好像一看前方這口氣就會散掉。

婦女主任轉了一個彎，掉頭割楊小翼的稻弄。婦女主任幫助她了。她知道婦女主任對她的嘲弄裡面是帶著一種暖意的。她想，這個鄉下女人無疑對自己作爲一個體力勞動者有一種純樸的自豪感，她通過自己的略帶炫耀的行爲告訴她，成爲一個農民並不像她想得那麼簡單，城裡人有城裡人的活兒，她用不著這麼苦自己。

確實並不那麼簡單。在楊小翼鄉下勞作的第二天晚上，她躺在床上，整個身體開始痠痛了。最初只是皮膚有灼痛感，後來，這種痛感慢慢往身體裡面鑽，好像痛本身就是一根針，它穿過皮膚，穿過肌肉，最後穿過骨頭，刺入骨髓。身體的每一部分都在那兒，她卻感到不是屬於自己的，甚至連那痛苦好像也是別人的。她像是超脫了自己的身體，在觀察自己。當她這樣想像的時候，心中竟然升起了暖意，好像她躺在溫暖的水中。痛苦帶來的溫暖讓楊小翼心生無限的恩情和傷感，她不由得大哭起來。

婦女主任大約聽到哭聲，來到楊小翼的房間。她頭髮凌亂，睡眼朦朧，顯然是剛從床上爬起來的。她說：

「你怎麼啦，小翼同志？你是不是想家了？鄉下條件不好，吃得差，活兒又累人，要不，你明天回城裡去吧？這兒不是你待的地方。」

楊小翼使勁搖頭，擦乾眼淚，臉上露出幸福的微笑。她說：

「都挺好的，我喜歡這裡的一切。」

米豔豔眞的跟著王香蘭來村莊演出了。那時候，楊小翼在村裡待了差不多二十天了。她終於堅持了下來，農具在她的手裡開始聽話，她學會了撒肥、插秧等多種活兒。身體也不再疼痛。她睡得好，胃口驚人。雖然沒有好菜，一頓卻可以吃三大碗米飯。可是令人遺憾的是她的皮膚還是很白，再怎麼曬太陽，都曬不黑。婦女主任羨慕地說：

「小翼同志，你怎麼會曬不黑呢？你們城裡人眞同我們貧下中農不一樣啊。」

這話讓楊小翼感到沮喪。她和想像裡的那個皮膚黝黑、有著雕塑般肌肉、一臉剛毅的女戰士的形象還存在著巨大的差距。

米豔豔來到村莊時，楊小翼在田裡插秧。那天，米豔豔興匆匆地來到田埂邊，向她高喊：

「楊小翼，楊小翼，我來看你了。」

見到米豔豔，楊小翼是高興的。但米豔豔顯得更高興，她站在田埂上，手舞足蹈，她那樣子就好像田野是個巨大的舞台，她正在表演一幕親人相會的戲。楊小翼想，她天生是個戲子。楊小翼就懶得理她了，繼續插秧，直到把那弄秧插好，才走上田埂，朝米豔豔走去。那會兒，米豔豔的臉已被盛夏的陽光曬得紅樸樸的了。

楊小翼的腿上流著血。那是被水田裡面的螞蝗叮咬的。螞蝗是一種令人恐懼的軟體生物。第一次被叮咬的時候，她嚇得驚聲尖叫。它的頭部深深地鑽入她的肌膚，吸著她的血。它吸飽了血之後變得像一隻蛹一樣膨脹，只要稍稍碰它一樣，就會跌落下來。

米豔豔看到楊小翼腿上的血，誇張地叫道：

「小翼，你怎麼流血了？」

楊小翼淡然一笑。她這笑裡有了婦女主任那樣的優越感。她說：

「豔豔，你們眞的送戲下鄉來了？慰問貧下中農來了？」

「是我要求的。我一定要媽媽來這裡演出。到哪裡演不是演呢？你在這兒，我要來看你。」

「謝謝你，豔豔。」楊小翼有點矜持，「我媽媽好嗎？」

米豔豔緊張地看了她一眼，目光閃爍，然後，臉上露出慣常的像是有無數人正看著她表演的那種表情說：

「挺好的。啊，鄉下的空氣眞是好，空氣裡有一股泥土的腥味兒，眞好聞。」

「米豔豔，你在背台詞嗎？」

米豔豔沒有介意她的挖苦，淺笑了一下，說：「小翼，鄉下很苦吧？你好像不高興呢。」

「沒有啊，我挺高興的。」

晚上，劇團演出的是一齣西藏農奴翻身得解放的現代戲。王香蘭和米豔豔演一對母女，這對母女同時被土司霸占，終於，農奴制被推翻，這對母女成了自由人，米豔豔演的卓瑪終於可以和她心愛的小夥子在一起了。戲是在村子祠堂的舞台上演出的。在舞台上，王香蘭和米豔豔穿著藏人那種寬大的鐵紅色袍子，載歌載舞，越劇融入了西藏元素後，竟然產生了一種蒼勁豪邁的效果，非常震撼人心。戲台下的村民一會兒流淚，一會兒歡笑，完全被戲吸引住了。

楊小翼又一次認識到王香蘭的價值，她確實是個藝術家。

有一陣子，楊小翼走神了。舞台上的音樂和舞蹈突然離她遠去，成了一個奇異的背景。她抬頭看到滿天的星斗，星星像冬天浸泡在河水中的冰塊，排列在祠堂的上方，她感到星光裡有一種令人心慌的氣息，好像她已消失在茫茫的天穹之中，已成了一粒塵埃。不知怎麼的，她想起了劉世軍。劉世軍高中畢業後，劉伯伯讓他參軍去了。不過，他在永城附近的基地服役，隨時可以回來。劉世軍好嗎？米豔豔近來見到過劉世軍嗎？她還想起了母親。她總覺得剛才米豔豔的回答有點閃爍其詞，好像她在隱瞞一些什麼東西。是什麼呢？難道母親出了什麼事嗎？

又過了一週，楊小翼收到了母親的來信。

親愛的小翼：

你走後的這些日子，我多次提筆給你寫信，但千言萬語不知從何說起。對媽媽來說，寫這封信是一件困難的事。我不知道如何才能讓你明白和理解媽媽的心情，如何才能讓你不受傷害。

親愛的女兒，我知道你對我有很多看法。自從你撞見我和你李叔叔之間的事，你對我懷有敵意，你和我說話時總是帶著傲慢和輕忽。親愛的女兒，你知道嗎，媽媽爲此是多麼難過。考慮到你獨特的身世，媽媽完全能理解你的心情。

但我必須告訴你，這麼多年來，在你面前我和你李叔叔表現得好像沒什麼事，實際上，我們一直是有聯繫的。我們壓抑著自己，我們這樣偷偷摸摸都是考慮你的感受。對此，李叔叔也受盡了委屈。李叔叔是個優秀的男人，他本來可以去找個更好的女人，去建立自己的家庭，但李叔叔一直耐心地等著媽媽，希望和媽媽最終建立一個家庭。

親愛的女兒，我現在已經三十九歲了，你李叔叔人也快到中年，留給我們的青春已經不多。所以，在你不在的時候，我做出了一個決定，我和李叔叔結婚了。現在李叔叔就住在家裡。

小翼，我知道你一時不能接受這樣的安排。我完全能想像你聽到這個消息的感受，但你無論如何都要理解我，寬容我。媽媽比你想像的要理解你。媽媽知道你的願望，知道多年來你對自己身世的認知。我眞的想把所有的一切都告訴你，但我無法啓口，怕帶給你更大的傷害。

這麼多年來，媽媽一直不想你有任何傷害，對此媽媽可以說是步履艱難，付出了你難以想像的代價。媽媽只好用沉默保護你的自尊。

命運是如此變幻莫測，或許，有朝一日你會知道所有的眞相，那時候，你可能會更理解媽媽一點，你會明白一個母親的難處。

親愛的女兒，讓我們好好相處吧，這是媽媽對你唯一的祈求。

你可憐的母親　楊瀘

楊小翼讀得非常迅速，薄薄的二頁紙，她一目十行地看完了。

「我和李叔叔結婚了。」讀到這句話，她只覺得像是有一群蜜蜂鑽進了腦殼，腦子轟然開炸，嗡嗡作響。「我和李叔叔結婚了。」她一遍一遍讀著這句話，她感到原來平穩安然的基石因這句話而坍塌了。

她迅速趕往永城。

到了永城已是傍晚時分，城市昏暗的燈光慘澹地照著街市，楊小翼的影子一忽兒拉長，一忽兒縮短，光影的變幻就像她躁動不安的心。她拐入了公園路時，看到米豔豔站在她家的陽台上，傻傻地望著什麼，好像她是一塊傳說中的望夫石。

母親對楊小翼的到來很吃驚。她正和李醫生在吃晚飯。母親站起身，謙卑而尷尬地擠出笑容，說：

「小翼，你回來了？沒吃過晚飯吧，快，一起吃。」

楊小翼的臉色慘綠。她綠油油的臉色讓客廳呈現陰戾的氣息，就好像她是一隻突然闖入的禿鷹，早已對獵物虎視眈眈。李醫生想和楊小翼打個招呼，他的嘴上還含著飯菜，他趕緊咽了下去。

「小翼，你好，小翼……」他結結巴巴地試圖說些什麼，但又不知說什麼好。

楊小翼一聲不吭。她像上帝那樣居高臨下地看著他們，審判他們。一會兒，她大吼一聲：

「你們不要臉。」

母親的身體好像被什麼硬物擊中，不由自主地收縮，她的手捂著胸口，好像她的心此刻正在絞痛。面對母親這種「可憐」的反應，楊小翼沒動一點惻隱之心，只覺得母親的行爲十分可惡，比資產階級還可惡。母親的行爲玷污了一切。

楊小翼繼續發飆：「你們這樣子就像街頭的公狗和母狗，丟人現眼。你們知道他們是怎麼對待狗的嗎？他們用石頭砸牠們。你們知道嗎？他們就是這麼看待你們的。」

楊小翼的話太惡毒了。李醫生發火了，他吼道：

「小翼，你過分了。你怎麼可以這樣對你母親說話？」

李醫生一臉大義凜然。楊小翼愣了一下。可她心裡是如此委屈，她哭了：

「你們爲什麼要這樣？爲什麼要這樣？」

當天晚上，這樣大吵大鬧一番後，楊小翼逃離了自己的家。

她起先漫無目的地在永城的街巷疾步而行，後來，她爬上了天一塔的最高層。幾年前，她還是個孩子的時候，經常和劉世軍爬天一塔。最高層有一個隱蔽的處所，需通過一個虛掩著的木板門才能進入。

她坐在最高層的小窗口，俯瞰這個城市。現在應該過了十點，這個年代人們都有早睡的習慣，很多人家都熄了燈，城市若隱若現地隱藏在一片濃重的黑色之中，只有路燈閃爍著昏暗的光芒。樹葉在路燈的照耀下，發出像魚鱗似的光亮。楊小翼有一種強烈的孤獨感，她覺得自己被這個世界拋棄了。

她知道，母親一定會找她。她猜想母親會找到劉家——她怎麼還好意思去劉家呢？劉家會被驚動，然後，劉世軍會滿世界找她。

這個笨蛋會想到我在這個地方嗎？如果他聰明一點的話，他應該找得到我。

這會兒，她希望他來到她身邊，來安慰她。

可是四周靜悄悄的，只有一些夏蟲在天一塔周圍鳴叫。在農村的日子，也是這樣的夏蟲啁啾，寂靜如空。她十分傷感。她在農村這麼辛苦地鍛鍊自己，卻被母親出賣了。無論如何她都不能原諒母親。

後來天亮了。不知道什麼時候，劉伯伯、母親還有劉世軍站在天一塔下面，抬頭看著她。母親在向她招呼，叫她下來。楊小翼不想理母親，她也不想母親上來。她站在窗口，做出一些危險動作，用以阻止她。在做危險動作時，天一塔的瓦片鬆動了，她差點掉下塔去。母親嚇得都快暈過去了。

劉世軍和劉伯伯迅速鑽進了天一塔。楊小翼的心一下子安定下來，她一個晚上就等著他們。她在窗口坐下來，往下望。她好怕，如果剛才掉下去，一定會粉身碎骨。

劉伯伯從那塊木板裡鑽了進來。他好像害怕她會做出什麼不明智的舉動，同她保持距離。見到劉伯伯，她哭了，哭得無助而傷心。她說：

「她怎麼能這樣，她怎麼能背叛你。」

劉伯伯的臉上露出嚴峻的表情。楊小翼熟悉劉伯伯，這種表情表明他此時已下了某個決斷。她被劉伯伯的表情嚇著了，安靜下來。

劉伯伯向她伸出手。

「小翼，你過來，劉伯伯有話同你說。你應該知道眞相。」劉伯伯說。

劉伯伯抓住了她的手。他的手勁很大，把她從窗口揪了回來。劉伯伯鬆了一口氣。

「你把我弄痛了。」痛又激發了她心中的委屈，楊小翼又哭了起來。

劉伯伯拍拍她的背，安慰道：

「小翼，劉伯伯知道你的心思，你一直把我當成你的父親，但是，小翼，我必須告訴你，我不是你的父親。」

她以爲自己聽錯了，她止住哭，迷惑地看著劉伯伯。劉伯伯點點頭，說出更讓她震驚的話：

「你眞正的父親是尹澤桂將軍。」

這是一個振聾發聵的名字。楊小翼驚呆了。她不敢相信。她驚恐地看著劉伯伯，說：

「你騙我。」

劉伯伯說：「我怎麼會在這事上騙你呢？你的父親就是尹將軍，是尹將軍吩咐我照顧你們母女倆的。」

她反應不過來，腦袋一片空白。

在此後的很長時間，楊小翼不能接受這樣一個結果。對她來說，尹澤桂將軍是一個教科書中的人物，是一個大英雄。他是個遙遠得像在天邊，不，是在天上的人物。可現在，劉伯伯告訴她，這個人是她的父親。

但她知道這一切都是眞實的，劉伯伯不會騙她。他說這話的時候，眼神裡流淌著熱切而動情的光芒。楊小翼撲到他的懷裡，即使在那一刻，她還希望劉伯伯是自己眞正的父親。她一直把他當父親，到頭來卻不是，她內心的感受無比複雜。她不由得號咷大哭。

劉伯伯拍拍她的背，說：「你不要怪你母親，是將軍讓你母親結婚的。我不久前去了趟北京，見到將軍，將軍問起你母親的近況，聽了我的彙報後，將軍嘆了口氣，說：『讓小楊結婚吧。』」

到此時，楊小翼才眞正知道自己的身世之謎。

根據劉伯伯的敘述，一九四一年一月，尹將軍在「皖南事變」中負傷，當時被祕密轉移到上海。劉伯伯作爲尹將軍的部下，跟隨左右。因爲外公一直同情共產黨，當時很多共產黨的地下工作者負傷後都在外公的醫院救治，所以尹將軍自然找到了外公。尹將軍是抗日名將，外公安排尹將軍住在自己家裡。這樣，尹將軍就和母親認識並相好了。三個月後，尹將軍傷病治癒後離開上海奔赴延安。將軍走後不久，母親發現自己懷孕了。

那天，楊小翼不知道自己是怎麼從天一塔下來的。她身心麻木，像是置身於某個奇怪的夢境之中，眼前皆是虛像，無法把握。她如木偶般任人擺布。

劉伯伯和楊小翼長談後，母親長長地鬆了一口氣。第二天，母親對她說：「現在，我終於可以告訴你一切了。」母親說這話時眼眶泛紅。

母親告訴她，作爲一個天主教徒，母親未婚先孕是一件違背教義的有罪的事。外公雖然開明，但對此也是難以容忍。外公曾要求母親流產——對外公來說這個要求也是違背教義的痛苦的選擇，但母親堅決不同意。這樣，在外公的安排下，母親來到永城，來到范嬷嬷的醫院。這就是楊小翼和母親至今在永城的原因。

可母親並不知道，將軍到了延安後，在組織的安排下和一女學生結了婚，成立了新的家庭。母親說：「你還記得解放那年我去北京的事嗎？我就是去找你父親的。」

楊小翼需要仔細想才能打撈起這一段記憶。她回憶起母親從北京回來時蒼白而憔悴的臉，終於明白母親去北京的目的。

「我沒有見著他。」母親說，「他不見我。是他的夫人來見我的。他夫人同我說的一句話我永遠記得，她說：『如果你不想害了他，你就回去吧。』」

母親說到這兒，眼中有一絲寒光。

那天，楊小翼翻出母親寫給她的信，一字一句地讀。她這才明白，早先自己根本沒有弄懂母親在信中隱藏著的深意。現在，眞相顯露，她終於理解了母親稱自己「可憐」的眞正含義，才理解母親十多年來的內心的煎熬。

楊小翼試圖和母親和解。她爲曾對母親說出那麼惡毒的話而深感懊悔。但她沒道歉，道歉是如此輕，一句道歉不足以化解她對母親的愧疚。她只能默默地爲母親做些什麼。那個暑假，她沒再去鄉下，她承擔了所有的家務，做飯、買菜、拖地、洗碗。母親對她突然的舉動稍有不安，也心疼她，讓她不要做這些，家裡的事她自己會收拾的。可楊小翼總在母親和李醫生下班前，把一切都做完了。那個暑假，經過這一系列的事件，楊小翼一下子成熟了。

但在這個家，楊小翼覺得自己像一個局外人，難以融入。她的存在讓母親和李醫生感到拘謹。她知道這是母親顧忌她的感受。可是，她多想他們像一對眞正的夫妻一樣，讓她看到他們相濡以沫的一面，而不是在她面前裝得像兩個陌生人，相互客套。他們彼此的客套讓楊小翼覺得自己在這屋子裡純屬多餘。

在李醫生値夜班的時候，楊小翼問母親：

「『那個人』是什麼樣的？」

現在，楊小翼總是用「那個人」稱呼將軍。

「他啊我有點說不清楚，那會兒他年輕英俊，目光炯炯，看人從不迴避，能把人看穿。我第一次見到他，他就一直盯著我。他說：『上海女孩子眞好看。』那會兒，我在醫院做護士，因爲他住在我家裡，我就負責給他換藥打針。有一天，他用法語對我說，他愛我。我聽了面紅耳赤，假裝沒聽懂。結果那天打針老是找不到地兒，扎了他好幾針，把他扎得血都出來了，他卻一臉的壞笑。他的靜脈非常奇怪，像塑膠管一樣硬，針頭很難注入。後來，我發現在他手背靠近手腕處相對容易刺入。他當即誇我醫術好，打針一點也不痛。」

母親說這些事時，目光中有一絲難得一見的甜蜜的光亮。

「他會說法語？」楊小翼問。

「他在法國留過學。」

「你當時喜歡他？」

母親堅定地點點頭。她說：

「他很有魅力，他身上有一種既儒雅又粗獷的氣質，即使受傷躺在床上，也生氣勃勃。我和你外公都被他迷住了。他只要一講話，就逗得我們哈哈大笑。那會兒，我崇拜他，也喜歡他。有一次，我替他換傷時，他抓住了我的手……」

說到這兒，母親的臉紅了，好像她在擔心是不是應該說這些，在擔心自己說出的話是不是太露骨了。她疑惑地看了楊小翼一眼。其實這些話楊小翼是愛聽的，這裡隱藏著她的來處。從這些話裡，至少可以確認，她不是一夜偷情的結果，「那個人」是愛母親的，母親也愛「那個人」。這對楊小翼非常重要。她想知道更多關於將軍的細節。

母親說的和楊小翼在教科書上認識的將軍完全不同，判若兩人。教科書上的將軍高大如神，完美無缺，沒有人間氣息。她很難將兩者統一起來。

她試著想像這兩個將軍之間的聯繫。這種想像無限開闊，漫無邊際。這同楊小翼對將軍無法言說的複雜感覺有關。她竟然是他的女兒，可她又好像同他十分遙遠，遙遠得不該有任何聯繫。從個人情感來說，她應該對他有所怨恨——至少他看起來是拋棄了母親，但他又是令她崇拜的革命偶像和英雄。

後來，她慢慢適應了將軍的存在。她終於確認了自己的來處。

有一天，楊小翼對母親說：「我要去北京。」

母親聽懂了。她的眼中頓時充滿了憂慮。母親搖搖頭，說：

「你找不到他的。」

這件事楊小翼想了好久了。她也不知道怎樣去找「那個人」，連母親都見不到「那個人」，何況是她了。但見「那個人」的願望是如此強烈，她必須實現它。

楊小翼固執地說：「我要去北京。」

第八章

楊小翼一心想去北京。劉伯伯對她說：「你去考大學，考上考不上我都答應你，一定想辦法把你送到北京。」

那年高考，楊小翼考得一塌糊塗。按平時的成績，她不應該考得這麼糟糕的。考砸的原因是那段日子她的情緒實在太差，表面上，她好像專注於學業，比誰都用功，其實她的心很亂，各種念頭紛雜，根本沒心力讀書，名落孫山也屬正常。那年，劉世晨考得不錯，她被東北的哈爾濱工業大學錄取了。

高考落榜後，楊小翼迅速參軍了。她服役的是本地的警備部隊。一年後，由警備部隊推薦，楊小翼作爲調幹生被北大歷史系錄取。這一切都是劉伯伯安排的結果。

楊小翼接到入學通知，已是一九六一年的十月。永城已經有了秋天的感覺。永城的秋天並不是在那些植物上顯示出來的，而是由空氣及吹在臉上的風來顯現的。那空氣不再像夏季那樣濕潤悶熱，風中有了一些乾爽而肅殺氣息。在將要離開永城前，秋天的氣息加深了楊小翼的茫然。這茫然是在收到入學通知的一剎那出現的，這之前她一直懷著盼望，好像去北京對她來說意味著一切，然而當盼望中的事眞的到來時她卻有一種無所適從之感。

在走之前，劉伯伯找楊小翼談了一次話。這次談話非常正式，是在劉伯伯的辦公室裡。她想這是有深意的，劉伯伯通過這個姿態告訴她，她已是成年人，他們這是兩個成年人之間的談話。劉伯伯態度親切中有些嚴肅。

那天，劉伯伯說了很多話。楊小翼從來沒見他說過這麼多話，即使在天一塔上，他告訴她身世之謎時也沒有說這麼多。那天，劉伯伯說，她此去並不一定能見得到將軍。情形很複雜，黨的要求非常嚴明，作爲黨員一定要嚴格遵守黨的紀律。

「我知道你對將軍會有很多怨恨，但小翼你要明白，將軍一直關心你們母女倆。你一定要理解他的難處。」劉伯伯強調道：「你多站在將軍的角度想想問題，你會明白一點。」

劉伯伯說，他作爲將軍的老部下，也很難見到將軍，要見到將軍是很難的，何況是楊小翼這樣的身分。但劉伯伯說，他會盡力幫助她，他已要求他的戰友幫忙，希望這位戰友能安排楊小翼和將軍見上一面。說著，劉伯伯遞給楊小翼一張紙條，紙條上寫上他戰友的名字：夏中傑、王莓。上面還有他們的住址。

「他們是夫妻，也曾是將軍的老部下，現在外交部工作，你到北京後可以去找他們。」劉伯伯說。

楊小翼點點頭。

最後，劉伯伯反覆強調：「小翼，不管有多少困難，你都要有耐心，好不好？」

楊小翼聽出劉伯伯這話裡隱藏著的擔憂，她說：

「劉伯伯，你放心，我不會闖禍的。」

「那就好。」劉伯伯點點頭，但目光裡依舊充滿憂慮。

楊小翼去北京的那一天，米豔豔一定要送她。本來，劉世軍也要送她的，但劉世軍臨時集訓，請不出假。母親在楊小翼收到通知的那幾天一直沉默不語。她替她收拾日常用品，還去街上採購了一些像臉盆、百雀靈、茶杯及牙膏之類的用具，母親憂心忡忡的樣子好像楊小翼不會再回到她的身邊。母親顯然已經知道她和劉伯伯交談過了，現在母親有什麼話都不直接同楊小翼說，而是同劉伯伯說，再由劉伯伯轉告。楊小翼和母親之間或多或少有些隔閡的。這也是多年來她對母親的誤解造成的，雖然她想盡力彌補，但多年的積習是難以一下子打破的。母親本來也要送她，楊小翼說：

「不用，米豔豔送我呢！」母親就不再堅持。

米豔豔送楊小翼到火車站。她買了站台票，和楊小翼一起登上了火車。那天，米豔豔一直在笑，是那種抑制不住的笑，這使她看上去特別明朗，身上散發出一種安詳而甜蜜的氣息。楊小翼本來對自己離開永城，離開熟悉的人和物還有點傷感的，米豔豔這麼喜氣洋洋的樣子，把她的傷感都沖淡了。

在等待列車開動的那段時間，楊小翼問米豔豔：

「你怎麼那麼高興呢？」

米豔豔先愣了一下，然後眼睛發出光芒，好像她早已等著這個問題。她拉起楊小翼的手，放在她的肚子上，在楊小翼的耳根悄悄地說：

「我有了。」

「什麼？」楊小翼不解。

「孩子，我肚子裡有孩子了，劉世軍的。」她臉上有點得意。

聽到這個消息，楊小翼無論如何都是有點震驚的，也是不能接受的。這似乎太遊戲了，太不嚴肅了。怎麼能這麼輕率做出這種事，怎麼能未婚先孕呢。她想，劉世軍眞是個混蛋，還對她隱瞞著這件事，眞不夠朋友。不過，楊小翼決定原諒了他，她決定爲他高興。米豔豔是個漂亮的姑娘，她一直喜歡劉世軍，劉世軍得到了她應該感到幸福。只要劉世軍幸福，她應該爲他高興。

「劉伯伯知道嗎？」楊小翼問。

「還沒告訴他。劉世軍嚇壞了。」說到這兒，米豔豔咯咯地笑出聲來。

她的笑聲很有感染力，楊小翼也跟著笑了。楊小翼說：

「我等著吃你們的喜糖。」

米豔豔幸福地點點頭。

這時，列車就開動了。米豔豔慌忙跳下火車。然後站在那裡招手。她的笑容非常甜美，就好像此刻她就是一個美麗的新娘。

列車開動後，楊小翼突然傷感起來。她不知道這傷感來自哪裡，同剛才米豔豔告訴她的事有關嗎？還是對未來日子的迷茫？她把目光移向車窗外。永城在向後退去，慢慢遠了，慢慢看不見了。她的心中突然無比空虛，好像她有什麼東西丟失在這個城市。白楊樹整齊地排列在鐵軌的兩邊，陽光從樹梢上傾瀉而下，像瀑布一樣撲向車窗，讓她眼睛生痛。

在列車路過上海的時候，楊小翼想起了外婆和舅舅。她已了好幾年沒見到他們了。這會兒她忽然覺得自己非常想念他們。

楊小翼到學校時，他們入學已有兩個多月了。

北京的氣候比南方要冷得多，街頭的柳樹葉一片一片地從樹梢上跌落，風一吹，滿天飛揚。這風裡有一種冷冽的像是來自深冬的寒意。楊小翼的皮膚還沒有完全適應，從鏡子上看，臉上有一層健康的紅暈。

楊小翼到的那天，班主任在班上搞了個歡迎會。各人都介紹了自己，楊小翼沒有留下太深的印象，只記得他們南腔北調，顯然用當時的話來說，他們來自「五湖四海」。

由於剛到一個新環境，楊小翼比較沉默。班上的同學似乎整天忙碌著，他們熱中於參加學校的這種活動。活動有歌詠比賽、朗誦比賽、游泳比賽等，名目繁多。對這種活動形式她已經熟識了，那是隨著革命勝利一同到來的。在某些時候，這種形式像是革命的一件外衣，一個表情，你很容易通過這些事物識別革命。也許這外衣和表情不是革命本身，但卻使革命變得非常迷人，使革命具有某種浪漫的情懷。對年輕人來說，浪漫是最有殺傷力的，所以他們特別喜歡唱那些蘇聯歌曲（那時候中蘇關係已開始惡化，但蘇聯歌曲依舊流行），蘇聯歌曲有著迷人的色彩，一唱起這些歌曲，這世界頓時變得美好而亮麗，好像有一束光投放在上，沒了陰影。

楊小翼不大參加這些活動，她時刻記著來北京的目的。在北京安定下來後，她給夏中傑伯伯和王莓阿姨寫了一封信。在信中她沒有提見將軍的事，她只是說自己來自永城，是劉伯伯告訴了他們的住址，如果方便的話，她想去看望他們。

但很長一段時間她沒有收到他們的回信。

楊小翼總是去圖書館翻看報紙，希望在報紙上發現將軍的行程。可是將軍負責的部門不是常有新聞的外交部，他的行程很少見報。偶爾見報，那必定是中央全會。在電影前播放的新聞簡報中，她看見過他。那是毛主席視察將軍負責的部門的新聞。他穿著軍裝，緊緊跟在毛主席的左側，表情嚴肅，不露聲色。毛主席是笑容滿面，還回過頭和將軍說了幾句。說話時，將軍態度謹慎，展露的笑容甚至有點兒靦腆。

看這則新聞，楊小翼有一種奇怪的感覺。雖然她心裡已經把他當成了父親，但當她在新聞上看到他，還是感到陌生。她無法想像他就是自己的親生父親。她試圖尋找自己哪裡像他。沒有找到。這種陌生感讓她震撼。她甚至懷疑，也許一切都搞錯了，她和這個人根本毫無關係。

楊小翼去過將軍負責的部門。那是個十分機密的單位，門禁森嚴，她根本無從靠近。那天，車隊突然從裡面魚貫而出，她迅速地靠近路邊。一輛車的車窗搖了下來，露出一張臉，奇怪地看著她。等車隊遠去，她突然意識到，那人就是將軍。那一刻，她非常激動，對將軍的那種遙遠的感覺迅速消失了，她的眼淚流了出來。她把將軍的這一行爲賦予異常主觀的想像，認爲將軍認出了她。他一定是知道她來北京了，也許劉伯伯把她來北京的消息告訴了將軍。

這個想法讓她激動並得到一絲安慰。她想，她將在北京讀四年書，總有機會接近將軍的。她聽同學說，將軍有時候會來大學演講的。

一天，楊小翼獨自待在宿舍裡看書。正準備出門的同宿舍女孩說：「小翼，有人找你。」楊小翼抬頭發現門口站著一個女幹部模樣的人，笑咪咪地看著她。她穿著灰色列寧裝，料子看上去挺高檔的，她皮膚白皙而紅潤，保養得很好。楊小翼不認識她，不過已猜出她是誰了。那人自我介紹：「我是夏中傑的愛人，叫王莓。」楊小翼連忙叫了一聲「王阿姨」。

「我們收到你的信了，一直沒空，今天過來看看你。」

楊小翼表示感謝，她說：

「應該是我去拜訪你們的。」

「一樣，一樣。」王阿姨一隻手叉在腰上，一隻手像趕蒼蠅一樣在空中揮了揮。她看上去有一股颯爽之氣。

王莓阿姨叫楊小翼起身，讓她看看。楊小翼聽話地站立起來，有些不自在，畢竟她們是第一次見面。楊小翼覺得王莓阿姨的神情像是在打量一隻她餵養的小豬，眼裡滿是欣喜，這種欣喜有很強的感染力，讓楊小翼放鬆下來。她一放鬆，就轉了個圈。她學過舞蹈，轉得有模有樣的。

「你眞漂亮，同你媽媽年輕的時候一模一樣。」

楊小翼很想瞭解母親當年的情況，問道：

「你認識我媽媽？」

王阿姨想了想，淡淡地說：

「沒有，我只見過照片。」

楊小翼敏感地意識到王莓阿姨不想談這件事，她不免有些失望。聯繫到自己的身分，可以說不明不白的，情緒一下子低落了。王阿姨非常敏感，她說：

「老夏聽說你來了，高興壞了，一定要你去我家玩。他說，要認你做乾女兒。我一見到你就喜歡上了你，這乾女兒我認定了。你不會反對吧？」

她知道這是王莓阿姨的客氣話。她就笑笑，表示感激。

後來她們談起劉家來，關於景蘭阿姨經常頭痛的事，兩人討論了半天。

「景蘭不簡單呢，她在上饒集中營坐過國民黨的大牢，受盡折磨。國民黨特務可不是省油的燈，辣椒水、老虎凳，樣樣都來。她的頭痛病就是那時候落下的。」王莓阿姨說。

「景蘭阿姨有時候挺木訥的，站在前面，一點表情也沒有，也不知道她在想什麼。」楊小翼說。

「你可不要被她迷惑了，她心裡可清楚了，什麼也逃不過她的眼睛。」王莓阿姨笑道：「她這樣，國民黨以爲她傻了，才放了她的。她一直是搞地下工作的。搞地下工作的人得看上去傻乎乎的才行。」

這倒是第一次聽說。楊小翼感到很奇怪，她經常出入劉家大院，對景蘭阿姨的過去卻不怎麼瞭解。她一直以爲景蘭阿姨只不過是個普通的女人。看來，共產黨內的女人一個個都不簡單。比如眼前的這位王莓阿姨看起來也是個人物。

她們正談得熱烈，同宿舍的女孩參加活動回來了。同來的還有吳佩明。吳佩明來自上海，他有一張優越生活滋潤出來的臉，飽滿、細嫩、聰明。他理一個漂亮的分頭，下身穿一條黑色的西褲，上身是白色的襯衫，顯得很有朝氣。不過，這朝氣和別的同學還是有些區別，別的同學的朝氣裡帶著那種純樸的愣頭愣腦的氣質，吳佩明身上卻是一種自視甚高的驕傲勁頭。也許是因爲他來自上海，楊小翼和吳佩明交往得比較多一點。吳佩明喜歡談論體育，津津樂道的是一九四八年華聯隊和駐滬美軍聯隊的那場比賽。他說，那場比賽有一外叫包玉章的人特別出色，他遊刃有餘的扣籃動作，讓美國人防不勝防。吳佩明崇拜三個人：一個是拿破崙，他的戰爭是思想和文明的戰爭；一個是貝多芬，他的音樂主宰一切，像上帝；一個就是籃球明星包玉章，長了中國人的志氣。總之，他的話題離革命很遠。不過，這個人確實是有才華的，他的歷史見識也讓教授賞識。在一次關於明史的學術會議上，教授還讓他在會議上作了一個發言。

那女孩對楊小翼說：「吳佩明找你有事。」楊小翼問什麼事？吳佩明說：「聽說你學過舞蹈，我們想編一個舞蹈節目。」

王莓阿姨這時站起來，準備告辭。她說：

「這樣吧，你星期天到我家來玩，我們再好好聊聊。」

楊小翼說：「好的。」

楊小翼欲送王莓阿姨出去，但她執意不讓送。她爽快地說：

「你同學找你商量事兒呢，你忙你的。我搞外交的，平時盡是些繁文縟節的事兒，你可別再給我增加負擔。你在我面前，可要直來直去。我們說好了，星期天見。」

王莓阿姨這樣說了，楊小翼只好留步。她說：

「那好的，星期天一定去看望你們。」

星期天，楊小翼一早就跳上公共汽車，奔向夏家。去的路上，她是有一些想像的。雖然王莓阿姨並沒有談起將軍的事，但她相信他們私下一定在聯繫她和將軍見面的事。她甚至想像，或許就在今天，她會在夏家見到將軍。她不由得一陣激動。

夏家在石大人胡同的一座考究的四合院裡。台門進去，便是一個院子。院子裡有一棵石榴樹，還種植著一些花草，主要是海棠、菖蒲和仙人掌之類的常見植物。其中有一種花她不認識，後來王莓阿姨告訴她，是非洲帶來的種子，叫幾內亞月季，那花蕾紅得觸目驚心。

夏家很安靜。將軍當然不在夏家。將軍怎麼會到這兒來呢？只是她一廂情願的想像而已。

王莓阿姨見到楊小翼，非常高興，熱情地擁抱她，好像她們已是老朋友。王莓阿姨說：「你來了眞好。」王莓阿姨把楊小翼介紹給夏伯伯。夏伯伯正在書房練毛筆字。他頭髮已經花白，看上去非常儒雅。他見到楊小翼，就熱情地招呼：「是小翼吧？來來，過來看看，字怎麼樣？」楊小翼覺得夏伯伯的字有點兒豔俗，雖然符合章法，但一筆一畫給人一種嫵媚之感。楊小翼說：「很漂亮。」他臉上得意了，站在自己寫的字前面，欣賞了一會兒，好像這幾個字因爲楊小翼的誇讚而變得更好了。一會兒，他坐下來，說：「老劉打電話給我了，要我照顧你。怎麼樣？老劉是不是還像一個農民的樣子？」說完他哈哈哈地笑起來。

某一刻，他們的熱情讓楊小翼有點兒不適應。但她的心裡是溫暖的，也很感激他們。因爲心懷感恩，她或多或少有些拘謹。

夏家客廳的牆上有一個照相框，裡面放著五六張照片，其中一張照片吸引了楊小翼的注意。那是一張合照，將軍在中心位置，他神情輕鬆，正對著一幫軍人在說話。那幫軍人目光注視著將軍，笑容燦爛，像是剛聽了一個笑話。楊小翼仔細辨認，認出將軍左側那人是劉伯伯，而最右邊那位面目清秀戴著眼睛的應該是夏伯伯，其他幾位不認識。照片的背影是一座土房子。這應該是戰爭年代某個輕鬆的片刻。看到這張照片她的心跳驟然加快，好像因為這張照片，她離將軍更近了。她隱約看見了通往將軍的路，這條路同夏家有關，他們是這條的引領者和中轉站。

「夏伯伯，那是你嗎？你年輕的時候眞瀟灑啊，像個電影明星。」楊小翼說。

夏伯伯眼睛亮了一下，緊跟著哈哈笑起來。「你這麼說，我現在是不是又老又醜啊？」

楊小翼急了，解釋道：「夏伯伯現在更有風度了。」

「這小鬼，眞會說話。」

夏伯伯一臉興奮，他拉住楊小翼的手，要給她看相冊，但他沒有找到。王莓阿姨笑著從櫃子裡取出相冊，她沒有交給夏伯伯，而在沙發上坐下來，翻給楊小翼看。裡面的照片大都是王莓阿姨的，各個時期都有，有的是王莓阿姨在延安大生產時的留影，有的是王莓阿姨演街頭劇的劇照。王莓阿姨說，夏伯伯喜歡拍照，有一架萊卡相機，是打日本鬼子時的戰利品，將軍送給他的。楊小翼聽劉伯伯說他們有個兒子，但相冊上沒有一張他們兒子的照片。

夏津博就是這個時候進來的。他的臉上帶著不易察覺的譏諷。夏津博看上去很老相，臉孔粗糙而黝黑，一點沒有遺傳夏伯伯白而細嫩的膚色。他的目光直率，在楊小翼臉上停留了很長時間。楊小翼有一種被冒犯的緊張感。她低頭假裝看照片。

「這些都是我父母最光輝的時刻。」夏津博說得一本正經，但聽得出來，話語裡帶著刺。

剛才站在一邊熱情洋溢的夏伯伯臉上出現某種不悅的暗影，不過，他馬上把這種不悅驅逐了，臉上重現那種開朗的笑容，向楊小翼介紹他的兒子。

「我父母最怕的一件事就是介紹我。我沒出息，丟了他們的臉。」說完，夏津博笑起來，笑容裡有一種看透一切的大度，這反倒讓他顯出一種天眞來。

後來，楊小翼才知道夏津博大學畢業後沒聽從父母的安排去外交部，而是去首都機械設備廠做技術員。他因此稱自己是工人階級。工廠實行三班制，夏津博經常要値夜班。夜班後，有兩天可以休息。

當時，楊小翼覺得夏津博身上眞的有一股子工人階級的大大咧咧、滿不在乎的氣質。在這個優雅的外交家家庭裡，夏津博的氣質有些格格不入。有時候夏津博甚至笑罵無常，但夏伯伯和王莓阿姨似乎很寬容他，不管他說得多尖刻，也裝做沒聽見。楊小翼覺得夏津博有些過分了。

也許因爲內心裝著那個急切的願望，那天，楊小翼多麼希望他們把話題轉移到將軍身上，她多麼希望他們因爲談論將軍而說起她的身世，那樣的話，她可以提起見將軍的願望。她希望和王莓阿姨單獨談話，她的目光一直追索著王阿姨的身影，眼睛裡面像燃燒著一團火。在某一刻，王莓阿姨像是被她的目光刺痛了，不敢正視她。她想主動提起這個話題，但這是艱難的，總是這樣，當她內心有了某種欲望或渴望對方幫助時，她總會感到難以啓口。

表面上，他們說著歡快的話題，臉上都洋溢著像是實現了共產主義的那種歡樂而幸福的情緒，但事實上，他們各懷心思——至少楊小翼的內心充滿了沮喪。她意識到通過夏家而見到將軍幾乎是不可能的事。她有一種受挫感。她那張開的欲望被逼收攏，而欲望的無疾而終是最讓人難熬的。

午後，夏伯伯進書房休息了。楊小翼的臉上顯現落寞的神情。王莓阿姨一如既往地熱情洋溢，她開始談論國外的見聞。她談起非洲碰到的怪事。她說當地人特迷信，相信咒語。「不過，也挺奇怪的，中國大使館的一個雇員，身體很好，有一天無緣無故地昏倒在地，口吐白沫。後來，當地人念了幾句咒語，就好了。」又說：「我是唯物主義者，當然不相信這一套，可也覺得很難解釋。」

楊小翼表面上津津有味地聽著，其實她老是走神。她忍不住打了一個呵欠。王莓阿姨也跟著打了個呵欠。她自嘲，呵欠要傳染的。不過，她馬上又恢復了精神，說：

「你累了嗎？要不，你睡一會兒？非洲的事留著下回再講給你聽。」

楊小翼想了想說：「不了，我待得夠久了，不好意思再打擾，我得回去了。」

王莓阿姨要她吃了晚飯再走。楊小翼說：「學校晚上還有活動呢。」這時，夏津博從自己房間出來，主動要求送她。楊小翼其實有點兒怕他的，覺得他的眼神是不友好的，但他堅持要送，她也不好意思拒絕。那太僵硬了，顯得她沒見過世面似的。

她們走在胡同裡，夏津博一下子變很熱情。他說：「我以後去北大找你玩，我會帶女朋友過來看你。」楊小翼說：「好啊，歡迎你們來玩。」夏津博說起女朋友的時候，滿臉和善，完全沒有在夏伯伯和王莓阿姨那裡的尖刻勁兒。他叮囑楊小翼，千萬不要告訴他父母他有了女朋友，他不想讓他們知道。楊小翼不知道這是爲什麼？難道夏伯伯和王莓阿姨不同意他交女朋友嗎？

那天，夏津博把他送上七路公共汽車。在告別時，夏津博突然說：

「你不用討好他們，討好他們的人很多。他們好話聽得太多了，你知道好話就像鴉片，是要上癮的，他們太依賴這個了。」

這句話並不中聽，甚至讓她無地自容。她不是個會討好人的人，但那段日子，她表現出來的品質令她自己都有點吃驚。爲了接近將軍，她似乎什麼樣的付出都願意。但夏津博的話提醒了她，她開始檢點自己的行爲，今天的表現是不是有點兒令人作嘔呢？這更增添了她的失敗感。

公共汽車緩緩向前方行駛，夏津博還站在那裡。那一刻，楊小翼清楚地意識到他們讓她去做客僅僅是爲了對劉伯伯有所交代。與將軍有關的一切，他們都守口如瓶。不過，她理解他們，他們一定有他們的難處，否則不可能連提也不提起的。這「不提起」就是一種態度，說明了一切。她意識到，要見到將軍比想像得要困難得多。

那天楊小翼回宿舍時，門衛叫住她，說有一封信。信是米豔豔寄來的。米豔豔在信裡說，她和劉世軍結婚了，但他們沒有辦酒席。劉伯伯聽到她懷孕的事非常生氣，差點要把劉世軍掐死。劉世軍被父親嚇壞了，好幾天都沒還過魂來……米豔豔用一種輕快的語調述說她的婚事，言語中充滿了對劉世軍的溺愛和調侃。

也許是因爲見不到將軍的緣故，這天，楊小翼心情沮喪，即使想像中劉世軍喜慶的婚事也無法讓她高興。她還無端地生劉世軍的氣。他竟然連這麼大的事都不告訴她，就這樣偷偷摸摸地結婚了。他應該親自寫一封信給她。他怎麼能這樣不講義氣！

自她來北京後，他都沒給她寫過信。劉世軍太不夠哥們了。

第九章

楊小翼只好暫時把見將軍的願望放下，專注於學業。得再想些辦法，辦法總會有的，她堅信。她慢慢融入學校生活，和同學們打成一片。

在這個班上，除了她，還有一位調幹生，來自成都軍區，叫呂維寧。他成績不是太好，因此在班上顯得有些落落寡合。也許同是調幹生吧，他對楊小翼特別親熱。那種熱情幾乎是天然的，好像他和她已認識了八百年。楊小翼剛到的時候，他經常在生活上幫助她，在思想上指點她。有一次，呂維寧陪楊小翼去學校附近的商店買一些生活用品，談起班上的同學，他輕蔑地說：

「這幫少爺，懂什麼，滿身都是資產階級幼稚病。」

他這麼說，楊小翼滿吃驚的。她說：

「他們挺有才的。」

「他們，哼，我看不慣。」

她明白他這是意有所指。他最不滿的人是吳佩明。在這個班，吳佩明幾乎是靈魂人物，引領著這個班的風氣。在他的引導下，同學們確實有一種自以爲是的精英氣質。

「你是在說吳佩明吧？」

他停了下來，眼神露出一種受到某種傷害的敏感來，他說：

「你不覺得這個人有問題？」

她搖搖頭。聽呂維寧說吳佩明出生於民族資本家家庭，一九四九年後，他的父親把所有的財產都捐贈給了國家，現在是上海市政府機關做事，是政府裡的紅人。

「憑什麼資本家做高官？我們還是不是社會主義國家？」呂維寧憤憤地說：「資本家終究是資本家，瞧吳佩明那派頭，好像這天下是他的天下，共產黨的血白流了。」

「他得罪你了嗎？」

呂維寧警惕地看了看楊小翼，憤恨地說：

「他自以爲高人一等，看不起我們調幹生。」

聽了這話，楊小翼心裡不舒服。她沒覺得吳佩明看不起她，相反，吳佩明對她很友好，有事沒事經常找她聊天。有一次，他還請她去溜冰。楊小翼不舒服是因爲她終究是憑劉伯伯的安排進來的，不是憑本事考進來的，這讓她自卑。但她心裡又有點不服氣，她讀書時成績一向很好，她不相信同他們比能差多少。

呂維寧表情嚴肅地說：「我們倆要團結在一起。」

楊小翼假裝沒聽見。

一天，楊小翼從校外回來，夏津博帶著一個女孩在宿舍裡等她。她有點吃驚。那個星期天從夏家回來後，她沒再同他們聯繫過，沒想到夏津博眞的來看她。她還以爲夏津博僅是這樣說說而已。

那天天氣很好，宿舍朝向南方，下午四點的陽光從窗子照射進來，投射到夏津博女朋友的臉上。那是一張單純的臉，單純得有點兒茫然，需要依靠。她站在夏津博身邊，有一段距離，但給人的感覺她準備隨時投入夏津博的懷抱。楊小翼覺得他們倆非常相配，有所謂的夫妻相。

見到他們，楊小翼非常高興。夏津博向她介紹他的女友，叫林瑞瑞。那天，楊小翼帶他們在校院裡轉了轉，到了晚飯時間，他們去一起去食堂吃飯。一整天幾乎是楊小翼和夏津博在聊。林瑞瑞話很少，也不太看人。楊小翼夾菜給她，她才感激地看她一眼。夏津博十分健談。楊小翼記得在夏家他沉默寡言，給人不易接近的印象。看來對人的判斷不能憑初次印象，還是得慢慢瞭解。

後來，夏津博說起旅遊的事。他說他想去永城玩一趟，想帶林瑞瑞一起去。他說話時看了看林瑞瑞，林瑞瑞的臉紅了。楊小翼說：「好啊，你們去的話可以住在我家裡。還可以讓劉世軍陪你們玩。」後來他們說起世軍和世晨。夏津博說：「我聽說過他們，但沒見過。」楊小翼說：「你們去的話，我先寫封信給劉世軍。」夏津博點點頭。

後來，不知道說起什麼事，林瑞瑞突然不高興了。這時，楊小翼才發現林瑞瑞是個挺有個性的女孩。林瑞瑞身上有蠻不講理的固執的一面。這個小鳥依人的女孩這時候表現出不依不饒的勁頭來。夏津博在一個勁兒地哄她。可越哄，她似乎越來勁。她說：「你做夢去吧，誰同你去永城啊，要去你一個人去，我去算什麼？」夏津博聽到這些話，臉色突然陰沉下來，沒了剛才的好脾氣，好像這幾句話把他刺痛了。林瑞瑞不再說話，抬著頭，目光虛無地看著遠處某個地方。一會兒，她的眼淚流滿了臉頰。看到眼淚，夏津博有點兒慌了。他站起來，拉住林瑞瑞的手臂，說：「我們走吧。」

楊小翼被他倆弄得很尷尬。不管他們之間有什麼事，總歸是在她這裡鬧了不愉快。她怕林瑞瑞的不高興與自己有關。她回憶和他們相處的這幾個小時，想不出自己有什麼不得體的地方。但楊小翼在這樣的追溯中似乎感受到林瑞瑞沉默中的敵意。在楊小翼和夏津博熱烈地閒聊時，林瑞瑞那張乖巧的臉似乎流露出某種抵觸情緒。楊小翼因此有些不安，好像眞有什麼地方對不起林瑞瑞。她對林瑞瑞說：「我有什麼招待不周的地方，你多保包涵。」林瑞瑞強硬而冷淡地說：「沒你什麼事。」夏津博向楊小翼無奈地笑了笑，說：「我以後告訴你，同你沒有關係。」

這之後，夏津博經常來北大找楊小翼玩。也許是因爲那次林瑞瑞鬧了脾氣，他後來基本上都是獨自一人來的。

他曾向楊小翼解釋林瑞瑞和他吵架的事。他說：「林瑞瑞對我很不滿，有怨氣，怪我不帶她回家，她說我在騙她，根本不把她當回事兒。」楊小翼說：「對啊，你對她認眞嗎？」夏津博說：「當然，是我追她的。」楊小翼說：「那你爲什麼不帶她回家？」夏津博低頭沉思了一會兒，說：「我這輩子不想依靠他們。他們要安排我的前途，我偏不遂他們的願，我就想丟他們的臉。我幾乎住在廠部宿舍，不太回家的。」楊小翼意識到夏津博和父母似乎存在很深的矛盾。不過，她沒再問下去，這畢竟是夏津博的私事。

夏津博喜歡同楊小翼說一些關於北京政局的小道消息。內容大都關涉黨內鬥爭，這些鬥爭充滿了殘酷和陰戾。開始，楊小翼對這些消息內心是抵觸的，將信將疑的，但聽得多了，加上夏津博又是那樣言之鑿鑿，她就慢慢聽進去了。面對這些消息，一直以來楊小翼心中建立起來的關於革命及其友愛的溫情脈脈的形象變得搖搖欲墜了。這些消息有一種把光明撕裂、直抵黑暗的力量，令她駭然窒息。這些消息偶爾也涉及到將軍。每當夏津博說到將軍的名字時，楊小翼便會豎起耳朵，怕錯過其中的任何細節。有一天，夏津博說：「將軍是個聰明人，他現在基本賦閒在家，百事不管，這樣才能明哲保身。」

楊小翼和夏津博不鹹不淡地交往著。雖然談不上十分親密，但感覺上好像他們已是老熟人。楊小翼需要這樣的朋友，偶爾從他口聽到將軍的消息也讓她覺得自己或多或少同將軍保存著某種聯繫。從夏津博對將軍的議論中楊小翼確定他對她和將軍的關係一無所知。這是一個祕密，夏中傑伯伯是不會告訴夏津博的。

第二個學期開始後，班上的氣氛慢慢有變，呂維寧團結了班上所有的同學，把吳佩明孤立了。呂維寧年齡比誰都大，在部隊裡已經入了黨，所以他經常以黨的名義找同學談話，瞭解同學的思想。在這個過程中，他對班上的同學暗示吳佩明思想右傾，讚美拿破崙，宣揚資產階級民主思想，還說吳佩明無視新中國蓬勃發展的體育事業，卻鼓吹解放前的體育明星如何偉大，根本是替蔣家王朝唱曲折的輓歌。

吳佩明好像並沒太在乎呂維寧的小動作，依舊活躍在校園裡，他在各種場合朗誦詩歌，他經常朗誦的是何其芳的《生活是多麼廣闊》：

……去參加歌詠隊，去演戲，去建設鐵路，去做飛行師，去坐在實驗室裡，去寫詩，去高山上滑雪，去駕一隻船顛簸在波濤上……

呂維寧的觸角比楊小翼想像的要長，不知哪裡來的消息，他在學生中揚言，吳佩明的父親因為貪污被免職，因為是民主人士，逃過了牢獄之災。楊小翼不知道是不是眞的，他們家原來不是資本家嗎？不是把財產都捐給國家了嗎？怎麼又去貪污了呢？不過吳佩明這段時間確實精神不振，楊小翼猜想呂維寧說的或許是眞的。

楊小翼和吳佩明也沒什麼太深的交往。她心裡面對他的身分還是警覺的。這是她從外公的遭遇中得到的深刻教訓。

楊小翼沒有因此和呂維寧「團結」。不知怎麼的，她對他有一種本能的懼怕。這樣的人在她的經驗之外。

有一天，呂維寧突然找楊小翼談話。他顯得有點陰陽怪氣，他說他看過她的檔案，他知道她的事。這顯然是威脅。

楊小翼非常不舒服。她不清楚自己的檔案中寫了什麼。據她瞭解，來北大前，她的檔案都經過了審查，劉伯伯親自做了處理，應該不會有什麼內容授人以柄的。可是她畢竟沒看過，考慮到外公家的成分，她還是有些心虛。

夏津博約楊小翼去軍博看一個木刻展。夏津博雖然自稱是工人階級，但保留著一些文藝青年的愛好，比如看戲劇、看美展等。後來她瞭解到他對美術很有興趣，無師自通地畫了很多油畫。他能把「井岡山會師」臨摹得惟妙惟肖，這是需要很強的寫實底子的。

那次木刻展主題單一，人像大都以魯迅爲主，景物則以延安寶塔山爲最多。這些主題熟悉不過，所以進去沒多久，他們就出來了。春天的氣溫相當寒冷，他們決定找個地方暖和暖和。後來，他們找了一家國營小吃點，點了些諸如麵條、餃子等。他們挖苦了美術界現狀，除了政治題材似乎見不到別的。政治統帥一切，革命的主題統帥一切。但又想想，如果不表現革命難道去表現反革命？他們的牢騷在強大而光輝的革命面前，顯得形跡可疑，底氣不足。他們不敢觸碰革命的一根毫毛。

後來楊小翼對夏津博談了呂維寧整吳佩明的事，並且感嘆了一番世事。她問：「這樣的人是不是太可怕了？」夏津博說：「不是他可怕，他背後一定有人，你要是瞭解背後的眞相，你會絕望的。我見識的比你多，到處都是這種可怕的人。」

夏津博還說，吳家的事他略有耳聞，吳家是世家，和毛主席有交往，上面有人保吳家的，否則，吳家出這事兒早該槍斃了。吳家應該沒事。

「聽我母親說，你媽媽是醫生？」夏津博換了話題。

「是啊。」說起家庭楊小翼有點心虛。

「你還是挺幸運的，一直在母親身邊。」他由衷地說：「我的父母親去了延安。」

「他們沒帶你走？」

「是的。他們沒帶我走。」

那天的小吃店開始很熱鬧，後來顧客陸續散去，就慢慢安靜了下來。整個小吃店只剩下楊小翼和夏津博。小吃店的服務員都收了工，她們百無聊賴地聚在一起議論著什麼。多半是一些家長里短的事情。店外的馬路上鮮有行人，偶爾有幾輛自行車飛快地掠過，自行車鈴聲聽起來顯得遙遠而空曠，像是風鈴發出的聲音。

夏津博開始面無表情地講述自己的故事，語調緩慢而沉靜。

「他們走時，我才三個月大。他們把我送給一對夫婦，那對夫婦有五個孩子。我三歲的時候，他們把我賣掉了。我當時一直以爲他們就是我的父母，我又偷偷跑回來了。他們見到我，狠狠揍了我一頓。罵我跑回來幹什麼？他們自己都吃不飽。我喊他們爹娘，求他們留下我。」

「後來呢？」她沒想到夏津博身上藏著這樣的故事，她有點理解夏津博和他父母的緊張關係了。

「後來，我就一直待在那裡，像雜草一樣生長。直到我十二歲那年，我父母才又出現在我面前。那時候我衣衫襤褸，滿身臭蟲。我記得那天，他們的目光冷淡，好像我不是他們的孩子。我當時不知道發生了什麼。他們把我接走的那天晚上，我久久沒有睡著。後來，我母親走進我的房間，她看著我，好像在流淚。我覺得那眼淚十分奇怪。我一動也不敢動，怕她知道我醒著。」

楊小翼突然有一種想流淚的感覺。她對夏津博遭遇感同身受。雖然她不甘承認自己是被拋棄的人，但事實上是的。她連自己的親生父親都見不到啊。那一刻，她和夏津博的情感距離迅速拉近了。

「我不能理解他們。他們怎麼可以把我送掉？我是他們的親骨肉啊。」他嘆了口氣，「問題是他們沒有覺得這有什麼不妥，他們覺得這是理所當然的。」

「他們是爲了革命。」她試著勸慰他。

「不，革命……革命雖然神聖偉大，但掩蓋不了他們的自私。」夏津博眼神寒冷，繼續說：「他們是許久才想起，這個世上還我有這個人。他們都忘記把我送給誰了。那時已解放了，他們找了很多地方，找了足足兩年，才找到我。」

「他們找你說明他們一直把你記在心上。」她說。

「他們找我是因爲他們知道這輩子再也生不出孩子。」他臉上露出看透一切的輕蔑，說道：「我母親在一次突圍中，被一顆子彈擊中了子宮，失去了生育能力。如果他們還能生孩子，他們或許根本不會來找我。這是我後來知道的。爲什麼他們這麼多年從來沒託人來關心過我？他們說，以爲我早已不在人世了，這一次他們也是出於僥倖，還眞的找到了我。」

「你恨他們？」

「說不清楚。他們不知道我心裡想什麼。他們以爲我感激他們。」他冷笑了一下，說：「他們在家裡也搞得像在辦外交。他們是一對僞君子。」

楊小翼被深深地觸動了。她完全站在夏津博這一邊。她同樣不能理解父輩的所作所爲。

就是從那天起，楊小翼和夏津博成了眞正的好朋友。

夏津博雖然和父母之間存在很深的芥蒂和隔閡，但他在某些作派上和他父母很相像。比如喜歡交往，喜歡蘇聯的東西，有點兒小布林喬維亞情調。對父母的歧見沒有讓他走向反面，楊小翼感嘆，遺傳的力量眞是無比偉大。

夏天的時候，夏津博帶楊小翼去莫斯科餐廳吃西餐。楊小翼聽吳佩明說起過「老莫」。吳佩明還曾邀請過她，不過近來吳佩明日子過得不太好，被呂維寧揪著不放，他大概早把這事兒忘了。想起吳佩明的遭遇，楊小翼眞有點同情他。

他們來到莫斯科餐廳時，已過了十二點。莫斯科餐廳在北京動物園附近，哥特式建築，看上去非常宏偉。餐廳裡已聚滿了人。夏津博顯然對這裡很熟，他帶著楊小翼去北窗那個兩人座空位。在穿過大廳時，有人叫了他。楊小翼和夏津博同時回頭張望。有幾個年輕小夥子聚在一起喝酒。他們顯然是夏津博的朋友。楊小翼想這裡肯定是他們常聚會的地方。夏津博帶著楊小翼走了過去，把楊小翼介紹給他們。

當夏津博向楊小翼介紹尹南方，說尹南方是尹將軍的兒子時，楊小翼的心一下子提了起來。她很快在他臉上找到了與自己的相似部分，他們的腮部差不多同一個地方有一顆黑痣。她有一種要暈眩過去的感覺。她終於同盼望已久的某個目標挨上了邊。

他是「那個人」的兒子啊。我和他是同父異母的兄妹啊。

她強迫自己鎭定下來。尹南方在聽了夏津博的介紹後，向她伸出手來，把她緊緊握住。看得出來，他是個靦腆的人，他的臉紅了。那天，他穿著白襯衫，理了一個當年常見的青年髮式，顯得很有精神。他的身上有一股熱情洋溢的傲慢勁兒。有那麼一會兒，楊小翼有些自卑，她因此表現得有些壓抑和冷淡。面對尹南方的張揚，楊小翼有一種沒來由的委屈感，好像尹南方的熱情傷害了她。

尹南方非常興奮，一直在說笑。楊小翼總是假裝不經意地看尹南方。她看過很多將軍各個時期的照片，對將軍的形象已了然於胸。她發現尹南方和將軍的相似之處，他們的眼神非常相像。當尹南方抬頭看她的那一刹，有著令人迷醉的直率，好像他要把你的五臟六腑都看穿。

楊小翼慢慢緩過氣兒來的。在她默默地注視尹南方的過程中，另外一種柔軟的情感開始在她心裡升騰。她看了看自己的右手，這手剛才被他握過，他的力氣很大，她都被握痛了。可這痛這會兒變成了一種暖意，直入心間。想起這個人同自己的神祕的聯繫，她的眼眶突然濕潤了。爲了掩飾自己的失態，她上了一趟廁所。

從廁所回來，楊小翼鎮定多了。

她想接近尹南方，試圖和他說話，但她很難融入其中，他們的話題經常性有某些指代不明的詞句，那些只有他們圈子裡才能聽懂的句子，像某種黑話，她似懂非懂。這些黑話經常逗得他們放聲大笑。這讓她很尷尬。如果跟著笑很傻，不笑的話也不自在。她努力保持著沉靜的姿態。

在那天整個聚餐過程中，尹南方並沒有主動和楊小翼說話，他甚至很少看她，好像她並不存在。她想，他們不會注意到她的，他們身上或多或少有些自以爲是的傲慢。包括夏津博。她有一種被冷落的感覺。

那次聚餐結束在午後三點。告別的時候，尹南方的身體語言表現出對楊小翼的親近。尹南方靠近她，他似乎想問什麼，側過臉來看著她。楊小翼停下來等他說出什麼話來。但尹南方猛一轉頭，和夏津博說起一個他們圈子裡的笑話。楊小翼覺得自作多情了，臉發燒，不由得加快離開的腳步。

那天，還是夏津博送楊小翼回學校的。在路上，夏津博同她談起將軍：

「聽說，將軍最近身體不好，經常發脾氣。」

「他怎麼了？」

「你不知道？」夏津博淡漠地說。

「不知道。」

「將軍身上還留著好幾塊彈片，氣候一變化就要發作，發作起來不近人情。」

聽了這話，楊小翼的身體突然疼痛起來，好像那些彈片是在她的身體裡。她身體輕微地痙攣了一下。夏津博奇怪地看了她一眼。

「你見過將軍嗎？」她問。

「見過，挺嚴肅的，很威嚴，眼光冷，不易接近。」他聳了聳肩。夏津博一度跟著父母在國外待了幾年，舉手投足有一些洋人作派。

夏津博這樣描述將軍，楊小翼多少有些失望。她很希望夏津博把將軍描述得像一位父親，慈眉善目，溫和親切。

「尹南方不像他爸噢，他倒是熱情洋溢。」她像是在反駁夏津博，又像是在安慰自己。

「像將軍那樣的人，你是看不到他心裡在想什麼的。」夏津博老到地說：「搞政治，就得這樣兒。」

「你倒是挺內行的。」

他又聳了聳肩。「政治太殘酷，我不喜歡。」

那次在莫斯科餐廳分手後，楊小翼再也沒見到過尹南方，也沒有他的任何消息。和將軍的聯繫一下子消失了，世界又恢復了它的本來面目，平靜、從容、波瀾不驚，好像什麼都沒有存在過，那個叫尹南方的男孩只不過是她的臆想。她有些沮喪。雖然在北京，但將軍離她是如此遙遠，同將軍有關的一切也是如此不可捉摸，轉瞬即逝。

有一天，夏津博來北大玩，她忍不住問他：「你那哥們怎麼不見啦？」夏津博開始沒反應過來，後來才知道楊小翼問的是尹南方。夏津博見她因爲解釋而面紅耳赤的樣子，笑了。他說：「我也好久沒見到他了。」

第十章

大約半個月後，尹南方來找楊小翼。

當時，她剛吃完中飯，從食堂回來，聽到背後有人在叫：

「楊小翼。」

楊小翼好半天才確認是尹南方。其實她早就認出來了，只是不敢相信。他站在食堂的石階上，中午的陽光打在他那張英氣勃發的臉上。很多女生都回頭向他張望。

「你不認識我了嗎？」尹南方看上去有些失望。

她對他燦爛地微笑。

怎麼會不認識呢？他時刻在我的腦子裡，我走在街上都盼望著再見到他。但北京這麼大，我到哪裡去找他呢？

那一刻楊小翼的眼眶有點微微泛紅。

他過來抓住她的手。這個動作他做得一點兒不突兀，像老朋友一樣自然。他的手是汗津津的，與她冰涼的手形成反差。她感覺到了，他的手其實還是有慌張的，只是這慌張裡面有一股堅定的意志。他的眼神直率而單純。她想起母親描述過的將軍的模樣。那會兒，將軍也是這樣抓住了母親的手，讓母親無處可逃的。

尹南方說：「我帶你去玩兒。」

她跟著他走了。

他是騎自行車來的。是一輛進口自行車，德國產的。「德國人造的東西特精緻。」他說。那會兒，自行車還是時髦稀有之物，何況一輛德國自行車。那天，她坐在後座，和他在北京的巷子裡亂竄。

他似乎是個喜歡說話的人。他告訴她，他在清華讀機電，和她同一年級。她馬上意識到他應該比她小一歲，也就是說他是她的弟弟。她問他哪年生，果然比她小一歲。「我比你大，可以做你姐。」她開玩笑。想起她和他之間的血緣，她突然覺得他很親，本來拘謹地攀援在後座上的雙手，情不自禁移到他的腰上。他似乎慌亂了一下，自行車左右搖晃了一陣，不過馬上穩住了，並且速度更快了，好像她的雙手給他注入了無窮的能量。

「你和夏津博是怎麼認識的？」

她不知怎麼回答，說起來太複雜。她反問道：

「你和夏津博很熟嗎？」

「還行。他老子是我爸的老部下。」尹南方想了想，又說：「夏津博告訴我，你問起我。」

「對啊。」她老實回答。

「有什麼事嗎？」

「一定要有事嗎？」

「也是。」他笑出聲來。笑聲很有感染力。

她拍了拍他的背。她有了一種做姐姐的情懷，覺得他像一個孩子。他踏得越來越猛，好像在顯示他的力量。自行車在柏油馬路上行駛，它發出的滋滋聲裡似乎有一種想要飛翔起來的快活。道路兩旁的懸木鈴高大而茂盛，手掌大的樹葉間隙投射下耀眼的陽光斑點。自行車在斑點間穿行。楊小翼覺得這一刻特別美好。

一會兒，尹南方在一大片古建築前停了下來。他指了指那前面擺放著一對石獅子的台門說：

「那是我家。」

楊小翼愣住了。她沒有想到尹南方會帶她回家，她一點心理準備也沒有。她大氣都不敢出。

「想去我家看看嗎？我有半個月沒回家了。」

她沒有反應。她不知道如何反應。是那群建築太過華麗，太有氣勢，從而震懾了她嗎？不是的，是這一切來得太突然了。在北京的這些日子，她已經不再對見到將軍抱有奢望，可現在，一切成眞，反而讓她無所適從，就像一個窮人突然面對一壇黃金，不知如何下手。

尹南方看出她的猶豫，他體諒地笑了笑，說：

「其實我家很沒趣的。我們找個好玩的地方吧。」

當尹南方帶著她離開時，她不時回頭凝望那群建築。這時她意識到自己錯過了一個機會。「那個人」就住在裡面，她只要進去也許就能見到他。這是她來北京的目的，但她卻輕易地放過了。她的內心充滿了懊悔。

尹南方說：「那兒過去是舊王府。裡面很大，有一個大花園。花園裡有很多知了，哪天我帶你去捉知了，好嗎？」

聽了這話，不知爲什麼，她突然想要哭泣。她摟緊了尹南方的腰，怕自己會哭出聲來。

他們找了一家小飯館。尹南方點了兩道菜，一道是宮保雞丁，一道是炒腰花。他還要了一小瓶北京二鍋頭。吃飯的時候，楊小翼的心情並沒有平靜下來，腦子還被那幢古建築占據，她的神情因此有點恍惚，還有那麼一點點的沮喪。她說話很少，都是尹南方在說。他說話時，她微笑地看著他。她想，那時候母親是不是用同樣的方式看著「那個人」呢？「你在想什麼呢？」尹南方看她走神，問道。她答非所問，說：「我好像認識你很久了。」尹南方目光炯炯地看了她一眼。

那天，尹南方談起在「老莫」吃飯的情形。尹南方坦率地告訴她，他那天其實一直關注著她的一舉一動。他說，他感到她也在觀察他，這使他非常得意，也非常受用。因爲興奮，他那天廢話就多了。「你得原諒一個年輕人的虛榮。」他開玩笑道。他說她的沉默寡言及冷漠的表情給他非常神祕的感覺。後來的一段日子，他一直叫她「神祕女郎」。

那天晚上，她沒有睡著。她回味著一天來發生的事，不知怎麼的，除了興奮，她內心也有不安。憑著女人的敏感，她感到尹南方對她似乎有超乎尋常的熱情。這是讓她害怕的，畢竟她和他是同父異母的姐弟。她想，她得小心對待尹南方。

那天，他們告別的時候，楊小翼說要去清華找他玩。楊小翼覺得自己是姐姐，她應該主動一些的。

北大和清華很近。第二天，楊小翼敲響了尹南方宿舍的門。尹南方見到她高興壞了。同宿舍的男孩意味深長地看著他們起哄。尹南方沒理睬他們。

尹南方帶她到圓明園廢址玩。那天風有點大，尹南方穿著外套，可楊小翼穿得有點單薄，只穿了件白色線衫，尹南方一定要把外套脫下來給楊小翼穿。楊小翼怕尹南方凍壞了，說：「你穿著吧，我們找個擋風的地方坐一會兒吧。」後來，他們就坐在弓形門石柱的後面。尹南方把外套脫下來，蓋在兩人身上。楊小翼覺得這個弟弟還挺會體貼人的。不知爲什麼，她突然想起了劉世軍。那時候，她把劉世軍當親哥哥，他們經常爬上天一塔頂層玩，就像她現在和尹南方一樣。

「我正準備去看你呢，沒想到你來了。」看得出來尹南方心情很好。

「我是姐啊，我當然要來關心一下你。」

「你只比我大一歲而已。再說了，我比你成熟多了。」

說這話時，尹南方有點得意，得意如一個孩子。

「你哪方面比我成熟？」她開始逗他。

「思想上啊，政治上啊。」

「你自己說哪算。」

「你跟著我，你就明白了。」

她很想問問將軍的事情。可不知怎麼的，她就是開不了口。

後來，倒是尹南方突然問起了她的家庭情況。她有些慌張。她無法同他說實話。她想了想說，父母都是醫生，父親是一九四九年回國的專家。她說得很結巴。尹南方卻聽得很認眞，他問：「你和你媽沒跟你爸一起出國嗎？」她臉紅了，語焉不詳地說：「是的。」尹南方的興趣顯然不在這裡，他調皮地笑道：「我很想去你家看看。」楊小翼說：「我家可沒你家那麼氣派。」他說：「你媽媽一定很漂亮。」尹南方這是宛轉曲折地在誇她，她心裡還是有點小小的快活。她說：「我媽媽比我漂亮多了。」

這之後，尹南方經常帶她去他的朋友們那兒玩。同他的朋友在一起，她還是有點小小的壓抑的。他們有一種天下盡在掌握中的腔調和作派。他們喜歡說些她聽不懂的黑話。他們對北京的山頭都有自己的代號，一號、二號、三號什麼的，她經常不明白他們在說誰。她雖然不知道他們在講誰，但講的事無不讓她觸目驚心。來北京的這段日子，北京原來給她的那種神聖感在慢慢退去。她本來以爲北京是革命的中心，可在尹南方和他朋友眼裡，革命只是一場遊戲。每次聽到這種言論，她的內心或多或少會掀起一些波瀾。她不大願意聽到這種言論，好像這些言論對她是一種傷害。

自那次尹南方帶她到他家門口後，他再沒有邀請她去他家。

有一次，尹南方帶她去看了一場內部電影。這種電影是專供首長觀賞的，一般在部隊小影院放映。那天放的是一部美國片，裡面有一個昆蟲學家，用一根長長的帶一個小網兜的竹竿捕捉昆蟲。看完電影出來，正好是傍晚時分，她突然想起尹南方曾說帶她去捉知了的事，就開玩笑道：

「南方，你什麼時候帶我去你家院子捉知了啊？」

「好啊。」尹南方想了想又說：「其實我們家特沒勁，我都不敢帶你去。」

「爲什麼？」

「我怕我家老爺子把你嚇著。」

「怎麼會呢？」

「他是個怪人，以後你就知道了。」尹南方說。

那年暑假，學校組織他們去「學工」，地點是附近的紅旗機械廠。

在紅旗機械廠「學工」期間，楊小翼和呂維寧分在同一組。他們的師傅是模具車間的一個中年婦女，特別嚴肅，對待呂維寧還算客氣，對楊小翼十分苛刻。楊小翼的動手能力一直不算很強，要操作一台複雜的機床一時難以適應。這機床名字叫「海頓賴爾西和哈巴克」，據說是德國人留下來的。她經常受到師傅的訓斥。她訓斥起人來尖酸刻薄，毫不留情，有幾次楊小翼差點流下眼淚。長這麼大，別人都對她客客氣氣的，感覺上她從來沒這樣受辱過。但她忍下來了。

呂維寧比楊小翼能幹，在師傅不在的時候，他開始偷偷地教她，幫她完成手頭的任務。之前，她對呂維寧的種種作爲沒有好感，但他施以援手她還是相當感激的。她想，他其實也是不錯的人，可能她以前太不瞭解他了。

他們之間的話慢慢多起來。每天「學工」結束，他們經常一起回校。回校的路上，他和她說起了他的過去。他告訴她，他的父母親都是農民，目不識丁。他們那地方特別窮，「三年自然災害」都吃人肉。幸好，那時候，他已參軍了，否則眞有可能餓死。他的三叔就是活活餓死的。他還說到他的童年。他說，他小時候跟父母親要過飯。那時候什麼都吃，路邊即使有狗也不吃的殘羹剩菜他都不放過。

他的坦率讓她非常吃驚。

她突然有點同情他。她想起那些被范嬤嬤從街頭帶回來的流浪孤兒，他們的眼裡總是充滿了多疑的光芒，對人也懷有敵意。那時候，她對這些孩子有種本能的懼怕。她最初見到呂維寧也是這種感覺。她反省自己，覺得自己的身上或多或少有一種養尊處優的東西，在「階級情感上」偏向於吳佩明這樣的「貴族」，對呂維寧這樣的出生，有一種本能的抵觸。她覺得這是不對的，是不符合時代前進的方向的。

有了這樣的認識，她決定對呂維寧更好一些。

呂維寧還說起他在城都軍區的事。他說，參軍後，他覺得自己到了天堂。「感覺連陽光同過去也不一樣了，特別燦爛。」在部隊，他終於可以吃飽了。他說，吃飽飯是有技巧的。「第一碗不要盛太滿，這樣，你才比別人早吃完，第二碗就往死裡盛，盛得滿滿的，慢慢享用。」他說這些事時臉上布滿了滿足的笑容，好像占了天大的便宜。他還說，他喜歡擦東西。他所在部隊是炮兵，每一門炮都被他擦得鋥亮，他們所在營房的玻璃窗他每天要擦一遍，所以一塵不染。她完全相信他所說的，因爲呂維寧也是每天這樣擦他們教室的玻璃窗。他說，新社會就是沒有灰塵的社會，到處都要打掃得乾乾淨淨。

她慢慢覺出呂維寧的可愛來。他身上還是有單純質樸的東西的，他的缺點似乎是可以原諒的。

有一次，他們說起了吳佩明。吳佩明這個暑假沒留下來「學工」，他請假了。他走的那天，同楊小翼告別。他的言語之中似乎有永別之意。呂維寧說起吳佩明來滿腔厭惡，他說：

「我最看不慣的是他亮晶晶的臉，皮膚白得像一個女人，一看就是一副資產階級模樣。」

楊小翼看了眼呂維寧。他的皮膚很黑，並且有很深的抬頭紋，在同學中，他確實顯得老成。彷彿是爲了安慰他，她說：

「吳佩明可能不會回來了。」

「爲什麼？」呂維寧似乎很吃驚。

「他可能會去香港。我是猜的。」

呂維寧沉默了。一會兒，他說：

「他這是背叛，他這是背叛社會主義。」

這個問題上，她和呂維寧看法不同，永遠說不到一塊。她只好說：

「你別看吳佩明喜歡到處出鋒頭，其實他是個脆弱的人，他還沒有你堅強呢。」

呂維寧側過臉來，嚴肅地看了看她。然後若有所思地點點頭。

「你這樣想嗎？」他問。

「對啊。他哪裡是你的對手。」

有一天，他們回校時已時晚上。楊小翼和呂維寧照常邊走邊聊。四周十分安靜，只有遠處工廠的機器聲沉悶地在空氣中若有若無地震盪。從紅旗機械廠回校要路過一片荒地，那兒雜草叢生，中間因爲經常走人，劈出一條光禿禿的小路，在雜草中蜿蜒。那天白天下過雨，小路有點泥濘，一些地方還積了水，很難走，呂維寧很紳士地伸手拉她。她表示感謝。也許是她的這種態度讓他起了幻想，或者其實他早有預謀，在跨過一個積水坑時，他突然抱住了她，開始親吻她。她猝不及防，愣住了。一會兒，她便伸出雙手推搡他。這時候，呂維寧突然拉下臉來，惡毒地說：

「我去你老家打聽過你，我有戰友在那兒，我知道你的底細。你的外公是帝國主義走狗，畏罪自殺了；你母親也不是好東西，是破鞋。你要知道，我在部隊是搞情報的，你這點事對我是小兒科。」

楊小翼驚呆了，幾乎忘記了反抗。呂維寧以爲她就範了，他在她身上動手動腳。幾乎是一種本能，她狠狠地給了呂維寧一巴掌，然後大喊一聲，轉身就跑了。呂維寧慌亂了，他東張西望起來。

那一刻，楊小翼的內心充滿了恐懼。她恐懼的不是呂維寧的不軌，她恐懼的是他竟然把爪子伸向遙遠的永城，獲取了她的家庭情報。這是她絕不願意讓人知道的。呂維寧太可怕了，他是一個什麼樣的魔鬼啊？她想起范嬤嬤在慈恩學堂經常說的話，魔鬼有驚人的能量，可以把人世間攪得天翻地覆。

她在奔跑。她被這世上的魔鬼嚇著了。滿天的月華此刻有著猙獰的面目，好像在她面前鋪下了天羅地網。她感到無助。此刻，她需要一個依靠的人。她想起了夏津博，也想起了尹南方。夏津博的宿舍太遠了。她跑到了清華園，找到了尹南方。

尹南方見她如此驚恐，不停問她出了什麼事。在尹南方的追問下，她說出了呂維寧試圖對自己不軌的事。

尹南方那張陽光般的臉一下子變得十分陰鬱。

楊小翼無法再和呂維寧同組「學工」了。他嚇著她了。

第二天，她找了一個「合理」的理由，向輔導員請了假。她和尹南方、夏津博作了簡單地告別，就坐火車回了老家。尹南方想跟她一起走，他說：「我想去看你母親。」楊小翼說：「這哪行啊，要把她嚇壞的。」他說：「她膽量那麼小嗎？」她說：「她有心臟病的。」他嚴肅地點點頭。在火車上，她想起尹南方同她告別的模樣，心情輕鬆了一些。呂維寧是一個噩夢，可尹南方很可愛。當她遠離北京後，她對尹南方湧出滿腔的親情來。

盛夏的永城非常炎熱，走在大街上，一陣陣熱浪向她撲來。這種悶熱潮濕的氣候與北京的乾燥涼爽形成強烈的反差，楊小翼一時難以適應。她身上汗津津的，連裙子都濕透了。大街上很多人對她側目而視，她很不好意思。天上的白雲似乎也比北京來得低，但天藍得比北京深，就好像這藍色中也充滿了濕度。天一塔在遠處聳立，在周圍低矮的房舍中顯得鶴立雞群。

母親對楊小翼的到來很意外。「不是說不回來了嗎？」但看得出來，母親還是很高興的。楊小翼和母親之間一直不太善於表達情感的，她很少對母親撒嬌什麼的，除了眼神的交流，往往不知道說些什麼。自從楊小翼知道自己的身世眞相後，她心裡面很想對母親好，但在行爲上還是積習難改，總覺得和母親之間有所隔閡。「你瘦了，讀書很辛苦吧。媽媽給你去買隻雞，喝點雞湯補補。」說著，母親拿起菜籃子要上街。楊小翼說：「媽媽，你不用忙的。」但母親頭也不回地出去了。

家裡面一切都好。楊小翼看得出來，李叔叔和母親很恩愛。在李叔叔面前，母親是放鬆的，會不時無意識地流露出一種慵懶的女兒情態。楊小翼想，這是李叔叔對母親寵愛的結果。她還想，她不在家，他們終於放鬆了，不再在她前面裝模作樣了。對此楊小翼很欣慰。吃晚飯的時候，母親告訴楊小翼，米豔豔生孩子了，是個男孩，同劉世軍長得一模一樣，很可愛。楊小翼知道這些，米豔豔寫信告訴她了，米豔豔還要楊小翼做孩子的乾媽。

第二天是星期天，楊小翼去了劉家大院。

劉伯伯不在，他好像越來越忙了。和全國其他地區一樣，大躍進運動留下的一大堆爛攤子需要他收拾。一九六二年，基本上是安寧的年月，社會及經濟生活都還算正常，經濟建設在調整中顯示了活力，市場上工業產品和農產品比前幾年要豐富許多。劉伯伯憋著一股勁，事事親歷親爲，因此非常忙碌。

米豔豔比以前胖了。楊小翼寒假回來時見到過她，也沒有現在這麼胖的。那時候米豔豔挺了個大肚子，但身體的別的部位和原來沒太大變化。楊小翼當時誇她大肚子也這麼好看。楊小翼進去的時候，米豔豔正在給孩子餵奶。她露出一個白而精巧的乳房，毫不避嫌。她餵奶的樣子已很像一個母親了。米豔豔見到楊小翼，哇啦哇啦地叫起來：

「啊呀，乾媽來了，乾媽來了。」

楊小翼的臉紅了。「乾媽」這個詞還是讓她感到窘迫的。她還是一個姑娘，除了偶爾思思春或對某個男孩單相思一下，連戀愛都沒有正經談過一次呢，一下子「乾媽」了很不適應。楊小翼微笑著把孩子抱過來。她的動作非常僵硬，就好像捧著一件價值連城的易碎的古董，害怕一不小心滑落在地。米豔豔教她正確的姿勢。楊小翼仔細端詳懷中孩子的小臉，眞的很像劉世軍，單眼皮，大嘴巴，黑臉。楊小翼說：

「米豔豔，你生了個小劉世軍，好醜噢。」

米豔豔咯咯地笑起來，說：

「你別打擊我，我兒子哪裡醜了，不是很英俊嘛。」

「唉，自看自中意啦。」

楊小翼把孩子還給米豔豔，問：「劉世軍呢？」米豔豔自豪地說：「劉世軍去鄉下了，他聽說喝老母雞燉湯催奶，去農民那兒買雞去了。」

楊小翼忽然心頭發酸，有了一絲醋意。過去，劉世軍只對她才這麼好。她說：

「看不出來嘛，劉世軍還會幹這事兒。」

米豔豔得意地說：「兒子在搖籃裡睡著後，他就站在一邊看著他的小臉，看不夠，一看就是幾個小時。我嘲笑他這樣兒，你猜他怎麼說？」

「猜不出來。」

「他說，『以前我不理解我爹，爲什麼對我有這麼多要求，對我恨鐵不成鋼。我有了兒子後一下子就明白了。我得好好培養他，以後起碼超過他爺爺。』」米豔豔一邊笑，一邊學劉世軍的口氣。畢竟是演員，學得像極了。

楊小翼撇了撇嘴說：「才這麼點大嘍，他都想得這麼遠了。」

「就是嘛。」米豔豔一臉幸福地應和。

「我今天才領教了一位父親的偉大情感。」楊小翼譏諷道。

「還有更爲偉的呢。」米豔豔說：「他現在可上進了，他說爲了兒子，他得混出個人樣兒來。」

楊小翼說：「眞是他說的？我都有點不相信。」

這時，劉世晨回來了。她還是像原來一樣，穿著非常樸素，把自己打扮得看不出性別。但她身上總是有那麼一種架子在，說話的口氣居高臨下。世晨見到楊小翼，說：

「你不是在『學工』嗎？逃回來了？」

楊小翼說：「想你們了，回來看看。」

世晨說：「我都後悔回家，南方這鬼天氣，太熱了，坐著不動都出汗。」後來，楊小翼和劉世晨聊了學校的一些事情。主要是世晨在說。世晨是有雄心壯志的，她在大學裡依舊是班長。她自讀小學開始一直是班長。她的言語裡充滿了政治術語，很像一個雄辯滔滔的革命家了。

晚上，楊小翼剛在家吃完晚飯，劉世軍過來了。劉世軍說：「黯黯告訴我，你回來了。」楊小翼一見到他，不知怎麼的就些生氣，於是就嘲笑他：「聽說給米黯黯抓老母雞去了？我一想你在鄉下抓母雞就想笑，像一個日本鬼子。」劉世軍的臉紅了，顯得有些拘謹。見他這樣，楊小翼心就軟了。她想，劉世軍是米黯黯的丈夫，當然得對米黯黯好。這很正常。

劉世軍話很少，變得深沉了許多。不過楊小翼和劉世軍在一起從來不會尷尬，即使不說話也很放鬆。看著他這麼嚴肅的樣子，楊小翼想逗他。但他端著一副大哥的架子，完全不理會楊小翼。後來不知怎麼的楊小翼說到呂維寧騷擾她的事。劉世軍的目光一下子憂慮起來。他詳細詢問了呂維寧的情況，好像他能解決遙遠的北京的事。楊小翼看著他滿眼的擔心，竟被他感動了，就安慰他：「沒事兒，我會處理好的。」楊小翼聽母親說，李叔叔沒什麼力氣，現在家裡像買煤球之類的活兒都是劉世軍在幹。楊小翼想，這傢伙，真的一下子成熟了，有了劉伯伯的風範。看來婚姻能讓一個男人變得有責任。

在永城的日子楊小翼是放鬆的。在母親和李叔叔上班的時候，楊小翼經常站在陽台上，看著盛夏陽光下的街景，周圍的建築這十幾年來沒什麼改變。附近公園裡有一些老頭老太太在歇涼，三五成群的在閒聊些什麼。一些孩子在街頭歡鬧，他們大都穿著軍裝，繫著軍用皮帶。公園的薔薇花開滿了細小的花朵。

她感到日子如此悠長而美好。呂維寧那「魔鬼」的能量沒有到達永城，永城依舊陽光燦爛。想起她還將去北京，還將見到呂維寧，她不免憂慮起來。但尹南方是天使，他讓北京變得明亮。楊小翼盼望這天使引領她去見「那個人」。在楊小翼的感覺裡，那群古建築就是她的天堂。她站在陽台上，看著陽光普照的城市，下定決心，下次去北京一定要想辦法去尹南方家，她一定要見到「那個人」。

第十一章

新的學期又開始了。

楊小翼到北京那天，首先見到的竟然是呂維寧。呂維寧見到她似乎有些畏縮，很怕她的樣子，刻意避開了她。楊小翼覺得呂維寧臉上什麼地方不對頭，後來她發現呂維寧的左眼角多了一條疤痕，這條疤痕使他的左眼似乎比以前小了一號。

留在學校的同學告訴楊小翼，呂維寧在校外被人圍毆了，被打得很慘，斷了鼻子，眼睛還差點被打爆裂。當時同學們叫他報警，但呂維寧不肯，他只說是自己不小心弄傷的。

楊小翼想起尹南方聽說呂維寧騷擾她時陰沉的表情，懷疑這事很有可能是尹南方幹的。他怎麼能幹這種事，這是犯法的啊。

剛想到尹南方，尹南方就來找她了。他遠遠地站在宿舍門口，對她笑，他的笑容燦爛中似乎有點兒「破碎」。他說：

「你終於回來了，我差點想跳上火車去你家看你。」

她開玩笑道：「是嗎？那麼想見到我媽媽？」

他笑了，笑容裡有一種孩子氣的調皮。他說：

「不過，我考驗自己，最終沒有跳上火車。」

她問起呂維寧被打事件。她問：「是你幹的嗎？」尹南方默不作聲，臉馬上黑了。他說：「這是報應，呂維寧這種人渣，不值得同情。」楊小翼趕忙說：「你千萬別再做這樣的事，犯不著。」

那天，楊小翼留尹南方在學校食堂吃晚飯。吃飯的時候，尹南方問：「你在老家都幹了些什麼？」她說：「我捉知了啦，不過北京現在沒有知了了。秋天了，知了消失了。」尹南方靦腆地笑了笑，問：「還幹了什麼？」她說：「我從小一起玩的女朋友生了一個胖小子，她要我做孩子的乾媽？」這個話題顯然尹南方是有興趣的，他眼睛發亮，說：「你？想不出來你做乾媽是什麼樣子。」她說：「你沒看出來我天生是做媽媽的料？」

「我老是想你在老家都幹些什麼？」他嚴肅地說，眼裡似乎還有那麼點兒委屈。

「不都告訴你了。」她笑道：「你呢？你幹什麼了？」

「我就待在學校裡，沒回家。」他說。

「你幹嘛不回家呢？是不是爲了找女同學們玩兒方便？」

「哪裡，家裡不自在。」他臉上露出少有的嚴肅。

一會兒，他突然說：「什麼時候帶你去我家玩，你不會拒絕我吧？」

她愣了一下，說：「好啊，謝謝你的邀請。」

「那下個星期天去？」尹南方顯得很高興。

「好的。」她內心既激動，又忐忑。

北京的秋天，有一種盡乎透明的藍色，天空分外地高遠。楊小翼感到自己成了天空的一部分，輕盈得想飛起來。校園裡有一顆銀杏樹孤零零地聳立在一片草地上，它的葉子金黃，好像它在努力證明土地的芬芳。街頭的梧桐樹枝頭已光禿禿的，在藍色天空的映襯下，像用畫筆畫上去似的，細節分明，顯現出一種油畫般力量。

星期天，尹南方騎著那輛德國自行車早早來學校接楊小翼。楊小翼跳上自行車後座，她看到呂維寧正站在食堂門口，目光陰沉地看著她，她的身上頓時起了雞皮。她假裝沒看見他。尹南方的自行車呼嘯地衝出校園，在校門口，差點撞著行人。她讓他騎慢點。他聽話地放慢了速度。

尹南方開始向她介紹他的家庭。這是她盼望已久的。她想瞭解關於「那個人」的全部，想瞭解他的日常生活中的樣子。尹南方說，「那個人」近幾年來一直稱病在家，不怎麼上班。他其實沒什麼大病，爲黨和國家分擔點工作沒問題。「這僅僅是韜光養晦之道，你不知道，黨內的鬥爭很殘酷的，一不小心，就可能陰溝翻船。他不太見人，甚至不見我母親，把自己關在房間裡，也不知道他在幹什麼。有時候，他可以一整天一動不動地坐在那兒，不看書、不讀報，雙眼無神。我知道他的腦子在動。」

楊小翼靜靜地聽著。她平時用母親的描述及尹南方身上的氣息想像將軍。如果將軍現在是這個樣子，那她的想像是完全錯誤的。現實中的將軍似乎很陰鬱，在黑暗中。她有點不安，尹南方描述的將軍讓她陌生。

一會兒，尹南方講起了他的母親。尹南方母親的形象同母親說的也很不一樣。在母親的口中，那個女人似乎特別嚴厲，不苟言笑，一副不徇私情、公事公辦的模樣。母親曾描述那女人的穿戴，樸素而得體，一頭烏髮整理得一絲不亂，後腦勺盤了一個髮髻，使她看上去幹練而莊重。尹南方說起母親來口氣明顯有了歡快的情緒。「我媽特別無聊，她一見到我就要纏著我聊天，我不回家，她就來學校找我，逼我回家。」

一路上，尹南方喋喋不休說著他家裡的事。一會兒，自行車就到了後海，路過前海西街時，他說，郭沫若家住那兒。她張望了一下，那個巨大的院子被綠蔭隱蔽，寂寞無聲，好像裡面並沒有住著人。一會兒，尹南方的家就出現在眼前。

進了院子，尹南方把自行車擲在一棵老樹邊。剛才向他們敬禮的崗哨，目不斜視，好像他們並不存在。尹南方拉起她的手，向對面的一幢三層小樓走去。走在樓梯上時，她注意到，雖然這是中式老宅，但內部經過精細整修，頗有點西洋風格。不知是原來如此還是尹家住進來後裝修的結果。

「南方，是你嗎？」

大概是聽到了他們的動靜，房間裡傳出一個女人的聲音。

「是我。」尹南方大聲回答。

房間的門打開了，一個穿著睡袍、頭髮濕漉漉的女人出現在門口，她有著一張長臉，下巴尖細，這會兒她的臉上掛著燦爛的笑容。她見到楊小翼後，笑容迅速收斂了，她帶著一種類似審問的挑剔的眼光上下打量楊小翼。然後用目光詢問尹南方。

尹南方馬上介紹：「我同學楊小翼。」然後尹南方對楊小翼說：「我媽。」

楊小翼禮貌地叫了一聲「阿姨」。她聽母親說起過，她叫周楠。

周楠阿姨淺笑了一下，說：「南方，你帶同學過來也不告我一聲，我這麼亂七八糟的見你同學多不好。」

尹南方說：「媽，你挺好的啊。」他轉頭問楊小翼，「我媽是不是很漂亮？」南方向她吐了吐舌頭。

楊小翼雖然不認爲她有多漂亮，還是趕緊點頭。周楠阿姨開心地笑了。楊小翼發現尹南方的嘴挺甜的。

周楠阿姨轉身回房間。她的長髮是捲的。楊小翼問尹南方，你媽媽的頭髮是自然捲嗎？尹南方說，是燙的。

楊小翼一直在拿周楠阿姨和母親比。也許是她內心或多或少對那女人有些排斥，她覺得周楠阿姨沒有母親好。周楠阿姨長得比母親高些，可沒有母親端莊。周楠阿姨身上似乎有那麼一點令人不舒服的輕佻和做作。她有點爲母親委屈，也爲將軍委屈。

尹南方的房間在三樓，路過二樓時，南方指了指對面的門，說：「我家老爺子住在這裡。」然後又向楊小翼扮了一個鬼臉。那房間外面是一個大廳，大廳上放著一個巨大的地球儀。大廳外的光線照射在玉石製成的地球儀上，地球儀的反光晃人眼目。大廳的桌子有乒乓球桌那麼大，上面放著一張地圖，地圖上壓著一枚放大鏡。一盆仙人掌放在窗台上。將軍房間的門關得嚴嚴實實，一副拒人千里的傲慢模樣。門上面的氣窗用紙糊著。

尹南方帶她去院子裡玩。院子模仿江南園林的格局，有珊瑚石、池塘以及各種植物，池塘挺大的，它的中間有一條小道，小道的盡頭是一個亭子，亭子在池塘的四分之一處。小道的兩邊種植著菊花，正是菊花盛開的季節。

他們來到亭子間。她問尹南方，裡面有沒有魚。尹南方說，不但有魚，還有烏龜呢。

尹南方講了一個故事。他有一次在池塘裡釣了一隻烏龜，捉回房間玩賞。後來，他又把烏龜放回池裡。尹南方說，這之後，這隻烏龜每年要來他房間待一個月，他回家的時候，牠會爬出來，看著他。

「尹南方，牠可能前世是美女，這麼有情誼。」她誇張地說。

「啊，那這美女要傷心死了，變成這麼醜的烏龜。」尹南方說。

她不時抬頭看小樓，看「那個人」的房間。他的房間向陽一側是一排玻璃窗，但拉著一道墨綠色的窗簾。什麼也看不見。有一次她看見二樓的窗簾動了一下，一個人影站在邊上觀察著他們。她的心怦怦跳起來。

楊小翼是吃晚飯的時候才見到將軍的。

「我們家吃飯特準時，六點鐘開飯。老爺子在『北京時間最後一響六點整』準時來到餐廳，分秒不差。我們家一切軍事化。」尹南方在她耳邊小聲說。他的語調裡不無調侃。

楊小翼和尹南方提前坐在餐桌邊上。周楠阿姨也坐了下來。她的樣子和剛見到時很不一樣，她的頭髮紮了起來，頭髮紮起來後，她的臉龐變大了，變得嚴肅而沉靜，剛見到她時那種小女人的輕佻一下子不見了，好像她轉眼之間換了一張臉。

楊小翼有點心神不寧。她的注意力完全在那間有巨大玻璃窗的房子裡，她兔子一樣豎起耳朵，傾聽著二樓的動靜。尹南方母親同她說了一句話，但她沒聽清楚。她茫然地看了看周楠阿姨。

「你有點緊張是嗎？你不用怕他。」

尹南方母親的聲音毫無情感，像在打官腔，但楊小翼還是向她感激地笑了笑。

尹南方滿不在乎，他伸出筷子去夾菜。尹南方母親向他使眼色，讓他動作快點。這個時候的周楠阿姨挺孩子氣的。這個女人有兩張臉。

餐廳的自鳴鐘驟然響起。在寂靜的宅子裡，這鐘聲像低沉的大炮一樣轟鳴。楊小翼幾乎嚇了一跳。她想，這個家果真有點兒戰爭氣息。

幾乎是鐘聲響起的同時，楊小翼聽到了腳步聲從樓梯口傳了下來。在鐘聲敲最後一響時，將軍來到餐桌旁。她終於見到了他。他就在面前，那麼近。他在她的對面坐下來。那是家長的位置。他比她想像的要矮小，他比南方矮了整整一個頭，身板倒是很硬朗，筋骨結實，像一堆鋼鐵。他雖然矮小，但坐在那裡，卻讓人高山仰止。她對他既陌生，又親切。她從他的臉上看到自己的影子，她的眉毛是像他的，淡淡的，她棕灰色的眼珠也和他一模一樣。

他一定發現餐桌上多了一個人，但他沒有任何表示。他不太看人，吃飯的時候也沉默寡言。他只在坐下的時候，瞥了她一眼，目光裡有一絲銳利的光芒。

飯吃得很壓抑。尹南方伸手拍了拍楊小翼的背部，像是在安撫她。後來，尹南方的母親說起一件什麼事。楊小翼聽不太懂，應該是某高層——她沒聽清楚是誰——今天找到她，要她轉告將軍，讓將軍去開會的事。將軍冷冷地說：「你別攙和我的事。」周楠阿姨的臉陰沉下來。

將軍吃得很快，沒一會兒，他就把飯吃完了。他放下筷子，抬頭對尹南方說：「南方，你怎麼不把你同學介紹我認識。」尹南方吃了一驚，趕緊說：「她叫楊小翼。」楊小翼本能地站起來，向將軍鞠躬。將軍揮揮手，讓她坐下。

「丫頭，哪兒人啊？」

「上海人。」她幾乎是脫口而出。

「父母親幹什麼的？」

「我父母都是造船廠的工人。」

她這麼說的時候，心很虛。尹南方疑惑地看了她一眼，他顯然不理解她為何撒謊。她向他眨了眨眼，暗示他別吭聲。

「我好像哪裡見過你。」將軍像是在沉思，「很面熟。」

楊小翼不再說話。這句話喚醒了她內心沉睡著的情感。就像神對著泥土吹了一口氣，便造了一個男人，她好像因了這句話而找到了自己的家園。她努力壓制自己的情感，希望自己鎮定，不要太過動容。她調整著呼吸，低頭吃飯。

將軍站了起來，回頭對她說：「有空來玩。」

她點點頭。

後來，尹南方對她說，老爺子從來對他的朋友沒好臉色，老爺子對她這樣熱情讓他很吃驚，好像太陽從西邊出來了。她開他玩笑，「你是不是經常帶女孩子回家？」尹南方鄭重否認，說大都是男孩子。玩笑過後，尹南方嚴肅地問她，「爲什麼要說自己是上海人？」她沉默了好一會兒，才說：「我以後告訴你爲什麼。」尹南方露出天眞而明亮的笑容，說：「我猜到你的心思，在我家沒事的，不需要政治審查，也不用『根正苗紅』，我家老爺子雖然古怪，但腦子是沒框框的。」楊小翼沒想到尹南方這樣「好心」地理解她的用心，她微笑點頭。

那天晚上，她失眠了。她滿腦子都是和將軍在一起的場景。他同她說的就那麼簡單的幾句話，可每一句話她都反覆回味，好像那簡單的詞語充滿了玄機。她覺得這些詞語溫暖如海水，無比廣闊，無比綿密，她浸潤其中，感到自己像一個孩子，像一個女兒。是的，她有了做女兒的感覺。對她來說，這是一種全新的感覺，這種感覺是濕潤的，是慵懶的，有一點點酸澀，又一點點欣喜。這種感覺讓她的肌膚擴張開來，好像她的身上正有一雙溫暖的大手在撫摸。

她仔細辨析這種感覺和她在劉伯伯那裡有何不同。確實是不同的：在劉伯伯面前，她雖然感到安全，但她的血液彷彿並沒安靜下來，好像血液一直在尋找某種認同，因此一直有一絲絲焦慮；而在將軍面前，她安靜了下來，她一見到他心裡便有底了，他就是父親。即使事先不知情，她或許同樣會認出他就是父親。

在黑暗中，楊小翼想起將軍踏著鐘點來到餐廳的樣子，咯咯地笑了出來。同宿舍還沒睡著的同學問她笑什麼。她說：「沒什麼。」

第十二章

尹南方對楊小翼說：「老爺子對你印象特好，好幾次問起你，讓你去玩。」

楊小翼聽了特別感動，她溫情地說：

「好啊。」

尹南方說：「要我家老爺子這麼惦記一個人可不容易，他對人嚴酷，幾乎六親不認。」

她問，將軍怎麼「六親不認」了？尹南方告訴她，將軍的弟弟在福建家鄉的政府機關工作，當地黨組織要提拔他當局長，將軍聽說後寫了一封信，表示不要因爲將軍而提拔他的親友。當地組織接到信後很爲難，結果就沒提拔將軍的弟弟。將軍的弟弟爲此恨死了將軍，罵他「六親不認」。

說到這兒，尹南方樂呵呵地笑起來。他說：

「你說，我們家老爺子不是有病嘛，其實我叔叔挺能幹的，當個局長算個狗屁，可我家老爺子就喜歡高風亮節，爲此犧牲我叔叔在所不惜。這些裝腔作勢的革命者，都特自私。我們家的親戚不但沒有得到他的好處，還處處受他的壓迫，他們都恨死了老爺子。」

尹南方用這樣尖刻的語言說將軍讓楊小翼不適，她願意將軍在她心目中是高大的。她說：

「將軍有將軍的考慮吧。」

「不過，話說回來，老爺子也不無可取之處。他孝，反正比我孝，我奶奶死的時候，老爺子哭得死去活來，有三天沒吃一粒米。我本來以爲他沒感情的。另外，他一直讓我媽每月給他的小學老師寄錢。小學老師光棍一輩子，無兒無女，老境淒涼。還有一些雜七雜八的人，都是老人，他也寄錢。一個月要寄不少，所以我們家其實挺窮的。」尹南方爽朗地笑出聲來。

這些話楊小翼愛聽。這些話修補了將軍剛才坍塌的形象。她跟著笑了。

「我媽不是個很大方的人，所以在我面前也要發牢騷。可牢騷歸牢騷，老爺子吩咐的事，她不敢不做。」

那天，尹南方又帶她去了尹家。

他們進去的時候，尹家的氣氛有點怪異。周楠阿姨正在訓斥一位護士。醫生神情緊張地立在一旁。

尹南方問母親怎麼啦，幹嘛發那麼大脾氣？

周楠阿姨說：「你爸這幾天胃口不好，什麼都吃不下，可能生病了。讓他去醫院，他又不肯。你爸就這樣，有了病總是自己熬著，他都六十多了，還以爲自己是小青年。這些醫務人員都是吃乾飯的，太無能，說服不了他。」

尹南方說：「媽，你別著急了，老爺子不肯治說明沒問題，要是病得重，他早去醫院了。」

周楠阿姨的聲音提高了八度：「小病不治，大病難防，他這樣拖著，遲早會得大病。身體是革命的本錢，沒身體……」

這時，將軍從他的房間裡出來，他穿著睡衣，頭髮凌亂，站在樓梯口，吼道：「你們嚷嚷個什麼？你們上來，我讓你們打針。你們煩不煩人。」

醫生好像怕將軍反悔似的，帶著護士迅速上樓。楊小翼跟了上去。

將軍躺在他的藤條躺椅上看書。他伸出一隻左手，讓醫務人員給他注射。那護士大約剛被周楠阿姨訓斥過，顯得非常緊張，雙手一直在顫抖，幾次都沒有注射成功。針頭刺破了將軍的皮膚，可就是無法刺穿靜脈。他的皮膚上滲出一滴一滴的小血珠。

將軍就像沒事似的，繼續看書。將軍說：

「我的血管硬，像一根牛皮管子，好多醫生都沒辦法。」

「怎麼會這麼硬呢？」那護士緊張得快要哭了。

楊小翼想起母親曾對她說起過將軍的靜脈，手背靠近手腕處容易刺入。楊小翼對將軍說：「我來試試吧。」將軍抬頭看了她一眼。這是他在這段時間裡第一次看人。

有一段日子楊小翼經常去母親醫院。在醫院裡，有一個專門用來訓練靜脈注射的模具，沒事的時候，她就玩這個，玩多了，對靜脈注射便得心應手了。母親生了病通常在家裡吊鹽水，母親便讓楊小翼把針插入她的靜脈。楊小翼做得相當好，母親誇她天生是做醫生的料。

「你能行嗎？」周楠阿姨問楊小翼，眼神是不信任的。

「我學過。」她說。

將軍說：「就讓丫頭試試。」

楊小翼還是相當緊張的。她拿起針頭，深吸一口氣，然後握住將軍的左手。將軍的手像一塊冰涼的鐵，很沉，也很堅硬。這種冰涼感讓她詫異。

是不是因爲生病的原因呢？母親當年握著的也是這樣一雙冰涼而堅硬的手嗎？這冰涼的手怎麼會激發母親的愛意呢？

她迅速找到了那個位置，順利地把針頭刺入靜脈。醫生和護士都鬆了一口氣。

將軍又看了楊小翼一眼，他的目光裡似乎有某種遙遠的回憶。

楊小翼對醫務人員說：「接下來的事情，我會處理的，你們先回去吧。」

醫務人員點點頭，又對周楠阿姨說：「首長有什麼指示，隨時叫我們。」

周楠阿姨沒給他們好臉色，不耐煩地揮揮手，讓他們走。

楊小翼一直在將軍的書房守候著。中途周楠阿姨和尹南方出去了，書房裡只留下將軍和她。有好一陣子，書房裡除了將軍翻書聲外，靜悄悄的。將軍的沉默讓她有點兒緊張。

她說：「將軍，你自己看著累，我給你朗讀吧。」

將軍揮了揮手，表示用不著。不過，將軍收起了書，同她拉起家常。

「你多大了？」

「二十一歲了。」

「噢，那你是一九四二年生的。我年輕的時候在上海待過。上海眞的有巴黎的感覺。」

她說：「將軍去過巴黎吧？我在教科書上讀過將軍在巴黎開展革命的故事。」

將軍笑了笑，說：「教科書是胡扯，你不可全信。那會兒我二十一歲，和你現在一樣年紀，哪來那麼多救國救民的抱負。」

將軍的臉鬆弛下來，平時威嚴的表情裡露出孩子氣的詭異的微笑。他緩慢地說：

「年輕的時候，我的抱負是成爲一個文學家。這世上最好的文學在法國，最好的畫家也在法國。我是和一個畫家一起去法國的，然後去了法國東南部的里昂大學留學。里昂在法國的地位相當於中國的上海，既是工業之都，也是個文化之都，拉伯雷的《巨人傳》就是在里昂寫成的。在里昂待了一年，我和那個畫家吵了架，我差點把那畫家殺了。我們原本住在一起的，只好分道揚鑣。他去了英國劍橋大學，後來成了一個詩人。而我去了巴黎，認識了恩來同志，成了一個共產主義者，回國後做了軍人。人的一生，走什麼樣的路，有時候是非常偶然的事情決定的。」

將軍說得很簡約，但他沉溺在往事裡的表情卻是異常豐富，有著難得一見的溫柔。

楊小翼猜出那個詩人是誰了，應該是徐子達，課本上有他的詩。她向將軍求證。將軍含笑點了點頭。將軍不無傷感地說：

「我們現在成了完全不同的兩個人。」

她非常想瞭解他的過去。她豎耳傾聽，好像他的話裡隱藏著她更詳盡的身世祕密。她希望他會慢慢說到母親。但將軍似乎覺得自己說得太多了。他收起剛才舒緩的表情，臉上重露慣常的嚴峻，他把書遞給她，說：

「我有點累了，你讀給我聽吧。」

那是一本有關法國大革命的書，是羅伯斯庇爾的傳記，書名叫《革命》。將軍告訴她從哪裡讀起。她深深吸了一口氣，然後朗讀起來。

將軍一直閉著眼，一動不動。不知道他是不是在聽。一會兒，他的鼻息發出均勻的鼾聲。他睡著了。

她停止朗讀，看著躺椅上熟睡著的將軍。此刻，他臉上的表情依舊是嚴陣以待的那種戰士的表情，只是有些「形不散神散」，因爲「神散」，他看上去顯得十分蒼老，好像一下子老了十歲。自見到他以來，她的心裡第一次出現「爸爸」這個詞。她很想叫他一聲「爸爸」。

尹南方躡手躡腳地走進來，他從後面抱住了她。她的身體一陣緊張。

即使楊小翼不想正視，但她心裡很清楚，尹南方陷入了狂熱的戀愛之中。她試圖和他保持適當的距離，可他總是想打破這一界線，向她步步緊逼。或許正是她的若即若離，反而更激發了尹南方的熱情。

一天晚上，楊小翼和他手拉著手走在西單大街上。街上華燈綻放，一直延伸到遙遠的天邊。楊小翼有一種遠離塵囂的感覺。那會兒，她雖然覺得和尹南方這樣親密是件危險的事，但還是感到無比的美好。她願意這樣拉著他的手，她從中感受到一種單純的溫情。

但尹南方是不安穩的，在路過汽車站的一個拐角處，尹南方突然抱住了她，試圖吻她。她不停地躲閃，面帶僵硬的微笑，用力推開他。她委婉的拒絕顯然不能阻止他，他死皮賴臉地纏著她，讓她無處可躲。她靈機一動，只好說：

「南方，有人來了。」

那時候，大家都很保守，很少有人敢於公共場所親熱的。尹南方迅速放開了她。他很快知道自己受騙了。他的熱情顯然被挫傷了。看到他難過，她心軟了。她靠近他，笑著問：「南方，你怎麼啦？」

他的臉上有一種既受傷又狂熱的表情，他問：「你究竟怎麼啦？你難道這麼討厭我嗎？」

親愛的尹南方，我怎麼會討厭你呢？你不知道我對你有多好，我對你有多親。親愛的尹南方，我很想像一個姐姐一樣拍拍你的臉，很想擁抱你，很想爲你做一切我能做的事，我甚至想像要是我和你一起長大，在同一屋簷下長大，那該有多好，那我們一定會是世上最親近的姐弟。

她試圖向他暗示，她和他是不可能的，他們只能做朋友。他說：「爲什麼？」她說：「你終有一天會知道的。」他說：「是不是你有男朋友了？」她說：「這倒是沒有。」他鬆了一口氣，不解地說：「那究竟是怎麼回事？」她說：「我配不上你。」

看到尹南方如此難受，她非常心痛。她身上的某一根神經像是生長在他的身上，他的任何情緒變化總是會影響她，讓她不安。她過去擁抱了他。

只要她對他好一點，他似乎就解脫了，他又會變得充滿孩子氣，眼神裡會呈現出一種像是擁有整個世界的自信。看到他高興成這樣，她眼眶泛紅。

那天晚上，她讓他吻了。也不是吻，她的嘴唇緊閉著，只是象徵性地讓他親了一下。尹南方氣喘吁吁，緊緊地抱著她，臉貼著她。他流出的淚水沾濕了她的臉頰。

楊小翼以爲她和尹南方的事最終可以解決，一切可以水落石出，尹南方會知道眞相，他會原諒她。事實上，要解決這個問題困難重重。她和尹南方的關係正滑向危險的邊緣，一不小心可能會變得不可收拾。

楊小翼依舊去尹南方家。現在每次去尹家，將軍都要讓她朗讀。這是楊小翼求之不得的，藉此她可以擁有更多和將軍相處的時間。她和將軍的話題卻並不多，除那次和她聊法國的事，後來他再也沒說起過自己的生平往事。有時候，他也談談文學，說他早年喜歡讀小說，喜歡司湯達的《紅與黑》，但現在已不喜歡讀小說了，喜歡讀歷史。

有一天，在吃飯的時候，將軍突然說：「小翼願意的話可以睡在家裡。」

將軍的話讓她感動。她像一個女兒一樣點點頭。那一刻，她眞的找到了做女兒的感覺。那一刻，她感到無比幸福，好像一個嶄新的世界來到了面前。

那天晚上，楊小翼就在尹家住了下來。

眞正的危險就是從尹家住下來開始的。

開始幾天，尹南方還算規矩。後來尹南方在她的房間裡待的時間越來越長，他總是黏著她，賴著不走。她幾次暗示他早點睡覺去，他都假裝沒聽見，他的臉紅樸樸的，顯得很亢奮，眼神裡有一種想把人吃了的黏乎乎的東西。楊小翼感到不安。

有一天晚上，他不但不肯走，還把燈關了。她怕他幹出出格的事來，趕緊把燈打開。他又把燈關了。她又打開。房間的一明一暗，像在發什麼軍事暗號。他不再在燈上和她糾纏，他抱住了她，開始吻她。她微笑著把臉轉開，逃避他。那天他也許是喝了一點酒的緣故，表現得異常野蠻，他把她按倒在床上。她雖然恐慌，但依舊笑著說：「南方，你想幹什麼？這樣不好。」尹南方根本不聽她的，開始脫她的衣服。他在解她的鈕扣時，她按住了他的手。這時，她已嚴肅了，她知道不可迴避的「攤牌」終於來了。眼看掙扎無望，她狠狠地打了他一個耳光。他顯然有點措手不及，被激怒了，他非常不解地看了她一會兒，也給了她一個耳光，然後拂袖而去。

雖然，第二天尹南方滿懷委屈地向她道歉，但她清楚自己這次眞的傷害了他的自尊。看著他蒼白的臉，她猜想，他像她一樣，昨晚上一夜沒睡著。她的心軟了，但她無法再軟，否則將犯不可饒恕的罪過。她的臉色嚴峻，沒有接受他的道歉。

尹南方身上有一種一意孤行的氣質。他不像外表那樣充滿孩子氣，孩子氣在他那裡只是假象。對自己想要的東西，他會動用各種手段，不達目的不會甘休。

如果再不解決這個問題，會害死尹南方的。

親愛的尹南方，我眞的不想你有任何傷害。傷害你就是傷害我自己。

她必須讓尹南方明白她和他之間存在無法解決的障礙，讓他明白他們是姐弟，存在血緣關係。

可她又怕如果公布自己身世，她會失去接近將軍的機會。

要處理好這一切，是多麼困難啊。

經過仔細的考慮，楊小翼決定讓將軍知道她是誰。必須把蓋子揭掉，把一切公開，這是解決問題的唯一辦法。

這是一個冒險的決定。因爲這樣做她有可能再也進不了那個家——對她來說這是件多麼不幸的事。她深知黨的傳統，革命的純潔性要求不允許像將軍這樣的人公開地存在一個「私生女」。無論如何這是一件複雜和敏感的事。但她也存僥倖之心，希望一切問題朝著她的心願安然解決。將軍對她是那麼好，在她一廂情願的幻想中，她甚至覺得他實際上已認出了她，已把她當成了女兒。

她一直帶著母親年輕時的照片。照片裡，母親穿著棉質的青底白格子旗袍，梳著一個當年常見的留著瀏海的學生頭，直髮剛能遮住臉腮，顯得乾爽潔淨明亮。她曾經想出示母親的照片給將軍看，問問他是否還認識照片裡的人。

她決定用另一種更具戲劇性的方法暗示將軍她是誰。那一週，她一方面應付尹南方的糾纏，一方面開始做必要的準備。在她離家的時候，母親給了她一些全國通用的布票，讓她到北京做一些新衣服。現在，她決定做一件像母親那樣的旗袍。

一九六二年的中國，幾乎已經沒有人再穿旗袍了，但爲私人製衣的裁縫店還是有的。在學校附近的一個不起眼的破敗的小巷子裡，就有一家隱蔽的裁縫店，開店的師傅是一個駝背老頭。楊小翼把母親的相片交給他，讓他照上面的樣子給她做一件旗袍。他在聽明白她的要求後，狐疑地看了看她，又看了看手中的照片，然後輕聲說：「現在誰還敢穿這樣的衣服？」她謊稱，演戲用的。又問：「你會做嗎？」老頭說：「會做會做，只是做成後不能穿出去，可惜了你的布料。」老頭開始替她度量身體尺寸。他一邊在她身上比畫，一邊問：「照片上的是你母親吧？你和她很像。」

那個星期天，尹南方有點兒不願意回家去。他說：「我們找個地方玩去吧，老爺子在我們面前晃來晃去的，多不自在啊。」楊小翼說：「還是去看看將軍吧，將軍一個人待著也挺沒勁的。」尹南方說：「他可幹的事兒多了，只是他不願幹，寧願這樣自囚。」她說：「所以，我們去陪陪他啊。」尹南方不以爲然地說：「他喜歡清靜，不喜歡見人。」

後來尹南方還是帶著她回家了。像往常一樣，將軍見到楊小翼，就說：「待會兒你給我朗讀。」

下午，尹南方接到一個電話，是他的那些朋友打給他的，讓他去玩。他要帶楊小翼一起去。她不願意，說：「你去吧。」他想了想，說：「那好吧，我晚上回來。」她說：「好的。」他抱了抱她。她拍拍他的臉，讓他乖一點，別和他的那些朋友闖禍。他孩子氣地說：「他們嘲笑我，說我重色輕友。」她說：「去吧。」

楊小翼的計畫就是在那天下午實施的。她在房間裡穿上那件旗袍，然後對著鏡子，把自己的頭髮整理成母親的式樣。看到鏡子裡的自己，她有一種時光倒流的幻覺，好像鏡子裡呈現的眞的是母親。在那一刻，她眞正認識到，她和母親是多麼相像，幾乎像是一個模子鑄成的。她放下鏡子，定了定神，拿起書，向將軍的房間走去。

楊小翼永遠不會忘記將軍見到她時驚訝的表情。她打開門，將軍在等她，他抬起頭來向她微笑，可他看到她後，臉上的笑容凝固了。看著他怪異的表情，她一動不動地站在那兒。也許是因爲事先有心理準備，她倒是沒有慌張。她想，將軍一定認出她來了，他會怎麼反應呢？他會接納她嗎？

「你是誰？」將軍終於說話了，聲音嚴厲。

「我的母親叫楊瀘，我是她的女兒。」

當她說出母親的名字後，將軍的臉一下子變得毫無表情。

「你記不得了嗎？」

他目光銳利地看了看她，像是面對一個騙子。一會兒，他乾巴巴地說：

「你回去吧。我什麼都不記得了。」

那天，她不知道自己是怎麼回到房間的。將軍冰冷的聲音刺痛了她，也把她的幻想擊得粉碎。被人拒絕無論如何是件恥辱的事，何況拒絕她的是她傾注了滿懷熱愛和盼望的人。回到房間後，她羞愧不已，身上的旗袍彷彿是她羞恥的標記，她迅速把它脫去，由於用力過猛，很多地方都撕破了。然後，她撲在床上放聲大哭。她的內心充滿了悲傷，充滿了自我憐憫。她是多麼失望，她深切地感受到被遺棄的傷痛。

後來，她被一個警衛拉著上了一輛吉普。這個警衛把她送回學校。她知道這都是將軍的命令。有好長一段日子，回想這件事，她都處在恍惚之中，覺得自己做了一個荒唐的夢。深秋，北京的陽光稀薄，目光所及，植物一片蕭條。她意識到自己待在北京已失去了意義。

對將軍的怨恨是遲遲降臨的。它比失望要來得晚些，是在失望結束的地方誕生的。它在楊小翼心裡糾集起狂瀾，是強大而有秩序的，它有一種壓倒一切情感的力量。這力量讓她暫時忘記了悲傷，使她變成了一個審判者。她用最尖銳的言詞審判將軍。

他這算是什麼呢？他孕育了我的生命，卻對我不管不顧，讓我在這個世上沒有任何名分，讓我成了一個私生女。他怎麼可以如此冷酷地把我拒之門外。他沒有這個權力。

這樣的審判讓楊小翼在某種挫敗感中得以暫時解脫。但審判結束，她的腦子一旦空下來，那種自我憐憫就又會出現，她的心裡又會出現一個遺棄者的形象。

尹南方再沒找楊小翼，尹南方在她的生活中消失了。她清楚他的感受。

他一定對我充滿了怨恨，就像我怨恨將軍。我欺騙了他。

楊小翼去尹南方的宿舍找過他。同宿舍的人說，尹南方這段時間沒來上學。她很揪心，尹南方去哪裡了呢？難道「那個人」把他關起來了嗎？

楊小翼是在半個月後才知道尹南方出事的消息。那天，將軍把楊小翼送走後，尹南方就回家了。將軍命令尹南方，從此後不能再去見她。尹南方不知何故，當然不答應。將軍一怒之下，就把尹南方關了起來。尹南方問究竟怎麼回事？楊小翼怎麼了？但將軍不置一詞。尹南方不是那麼容易馴服的人，他想回校找她，幾天後的子夜，他趁夜深人靜，從三樓窗口跳下，結果重傷送醫。他的腰椎斷裂，下半身癱瘓了。

這是周楠阿姨告訴楊小翼的。周楠阿姨是特意來找她的，找她只有一個目的，就是讓她離開北京。周楠阿姨冷冰冰地說：

「你不能再待在北京，你必須離開。」

這是她最後說的話。說這話時，她臉上充滿厭惡的表情，口氣是毋庸置疑的，就好像楊小翼只不過是一粒塵埃，只要輕輕吹一口氣，便會被吹到天涯海角。周楠阿姨說完這話，整了整自己光滑的頭髮，走了。

有好長時間，楊小翼不能相信尹南方墜樓的事。但一切都是眞實的。一個母親不會編出這麼惡毒的謊言。尹南方確實墜樓了，他殘疾了，半身不遂。楊小翼墜入深深的自責之中。她想去醫院看望南方，但沒有人告訴她，他在哪兒。她問了夏津博，夏津博說他只知道尹南方墜樓，但不知道他去了哪家醫院，將軍一家沒讓任何人知道。

那些天，她整日以淚洗面，夜晚無法入睡。和南方相處的場景像電影一樣在腦中播放，歷歷在目。她確實犯了很多的錯誤，她不負責任地把他引導到危險之地，她玩弄了他的情感，她罪不容赦。她是個多麼自私的人。南方的臉越是生動地出現在她的腦中，她內心的疼痛就越強烈。

她曾試圖把這一切的罪責推到將軍的頭上。是的，這一切的根源都在他那兒，是他種下了這一孽債，他是這一切的「前因」，現在結出的只不過是「後果」。但是她說服不了自己。所有試圖讓自己心裡平衡的藉口是那麼脆弱，毫無根基，只需吹一口氣便土崩瓦解。她清楚，尹南方身上所發生的一切都是因爲她的緣故，所有的罪過都在她這兒。

楊小翼日漸消瘦。同宿舍的女孩子一定以爲她失戀了，她們來關心她。她不想任何人關心，她只想她們消失，或者她消失。她控制不住自己，對她們大吼：

「我很好，你們別管我。」

她大聲哭泣起來。她們抱住了她，問：「怎麼啦？你究竟怎麼啦？」

她沒法告訴他們。沒法。她只能不停地哭，直到淚水流乾。

在周楠阿姨同她談話不久，校方的兩位領導把楊小翼叫到辦公室，他們說接到上級命令，她必須暫時離開北京。不過他們慰勸她，將來還是有機會完成學業的，他們保留她的學籍。他們給她一份名單，上面都是軍工企業。他們說：「你是軍隊的人，你可以任意選擇去上面所列的任何一個地方。」

其實他們根本不用勸慰她，她自己也想逃離這個傷心之地。

她麻木地接過名單，在密密麻麻的字行間，看到了「廣安」這個詞。這個詞此刻像是帶著某種光芒，刺痛了她的雙眼。她的眼睛除了這兩個字，再也看不到別的詞句。她想起了伍思岷，他那張驕傲的臉浮現在她的腦海。好久沒有伍思岷的消息了，他好嗎？他一定不好，因爲她害了他。她爲什麼總是害人呢？

楊小翼被「廣安」這個地方吸引住了，那地方似乎在召喚她，好像那是個罪孽的解脫之地。她抬起頭來，對他們說：

「就這個地方，我去廣安縣。」

第十三章

楊小翼打算直接從北京走，她不打算回老家了。她無法向母親、向劉伯伯交代在北京發生的事。她把一切都毀壞了。她所能做的就是隱瞞，能瞞多久就瞞多久。她明白自己是一個失敗者，也是一個逃亡者。

夏津博來送她。她不清楚夏津博是否知道她和尹家之間的事，是否知道是她害慘了尹南方，整個過程他默不作聲。他默默地把她的行李捆綁在一起，默默地幫她托運行李，然後默默地把行李票遞給她。他的表情是從未有過的嚴峻。他偶爾投向她的明亮的一瞥中有深深的擔憂。她除了向他說「謝謝」外，不知說什麼。說什麼都是多餘的。

火車要到傍晚五點才出發。現在是四點鐘，候車大廳裡到處都是神色茫然的乘客。楊小翼和夏津博找了個人少的地方坐下來。

從候車室的大窗向外望去，深秋的天空呈現出黃灰相雜的顏色，空氣裡充滿了煙塵，顯得混濁不堪，就好像一杯水的底部積滿了懸浮物。火站站附近的建築因為長年受列車吐出的煙塵的侵襲，染上了一層黑黑的焦油，看上去熱氣騰騰的，使火車站看上去像是一個巨大的化工廠。街道兩邊植物稀疏，葉子早已脫落，一副無精打采的模樣。楊小翼的內心和眼前的景色一樣灰暗和茫然。她讓夏津博早點回去，夏津博卻執意要留下來送她上車。

五點鐘的時候，火車離開了北京站。月台上揮手的夏津博越來越小。北京在向後退，但北京太大了，一望無際，她看不清北京的眞容。她感到不是列車在遠離北京，而是北京施出一點力氣，把火車推離了她的懷抱。北京巋然不動，意志堅定。北京甚至不會爲任何人流下一點眼淚。此刻，楊小翼麻木的情感不掀一點波瀾。她甚至連同北京揮一揮手的願望也沒有。

回想這些日子以來，充斥她心頭的愛和恨，那種自我憐憫和深重的負罪感，對北京來說，是多麼不值一提。自以爲比天大比地大的事，只不過是她個人的戲劇，只不過是她個人的一點點自私的想念和某個自不量力的注定實現不了的欲望，對周圍的人哪怕是夏津博這樣的朋友，也不會產生什麼影響。

可是奇怪的是，當北京漸漸消失在看不見的遠方，北京卻以另一種形象出現在她的想像中。北京是陰性的，淒苦的，在這樣的想像裡，北京成了一個舞台，一個人間悲劇的發生地。而這個悲劇的導演者就是她。她讓一個家庭破碎了，讓尹南方成了悲劇的主人公。而這一切原本是可以避免的。尹南方是多麼不幸。如果能讓時光倒流，她一定會做出另一種選擇。爲了南方，她什麼都可以捨棄，她那點可憐的願望算什麼呢？她一定會好好保護尹南方。但一切爲時已晚，南方已失去了下半身。

她確實是有罪的。她根本無權審判將軍。她對不起將軍，對不起周楠阿姨，尤其對不起尹南方。她的眼前浮現南方陽光般的臉。她一遍遍對想像中的尹南方說：

「對不起，對不起。」

她臉上的淚跡被風吹乾了。有一個孩子一直看著她。孩子母親拿出一塊手帕讓她擦淚。她說：「我有。」她掏出手帕，擦了一把。當手帕碰到她的眼睛時，淚水又一次湧泉而出。

列車終於到了重慶。

在重慶車站，廠部派了人來接楊小翼。來人是一位四十多歲的女幹部，她身材高大，拿著一塊紙板，上面寫著楊小翼的名字，站在出口處。楊小翼來到她的面前說出了自己的名字，並向她問好。她的態度非常生硬，不苟言笑。她居高臨下地看了看楊小翼，然後自我介紹：「我是廠政治部的負責人，我姓陳，我代表廠領導來接你，歡迎你來支援內地。」她的語調毫無情感。楊小翼僵硬地笑了笑。陳主任向她要行李托運單，她不好意思勞駕她，她說：「陳主任，我自己去拿吧。」陳主任很強硬地要她在出口處等著。

「你先休息一下，我一個人就可以。」

一會兒，陳主任背著行李來了。行李包壓在她的肩上，但她的身軀依舊保持挺拔，那樣子給人一種舉重若輕的感覺。楊小翼跑過去要幫她，她一把推開她，說：「你這麼瘦小，哪有什麼力氣。走吧，車子在外面等。」楊小翼感到不好意思，誠惶誠恐地跟在陳主任的背後。出了車站，陳主任老大遠對司機喊，讓司機把車開過來。她的聲音裡似乎有些不耐煩。

車子是一輛小型卡車。陳主任把行李小心地放到車鬥上面。然後，爬了上去。她對楊小翼說：「你坐副駕駛座吧。」陳主任的口氣相當冷，像是在命令她，也像是在恩賜她。楊小翼無法違背她的意志，爬到副駕駛座。

深秋，天已經很寒冷了，想起陳主任獨自一人坐在卡車上，在呼嘯的風裡受凍，楊小翼忐忑不安。司機是個沉默寡言的人，專注於開車，甚至沒有看楊小翼一眼。汽車一直在山路上行進，道路崎嶇，車速因此很慢。楊小翼問司機重慶到廣安要開多久？司機說，要六個小時。

途中，他們在一個加油站下車休息了一下。待開車時，楊小翼爬上了卡車鬥，不願再坐到副駕駛座上。「你這是幹嘛，上面多冷啊。」陳主任說。楊小翼沒吭聲，默默坐在她身邊。楊小翼希望陳主任能到副駕駛室坐，但陳主任沒下去。楊小翼的行李在車斗的一角，車子震得行李快散架了。不過裡面也沒有什麼值錢的東西，除了書，就是一些生活用品。陳主任見狀，來到行李邊，仔細地捆綁。楊小翼也趕緊站起來去幫忙，卡車顛簸了一下，差點把她晃下車。陳主任把她護住，讓她坐下。楊小翼被剛才的危險嚇著了，臉色蒼白。

陳主任整好行李，在楊小翼身邊坐下來。這回她靠近了楊小翼一點。她問：「冷不冷？」楊小翼說：「不冷。」陳主任說：「靠在車頭的擋板上可以擋風。」楊小翼點點頭。

又是沉默。楊小翼聽說四川人是能說會道的，但她今天見到的兩個人卻是如此吝於言語。汽車在山路上盤旋，楊小翼茫然看著大山溝裡的風景。向後退去的山形地貌隨著她的視線的變化而呈現出不同的樣貌。山上的植被茂盛而蒼翠。在山腳下，零星有一些村莊，更多的是高低不平的田野。在深秋的田野上，稻穀已被農民收割，只留下腐爛成黑色的稻穀的根部。楊小翼想起來了，重慶差不多和永城處在同一緯度上。在層巒疊嶂的山間，她嗅到了江南的氣息。她自然而然想起了永城老家，一時有點恍惚。

「丫頭，犯錯誤了？」

沒料到陳主任會問這樣的問題。楊小翼警惕地看了她一眼。陳主任的面容這會兒柔軟了一點。也許是因爲旅途勞頓，她看上去臉色有些浮腫，比剛見時蒼老了一點。楊小翼不知怎樣回答這個問題。她的遭遇太複雜了，很難說清，也不想說清。

「你不想說算了。」她嘆了一口氣，「到了廠裡，好好幹，有什麼困難，你可以找我。」

楊小翼很感動，不停地點頭，說：「謝謝。」在這個人生地不熟的地方，一點點關心就可以讓她感激涕零，何況她已體會到這個女人表面嚴肅實際上是寬厚而善良的。

陳主任笑了笑。這是楊小翼第一次看到她笑。陳主任笑起來樣子還挺好看的。

「我們家丫頭比你高，像我。」陳主任拉起家常，「她原來是在部隊打籃球的，一次比賽中受了傷，告別了她喜愛的籃球隊，分配到軍區工程兵部隊，去建設成昆鐵路。不過，她是搞內勤的。我女兒說，成昆鐵路是世界上最複雜、最艱難的工程，要穿越群山萬壑，要修築無數的山洞和橋梁。」

「她挺了不起的。她叫什麼名字？」楊小翼問道。

陳主任的眼睛裡剎那出現一層淡淡霧靄，她說：

「她叫梁佩英，名字很土是吧？是我給她起的，她老是怨我給她起了個男人的名字。」

說完，她苦笑了一下。

楊小翼喜歡上眼前這個中年婦女了。她身上有某種動人的品質，她令楊小翼想起在鄉下學農時碰到的婦女主任。不過，她比那婦女主任更打動楊小翼的心。楊小翼對待那婦女主任還是居高臨下的，但在陳主任面前，楊小翼有一種受到保護的受寵若驚的感覺。她很想依靠她。

「有一天，她寫信來說，她有了男朋友，是工程兵的一位工程師，她說，他比她還矮一個頭。」陳主任微微笑著，好像此刻她看到女兒和她的男友站在她面前。她繼續說：「我女兒太高了，有一米八。我一直擔心她找不到男朋友。中國男人都太矮了。」說完，她哈哈笑了出來，但笑容馬上收斂了，好像這樣笑是唐突的。

卡車經過六個小時的顛簸，到了晚上，終於到了華光機械廠，一路上，陳主任對工廠約略作了介紹。工廠主要生產槍支和瞄準鏡。廠部設在華鎣，離廣安縣城還有十公里。據陳主任說，工廠是根據軍委的指示創辦的，工廠設置在大後方的山溝溝裡是出於戰略考慮。

陳主任安排楊小翼在廠部的招待所住了下來。他們三個都沒有吃過晚飯，陳主任讓司機去廠部食堂看看，有沒有什麼吃的。一會兒，司機拿來幾個麵包。也許是因爲疲勞，楊小翼一點食欲都沒有。

這天，楊小翼早早睡了。她一個人躺在床上，有一種身處天涯之感，好像她穿越千山萬水，來到一個孤島之上。四周非常安靜，遠處廠部低沉的機器聲好像被這空寂吸走了，聽起來像是自然的一部分。透過窗子，可以看到月光下墨色群山。那應該是華鎣山了。山巒擋住了一半的天空，顯得莊嚴而神祕。她雖然逃離了北京，但北京的一切似乎並沒有遠離她，只是變得像一個夢境，回想起來沒有一點眞實之感。

第二天一早，陳主任來到招待所，要帶她先去廠區參觀。

招待所在廠部的西邊，招待所背後就是山脈了。他們朝廠區走去。華光機械廠規模相當大，坐落在華鎣山腳下的某個山谷裡。廠部規劃得像紫禁城一樣方正，圍牆有三米高，廠房是清一色的平房，整齊劃一，粉刷一新，排列得像列隊的士兵。廠部中間有一幢四層辦公樓。廠部的西邊是生活區。各區塊之間用植物分割開來。廠區的植物以合歡樹爲主，在廠區的北側，則是大片的白夾竹林。廠區乍一看像一個軍營。企業管理層都是軍事編制，工人大都是軍隊幹部家屬，一部分是就地招收的。除了廠門口的崗哨，廠裡的幹部都不穿軍服，他們和工人一樣大都穿勞動工裝。廠區外是農田，附近有一個小小的村莊。楊小翼想起昨天晚上聽到的狗吠聲和清晨雄雞的鳴叫，應該來自那個小村莊。

參觀完廠部，陳主任告訴楊小翼，因爲她在北大學的是歷史，她將被分配到廠辦公室上班，不過，先得去車間實習半年。然後，陳主任領她去了光儀車間。

楊小翼的師傅是個拘謹的男人，瘦弱而文靜，當陳主任把她介紹給他時，他抬頭瞥了她一眼。他拿著融化玻璃用的瓦斯槍，只顧埋頭幹活，非常專注。他幹活時，小指上翹，像王香蘭女士演戲時的蘭花指。

「那楊小翼同志就交給你了。」陳主任說。

師傅點點頭。

陳主任拍了拍楊小翼的肩說，好好幹。然後就大步地走了。

楊小翼站在一邊看師傅操作瓦斯槍。整個過程師傅不發一語。

這時，楊小翼聽到邊上有幾個人在輕輕說著什麼。她豎起耳朵傾聽。他們在議論陳主任。

「她瘦多了，起碼掉了十多斤。」一個說。

「她夠可憐的。聽說她女兒是被炸藥炸死的，隧道的炸藥一直沒開炸，她女兒進去檢查，結果她剛進洞，炸藥就爆炸了，她女兒被炸得屍骨都沒找到。」另一個說。

「成昆鐵路死了很多人，聽說事故不斷。」有人附和。

「因爲沒找到女兒屍體，聽說陳主任現在都不相信女兒死了。」

「她夠可憐的。」

楊小翼無比震驚。她想起陳主任談論女兒時幸福的樣子，眼淚一下子湧了出來。

關於楊小翼來到華光機械廠有各種各樣的傳言。有人說，楊小翼是因爲在大學裡生活腐化才下來的，她是個不要臉的女人；有人說，楊小翼是個右派，在大學裡發表了反革命言論，保持軍籍算是幸運；還有人說，楊小翼家庭背景不一般，她下放是因爲她的家族得罪了中央某高層。聽到這些傳言，楊小翼感到特別難過。「腐化」、「右派」這些字眼一般出現在批鬥會上，出現在被批鬥的人掛在脖子上的牌子上，這些詞往往寫得暴戾而誇張，有著牛鬼蛇神的猙獰面目。但她無法辯駁他們。她無法說出她被下放的眞正原因。她只能默默地承受。

她明顯感覺到自己在工廠裡被孤立起來。廠裡的工人以男人居多，大都明朗而樂觀，喜歡成群結隊聚在一起，操著各種各樣的口音談論家長里短或者世事變幻。但楊小翼卻很難參與其中，每次她過去時，氣氛就會變得僵硬，歡樂的場面不復存在。他們似乎對她懷著著某種警惕。楊小翼的師傅是一個行爲拘謹的中年男人，有一次，他在休息室換工裝的時候，她無意中闖入，師傅嚇得面如土色，慌忙從休息室逃出，好像她要強暴他似的。楊小翼委屈地想，難道他害怕她勾引他嗎？難道她眞的像個放蕩的女人嗎？楊小翼照鏡子，覺得自己這張臉一點不像傳說中的狐狸精啊！要說狐狸精的模樣，像米豔豔這樣才說得上。怎麼突然想到米豔豔了呢？要是米豔豔也在這個工廠那該有多好啊，那她不會如此孤獨了。

有一天，陳主任來到車間，以廠部政治部主任的身分，給工人們開了一個會。會中，陳主任直言不諱地講了她最近聽到的傳言，說這些傳言都是錯誤的，她看過楊小翼的檔案，楊小翼清清白白，沒有犯任何錯誤，她之所以來內地，是自己主動要求，想儘早投入社會主義建設。「楊小翼同志是個好同志，覺悟高，值得大家學習。」陳主任最後下了個結論。

楊小翼聽了非常感動。她很想表達謝意，但不知怎麼表達，也不知怎麼做才足以讓陳主任明白她的感激。一直以來，楊小翼是不太在意別人的關心的。在永城，劉家所有的人待她不薄，但那時，她誤以爲劉伯伯是她的父親，因而對劉家懷有一種理所當然的索取態度。這種態度成爲她整個青少年時期的基本情感傾向，已然成形，現在，當她發現自己需要表達感激時，反而束手無策了。

陳主任倒是一點也沒有表現出需要人感激的樣子，會議結束，她把楊小翼叫到一邊，對她說：「還習慣嗎？辣吃得慣嗎？」

楊小翼說：「習慣的，都挺好的。」

陳主任瞥了楊小翼一眼，說：「有什麼困難，你來找我，別客氣。」

「謝謝。」

「食堂的菜吃不慣的話，你到我家來，嘗嘗我做的菜。」

楊小翼說好的。

爲了表示謝意，那個星期天，楊小翼決定去拜訪陳主任。她記得去北京讀書時母親給她裁了一塊藍布，母親讓她到北京後，根據北京人穿的樣式，請裁縫縫製一件，她一直沒動過。她從皮箱子裡找出這塊布，打算把它送給陳主任。

楊小翼從沒給像陳主任這樣的人送過東西。從前，她和米豔豔彼此送這送那的，但那是兩個平等的女孩子之間的人情往來。現在的情況完全不同，陳主任是領導，她發現在這種情形下送東西是件多麼艱難也是件多麼令人羞愧的事。她很有壓力。當她向陳主任家走去時，覺得像是在做一件不光彩的事。那塊布就藏在一只小帆布袋裡。小帆布袋是母親縫製的，母親說，身邊帶著小布袋，上街買東西比較方便。楊小翼害怕見到人，她覺得自己鬼鬼祟祟的樣子眞像是一個賊。她還害怕陳主任會拒絕她的禮物，那樣的話，她會無地自容。

當她敲響陳主任家的門時，她的心跳比敲門聲更響，她聽到自己的心臟裡像是裝著一面鑼鼓，正激越擂響。門打開了，陳主任見到楊小翼，臉上頓時露出平時難得一見的笑容。這笑容像刹那開放的花蕾，讓楊小翼感到溫暖。

陳主任沒有拒絕楊小翼的禮物，她甚至對禮物沒有任何表示，沒有客氣，也沒有虛與委蛇，好像根本沒有禮物這件事。她說：

「你來得正好，我在包餃子，你來幫忙吧。」

楊小翼洗了洗手，來到廚房的桌子邊。楊小翼從沒包過餃子，陳主任給她示範。一會兒楊小翼就學會了。陳主任一邊包餃子，一邊笑著說：

「我們家佩英的手沒你巧，她學不會包餃子，你再怎麼教她，都學不會。她從小就笨手笨腳的，除了打籃球，什麼都不會。」

陳主任又在提她的女兒了。楊小翼的心顫抖了一下。她有些可憐陳主任，眼眶跟著泛紅。但她強抑情感，不讓陳主任知道她的難過。她說：

「有佩英的照片嗎？」

「有啊。」

陳主任放下手中的餃子皮，洗了洗手，進了房間。一會兒，她拿著一本叫《中國青年》的雜誌出來。雜誌的封底上，有一個女孩正躍起投籃，她沒看籃板，反而回頭在笑，笑容燦爛。這樣的笑，她剛才在陳主任的臉上看到過。

楊小翼說：「她動作眞漂亮。」

她說：「這丫頭，從小見到籃球就不要命。」

這天，陳主任一直在談論她的女兒，好像她的女兒還活在世上。楊小翼驚異於她記得這麼多女兒的細節，一樁一件，生動鮮活。她想起自己的母親，母親是否也記得自己這麼多的事情呢？對此她不無疑慮。

因爲陳主任的反覆描述，楊小翼熟識並喜歡上了這個叫梁佩英的姑娘。楊小翼相信如果見到這姑娘，她一定會認出來，並成爲朋友。但她已不在人世了。

中午，陳主任的老伴回家吃飯。陳主任的老伴看上去非常蒼老，他有些畏畏縮縮的，不住地看陳主任的臉色。他沒坐下來吃餃子，他用一只鋁盒裝了些餃子，又工作去了。他是倉庫管理員，要上三班。今天是他的値班日。

楊小翼暫住在廠招待所裡。

剛到華光機械廠的那段日子，楊小翼壓制自己不去想事，只埋頭於車間幹活。她想忘記北京，忘記永城，她想成爲一個突然降生的人，在這世上無牽無掛。

但是，她還是會想念母親。她現在已非常瞭解母親這些年來的感受，她和母親是同一邊的。她曾經那麼渴望有一個父親，現在她對此已無盼望。她覺得這些年自己就像一隻飛蛾，一廂情願奔向某個目標，結果撞得頭破血流。是的，她把一切都毀滅了。她無法告訴母親她現在的處境。母親知道了一定會非常擔憂。

到廣安後，她收到過母親的信。是北京轉寄過來的。母親以爲她還在北京讀書。她決定不回母親的信，她打算回家探親的時候當面告訴她。

這段日子以來，她的睡眠不是太好。夜深人靜的時候，另一個人會在她的心頭出現，這個人就是伍思岷。現在她想起伍思岷時，腦中出現的不再是他們全家離開永城的場景，而是他洗完澡喊她名字的樣子。那會兒，伍思岷眞是朝氣蓬勃，他的目光裡有灼人的光亮，簡直能把未來照亮。尹南方也有相同的目光。很多時候，伍思岷的臉和尹南方是重疊的，彷彿他倆是同一個人，讓她難以分辨。

楊小翼去過幾次廣安縣城。有時候是坐廠裡的車子去，有時候是步行或中途搭乘農民的手扶拖拉機去的。到了廣安，她不幹別的，就在廣安的大街小巷盲目而執著地串行。小巷子的兩邊通常是木結構老房舍，在二樓晾著各種各樣的衣服。她總是抬頭張望，試圖在這些衣服裡辨認出伍思岷漂亮而潔白的襯衣。她還盼望著在哪個小巷和伍思岷不期而遇。要是相遇，他能認出她嗎？但她認爲自己一定能認出他來。

當然她一無所獲。廣安這麼大，要在街上遇見的機率微乎其微。走在廣安的街道，看著街上過往行人陌生的面孔，看著被植物遮蔽的天幕，她會感到茫然。

她也曾去廣安縣的人武部問過伍家的下落。接待她的幹部相當年輕，對她的詢問保持高度警惕，他要看她的單位介紹信。那時候去政府機關辦事都要憑所在單位介紹信，才會有人接待。她當然沒有，她純粹是私人行為。那年輕幹部就拒絕了她的要求。後來，她在另一間辦公室問一個年歲比較大的男人，那人搖搖頭，告訴她，他從沒聽說過有姓伍的退伍軍人。

她也曾去過派出所，想查找伍家的戶籍地址。接待她的是一個女人，理也沒有理睬她。見她不走，那女人用一種不耐煩的口吻說：

「廣安那麼多人，有多少檔案啊？我哪裡去找？」

後來，那女人索性把辦事的窗口關閉了。關窗的聲音脆生生的，透著某種居高臨下的氣勢。

楊小翼並沒有死心，她堅信自己一定能找到伍思岷一家。

冬天來了。內地的冬天和永城略有區別。永城的冬季往往有凜冽的西北風，氣候跟著變得很乾燥。在廣安，也許四面都是群山的緣故，冬天少見北風，太陽一照，便非常溫潤。她有點兒喜歡上這裡的氣候了，這裡過冬用不著穿棉衣，只要一件毛衣一件外套就可以禦寒了。

一個晴朗的傍晚，楊小翼下班回招待所，發現有一個男人在衝她笑。由於逆光，她看不太清他的臉，只知道他在笑著。他穿著軍裝，傍晚的光線投射到他的背部，背部的軍服呈現出一種嫩黃的色澤，而背光的部分卻是墨綠色的。她馬上意識到他是誰，只是有點不太相信。但確實是他，身材高大，肩膀平直，軍服合身，笑容溫和。

「劉世軍，你怎麼來啦？」她驚喜地叫道。

他沒有回答她，只是笑著。陽光打在他的右臉上，他的笑容詭異中有一絲絲擔憂。她意識到他對她在北京的事應有所瞭解。他是特意來看她的。驚喜轉瞬消逝，她的心情頓時沉重起來。她告訴自己要堅強，要用微笑面對劉世軍。

劉世軍已在招待所住下了。他住在三樓。而楊小翼在一樓。他跟著她來到她的房間裡。劉世軍坐在床邊，這會兒他嚴肅了，目光一直注視著她。她盡量裝做什麼也沒有發生，也不解釋她爲何在這個廠裡，她裝出快樂的樣子，同他開玩笑：

「出來多久了？一定很久了，想米黜黜了吧？」

劉世軍不睬她的玩笑，他說：

「你的事我都聽說了。楊瀘阿姨非常擔心你。她讓我捎了點東西給你。」

然後，他上樓去自己房間。

她僵立在那裡。他們眞的知道了，她頃刻軟弱下來，淚水突眶而出。她像一個被拋棄了的孩子突然得到了意外的關心，內心的委屈迅速滋長、擴散，她眞想在劉世軍面前大哭一場。一會兒，她聽到了劉世軍的腳步聲，趕緊擦掉眼淚。

母親給她帶來了一件白毛線衣、一罐鹹魚乾、一袋蝦皮、還帶來了一封家書。在信中，母親並無多言，只是告訴楊小翼，她和李叔叔一切都好，讓她不要掛念。就是工作太忙，又要治病，又要學習政治，無法脫身，待有空一定會來廣安看她。母親說，既然到了內地，就好好幹，哪裡幹都是一樣的。這是母親的風格，一切了然於心，只說正面的話。她原本對母親這種表達方式不以爲然，誤以爲沒有情感。現在知道母親是對的，這世事沒有什麼好多講的，也沒什麼好抱怨的。她從母親的內斂中體驗到堅韌和力量。

劉世軍沒有解釋母親是怎麼知道她在廣安的。他好像在非常小心地迴避著什麼，好像怕多說會勾引起她不快的回憶。楊小翼猜想，關於她的消息一定是最先傳到劉家，母親才得以知道她的遭遇。

楊小翼也沒多問。這一刻好像母親的靈魂進入了她的身體，她也擁有了母親的處事方式。是的，有些事情不要去說它反而比較好。那麼，就說一些愉快的事吧。

「你怎麼樣？劉伯伯景蘭阿姨都好吧？」

「他們都挺好的。」劉世軍說：「前段日子去水庫工地，看到一輛摩托車，我爸不顧下屬反對，堅持要試騎一下，結果撞在一棵樹上，差點腦震盪。在醫院住了一個月才好。我爸這個人，固執。」

很奇怪的，楊小翼聽到劉伯伯因爲騎摩托車受傷，竟然有一股暖流湧上心頭。她回憶童年時在他懷裡的情形，內心充滿了美好和感激。

「我爸現在火氣比以前大多了，經常對下屬發無名之火。做他下屬挺可憐的，不過，他一直是個法西斯。」

劉世軍一直淡淡地笑著。與過去比，劉世軍身上多了一種淡定和從容。

「你不太像劉伯伯。世晨倒挺像他的，和她玩都得聽她的。她天生是要領導人的。」她說。

「我就看不慣世晨老欺負你。」他笑得很燦爛。

「也沒有啦。」她說：「我倒是覺得她老欺負你。」

「她敢欺負我嗎？她天不怕地不怕，只怕我。」

「哈，你鬥不過她，因爲劉伯伯站在她一邊，你欺負她，劉伯伯會關你禁閉，到頭來，受苦的還是你。」楊小翼幸災樂禍。

也許聊得太投入，他們忘記了吃飯。等楊小翼記起吃飯這件事，天已黑了。她趕緊帶劉世軍去廠部食堂。食堂已關門了。燈還亮著。她隔著玻璃窗敲了幾下，食堂的師傅開了門。看到楊小翼和劉世軍進去，眼裡有一種意味深長的光亮。廚房裡還有三個師傅，二男一女，他們大概在講一個葷笑話，臉上掛著油亮的曖昧的笑容，見楊小翼帶劉世軍進來，他們回頭看他倆，眼光和開門的師傅幾乎一模一樣。楊小翼問有沒有吃的了。師傅指了指擱在廚房大桌上的一只蒸籠，說那兒還有幾個饅頭，不過都冷了。楊小翼說：「沒關係。」兩人拿了幾個饅頭，楊小翼付了飯票，又向師傅們表示了感謝，溜了出來。楊小翼看到劉世軍狼吞虎嚥的樣子，想，看來這傢伙餓壞了。

他們一邊吃，一邊在招待所的院子裡轉悠。冬天的夜晚，山林有一股子像是番薯被烤焦了的氣味，可能是白天太陽照耀乾枯的植物散發的香氣。周圍黑壓壓的，黑色之上，天空出奇的明亮，圓月當空，星光閃耀。大地和天空差異巨大，大地深沉，天空縹緲。

不知怎麼的，在劉世軍身邊，楊小翼感到平安。她有一種回到從前的幻覺。她多麼希望時光倒流，生命重來，那她可能會少犯一些錯誤。

劉世軍的性情雖然同少年時期大不一樣，但某些時候，過去淘氣頑劣的脾氣還是會流露的。他在招待所轉了一圈後，煞有其事地說：

「招待所下面有一個地下室，地下室裡還有一個通道，通向後面的山脈。」

楊小翼說：「眞的？你哄我？」

劉世軍說：「我是軍隊管後勤工作的，我知道所有軍事設施的祕密，看一眼就知道。」

楊小翼說：「我不信，這裡又不是軍隊，是工廠啊。」

劉世軍說：「同志，這是軍工廠，這裡都是軍事化管理。」

劉世軍開始尋找通向地下室的通道。楊小翼說：「算了，不用找了，就算你說得對。」劉世軍顯露出他固執的一面。在固執方面，他和劉伯伯倒是挺像的。

劉世軍迅速地在樓梯邊的一個暗藏的倉庫處找到了通向地下室的門。他不知施了什麼法術，地下室的鐵門竟然開啓了。劉世軍進去看了一下，然後對楊小翼說：

「去裡面坐會兒？」

楊小翼想起童年時，劉世軍說天一塔的地宮直通基地司令部，所以他們經常去天一塔玩。劉世軍這傢伙就喜歡這類神祕的事物。楊小翼也被勾起了好奇心，她沒想到她居住的地方也有這麼神祕的處所。

劉世軍拉著楊小翼的手進了地下室外。地下室暖烘烘的，明顯比地面溫度要高出許多，剛才被寒風吹得有點兒僵硬臉一下子鬆弛下來。楊小翼感到血液在臉上擴散，她的臉慢慢變燙。

劉世軍在地下室的北側發現了通向華鎣山的地下通道。劉世軍內行地說：「這是爲大人物逃亡準備的。」

楊小翼和劉世軍在地下室的地板上坐下來。楊小翼的目光有點兒適應地下室的黑暗了。她看清了通向華鎣山的通道，大約有一米寬，一米七那麼高，剛能容身一人。楊小翼再看地下室，東西兩側的牆壁上有一排出氣孔。出氣孔裡射入清涼的月光。

洞穴。黑暗而溫暖。楊小翼如在母親子宮，有一種從未有過的踏實感。在楊小翼的經驗中，她從小就喜歡與洞穴有關的一切，劉家的閣樓，天一閣無人知道的頂層，教堂封閉的聖器室，還有黑暗的告解室。她想起在劉家閣樓演出《牛虻》時的情形。那是一段多麼美好的時光。米豔豔明眸皓齒，眼波流轉，一招一式，光彩照人。想起米豔豔心機深藏，而劉世軍卻像個傻瓜，楊小翼露出溫暖的笑意。

「嗨，你是怎麼勾引米豔豔的？」

「我哪有勾引她。」劉世軍辯解道。

「她主動的？」

劉世軍不好意思地點點頭。

「我不相信，你一定是被豔豔迷住了，她那麼漂亮，是男人都會動心的，連我看了都動心。」她白了他一眼，「你們男人就這德性。」

其實楊小翼相信是米豔豔勾引劉世軍的，她只是想逗一下劉世軍。

不料，劉世軍認眞了，他問：

「小翼，你眞的這樣看我嗎？」

見劉世軍一下子嚴肅起來，楊小翼嚇著了，她說：

「同你開玩笑的。」

劉世軍目光銳利地瞪著楊小翼。一會兒，他說：

「請以後不要開這樣的玩笑。你知道我當年心裡是怎麼想的，你知道我當年喜歡的是你，你不應該開這樣的玩笑，這樣不厚道。」

說完這句話，劉世軍低下了頭。東邊的出氣孔射入的光線打在他的臉上，剪出他好看的臉部輪廓。

楊小翼知道自己輕薄了。不是所有的事都可以開玩笑的。她知道劉世軍一直對她好，否則也不會千里迢迢來看她了。

一會兒，劉世軍抬起頭，眼眶有點兒泛紅。他看了楊小翼一會兒，突然問：

「你來廣安是因爲伍思岷嗎？」

楊小翼的心事被說中了。她當然清楚劉世軍爲何問這個問題。

劉世軍不再說什麼。他站起來，說：「我們回去吧。」

楊小翼知道他此刻的心情。她過去拉住他的手。劉世軍停住看了她一眼。她說：「走吧。」

走在通向地面的樓梯時，劉世軍不經意地說：

「我知道伍思岷在哪裡，他在國營廣安霓虹燈廠。」

楊小翼僵立在樓梯上。

「走啊。」劉世軍的音調驟然增高。

第二天，劉世軍走了。他沒同楊小翼告別。招待所的管理員遞給楊小翼一個信封，是劉世軍留給楊小翼的。裡面有一張便條和一把串著紅線的鑰匙。便條寫著：「小翼，我走了。送給你這把鑰匙，能開任何鎖，哪天你丟了鑰匙也許用得著它。」

楊小翼對劉世軍不告而別有點生氣。

什麼能開任何鎖，難道我是個小偷？

不過，她也有好奇心，她試著用這把鑰匙開自己的房間。眞的打開了！昨晚，劉世軍也是用這鑰匙打開地下室的門的。

這個傢伙，留給我這麼個東西，他搞什麼鬼啊。

陳主任來到招待所找楊小翼。她滿懷好奇地問劉世軍是不是她的男朋友。陳主任說：「這小夥子挺好的，我喜歡。」楊小翼嘻嘻一笑，說：「他連兒子都有了。」

陳主任似乎有些失望，她說：「他對你很好，我看得出來。」

她從包裡拿出一件衣服，對楊小翼說：

「丫頭，你穿上，合不合身。」

楊小翼一眼看出是她送的那塊布料做的。楊小翼沒來得及反應，陳主任已脫去她的外套，替她穿上。

「丫頭，挺好的，挺合身的。你是個美人胚子。」

第十四章

楊小翼知道伍思岷在霓虹燈廠後，決定先給他寫了一封信。在信裡，她告訴他，她在廣安已工作了三個月。到這裡後，她一直在尋找他和他們全家，很想見他們一面。她為多年之前的事道了歉。她告訴他，她沒有任何理由為自己當年的行為辯護，她做錯了，造成了令她追悔莫及的後果。「也許我的道歉來得晚了點，也許我的道歉對你來說無足輕重，但還是希望你能原諒我。」

在寫信的時候，楊小翼的心中充滿了柔情。她想起少女時代，那眞是無憂無慮的歲月。那時候眞相還沒有揭示，外面的狂風暴雨還沒有降臨，她如溫室裡的花朵，受到劉家的保護。楊小翼忘不了那雙眼睛，那雙在少女時代一直跟著她，包圍她的眼睛。如今，她已經有點想不起伍思岷的臉了，但她依舊記得他的眼神。一晃過去了四年。思岷變得怎樣了呢？他過得好嗎？

信發出後，楊小翼天天等著回信。但她沒有得到任何回音。她想，過去了這麼多年，他還是恨著她。不過她理解他，她對他的傷害是不可原諒的。

她決定去霓虹燈廠找伍思岷。在這件事上，她得主動一些。

那天一早，她就等在霓虹燈廠附近的一棵香樟樹下。大約七點半的時候，伍思岷出現在街口。那時候，行人很少，伍思岷走在空曠的街道上顯得有些孤單。他穿著當年常見的勞動布工裝，襯衣的領子潔白，頭髮一絲不亂。他的臉上依舊有一種驕傲的神情，目光堅定而清澈。

他沒有大變，還像原來那樣，有一種看不起人的勁頭。那一刻，楊小翼是緊張的。她覺得自己很難走到他面前，同他打招呼。畢竟，她是個女孩，萬一被伍思岷拒絕是件有失自尊的事。她站在那裡不知道如何是好。她希望他轉過頭來，看到她。她希望這樣被動地被認出。但伍思岷目不斜視，像是在思考國家大事。

在霓虹燈廠的門口，有一個孩子，楊小翼早已注意他了。那孩子一直坐在馬路邊的一條小板凳上。他注視著路面，像是在等什麼人。

楊小翼看到伍思岷走近了那個孩子。伍思岷從口袋裡掏出一個用小燈泡組合而成的閃爍七彩光芒的五角星。有一根手柄可以把五角星舉起來。孩子的臉上頓時布滿了幸福的笑容。孩子從伍思岷手中接過五角星，把它湊近眼睛觀看，然後仰臉道謝。伍思岷摸了摸孩子的頭，走進了廠部。

當伍思岷在廠區消失，楊小翼走近了那孩子。那孩子沒有發現有人走近他，他專注於光芒變幻的五角星。

「小朋友，可以給阿姨看看嗎？」

那孩子抬起頭來，茫然地看了看楊小翼。楊小翼這才感到這孩子似乎哪裡不對頭。孩子的雙目雖然完好，但沒有光芒，那兩顆黑色的眼珠像是一團死水，沒有任何反應。他看著你，但好像穿越了你，注視著茫茫遠處。楊小翼意識到這孩子是瞎的。他是多麼漂亮，怎麼會成爲一個盲人呢？想起這麼漂亮的五角星他卻看不見，楊小翼不禁有些憐惜這個男孩。

「多麼漂亮的五角星啊，上面有很多五顏六色的彩燈，在亮呢。」

「我知道。」孩子笑得非常天眞，「這是伍叔叔答應給我做的，是他親自做的呢。伍叔叔搞了很多發明。」

「啊，那個伍叔叔這麼了不起啊。」

「當然，告訴你，伍叔叔長得很英俊，因爲我摸過他的臉。」孩子說。

聽孩子這麼說，楊小翼很高興，就好像孩子誇的是她。

「阿姨，你漂亮嗎？」孩子問。

「你摸摸看。」

她蹲下來，讓孩子摸她的臉。一會兒，孩子說：

「阿姨是個美女，我讓伍叔叔來娶你。」

楊小翼愣住了。這個孩子竟然會說這話，好像知道她的心思。她很想從孩子口中知道伍思岷的一些情況，剛想問他，孩子的母親從一個小巷子出來，一把抱住孩子，往巷子裡走去。女人說：

「你老是和陌生人說話，當心人家把你賣掉。」

女人看到孩子手裡的五角星，奪過來，擲在地上。

孩子哭了：「那是伍叔叔送我的。」

「你又看不見，有個屁用。」女人一路罵罵咧咧的。

等到女人在小巷裡消失，楊小翼把五角星撿了起來。五角星的彩燈已經熄滅，楊小翼想把它打開，找不到開關，這時，彩燈突然亮了。她笑了起來。

沒有和伍思岷說上話，無意中得到伍思岷親手做的五角星似乎也是件不錯的事。楊小翼看著一明一滅的彩燈，好像看到了伍思岷的表情，嗅到了伍思岷的氣息。楊小翼怕那孩子追出來討還五角星，趕緊從廠部前溜走。

那天晚上，楊小翼把五角星插在招待所的窗口，然後關了燈，讓它在黑暗中閃爍。她一直想著盲孩拿著五角星那一幕。在那一幕裡，伍思岷的形象特別高大，特別美好。現在，楊小翼能夠時刻感受到伍思岷的存在了。她像是和過去的時光重又銜接上了，他的氣息無處不在。她因此心裡篤定，既然他就在身邊，暫時沒和他聯繫又有什麼關係呢？

想起伍思岷驕傲的模樣，楊小翼是有那麼一點點自卑感的，她覺得她現在的狀況都有點配不上他了。但她要想辦法續上這段曾經消失的戀情。她把他當成她的初戀，她要好好愛他一次，好好補償他。她欠人太多，如果可以，她願意把欠尹南方的，一併還給伍思岷。在她的意識裡，這是同一回事。

自見到伍思岷以來，美好的想像一直縈繞在楊小翼的心裡。這從她的臉上都可以看出來。

陳主任在食堂裡碰見楊小翼，目光炯炯地看著她。楊小翼被她看得有點心慌。她猜到陳主任這樣看她是因爲她穿著陳主任縫製的那件衣服。這是她下工時，特意換上的。在工作的時候，工人們都穿廠部統一發放的工裝，下工的時候，他們也不習慣換裝，而是穿著一身油漬的工裝直接去食堂。楊小翼原來也是這樣的。這天，她下工時情不自禁地回房間換上了新裝。換上新裝後，她就有了想像，好像她成了一個超脫現實的人。這種感覺正是她需要的。

「丫頭，你近來很高興啊。」陳主任微笑著說。

楊小翼臉紅了。

「那些小夥子老是瞧你。他們恨不得吃了你，可又不敢接近你。你太漂亮了。」陳主任開玩笑道：「他們太沒出息了，你要是瞧著自己滿意的，你就去勾引他。」

楊小翼咯咯咯地笑了。她心裡熱乎乎的。陳主任在她面前從來沒領導的架子，既有長者的寬厚，也有朋友式的隨意和放肆。

她們打好飯菜，在餐桌上坐下來繼續閒聊。陳主任好像對劉世軍很感興趣，她又說起劉世軍。

她問：「劉世軍爲什麼特意來廣安看你。」楊小翼說：「我們從小在一塊玩。」「青梅竹馬？」陳主任調侃。楊小翼答非所問，「他是個傻瓜，不會讀書，成績一塌糊塗。」說完她笑了起來。不知怎麼的，說起劉世軍楊小翼就想貶損他，其實劉世軍沒有這麼笨，他現在和少年時期完全不一樣了，現在他身上頗有些男子漢的模樣。陳主任說：「我看是個挺不錯的小夥子，找愛人要找他這樣的。」楊小翼說：「這麼笨的人我才不要呢。」陳主任說：「我看他一點也不笨。」楊小翼說：「他才笨呢，他在家裡經常受他妹妹的欺負，他愛人寫信給我，也笑他笨。」陳主任一直看著她，溫和的眼神裡有一絲銳利的光芒。楊小翼有點心虛，解釋道：「他愛人是我的好朋友，是個眞正的大美人。」

這天下午楊小翼老是想劉世軍的模樣。想起這次在廣安惹他生氣，令他不告而別，還是有些內疚。

傍晚的時候，楊小翼收到一封信，一看竟然是劉世軍寫來的。楊小翼非常開心。楊小翼一算，劉世軍上次來廣安看她已過了半個月了。她想，世間的事是多麼巧合啊，中午，她和陳主任談劉世軍，下午她想他的樣子，傍晚就收到了他的信。自她離開永城，劉世軍從來沒給她寫過信，這是第一封。這傢伙終於想起來給她寫信了，寫了什麼呢？楊小翼非常好奇。她拆開了信閱讀。

小翼，你好！

從廣安回來後，一直惦記著你，放不下你。

小翼，在廣安時，我的脾氣不是很好，請你一定要原諒我。我不告而別，你千萬不要放在心上。

想給你寫信的念頭早就有了，你去北京上大學時，我就想給你寫。可是，我不敢給你寫，那時候我犯了錯誤。生活總是有太多的意外。

我的生活還像原來一樣。前不久，我提升成爲後勤科的科長，但也只是一個連級幹部。和平年代，要成爲像父親這樣的人物是件困難的事。我們是趕不上父輩了。有時候，我眞的盼望再來一次戰爭，我可以去前線，那我就可以建立赫赫戰功。當然只是幻想而已。

小翼，這次來廣安，看到內地這麼艱苦，還是替你捏一把汗。本來，我以爲你出了這麼大事，一定很悲傷。我猜想悲傷是肯定的，只是你把它放了在心裡面。你比我想像的要堅強。你一直都挺要強的。

伍思岷聯繫上了沒有？他都還好嗎？想起從前的事，是我做錯了，你沒有做錯。是我對不起他，你沒有。因爲是我出賣了你。

小翼，你有空的時候給我寫寫信，告訴我你都在幹什麼。我眞的很想知道你在忙啥，否則，我會擔心你的。

祝

進步！

劉世軍

一九六三年十二月二十日

讀完信楊小翼鬆了一口氣。「這個傻瓜，他怎麼還向我道歉，應該是我道歉才對。」劉世軍信裡對她的牽掛也讓她感動。「這個傻瓜，信寫得還不錯呢，還能寫得往人心裡去。」她發現了信裡有幾個明顯的錯別字，錯別字好像是劉世軍少年時調皮的表情，把他現在給人的嚴肅老成的印象破壞了。她又傻笑起來，她在心裡罵道：「你這個白癡，你這個白癡。」

楊小翼給劉世軍回了信。在信裡，她講了陳主任誇劉世軍的事，也說了那天見到伍思岷的情形。關於對伍思岷情感，她言語之間有所保留。她怕他會傷心。但她又不能給他盼望，所以她還是得陳述事實。

這之後，楊小翼和劉世軍開始了持續的通信。

關於伍思岷的信息慢慢多起來。現在，楊小翼知道伍思岷家住哪裡了。他們家在城北的河邊，附近都是低矮的平房，他們家的房子因經年失修，院子的圍牆上到處都是白屑。伍伯伯現在縣長途汽車隊做司機。長途汽車站就伍家在附近。楊小翼猜想，這房子應該是長途汽車運輸隊分給伍家的。

她決定去拜訪伍伯伯。同伍思岷比，她和伍伯伯要熟識得多。

楊小翼是在元旦那天去找伍伯伯的。那天廠裡放假，一整天她都和同事在廣安街頭閒逛。逛街時她心裡一直忐忑不安，怕伍伯伯不願見她。她是到了傍晚才下決心去見伍伯伯的。當時天已快黑了，街巷的路燈都已點亮。快到伍家院子的那段路高低不平，很難行走。她抬眼望去，伍家的窗口閃爍著一框的彩燈，在黑夜裡，彩燈依次跳躍，周而復始，像一副永遠沒有完結的骨牌。這框彩燈增添了元旦之夜的氣氛。看到這框彩燈，她的心裡湧上一股暖流，心情變得美好起來。

她敲院子的門，伍伯伯拿著手電筒出來。手電筒打在她臉上，十分刺眼。手電筒移去後，她的眼前一片黑暗，甚至連窗口的那框密密麻麻的彩燈也暗了下去，變得模糊不清了。伍伯伯認出了她。

「小翼，怎麼是你？你怎麼會在這兒？」

伍伯伯沒有表現出一絲絲敵意，相反他的聲音驚訝中有寬厚，好像她是他盼望已久的一個朋友。他的寬厚讓她感到溫暖。

「進來，進來。你吃飯了嗎？」

她沒回答，跟著他進了屋。燈光下，她看清了伍伯伯的臉，還像原來一樣胖，但比從前蒼老多了，他的頭髮又粗又白，雜亂地堆在頭上，好像被風侵襲的枯草。他的家整得很乾淨。這份乾淨讓她想起伍思岷。他總是那樣乾淨整潔。

她以爲伍伯母不在。但過了一會兒，屋內傳出伍伯母的聲音：

「誰來了？」

伍伯伯有點遲疑，他沒回答她，他說：

「沒什麼。」

楊小翼很奇怪，她怎麼不出來。她問：

「伯母在裡面？」

他點點頭，然後輕輕地說：

「她生病了。」

「什麼病？」

伍伯伯沒有回答。

屋裡又傳出尖刻的聲音：「我知道有人來了。是誰啊？有什麼見不得人的嗎？」

伍伯伯沒有理睬她。伍伯伯輕聲解釋道：「她心情不好，很煩躁。」

「伯母什麼病呢？」

伍伯伯依舊沒有回答。他不聲不響來到院子裡，她也跟了出去，氣氛或多或少有些尷尬。伍伯伯問她什麼時候來廣安的？

她告訴他，來廣安已有三月。她沒提起北京的事，她只是說，高中畢業參了軍，後來，她響應建設大後方的號召，自願來到廣安，現在華光機械廠工作。他點點頭，表示明白了。他問起劉伯伯和母親的近況。她說：「他們都挺好的。」他笑道：「好久沒有你們的消息了，本以爲這輩子不會再見到你們了，眞沒想到。」

楊小翼還是惦記著伍伯母。她問：「伯母生了什麼病？」

伍伯伯想了想說：「她三年前中風了，情況不是太好，左手和右腳失去了知覺。」

她的心一沉：「怎麼會這樣？」

劉伯伯嘆了一口氣。

楊小翼要求進屋看望伍伯母。伍伯伯有些遲疑，他說：「下回再去看她吧，我事先同她說一聲，就說你來過了。」

她敏感地意識到，伍伯伯是在擔心伯母見到她會不愉快。

「人都死到哪裡去了？你煩我了是吧？我知道你想我死掉……我還沒死呢，你就這樣對待我。我口渴，給我倒水……我的命好苦啊……」

屋子裡傳來的聲音非常瘆人，好像聲音裡有一把刀子，劃過人的肌膚，會留下一道血痕。

楊小翼堅持想看看她。劉伯伯只好答應。她跟著伍伯伯進入房間。房間設在樓梯下面，原是一個狹小的通道，臨時搭建成爲一個小小的房間。房間燈光昏暗。房間裡只有一張床和一張桌子，桌子上放著一杯水和很多西藥。伍伯母躺在床上，她一直注視著楊小翼，目光裡有一種不屈的憤恨。她的身體如一堆絕望的木偶，臉的半邊已經僵硬，看上去陰森森的，像戴著一個可怕的面具。她顯然認出了楊小翼。令人感到意外的是，她的半邊臉突然露出熱情的笑容。

「原來是你，楊家的大小姐。怎麼來我們窮人家了？對不起，我不能站起來歡迎你。」

她的言詞裡像是有一雙看不見的手，先搧了楊小翼兩耳光。楊小翼的臉燒得灼痛。不過，楊小翼覺得她有權力這麼對待她。

楊小翼叫她伯母。她假裝沒聽見。她不再看人，而是閉上了眼睛。她的眼角流出兩滴混濁的淚水。楊小翼心情沉重，試圖靠近她，想觸摸她的身體。但她強烈反彈，她幾乎是吼叫：

「你走吧，我家不是你來的地方。我們不想你來看笑話。」

伍伯伯把楊小翼從房間裡拉出來。那時候，她再也控制不住自己，眼淚嘩嘩地流了出來。來到院子裡，伍伯伯安慰道：「她這病不能太激動，實在對不起。」

楊小翼不知道說什麼，只好一個勁說：「沒關係，沒關係。」

她記得伍伯母的身體一直是很好的，怎麼得了這種病呢？

在楊小翼的追問下，伍伯伯同她講述了他們回廣安後所發生的事。

伍伯伯說，伍思岷本來是可以上大學的，那年他考得相當出色，但他在永城犯了那麼大事，政審沒有通過。

「你伯母是個急性子，事關兒子前途，她跳出來，向有關部門據理力爭。爭取不成，她就撒潑。在縣府面前一哭二鬧三上吊。你知道組織的脾氣，這樣來硬的肯定是不行的，肯定會越鬧越糟。黨什麼時候吃過硬的？但她不勸聽，她的主意一直大得很，還反罵我一點出息也沒有，革命這麼多年只不過是個司機。她自以爲仗著幾年革命的經歷就可以這麼鬧。她是愛子心切，別人當她是無理取鬧。」

伍伯伯說，伍伯母這樣一鬧，兒子讀大學更沒希望。伍伯母怎麼也想不通。也許是心情不好，一次她喝多了酒，突然摔倒在地，送到醫院，醫生說是中風了。治療也沒什麼效果，左手、右腳至今也沒有知覺，躺床上都快四年了。

伍伯母中風後，組織向伍家伸出援手。伍伯母原來在國營霓虹燈廠上班，廠部同意伍思岷頂替母親的工作。這樣，伍思岷高中畢業很快就就業了。

楊小翼聽了這些事，相當自責，也相當揪心。四周十分安靜，黑暗中伍伯伯不停地抽著香菸，香菸微弱的火星映照著他的臉，他的額頭的皺紋像剛出土的老樹的根部，透著一絲冰涼的氣息。

她問伍伯伯，伍思岷近況好不好？

「思岷這人，你也瞭解他，他很聰明，肯鑽研。他到霓虹燈廠後，馬上精通了業務。霓虹燈廠有霓虹燈研究項目，思岷在霓虹燈設計上下了功夫，他設計的霓虹燈花樣多，既好看又省電，他得到了重用。但是，他這個人啊……」說到這兒，伍伯伯嘆了一口氣，面露憂慮。「他這個人啊，太正直，一點世故都不懂，眼裡容不得沙子。人活在世上哪個沒有點人情往來，他啊，逢年過節，不但不去給領導拜年，還自以爲聰明，當著群眾的面給領導提意見。現在廠裡的領導挺大度的，是個老革命，挺欣賞他的，要是換個領導，憑他這種性格，我看不會有好果子吃。」

那天，楊小翼走出伍家的院子是晚上七點多。鄰家的收音機正在播放《中央人民廣播電台》新聞。她回頭看到伍家窗框上那閃爍的彩燈，突然感到無比蒼涼。

楊小翼是走夜路回去的。廣安到華鎣要走近一個小時的山路。她走在荒無人煙的公路上，心情沉重。她想，她曾經犯的錯誤有多麼嚴重，她毀了一個家庭的幸福。如果說這之前，她看待伍思岷還是有些一廂情願的美好想像，有點不著邊際，現在，伍思岷來到地面上。她感到她和伍思岷因爲伍伯母的病聯繫在了一起。她心裡湧出一種母性的情懷，她對自己說：「天哪，他吃了那麼多苦，我一定要好好待他。」

回到招待所，她無法入睡。她索性起來，給劉世軍寫信。她同劉世軍述說了見到伍伯母的情形。她告訴他，她的罪孽比想像的還要深重。她說，她曾給伍思岷寫過信，可信中的言語是多麼輕牽，他不回信，她完全能夠理解。她告訴劉世軍，她決定去照顧伍伯母。

元旦節後的那個休息日，楊小翼早早起床，然後搭乘農民的手扶拖拉機進城。還是伍伯伯給她開門。伍伯伯見到她，皺了一下眉頭。他鬼鬼祟祟地朝院子裡張望了一下。她透過門和他之間的縫隙，看到伍伯母坐在院子裡的陽光下，伍思岷在給母親擦洗。伍伯母看見了楊小翼，她的臉上露出類似嘲弄的神情。那表情像是密集的子彈抵擋著楊小翼的進入。楊小翼咬了咬牙，艱難地跨進了台門。伍伯母用那隻尚能活動的手拉了拉伍思岷的衣服。伍思岷回過頭來，看見楊小翼。他好像並不那麼吃驚，他回過身去繼續替母親擦洗。楊小翼猜想，她曾經來過伍家的事伍伯伯或者伍伯母一定告訴過伍思岷了，否則他不會這麼淡然的。

雖然她不指望他對她還保存著美好的情感，但她沒有預料到他們見面會這麼平淡。這讓她有點難過。她定了定神，徑直朝伍伯母走去。她有一種分擔伍家痛苦的強烈願望，好像唯有如此，她才可償還她所欠的債。

這個星期，她看了有關中風病人的護理手冊。她出發前，從廠醫院弄了一些來蘇爾藥水。用來蘇爾洗身體，可以防止病菌侵入，對一個常年躺在床上的人來說大有益處。她不聲不響地把來蘇爾倒入熱水桶中，來蘇爾的氣息在空間彌漫開來。楊小翼從小在醫院裡玩，對這種氣味天生有種親切感，有那麼一會兒，這種氣息把她帶往過去。她想起眼前的這個男人曾用那樣熱切的目光注視過她，現在卻如此冰冷，她感到悲傷。

「我來吧。」楊小翼對伍思岷說。

伍思岷的臉上沒有表情。他甚至不看楊小翼一眼，冷冷地說：

「你一會到樓上來，我有話對你說。」

說完，他就把毛巾擲到水桶裡，轉身走了。

楊小翼看著伍思岷走進屋，上了樓梯，然後她蹲下來，搓洗毛巾。她感到伍伯母注視著她，但楊小翼迴避了她的目光。她有點懼怕她。伍伯伯在院子的那一頭修理一輛獨輪車。楊小翼把滾燙的毛巾敷到她身上時，她閉起眼睛，臉上露出舒坦的表情。那一刻，伍伯母變得溫和了。一會兒，楊小翼擦洗她的左臂。大概因長年沒有活動，她的左臂明顯比右臂細。楊小翼開始替她的左臂按摩，這樣可以延緩左臂肌肉的萎縮。當楊小翼的手在她的手臂上蠕動時，她感到這左臂像嬰兒那樣柔弱無力。楊小翼突然感到辛酸。

伍伯母用右手拍了拍她的背，輕輕地嘆了一口氣，說：

「我知道思岷一直沒忘記你，這麼多年來他都沒談過一個對象。噯，這個可憐的孩子。」

聽了這話，楊小翼再也忍不住了，淚水突眶而出。

「他的命不好，我這個樣子拖累了他，沒姑娘願意嫁給他了。」伍伯母說。

「不會的。」楊小翼說。

伍伯母目光銳利地注視著她，像是把她看穿了。

「思岷這孩子，脾氣倔，我眞替他擔心。」她喃喃自語。

一會兒，楊小翼替伍伯母擦完身體。伍伯母對楊小翼說：「去吧，思岷等著你。」

伍家的木質樓梯的護手新刷過鐵紅色油漆，但還是可以看到原本白蟻蛀蝕過的痕跡。楊小翼走在樓梯上，有一種通向某個未知世界的感覺，有些忐忑，也有所盼望，有人間苦楚的傷感，也有美好的期待。伍伯伯給她開了燈，讓楊小翼當心點。楊小翼回頭道謝。

伍思岷的房間像一個實驗室，桌面上放著一匝匝的線圈和很多小彩燈，一根電焊槍及數包電焊條。他正在製作一個什麼玩具，可以看得出來，他此刻並不專注。楊小翼剛想同他打招呼，他突然轉過身來。他坐在那裡，一臉驕傲，是那種審判者兼戰鬥者的模樣。他居高臨下地看著她。他的左手在微微顫抖。她想，這可能是那次他自戕留下的後遺症。他讓她在他對面的一把低矮的椅子上坐下來。她猜想，這椅子是特地爲她準備的。她坐下來，感覺自己像一個罪大惡極的被告。

「你爲什麼到廣安來？」他問。

楊小翼一時不知如何回答這個問題。在他這樣的架式下，她有點兒窘迫。其實她是很想告訴他的，可她開不了口。

「我……是分……分配過來的。」

「那你眞是高風亮節，江南這麼好的地方不待，到這樣一個窮山溝來。廣安人民應給你樹碑立傳。」

她感到難堪。不過她理解他對她會有抵觸情緒。想起自己曾加諸於他這般痛苦，他說出什麼話來她都準備忍受。

「你爲什麼要給我寫信？爲什麼要來我家？爲什麼要出現在我面前？」他的眼中流露出因受傷而呈現的破碎光芒，「你難道不知道嗎，你的出現等於在我們的傷口上撒鹽，只會加重我們家的痛苦？你難道不清楚，我們家變成今天這個樣子都是因爲你？」

「對不起，對不起。」她望著他，他的審判者的氣勢完全把她壓垮了，眼淚忍不住往外湧，「我都明白。」

「你明白什麼？你當年完全可以拒絕我，我不會有意見，可你爲什麼要這樣對待我，這樣污辱我？」

「我沒想過要污辱你。我知道做錯了。你不會明白的，事實上當年我收到你的信我感到幸福。」

「你不要安慰我，一切都過去了，現在我什麼都承受得起。」

「我說的是眞的。這麼多年來我都沒有忘記你。事實上，是我自己選擇來廣安的。我來廣安就是爲了你。」

他似乎有點吃驚，直愣愣地看著她，像是在分辨她說的話的眞僞，但他的態度明顯軟化了。他說：

「也許你是感到內疚。你信上說了，你對過去的事很內疚。」

「我確實內疚。不過……」

「沒用的，一切都晚了，現在我更配不上你了。」他笑了一下，笑得有點兒淒涼，「我差不多想不起自己從前的樣子了。」

「你沒有大變，還像原來一樣，像個有爲青年。」她說。

「你看到的只是表面。來到廣安後發生了太多的事，我已面目全非了。」

「一切都可以從頭開始的。」她堅定地看著他。

好長時間的安靜。伍思岷一動不動。她的話好像一枚釘子，把伍思岷釘在座位上。也許是因爲緊張，當伍思岷移動身體的時候，不小心把擱在工作台上的電焊槍弄翻了，電焊槍跌落下來，落到伍思岷的手背上。他的手背被燙到了，肌膚發出青煙，房間裡頓時湧出一股子肉焦味。伍思岷的反應似乎比一般人來得慢，好一陣子，他才緩緩地把電焊槍拿掉，好像灼傷的皮膚並沒有讓他產生任何痛感。

她被這突如其來的事故嚇著了。她本能地站起來，去看他的傷。他手背的皮膚已脫去硬幣大小的一塊，中間呈暗紅色，周邊呈黑色。她問他有沒有藍藥水。他說：「沒關係，一點也不痛。」她說：「爲什麼？」他竟開了個玩笑：

「我每天洗冷水澡，所以不怕痛。」

不過，他還是拿來了藍藥水和消炎粉。他沒有反對她給他塗抹。他的手有些涼，可能是穿得太少了，這麼寒冷的冬天，他只穿一件襯衣，外面套了一件舊毛線背心。

「你穿這麼少，不冷嗎？」

「習慣了。我就像鴨子，在冷水裡泡慣了。你見過鴨子怕冷嗎？」他似乎對此很得意。這樣的肌膚接觸似乎把她和他的距離拉近了。她不知他在想什麼，她有一種暈暈眩之感。她的手微微有些顫抖，動作都不那麼靈敏了。

那天，她是在伍家吃的晚飯。吃完飯，伍伯母讓伍思岷送她回華鎣。

夜晚，去華鎣的公路上少有汽車，四周寂靜，因爲是冬天，連蟲子的聲音都沒有。一路上，她和伍思岷沒有說話。伍思岷眞的是個沉默寡言的人。他走在她身後五米遠的地方。也許是因爲他在後面，她又感受到當年那雙無處不在的眼睛的注視。她有一種辛酸的甜蜜感。

她在前面站住，等著他。和他並排時，她才邁開步。他們開始有一句沒一句說話。她說：「天氣很好。」他說：「山溝裡好安靜。」她告訴他，上次她是一個人回華鎣的。他說：「你不怕嗎？」她說：「不怕。」他說：「一般女孩子都不敢晚上走這條路。」

後來，伍思岷問了她這幾年的情況。她告訴他，她那年沒考上大學，就參軍去了。

「什麼部隊？」

「警備部隊的。」

「你到廣安來，你媽媽不擔心嗎？」

「她倒是沒反對，只擔心我會吃苦。」

「內地確實挺苦的，也挺閉塞的。」

「還好的，我不怕吃苦。」

伍思岷又沉默了。

有一段日子，那種辛酸的甜蜜感一直在楊小翼的心中。

她只要有空就去伍家照顧伍伯母。她和伍思岷之間的交流似乎存在障礙，見面也不知道說什麼。反倒是伍伯母對她的態度有了一百八十度的轉變，見到她就滿臉堆笑。她從一個債主轉變成了一個有求於人的和藹的婦人。

她和伍思岷的關係可以用「沉默」來形容。那個年代，關於愛沒有那麼多語言。那是個質樸的年代，男女之間的情感表現得十分隱晦，往往靠一個眼神，一個細小的動作表達彼此的關心。伍思岷似乎比一般人還要拘謹，當他靠近她時，他幾乎不看她一眼。只有拉遠距離，他在窗口，或者在她身後，她才能感受到他的「注視」。這是非常奇怪的感覺，即使伍思岷關在自己的房間做他的電路實驗，楊小翼依舊能感到他的注視，就像多年前，她總是感到被他的目光所纏繞。

「沉默」是一種深沉的方式，沉默帶給楊小翼無限的想像空間。她一直在想像沉默底部的情感，在她的想像裡，這種情感好像冰山藏在海水底下，巨大而結實。對她來說，她和他的這種障礙，變成了一種壓抑的力量，反而讓她的情感濃度增值。她的內心經常流動著某種動情的風暴，她很想釋放出來，但是，他對她總是相敬如賓，她不知道如何釋放她的情感。時間一長，她有些焦慮了。當她站在陽光下，看著這堅硬的現實，她不免對她和伍思岷的關係感到憂心忡忡，她畢竟不能活在自我想像裡。她不知道他們的下一步在哪裡。

有一天，伍伯母塞給楊小翼兩張電影票，她說：「你和思岷看電影去吧，你們別管我。是我讓老伍買來的。老頭子還不願意買，說思岷怎麼配得上你。他哪裡懂女人。思岷這孩子像他爹一樣，魚木腦袋，又怕難爲情。小翼，你若是眞喜歡我們家思岷，你得主動一些。」說完，她目光貪婪地看著楊小翼，像是要把她吃了。

那天，楊小翼和伍思岷去了電影院。電影是《永不消逝的電波》。坐在黑暗的電影院裡，放映機投出的光束變幻不停，猶若黑暗開出的花朵，異常豔麗。伍思岷專注地看著銀幕，身體筆挺，顯得有點僵硬。她有些憐憫他的拘謹，她的手伸向他，把他的手緊緊攥住。他似乎猶豫了一下，也緊緊扣住了她。一會兒，她的手上滲出滑膩膩的汗水。

第十五章

楊小翼和伍思岷戀愛期間，老是做同一個夢：這個夢裡一直有陽光，院子裡的苦楝樹結著細小的果子。周邊的建築低矮，老牆門之間錯落有致。楊小翼辨認出這是永城。有一些孩子在撿拾苦楝樹的果子，其中一個是劉世軍。劉世軍把苦楝樹的果子放在彈弓上，射向天空飛翔的鳥兒。群鳥飛過，叫聲淒慘。這時，天一下子黑了，天上掉下一個巨大的物體，像一隻巨翅把陽光遮住了。後來，她認出那掉下來的是尹南方。尹南方正在向大地墜落。她聽到撞擊地面的巨響。

楊小翼每次從這樣的夢境中醒來，已是淚濕衣襟。醒來的時間各不相同，有時是子夜，有時是清晨，醒來後她總是大口大口地喘著粗氣。夢裡的一切那麼清晰，歷歷在目。她反芻夢其中的信息，一片茫然。爲什麼劉世軍和尹南方會出現在同一個夢境裡？爲什麼是劉世軍射擊尹南方？爲什麼尹南方會墜落於永城？她想，夢是多麼奇怪，更奇怪的是她總是做同一個夢。

楊小翼不可能同伍思岷講述這個夢。夢裡的一切太複雜，複雜得難以啓口。

關於楊小翼的身世，伍思岷曾經問起過。那天，她替伍伯母擦洗完身子，坐在院子裡休息，伍思岷突然說：「在永城時，都傳說你是劉雲石的私生女，但我並不相信，我父親說你不可能是劉雲石生的。」楊小翼說：「當然不是的。」伍思岷說：「是嗎，那劉雲石書記爲什麼要對你母親這麼照顧呢？」楊小翼撒了個謊，「可能他身上有彈片，老要發作，需要我母親治療。」伍思岷沉思了一會，又問：「你的父親究竟是誰呢？你知道嗎？」楊小翼沒辦法告訴他眞相，她擔心她的身世會把他嚇跑。以後慢慢告訴他吧。她搖搖頭說：「我不清楚，我出生時就沒了父親，媽媽一直不肯告訴我，媽媽一定有難言之隱吧。」伍思岷不再追問下去。

但被噩夢纏繞的楊小翼需要一個傾訴的管道。她就給劉世軍寫信。在信裡，她講敘了這個夢境及對尹南方強烈的愧疚感。不久，楊小翼就收到了劉世軍的信。劉世軍在信裡說：「……關於尹南方爲你跳樓的事已聽說了，上次因爲你沒有提起，怕觸到你傷心處，所以我也沒有問起你……我聽說尹南方正在康復中，一切都好……」楊小翼知道，劉世軍這麼說僅僅是想要安慰她，尹南方不可能再康復了。接著劉世軍勸慰道：「……小翼，碰到這樣的事是誰也不願看到的，你也不要過分自責，眞要追究起來，你又有什麼錯呢？要說有錯，也是那個兵荒馬亂的舊時代造成的。要是沒有戰爭，也許一切都不會發生……」雖然楊小翼不完全認同劉世軍的話，覺得劉世軍的因果關係實在太過遙遠，但他的勸慰或多或少緩衝了她的負罪感。

每次做過這個夢以後，楊小翼就會對伍思岷更好。

那年三月，伍思岷因爲在霓虹燈花色上的創新和突破而被廣安縣輕工系統授予「青年突擊手」稱號。楊小翼很爲他驕傲。授獎那天，楊小翼特意請了假去現場爲伍思岷捧場。

會議開始前安排了文藝節目，以大合唱居多，也有舞蹈。紡織廠女工演出的秧歌揉入了川劇的武打戲，給人印象深刻。文藝節目表演完後，各隊開始拉歌。那年月，這樣的頒獎會上，人們總喜歡拉歌，唱的一般都是意氣風發的革命歌曲。

聯歡結束，頒獎活動就開始了。

那天，伍思岷英氣勃發，志得意滿。他拿著獎盃來到楊小翼身邊。也許是由於剛才緊張，伍思岷的臉上掛著幾滴汗水。楊小翼迫不及待想要看獎狀。她接過獎狀，緩緩展開，動作非常小心，好像她手上的獎狀是一件聖物，需要保持絕對的虔誠。獎狀上「伍思岷」三個字，不知是誰的手筆，寫得張牙舞爪，像是要從這獎狀上逃出去。楊小翼開心地笑出聲來。

台上，領導正在講話。伍思岷聽了一會兒，悄悄地對楊小翼說：

「我不會永遠待在霓虹燈廠的。」

楊小翼知道伍思岷志向遠大，她相信他的話。

那一刻，楊小翼很爲伍思岷驕傲，她的心裡充滿了幸福感。

這期間，楊小翼從車間抽調回了廠辦，並且廠部不再讓她住招待所，而是在廠生活區分給她一小間宿舍。宿舍離陳主任家非常近。陳主任經常去附近的村莊向村民們買些諸如地瓜、荸薺、馬鈴薯之類的東西。陳主任煮好後就會送一些給楊小翼嘗嘗。楊小翼特別喜歡吃這些東西，每次都吃得很香，這讓陳主任很高興。有一天，楊小翼吃完一只烤地瓜，實在憋不住，就說了自己談戀愛的事。陳主任起初還以爲楊小翼找了華光廠的小夥子，後來一聽是在廣安縣城，感到很奇怪，問：「怎麼找到的？」於是楊小翼就講了來龍去脈，還講了永城那一段。陳主任開始覺得伍思岷不錯，但聽說了伍思岷開著車子去撞人，態度保留起來。她快言快語道：「小翼，這個人怎麼這麼狠。」楊小翼本來在幸福中，被陳主任這樣一說，覺得很掃興。她便敷衍陳主任，不再提這事兒。可陳主任不放過她，說：

「你哪天帶他過來，我要親自瞧瞧是個什麼樣的人？怎麼可以用汽車去撞人家呢？這多危險！拿生命開玩笑。這孩子太任性太莽撞了。」

楊小翼答應了。她想，陳主任要是見到伍思岷，就知道伍思岷多麼優秀了。

楊小翼見到伍思岷後，同他談起這樁事。伍思岷很不高興。伍思岷一向不大提出永城這段往事，好像那是他的奇恥大辱。

伍思岷說：「你們這個主任怎麼這麼主觀，她怎麼就認定我莽撞呢？」

楊小翼說：「你生氣啊？她就這樣子，有點兒大大咧咧的，人不錯的，待我也好。她還想見你呢。」

伍思岷說：「有什麼好見的，我們的事還要她同意？不見。」

楊小翼急了，說：「可我答應她了呀。」

「誰叫你答應的？這算怎麼回事？」伍思岷表情嚴肅，一副很生氣的樣子。

後來，他們去看了場電影。是《霓虹燈下的哨兵》。看電影時，伍思岷一直在注意上海灘上的霓虹燈，他說，霓虹燈和資本主義有聯繫，因爲它是夜晚才出現的。但如果霓虹燈像焰火一樣在整個夜空中燃放，那就會變成共產主義，就像柳亞子歌詠的新社會，「火樹銀花不夜天，弟兄姐妹舞翩躚」。他說，他要發明焰火一樣的霓虹燈。在楊小翼眼裡，這個時候伍思岷最有魅力。他總是有一些奇特而狂野的想像。他的智力超群，只要專注於某件事，一定會搞出名堂。

陳主任幾次問楊小翼怎麼不帶那個「莽撞的傢伙」過來。楊小翼被陳主任問得都不好意思了。不過，不久就有了機會。五一節，陳主任提出要找一家工廠一起搞聯歡。楊小翼馬上想到伍思岷的單位。楊小翼說：「霓虹燈廠到時候可以把會場搞得很漂亮。」陳主任同意了，她說：「正好可以見見你那個男朋友，沒見過他，我還不放心你同他談戀愛呢。」

楊小翼和伍思岷說了這事。伍思岷很積極，他找了老廠長。老廠長說：「年輕人是得多搞些活動，一天到晚悶頭幹活是不對的，你們又不是牛。」老廠長經常說一些糙話，甚至開大會時也一樣，但話糙理不糙，霓虹燈廠的職工對老廠長的說話方式相當喜聞樂見。

於是伍思岷就忙乎開了。令楊小翼沒有想到的是伍思岷給這次聯誼活動製作了一個反映軍民魚水情的霓虹燈。霓虹燈將掛在華光機械廠的廣場上。

五一節那天，伍思岷帶著一幫人在廣場安裝。陳主任特地過來看了一下，還問楊小翼，「那個人就是你男朋友？」楊小翼不好意思地點點頭。陳主任仔細觀察了一會兒，沒任何表示地走了。楊小翼心裡忐忑不安，不知陳主任對伍思岷印象如何。

傍晚前，霓虹燈安裝好了。當時天還沒暗下來，霓虹燈卻打開了。在閃爍的霓虹燈上跳著兩個頭像：男的是一個軍人，像伍思岷；女人是個少女，像楊小翼。楊小翼一眼看出其中的祕密，她的臉紅了。不過，她雖然難爲情，心裡卻是高興的，她整個身心被一種幸福感洋溢，輕盈如雲，想要飛起來。

多年後，楊小翼回顧和伍思岷一起的日子，發現這是伍思岷最爲浪漫的一次，也是僅有的一次。伍思岷本質上是個嚴謹而古板的人。也不知道他當時是哪根神經搭錯了，做出這麼大膽的舉動。也許他在炫耀他的霓虹燈技術。

一會兒，楊小翼便知道，這不是「祕密」，所有的人都看出來了。兩個廠子的人在霓虹燈下指指點點，議論紛紛。有人在背後批評這是「小資產階級情調」，有人說這是「公爲私用」，有人甚至在罵「不要臉」。楊小翼聽了，相當生氣。不過，在強烈的幸福面前，她原諒了這些人。

陳主任顯然聽到了傳言，也趕來了，她站在廣場上，看著那對一閃一閃的手拉手的男女，臉上露出不悅來。看得出來，陳主任對此事很反感。楊小翼想，伍思岷闖大禍了。

陳主任把楊小翼叫到一邊，說：「那伍思岷，你那男朋友，這傢伙怎麼這麼花哨？」

楊小翼像做了錯事的人，不知如何回應。伍思岷一直在看她，伍思岷是個敏感的人，他一定意識到他的「作品」引出了麻煩。

「這樣的人你得當心點，花裡胡哨的人沒一個是好鳥。」陳主任嚴厲地說。

這話楊小翼聽了非常刺耳。那一刻，楊小翼第一次對陳主任產生了抵觸甚至反感的情緒。聯誼晚會辦得很順利。晚會一結束，陳主任就命人把霓虹燈拆了。這個過程中，伍思岷也感覺到陳主任對他印象不好。他耿耿於懷了，他要求楊小翼不要同陳主任過分接近。「這種老女人，心裡陰暗，變態，還自以爲是個領導，有什麼水平可言。」伍思岷話說得很惡毒。背後用這樣的話說陳主任，楊小翼感到有點過分了。但楊小翼也不想和伍思岷分辯，免得他不高興。楊小翼不再在伍思岷前提陳主任。

陳主任在開會時多次不指名批評有人資產階級思想嚴重，要自覺接受社會主義世界觀的改造。也許以前陳主任也說這種政治套話，但因爲「霓虹燈」事件，楊小翼自動對號入座了，以爲陳主任這是針對她而來。在這麼多人面前受到批評，楊小翼把頭低下去了。開始楊小翼還虛心接受，小資產階級情調她確實是有的，否則看到伍思岷的「軍民魚水情」怎麼會那麼幸福呢？但被陳主任批評次數多了，楊小翼心裡就不滿了。她以小人之心猜度陳主任之所以這樣是嫉妒她的幸福。因爲她的女兒死了，不可能有楊小翼這樣的幸福了，所以她就嫉妒了。楊小翼開始反感她。還是伍思岷有先見之明，她確實是個老女人，沒什麼水平可言。

在私底下，陳主任依舊對楊小翼熱情有加，有什麼好吃的還是給楊小翼送來。但楊小翼開始疏遠她，只是陳主任像是渾然不覺的樣子。有一次，伍思岷剛走，陳主任便來到楊小翼的宿舍。陳主任一進門雙眼在楊小翼的床鋪打轉，好像楊小翼做了見不得人的事。楊小翼想，幸好床鋪還算整齊，否則不知道陳主任會怎麼想。陳主任坐下來，語帶埋怨地對楊小翼說：

「小翼，你得多考驗一下伍思岷，你們的速度太快了些。」

楊小翼覺得陳主任眞的管得太寬了。可能是對陳主任的不滿積累得太多，積累的時間又太久，那次楊小翼突然爆發了。楊小翼說：

「這不是工作上的事，這事不用你管，我又不是你的女兒，爲什麼你要指手畫腳？」

陳主任聽了非常震驚了，站在那兒都懵住了。一定沒有人這樣同她說話的。一會兒，她面無表情地點了點頭，然後氣呼呼地走了。

看著陳主任走遠，楊小翼非常懊悔。不管怎麼說，陳主任待她是不錯的，雖要批評她，但眞的是把她當女兒看待的。但說出去的話，潑出去的水，楊小翼收不回來了。

伍思岷保持著每天洗冷水澡的習慣。這件事，楊小翼眞的非常佩服，一個人幾十年如一日地做同一件事是多麼不容易，況且這還不是一件簡單的事，是一件要在寒冷的冬天承受冷水刺激的事，想想都讓人覺得可怕。

楊小翼還是和劉世軍保持著通信。楊小翼把這段日子身邊發生的事，包括和陳主任之間的不愉快，都事無巨細向劉世軍訴說了。當然她和伍思岷的戀愛是主要內容。那段日子，生活中雖然不免有煩惱，但楊小翼的信是輕快而飛揚的。這樣的通信很好，因爲劉世軍的存在，楊小翼覺得眼前的幸福是被人看見的。當然，在說自己和伍思岷的情感時，她是盡量低調的，不露聲色的。

有一個星期天，楊小翼和伍思岷相約爬山，伍思岷突然和她聊起永城的事。

「在永城的時候，我記得你整天和米豔豔在一起。那個丫頭瘋瘋癲癲的，人很漂亮。」

楊小翼開玩笑說：「怎麼，你還記得米豔豔？人家早嫁給劉世軍了。」

伍思岷很嚴肅地看了看楊小翼，說：「我知道劉世軍一直喜歡你，在永城時我一眼就看出來了。」

對伍思岷突然提這事，楊小翼有些吃驚。因爲剛剛收到劉世軍的信，她的心也有些虛，臉紅了。她說：

「你說什麼啊，他一直把我當小妹。」

伍思岷說：「可你們根本就不是兄妹。他喜歡你，對吧？」

「我不知道。怎麼，你吃醋了？」

「我吃什麼醋。」伍思岷不屑道。

一會兒，伍思岷又說：「那時候，你整天同劉世軍玩，你們倆還躲在天一塔的閣樓裡，學校裡都傳你們好上了。不過，我不相信，我還是給你寫了那封信。誰知道那封信讓劉世軍吃醋了……」

這是楊小翼第一次聽到關於她和劉世軍的傳言。還說什麼「好上了」，她聽來覺得很彆扭，如鯁在喉。她有點生氣了，她說：

「你們這些人怎麼這樣嚼舌頭，眞氣人，我和劉世軍什麼事也沒有，我不可能和他好，我那時候老是欺負他。」

伍思岷低頭沉默。楊小翼不知他此刻在想什麼，他是不是信她的話。伍思岷有時候令人捉摸不透。楊小翼想，這就是人們所說的「城府」吧。楊小翼找出了伍思岷的規律，他心裡有疑慮的話，一般不會馬上顯露出來，要過上很長一段日子才會裝做不經意地說起來。

「你猜我在永城最佩服的人是誰？」伍思岷問。

「總不會是劉世軍吧？」

「怎麼會是他。是他爹，劉書記。劉書記雖說把我們家貶到廣安，但他辦事有原則，幹什麼事兒都沒私心，天下爲公，蒼生爲念。我佩服。」

這些話楊小翼愛聽，她也是這麼認爲的。她這時才意識到伍思岷有些行爲是學劉伯伯的。這讓她覺得好玩。

「你再猜我在永城時最看不慣的人是誰？」

「劉世軍。」這回楊小翼答得很乾脆，很篤定。

「你幹嘛老提劉世軍？他算什麼，我要看不慣？」伍思岷不滿地看了楊小翼一眼，「是吳副書記，記得嗎，是個胖子，就是劉書記的副手。此人裝腔作勢，動不動訓斥人，可他究竟有什麼水平？我爹說他最喜歡幹的事就是去劇團找女演員。還不止這些，他還任人唯親，到處安插親信，腐敗得不得了。這樣的人混進共產黨內，眞是悲哀。廣安也有這樣的人，如果我有機會就要揭發他們，一個都不放過。」

楊小翼知道吳副書記。吳副書記對她還是很客氣的，她記得小時候她在劉家玩，他見到她，喜歡抱抱她，別的並無太深的印象。楊小翼對伍思岷的正義感是欣賞的，剛才的不快被近乎崇拜的情感所代替。

爬山結束，回到伍家院子，他們見證了一個奇蹟。一直坐在輪椅上的伍伯母從輪椅上站了起來，在園子裡一拐一拐地走動。雖然她走得很艱難，但畢竟是脫離了輪椅。一向不愛表達情感的伍思岷也驚呼起來：「媽，你好啦？」他過去要扶伍伯母，被伍伯母一把他推開。

楊小翼在一旁看著，頓覺世界無比美好。她想，這一切也有她的功勞，是她堅持每天給伍伯母按摩，伍伯母腿上的肌肉才沒萎縮。也許還有另一個原因，就是伍思岷和她的戀愛讓伍伯母心情好轉，身體也跟著奇蹟般地變好了。

半個月後，伍伯母雖還有點兒瘸，但走路基本自如了，甚至可以慢慢上樓梯了。那段日子，伍家充滿了喜慶色彩，好像伍伯母是一個實驗品，每天都會帶來新成果。

有一天，伍伯母把伍思岷和楊小翼叫到身邊，對他們說：

「小翼是我們家的吉星，思岷你要早些娶她回來，我現在身體好了，可以照顧孩子了，思岷，趁我還活著，我想早點抱孫子。你們早點結婚吧。」

第十六章

那年月，物質受限，結婚非常簡單，不講什麼排場，也不用置太多結婚用品。被褥和床總是要的，至於碗筷鍋瓢，因爲暫時不會和公婆分開過，用不著添置了。楊小翼和伍思岷商量了一下，決定買一張棕繩床。他們是雙職工，棕繩床還是買得起的。楊小翼發現他們廠附近的村莊有人在編織這種床，她和伍思岷約好時間，打算去看一下，如果品質好就買下來。

伍思岷廠休是星期四，這天楊小翼是要上班的，她讓伍思岷先在她的宿舍等會兒，她先去廠裡請個假，然後再溜出來。

楊小翼回到自己的宿舍時，門開著，伍思岷卻不在。寫字檯抽屜打開著。楊小翼的心「噌」地提了起來。抽屜裡面放著楊小翼和劉世軍之間的通信，她太粗心竟沒有把抽屜鎖上。要是伍思岷看了這些信，就不好了。她和劉世軍之間的通信一直是很直率的，有些話她可以和劉世軍說，但絕對不會和伍思岷說。伍思岷如果看了這些信一定會相當不快。

她仔細察看信件是否被翻閱過。好像是沒有動過的樣子。

伍思岷去哪裡了呢？她關上門，去廠區找他，沒有他的影子。後來她在廠部外一個水庫的大堤上找到了伍思岷。他站著，一臉茫然地望著田野。她問：「你怎麼來這兒了？」他說：「這兒風景好。」

伍思岷絕口不提信件的事。楊小翼一時猜不出他是否翻看過。不過，即使他看過了，他也不會提的。他就是這麼一個人，什麼都放在心裡面。她是多麼不希望她和他之間有隔膜啊。如果他主動提信的事，她可以向他解釋。他不說，她也不好開口，那會有不打自招的嫌疑。

這天，他們還是去附近的村子裡看棕繩床。楊小翼裝做熱情洋溢的樣子，向製床師傅問這問那的：是什麼木頭？多長多寬？棕繩可以承受多少壓力？其實楊小翼什麼都不懂。伍思岷悶不吭聲，他的熱情明顯沒有以前高，變得又冷又硬，有一種拒人千里的勁兒。

楊小翼隱約感覺到她和伍思岷這樣結婚似乎存在問題，但他們還是按計畫結婚了。事情就是這樣，一旦起動就停不下來了。

婚禮非常簡單，幾乎沒請幾個客人。前來道賀的主要是伍家的親朋好友。本來楊小翼也想請華光機械廠的同事，但在請不請陳主任這件事上，楊小翼猶豫不決。她知道伍思岷不喜歡陳主任，再說她自己也因此和陳主任鬧了不愉快，即使去請，陳主任也未必會來。但如果請了別人而不請陳主任，似乎也說不過去。楊小翼想來想去，索性全都不請了。

他們在家裡辦了兩桌酒席。伍伯母把看家的廚藝都拿了出來，做了滿滿一桌子菜。家裡紅色的雙喜和對聯一貼，就有喜慶色彩了。伍伯伯見伍思岷窗口的霓虹燈沒開，讓他趕快開著。親友們觥籌交錯，喝得興高采烈，紛紛給這對新人說吉祥話。伍伯伯更是高興，大碗喝酒，好像今天結婚的是他。楊小翼見伍伯伯如此喝酒相當驚訝，自從和伍思岷戀愛以來，沒見過伍伯伯喝這麼多酒。伍思岷看上去極靦腆，除了倒酒，倒是喝得很少。

看著眼前熱鬧的聲面，楊小翼心裡突然湧出傷感來。在異鄉，她就這樣自己把自己嫁掉了，身邊連一個親人也沒有，心裡或多或少有些遺憾。她多麼希望有親人見證她的婚禮啊。

多年之後，楊小翼回憶新婚之夜，有一種噩夢般的感覺。開始一切都好，兩個沒有任何經驗的人，免不了緊張，草率。伍思岷相當激動，那一刻，他平靜的外表才被撕碎。他們終於走完了所有的程序。楊小翼的心裡湧出一種踏實的沉甸甸的幸福感。事後，他打開被子，上了一趟廁所。她還赤裸著，有點難爲情，於是把被子蓋上了。伍思岷看了看床單。床單一片潔白。他愣了一下，然後默然向樓下的衛生間走去。她馬上意識到了什麼，也感到奇怪，怎麼會沒有血呢？這是怎麼回事？有一剎那，她竟然湧出對不起伍思岷的感覺。

一會兒，伍思岷回來了，他的樣子看上去有些落寞，好像一下子精氣神兒全散了。他躺了下來，她靠過去，想抱住他的身體，但他推開了她。剛才她心頭湧出的甜蜜一下子消失了。

「我也不知道這是爲什麼，你要相信我。」楊小翼說。

伍思岷一動不動躺著，一會兒，一個聲音像是從水中浮出來似的，顯得有氣無力：

「我看過你和劉世軍的通信了。」

他果然是看過了。楊小翼的身子微微抖動了一下。她說：

「我猜到你看過了。」

「你向我隱瞞了太多的事。你去過北京？」

「是的。你聽我說……」

「你比我想像的要複雜。」他打斷了她，「都有人爲你跳樓了。」

「是你多想了。」

「我沒多想。我不在乎。」

「你聽我解釋。」

「你不用解釋，我不想聽你的謊言。」

「你什麼意思？」

「你自己明白。」

說著，伍思岷轉過身去，背對著楊小翼。

見伍思岷這樣，楊小翼傷心了，也生氣了。她想，他愛自尋煩惱就讓他煩去，反正她是乾淨的，除了伍思岷，她都沒有正經談過戀愛。伍思岷是她的初戀。

窗口伍思岷製作的霓虹燈在閃爍，她看了生出悲涼之感，難道這就是她盼望的愛情和婚姻嗎？她感到茫然了。

這一夜，兩個人都沒睡著。第二天，伍思岷很早起床了，他臉色憔悴，一下子消瘦了不少。伍伯母上了樓，在床上尋找著什麼。一會兒她臉色陰沉地下了樓。

楊小翼聽到樓底下伍伯母的罵聲：「楊家沒有一個好東西，母親給大官睡，女兒能好到哪兒去。」

伍伯母的辱罵令她傷心欲絕。她沒想到昨天還喜慶的，今天變成了這樣。這時，伍思岷說：

「媽，你給我閉嘴。」

楊小翼對伍思岷這樣斥喝母親感到吃驚。他一向對母親很孝順的，很少對母親這麼粗暴。她想，他一定處在深深的痛苦中。她的心軟了下來，原諒了他。但她不知道如何解釋這個事。她是無論如何也說不清了。事情怎麼會是這樣呢？

照原計畫楊小翼和伍思岷要去永城探望母親。他們有一個月的婚假。但伍思岷改變了主意。他對楊小翼說：「我不去永城了，要去你去吧。」楊小翼說：「這怎麼行，我媽等著我們呢，你不去像什麼話。」伍思岷說：「你就說我忙廠裡的事，走不開。」楊小翼生氣了，說：「你不去我也不去了。」伍思岷冷冷地說：「隨你。」

楊小翼就沒回永城。伍思岷整天一副痛苦的樣子。楊小翼對伍思岷這樣不信任她很失望，也懶得理他。兩個人僵持著。伍伯母這幾天經常指桑罵槐，有幾次楊小翼都快忍不住要反擊了。她對伍思岷也開始怨恨了。他怎麼這麼鑽牛角尖呢？這事兒怎麼能怪她？她太冤了。伍思岷怎麼能這樣不講理，說好要回永城的，不回去的話，媽媽還以為他們出了什麼事。楊小翼決定，不管伍思岷去不去，反正她一定得回去一趟。

我有一個月的婚假，為什麼要待在這裡看他們伍家的臉色，好像我真的做了見不得人的事。

就這樣，楊小翼懷著失望和委屈隻身前往了永城。

夏天已經真正來臨了，空氣裡充滿了汗味，好像整個世界成為了一個生產汗水的工廠。楊小翼坐上去永城的列車。列車的廣播裡一直在播放熱鬧的革命歌曲，歌聲一如既往地嘹亮，但楊小翼對這種聲音已經麻木。八歲以來，她所聽的都是這樣一種風格的聲音。這種聲音幾乎成了她身體的一部分。她坐在臨窗的位置上，思緒卻還留在廣安，她想伍思岷這會兒在幹什麼？她內心還是有一種盼望，她走之後，伍思岷會隨後跟來。

到永城那天，天氣晴好，街頭沒有多少行人。楊小翼拎著簡單的行李，朝公園路走去。那天剛好是母親休息的日子，見到楊小翼，母親愣了一下。

「怎麼只有你一個人？你那位呢？」

楊小翼臉一紅，說：「他單位裡接受一個突擊任務，國慶十五週年慶典需要大批霓虹燈，他來不了啦。」

這個謊言楊小翼是在火車上盤算好的。她發現自己越來越會撒謊了。

母親疑慮地看了看她，然後點點頭：「年輕人應該以事業爲重，挺好的。」

楊小翼因爲緊張，一直拎著行李。

「你把行李放自己房間去吧，房間早給你準備好了。」

楊小翼逃也似地上樓。楊小翼剛上樓，米豔豔的母親王香蘭也過來了。她人還沒到，聲音先到了：

「呀，新郎、新娘回娘家了，討喜糖來吃了。」

王香蘭見新郎沒來，很失望。她口無遮攔，說工作再忙，也不能不來見丈母娘啊，把楊阿姨當什麼了。楊小翼被她弄得非常尷尬。這時候，她心裡恨死了伍思岷，都是他的緣故，害她要一遍一遍解釋，害她在永城像做賊似的。王香蘭還誇劉世軍經常去看她。她的話裡有炫耀的意思了，好像唯恐別人不知道米豔豔嫁到了劉家，攀上了高枝。

母親大概聽不下去了，她說：

「我看思岷這孩子不錯，我從小看著他長大，上進心強。事業和個人私事，當然是事業重要。這叫明大理。」

晚上，母親給了楊小翼一筆錢，七百元。在當時那是一筆很大的財富。

劉伯伯聽說楊小翼回來省親了，置了一桌宴席，祝賀她新婚之喜。

實際上是兩家人團聚。母親、李叔叔都去了劉家大院。劉家除了世晨不在，別的全齊了。這天，劉伯伯很高興，喝了不少酒。也許是酒的緣故，平常不愛說話的劉伯伯話頭特別多。他問起伍思岷的情況。聽了楊小翼的解釋，他點點頭：

「這孩子，從小有志氣，我看是個人才。」

楊小翼說：「脾氣不好。」

劉伯伯說：「男人嘛，都這樣，你讓著他一點，哄哄他就是了。」

楊小翼點點頭。楊小翼想，這個男人要哄也難啊，固執得像牛一樣。要是他在就好了，熱熱鬧鬧的，多喜慶。

一會兒，劉伯伯說起伍伯伯來。他說：

「你公公人很忠厚，我當年眞想留下他，也是在戰火中摸爬滾打出來的，這樣讓他走我心裡也不好受。但出了那麼大事兒，一點辦法也沒有。他到廣安，給我寫過信，說是在長途車隊是不是？他駕駛技術好，人細心，坐他的車踏實。」

劉伯伯「嗞」地把杯中的酒喝盡，然後又替自己倒上，順便也給劉世軍添酒。劉世軍一副受寵若驚的樣子，說他自己來。劉伯伯堅持給他倒。也許世軍長大了，從這個動作可以看得出來，劉伯伯開始尊重兒子了。

米豔豔見劉伯伯因說伍家的事有些傷感，趕緊在在邊上插科打諢，逗劉伯伯開心。畢竟是演員出身，就是吹捧劉伯伯也是十分巧妙，戲感十足。米豔豔說：

「爸爸，我給您提個意見，您在永城裝了那麼多路燈，走在街上像大白天似的，雖說走路方便了，不用擔心小偷、流氓……特務……暗中搞鬼了，但也有不方便。」

路燈工程是劉伯伯最爲看重的政績。劉伯伯嚴肅地問：

「哪裡不方便？」

「談戀愛啊。我們劇團的小姑娘，都抱怨您，裝了那麼多的路燈，連個談戀愛的地方都找不到。她們要給您寫信，讓您把燈都拆掉。」

劉伯伯聽了，笑得牙齒都露出來，眼睛眯成一條線。楊小翼想，劉伯伯當官這麼多年，也愛聽奉承話了。

劉世軍坐在米豔豔的邊上，一副不露聲色的模樣。楊小翼注意到他一直在照顧母親和景蘭阿姨，有時候還和李叔叔低語幾句，既不奪劉伯伯的風頭，又盡守主人之道。楊小翼想，有機會一定要好好誇誇他。有時候，他會抬起頭來看一眼楊小翼。他的目光是探尋的，還帶著一絲絲擔憂，這目光讓楊小翼心裡暖洋洋的。楊小翼知道他看出了她心裡的不快樂。什麼都逃不過這傢伙的眼睛，別看他五大三粗的，心實在是很細的。

酒席結束，劉世軍送他們回公園路。母親和李叔叔在前面走，楊小翼和劉世軍跟隨其後。一路上，他們相對無言。

沉默了好長時間，劉世軍沒頭沒腦地說：

「你們吵架了？」

楊小翼愣了一下，一時千言萬語，不知從何說起。她在劉世軍面前從來是坦誠的，在劉世軍的追問下，楊小翼忍不住說了對伍思岷的不滿。當然新婚之夜的事是無論如何說不出口的。楊小翼只說，伍思岷氣量小，什麼事愛悶在心裡，還自尋煩惱。說著說著，她就哭了。劉世軍勸慰道：

「剛剛結婚，吵架是難免的。我和豔豔剛開始也這樣。現在好多了，有老夫老妻的感覺了。」

快到公園路的石庫門時，米豔豔追了上來。見楊小翼在哭，米豔豔問：

「小翼，怎麼啦？世軍欺負你了？」

楊小翼趕緊擦去淚眼。笑著說：

「他哪敢啊？豔豔，我們剛才說小時候的事呢，我怎麼說著說著流淚了呢？」

米豔豔笑道：「是啊，他哪敢欺負你，只要你不欺負他就好了。不許你欺負我愛人啊。」

說著，米豔豔把一包東西遞給楊小翼。是劉伯伯送她的新婚禮物，剛才劉伯伯忘了給她了。楊小翼打開禮物，發現是一套「馬恩列斯毛」的著作。楊小翼忍不住笑出聲來。也只有劉伯伯會送這種禮物。這時候，已到了家門口，楊小翼讓劉世軍和米豔豔回去了。看著他們的背影，楊小翼想，人眞是會變的，米豔豔眞是同過去不一樣了，有大家閨秀的氣度了。

在永城的日子裡，楊小翼時刻想著廣安。到了永城後，她發現自己原諒了伍思岷。

楊小翼有一天和米豔豔聊天，說起伍思岷，語氣中充滿了愛意。

米豔豔問楊小翼，什麼時候想要孩子？

說這事，楊小翼還是有點難爲情的。

「有什麼難爲情的，女人都要生孩子的。」米豔豔說。

「哪像你，沒結婚就被搞大了肚子。」楊小翼嗆白道。

這時，楊小翼突然「啊呀」一聲。米豔豔問怎麼啦？因爲剛才聊到生孩子的事，楊小翼突然想到自己這個月的例假沒來。今天是五月二十號了，本來早該來了的。難道懷孕了？楊小翼紅著臉說了自己的擔心。米豔豔咯咯咯地笑起來，以過來人的口氣說：「擔心什麼呀，明天陪你去醫院查查，這事兒，一查就知道了，一點也不麻煩。」

第二天，在米豔豔的陪同下，楊小翼去醫院檢查。楊小翼不願去母親的醫院，她說：「醫院裡的人都認識我，怪難爲情的，再說我也不想讓我媽知道。」米豔豔不以爲然，說：「又不是做賊，怕什麼。」後來，她們還是去了另一家醫院。

楊小翼果然懷孕了。聽到這個消息，她心裡生出複雜的也是奇怪的感覺。她竟然懷孕了！原來懷孕是這麼簡單的事。她開始用一種全新的目光打量自己。這個消息讓她對自己身體的感覺完全改變了，讓她更珍愛自己了。

她第一個想到的是把這消息告訴伍思岷。這段日子來對他的不滿和怨恨因爲這個消息而沖淡了許多。

那年月，電話很少，要打通非常麻煩，再說伍思岷的工廠只有一部電話，在廠長辦公室，要接聽很不方便。發電報又很貴。她算了一下，發電報的話，差不多要半趟路費呢。

楊小翼決定馬上回廣安，把這個好消息親口告訴伍思岷。

坐了三天的火車，楊小翼終於回到廣安。在路過霓虹燈廠時，楊小翼碰見剛下班的伍思岷。伍思岷見到她，愣了一下。然後，他嚴肅地向她點點頭，算是招呼。楊小翼發現他整整瘦了一圈，她很心痛他，想，這一個月他內心一定很煎熬，以後要對他好一點。

伍思岷接過楊小翼的行李，一起往家走。楊小翼拉住伍思岷的手，把它放到自己的肚子上。伍思岷不解其意。楊小翼罵他呆頭呆腦。然後懷著抑制不住的喜悅告訴他：

「我懷孕了。」

她原本以爲伍思岷會欣喜若狂，他沒有。伍思岷一動不動站在那兒，像是入定了，臉上毫無表情。好一會兒，他才輕輕地問：

「誰的？」

楊小翼的眼淚一下子湧了出來。她不能原諒他這麼問。那一刻，她什麼也不想說了。一個字也不想說。她邁開腳步向前走，把伍思岷遠遠拋在了後面。回到家她就躺在床上。她覺得自己的心被伍思岷狠狠踐踏了，徹底碎了。那時候，她連死的念頭都有。

第十七章

楊小翼白天上班，晚上回廣安幹家務、照顧婆婆。自成爲青年突擊手後，伍思岷似乎更忙了。他整天待在廠子裡，弄出了好多奇出古怪的發明，但這些發明無法大規模生產。聽霓虹燈廠的人說，晚上下了夜班，伍思岷都要在廠裡巡視一番，看看有沒有什麼安全隱患。有一次，還碰到幾個偷彩燈的孩子們，孩子們用火藥槍射擊他，差點擊破他的眼皮。楊小翼發現伍思岷對男女之間的那檔子事並不熱中。現在他的生活除了工作，似乎沒有別的熱情。

關於懷孕的事，夫妻倆再沒提起。好像根本沒有這回事似的。

楊小翼雖然知道自己懷了孕，但一時沒有反應。肚子也沒有什麼變化，別的女人都有的妊娠反應她也沒有。只是胃口比往日好，老是感到飢餓，另外就是睡眠好得出奇，一沾著床就呼呼大睡。她開始懷疑自己是不是眞有身孕，是不是永城的醫院檢查出錯了呢？她倒是願意沒有。伍思岷這樣陰陽怪氣的，有了又有什麼意思呢。

三個月後，她的小腹隆起了一塊。她確認懷孕是眞的。楊小翼突然感到委屈。別的女人懷孕了，家裡人都當她是寶，懷孕的人即使沒有隆起也會挺著肚子，一副驕傲的模樣。她何嘗不想這樣呢？可她卻像做賊一樣。

有一天，楊小翼獨自一人在辦公室裡，看到窗外有一對畫眉在相互嬉戲。看到牠們相濡以沫的樣子，楊小翼突然做出一個決定。既然伍思岷如此不高興，那還不如不要這個孩子，流掉算了。

走向醫院的路上，楊小翼想起了母親曾對她說過的往事。母親懷她的時候，外公也要求母親流產，但母親堅持把她生了下來。要是母親聽從外公的話，這個世上就沒了她了。也許還是沒有她好呢？人在世上真的就是受苦受難。但這往事打動了她。無論如何孩子是無辜的，不管這世界是好是壞，它有權力來到人間，她不能殺死它。就在這個時候，她感到肚子裡動了一下，好像有一隻小手在輕推了她一把。她不知道是不是胎動，只覺得一股暖流湧上心頭，她的心頃刻柔軟了下來。她第一次有了做母親的感覺，有了一種強烈的想要保護它的意識，還有一種想和它交流的願望。

這種感覺非常好。從此她不再感到寂寞了。她有了一個說話的人。在她獨自一人的時候，她就會對肚子裡的孩子說話。主要說她八歲前在慈恩學堂的事。那時候沒有太傷心的事。那時候她穿著黑色服裝，留著一個東方式的童花頭，眼珠漆黑，單純。她在慈恩學堂裡唱聖歌。

楊小翼嫁到伍家後，家務幾乎全落到她身上了。在四川，女人們都很能幹，家裡家外的事都由她們操勞。楊小翼既然做了人家的媳婦，也入鄉隨俗，家裡無論輕活重活都不拉下。伍伯母身體不好，很多事兒無法幫襯，當然也不會對楊小翼說一句體恤之語。伍家在城市的邊緣，還沒有通自來水，吃用的水要去附近的小河挑。伍家的用水都是楊小翼一擔一擔挑來的。

一天，楊小翼擔著水回來，看到伍伯母直著眼睛看她的肚子。那時候，楊小翼懷孕已經有四個月了，肚子開始隆起了。伍伯母攔下楊小翼，摸楊小翼的肚子。

「有了？」

楊小翼點點頭。

「幾個月了？」

「四個月吧。」

「怎麼不吭聲？思岷知道嗎？」

楊小翼還是點點頭。

伍伯母生氣了：「這麼大事兒怎麼不吭聲的？胎兒萬一有個三長兩短怎麼辦？」

然後伍伯母要楊小翼把擔子放下。楊小翼說：「沒關係的。」但伍伯母再也不讓楊小翼動手了。她親自一瘸一拐地把水倒到廚房的水缸裡，楊小翼要幫忙，伍伯母一把推開了她。

伍伯母忙完這一切，就給楊小翼下麵條吃。那時候，麵條對伍家來說算是奢侈品，不是逢年過節是捨不得吃的。伍伯母如此隆重完全是因爲此事值得慶賀——她居然不知不覺快成爲一個祖母了。一會兒，一碗熱氣騰騰的麵條就放在了楊小翼的面前。

楊小翼嫁到伍家從來沒有受到過如此重視。那一刻她竟然有點受寵若驚，一碗麵條在前，她都不知如何下筷子。伍伯母那張臉突然變得慈眉善目，充滿了笑意。她說：「快吃，吃了才有營養，我孫子才會長得快。」

麵條是甜的。楊小翼心裡卻有一種苦澀之感。想著結婚以來的種種委屈，她再也吃不下去了。

那天，伍思岷從單位回來，伍伯母狠狠地訓斥了他一頓。伍思岷沒有任何辯白。

伍伯伯因爲經常跑長途，平時不太在家裡。他知道這事後，把楊小翼拉到一邊，問她：「你和思岷鬧矛盾了？」楊小翼不想讓伍伯伯太擔心。她搖搖頭。伍伯伯顯然沒相信。伍伯伯說：「我不知道你和思岷之間出了什麼事，一定是思岷負你。思岷這個人，我最瞭解他，心比天高，眼裡容不得沙子，喜歡胡思亂想，有時候還自以爲是，你要多多包容他。」楊小翼聽伍伯伯這麼說，很感動。她也沒多說什麼，只是讓伍伯伯放心，一切都挺好的。

也許是因爲受到父母的斥責，伍思岷試圖和楊小翼修復關係。楊小翼不知道伍思岷心裡在想什麼，是不是接受了肚子裡的孩子。當楊小翼的肚子日益隆起，初成規模時，楊小翼會讓他看胎兒踢她肚子的情形，還會讓他聽胎動。他把耳朵放在楊小翼的肚子上，傾聽。他的眼睛亮亮的，滿臉笑容。有時候，他還會說：「小傢伙，安靜點兒，否則爸爸打你屁股。」聽了這樣的話，楊小翼非常開心。她想，時間總會改變一個人的看法的。

終於，到了楊小翼的預產期。有一天午夜，楊小翼的肚子突然絞痛起來。楊小翼知道自己要生了，她趕忙叫醒伍思岷。伍思岷叫她不要緊張，扶著她下了樓梯，然後踏著一輛三輪車把楊小翼送進醫院。伍伯伯和伍伯母也都醒了，跟著來到醫院。楊小翼推進產房時，伍思岷也想跟進去，但醫生把他擋了下來。伍思岷讓楊小翼放心，不會有問題的。楊小翼見伍思岷如此擔心她，眼眶都紅了，使勁點頭。

楊小翼的生產還算順利。兩個小時後，楊小翼和孩子從產房推了出來。是個男孩。楊小翼一直盼望生個男孩。楊小翼感到非常滿足。楊小翼已沒有一絲力氣，她很想閉上眼睡上一覺。但她心裡掛著伍思岷，想看伍思岷見到兒子的樣子，她猜想他一定高興壞了。她努力睜開眼，看伍思岷。伍思岷似乎有點兒膽怯，他站在遠處一直沒有走上前來。伍伯伯向伍思岷招手，讓他過去。伍思岷躊躇著來到孩子身邊。孩子放在醫院的盒子床裡。伍思岷看著孩子，似乎在辨認什麼。伍思岷的目光是冷的。一會兒，伍思岷轉頭就走。楊小翼完全明白伍思岷這一舉動的意義。她的眼淚忍不住流了下來。伍伯母說：「做月子的人不能哭的，會沒有奶的。」

後來，楊小翼曾問過伍思岷，爲什麼他當時要走掉。伍思岷說，孩子長得同他想像的完全不一樣，很醜，並且頭髮是捲的，他當時就覺得這孩子不是他的。楊小翼冷冷地說：「孩子剛生下來頭髮都是捲的。」

伍思岷連續兩天沒來醫院看望楊小翼母子。伍伯伯覺得伍思岷太不像話了。伍思岷是被伍伯伯押著來醫院的。當伍家的親戚讚美孩子長得好看，長得像極了伍思岷時，伍思岷會一本正經地說：

「我覺得長得一點兒也不像我。」

那一刻，楊小翼對伍思岷是徹底地絕望了。他真的讓她冷心。她想，他不要這個兒子沒關係，她會撫養他成長的，她一定要把他培養成一個出色的人。她還下定決心，從此後，不會再對伍思岷那麼好了。

令楊小翼安慰的是，伍家老人簡直可以用歡天喜地來形容。他們抱著孩子，看不夠，一會兒說鼻子像思岷，一會兒說眼睛像小翼。伍伯伯還說孩子長得像他。伍伯母白了他一眼說：「你別亂說話。」

但他們的喜慶無法抵消伍思岷帶給楊小翼的傷害。

後來，楊小翼想，伍思岷其實也沒有確證這孩子一定不是他的。出院後，孩子經常半夜醒來，伍思岷會馬上起床，抱著孩子在房間裡轉來轉去。那表情也是一腔慈父的樣子。楊小翼看出，他其實喜歡這個孩子。

有一天，伍思岷抱著兒子，一臉興奮地跑到楊小翼前面，說：

「他很像我。我剛才抱著他，他的目光斜斜地看著我，那眼神同我一模一樣。」

「她本來就是你的兒子，當然像你。」楊小翼戲道。

伍思岷眼睛裡滿是喜悅之光，他說：「你看看他的眼神，這麼小的孩子就這麼深沉，像在思考全世界解放事業。」

楊小翼說：「他不可能思考這麼大的事，但我知道他是你兒子。」

「他當然是我兒子。」

那天，伍思岷給孩子起了一個名字：天安。

天安。伍天安。讀著很順，很響亮。楊小翼喜歡這個名字。

親愛的天安，寶貝，你不知道媽媽生你有多辛苦。天安，你一定要天天平安，一生平安。

就是從這一天起，伍思岷下班回家也早了，他回家的第一件事就是逗兒子玩。

那年春天來得很早，春雨下個不停，整個廣安城濕漉漉的，上街的人們打著雨傘，雨傘大都是黃色油布做成的，然而它的顏色還是比人的臉色和衣著要來得生動。伍家地處城北，基本上屬於市郊，他們家的後面是一片田野，前面有一條河流。春天是在河岸上最先顯現出來的，河岸上原來枯萎的雜草的根部萌生出嫩綠來，沒幾天，河岸就綠意盎然了。有一天，楊小翼發現去年的燕子又回來了，在她家的廳堂裡做起了窩。

這樣的日子，楊小翼喜歡坐在屋簷下給天安餵奶。她的心裡面是安靜而平和的。有了天安後，她的身體就像這大地一樣，甦醒了過來。她感到自己的身體裡有什麼東西也像這野外的嫩綠一樣在茁壯成長。有了天安後，她覺得這世界變得不一樣了，煥然一新了。

母親聽說楊小翼生了孩子，打算來廣安看她。楊小翼其實不想母親來看她的。無論如何，她在廣安是辛苦的，她怕母親看了她的生活會擔憂。但是她不可能拒絕母親的好意。

伍思岷去重慶火車站接母親去了。母親信裡言明不用接她的，可伍思岷一定要去重慶接。

楊小翼曾對伍思岷深深失望，但她不是個愛記仇的人，伍思岷認了兒子，並且相當寵愛兒子，她便原諒了他。她看得出來，他對兒子的好裡面有某種愧疚感包含其中。這使楊小翼對伍思岷還保留著希望。婚姻生活就是這樣，瑣碎無比，原來那種愛啊恨啊的想法在堅硬的日常生活面前根本不值一提。做了別人家的媳婦後，一下子多出許多事來，既要照顧公婆，還要照顧孩子，她也沒有再多想那些傷心事。他們畢竟是夫妻，他們是連在一起的，是命運的共同體，他的事就是她的事。他有一絲絲不高興，她還是會揪心的。

母親到廣安那天，伍家做了精心的準備。伍伯伯和伍伯母還是挺尊重母親的。他們讓出自己的房間給母親住，而他們住原來伍伯母養病的樓梯間。

伍伯伯忙碌完後，在楊小翼身邊蹲下來，和她拉家常。伍伯伯說：「你媽是個好人，她送我的帆布手套還留著呢？那手套可眞結實，都六、七年了，一點沒壞。」楊小翼想起給伍伯伯送帆布手套時撞到伍思岷洗冷水澡的情景，覺得人生眞是奇妙，她現在成了伍思岷的妻子，並且有了一個兒子。伍伯伯從楊小翼懷裡接過天安，對天安說：「你外婆來看你了，你外婆是大家閨秀，天安以後要像外婆一樣有風度。」楊小翼聽了，笑出聲來。

母親那天是傍晚時分到的。伍思岷手中提著母親的兩箱行李，一臉喜慶地進了屋。跟在伍思岷身後的母親，臉上也是笑吟吟的。伍伯伯趕忙迎了出去，一邊叫親家母，一邊和母親握手。伍伯母雖然平時對母親不以爲然，但見到母親明顯有些畏縮的樣子，好像她是母親的部下。母親比幾年前蒼老了些，臉上有了明顯的皺紋。楊小翼抱著孩子，遠遠地看著母親，不知怎麼的眼眶就紅了。母親也見到她，過來一把抱住天安。天安也不認生，對著母親無心無肝地笑。母親仔細看了看天安，說：「這孩子像思岷。」伍思岷高興地在一旁點頭。不知怎麼的，楊小翼聽了這話哭了。母親愣了一下，罵了她，「你哭什麼，一路上思岷都在講你好話，你知足吧，好像受了多大的委屈似的，我看伍家把你寵壞了。」楊小翼趕緊擦去眼淚，說：「媽，我是看到你高興。」母親白了她一眼，說：「又不是生離死別，有什麼好哭的。」又說：「快幫下思岷的忙，把行李拿進屋去，一路上思岷受累了。」伍思岷趕忙說：「不累不累。」

伍思岷把行李搬進屋，母親也跟著進了屋。母親抱著天安，滿心喜歡。伍伯母大約是嫉妒了，她說：「外婆坐了很長火車，累壞了，天安，奶奶抱。」母親是個明白人，就把天安交給伍伯母。母親說：「這小傢伙，就同奶奶親。」伍伯母臉上頓時陽光燦爛。

母親從永城帶來了很多海產品：有乾海鰻、鹹帶魚、黃泥螺等，還帶來了永城出產的布料和紅糖。那年月，紅糖是哺乳期女人必備的營養品，也是緊俏商品。最後，母親拿出一條「大前門」香菸給伍伯伯。母親說：

「是老劉送你的。老劉總是惦記你，他一定要我轉達他的問候。」

伍伯伯聽了這句話，眼眶就泛紅了，淚珠跟著湧了出來。他擦了一把淚，說：

「感謝劉書記。你告訴劉書記，我現在一切很好，讓他放心。哪天有空，我去永城看望他。」

這時，伍伯母輕聲蹦出一句話：「一切都好？哼，好個屁。」

劉伯伯狠狠瞪了她一眼。

晚上，楊小翼和伍思岷睡下後，閒聊起來。伍思岷說：

「你媽媽這幾年老多了。我剛見到她時，她眞是乾淨、漂亮，那些黨的女幹部在她面前簡直像土八路。」

楊小翼說：「歲月不饒人，我媽今年都四十五歲了。」

「不過，同我媽比，你媽還是顯年輕的，我媽都像老太太了。」

「你路上同我媽講什麼了？」楊小翼好奇地問。

「沒講什麼啊？都是她在說，她講你小時候的事情。」

「她說我什麼了？」

「她說你小時候不喜歡說話，心眼兒多。」

「還有呢？」

「還有就是擔心你，要我多幫幫你。」

楊小翼笑了：「她還以爲我還是小孩。我們誰幫誰啊？」

伍思岷說：「我答應她了。」

「答應什麼？」

「幫你啊？」

楊小翼說：「你？不給我添亂就不錯了。我發現我像母親一樣，是勞碌命，什麼事都要操心的。」

母親想去華光機械廠看望陳主任，感謝她多年來對楊小翼的照顧。楊小翼想起曾對陳主任說過過頭的話，擔心陳主任不會接待母親，但又想，那次不愉快後，陳主任好像也沒對她有成見，見了面依舊對她很熱情，也關心她的生活，她在醫院裡生孩子時還代表組織來看過她。陳主任應該是大度的。

母親給陳主任也帶了禮物來，是一對銀飾手鐲。這手鐲以前母親是自己戴的，但解放後，她沒再戴過。楊小翼說：「這麼貴重的東西陳主任是不會收的。」母親問她：「那送什麼好呢？」楊小翼說：「送吃的吧，陳主任喜歡吃。」母親想想也對，就去市場上買了一隻甲魚，去拜訪陳主任去了。

本來，楊小翼要陪母親去的。但母親刻意要一個人去。楊小翼不知道母親和陳主任說了什麼話。

後來，楊小翼碰到陳主任，陳主任情不自禁地誇起母親。陳主任說：

「你媽媽像宋慶齡，像一個國母，貴氣、端莊。」

這話從陳主任這樣一個黨的政工幹部口中說出來，楊小翼感到新奇。

「我看過你的檔案，你父母都是醫生是嗎？」

「是的，都是。」

「哦，你母親不像個醫生。」

「我母親只是一個普通醫生啊。」

關於自己的家世，楊小翼還是心虛的。她不想讓人知道母親的出身。

陳主任開玩笑道：「我在她面前，覺得自己像一個農民。」

「哪裡，我媽哪裡比得了陳主任，陳主任是黨的幹部呢。」楊小翼說。

「你在罵我吧？」陳主任看了楊小翼一眼，說：「『可憐天下父母心，你媽媽是個慈母。』」

聽到「慈母」這個詞，楊小翼想笑。在她的感覺裡，要說母親漂亮或有風度，那還算準確，可楊小翼從來沒感到母親是一個「慈母」。母親更像是一個過分「自我」的女人。

一星期後，母親回永城了。母親走的那天，把那對銀飾手鐲送給了楊小翼。

也許是因爲有了兒子，楊小翼總會注意各種各樣的小孩。在街頭看到蹣跚學步的孩子，她會情不自禁地抱一下。路過紅花幼稚園，見到操場上像棉花朵一樣笨拙走路的孩子們，她會不由自主停下腳步，看個仔細。她總是想像天安像他們這麼大的樣子：天安會說話了，天安叫她媽媽，然後天安給她表演跑步，天安跑得比誰都快……可實際上天安還只有兩個月。她爲自己這麼「著急」而感到好笑。

伍思岷比婚前似乎勤快了不少。那年夏天快要來臨的時候，伍思岷開始整修伍家院子。伍家院子是石板鋪就的，天一下雨，石板就要鬆動，踏上去會擠出泥漿來。伍思岷怕天安以後學會走路了，泥漿擠出來會落到他的眼睛裡，決定修整一下。

一個星期天，伍思岷從山上拉了一些石子。他把石板撬開，墊上石子，又用木夯夯實了，然後再鋪上石板。他還修整了院子裡的溝渠，好讓雨水更順暢地流入河流。放在屋簷下的那幾只大水缸，裡面聚滿了孑孓，他怕滋生蚊子，叮咬天安稚嫩的肌膚，也對它們進行了徹底的清洗。

伍思岷在忙碌的時候，楊小翼抱著天安在一邊看。這個時候，楊小翼內心是滿足的。她對天安說：「天安，你爸爸是不是很能幹啊？你長大了要比你爸爸更能幹好不好？」

那天晚上，伍思岷把天安哄熟睡了，鑽進了被窩。

伍思岷似乎沒有睡覺的意思，他和楊小翼討論起天安的未來。

「你說我兒子長大幹什麼？」

楊小翼笑出聲來，她想，伍思岷和她犯的毛病是一樣的，不過，她嘴上說：

「兒子才多大？還在吃奶呢。」

「我一定要把兒子培養成最出色的人。」

「當國家主席嗎？」楊小翼開玩笑。

「也有可能啊。」

「我只要他健康成長，將來開開心心就好。」

「聽說國家在造原子彈。我兒子將來應該去造原子彈，造出原子彈，這世上沒有一個國家再敢欺負中國了。」伍思岷看上去既憧憬又嚴肅。

楊小翼從來沒有想過天安和原子彈有什麼關係。原子彈無論如何是可怕之物。不過，楊小翼覺得這個時候伍思岷還是挺可愛的。

這天晚上，楊小翼做了個噩夢。夢裡，她帶著天安去永城。他們坐在火車上。車窗外突然出現無數的氣球，天安伸出手去抓氣球的繩子。結果，氣球帶著天安飄向了空中，急得楊小翼從火車的窗口跳下來，但天安不見了蹤影。楊小翼被噩夢驚醒……天安安詳地睡在小床上，身邊的伍思岷發出輕微的鼾聲。楊小翼想，還好，剛才只不過是一個夢。她鬆了一口氣。

第十八章

一九六五年夏天，楊小翼北大的同學呂維寧因生活作風問題，被分配到華光機械廠，不再保留軍籍。呂維寧看上去有些垂頭喪氣，在北京被揍後留在他左眼角的疤痕依舊隱約可見。

最初，呂維寧在廠區車間做工人。廠裡的人都看不起他，呂維寧因此顯得形單影隻。呂維寧雖然也曾對楊小翼圖謀不軌，但楊小翼念其舊識，對他很客氣。楊小翼覺得呂維寧到這一步也夠可憐的，想起自己剛到廠時的尷尬處境——那時候全靠陳主任幫忙才度過難關的，楊小翼就想著有可能的話幫幫呂維寧。

楊小翼因為在辦公室工作，經常和廠部領導在一塊，工人們對她是有所顧忌的。楊小翼就公開了和呂維寧的同學關係，還在公眾場合替呂維寧說話，說呂維寧在大學裡很能幹，爲人也很熱情，是個人才。

呂維寧有一天對楊小翼說，沒想到楊小翼不但沒有落井下石，反而幫他，這樣的恩情他一定會報答的。楊小翼覺得說「恩情」太誇張了，她也不需要什麼報答，不過，呂維寧這樣的甜膩膩的話究竟還是受用的。楊小翼說：「我們是同學，客氣什麼。」

這樣，呂維寧有空的時候，經常來她的辦公室坐一會兒。相處時間長了，就會談一些家長里短的事。有一天，呂維寧和她聊到天安。楊小翼正在哺乳期，那段日子，她滿腦子都是兒子。

「你兒子叫什麼名字？」呂維寧問。

「天安。」

「好名字。」呂維寧恭維道：「會說話了嗎？」

「拜託，天安一歲都不到，怎麼會說話。」

「也是，男孩子說話晚，我五歲才會說話。」呂維寧自嘲道。

「眞的啊？你現在倒是比誰都能說會道。」楊小翼來了興致。

「就是嘛。」

「但天安他爸不喜歡說話，我都擔心兒子將來成爲一個悶炮。」

「不會的。以後讓他向我來學口才，保證他成爲演講天才。」

楊小翼想起大學時呂維寧演說的模樣，呂維寧滿口都是馬列語錄，記憶力確實超人，但要是未來天安成爲這等模樣，楊小翼可不願意。

「你當時爲什麼要離開北大？出了什麼事嗎？」有一天，呂維寧突然問起這個問題。

楊小翼想了想，撒了個謊：「我當時不想讀書，覺得讀書沒意思，想早點工作。」

呂維寧很吃驚，說：「是嗎？你走後大家都說你出事了。」

「他們怎麼說？」

「他們說你和兩個男人談戀愛，搞三角，結果其中的一個跳樓自殺了，自殺者聽說是高幹子弟，那高幹把你趕出了北京城。」

楊小翼愣了一下，然後尷尬地笑道：「都是胡說，我根本沒和任何人談戀愛，還三角。」

呂維寧目光狡黠地看著楊小翼，他顯然沒相信她的話。他說：

「也是，這也太有戲劇性了，不過，當時確實有兩個男青年經常來找你的。」

對呂維寧這樣尋根問底，楊小翼有些反感了。她冷冷地說：

「他們都是我的親戚。」

呂維寧很敏感，不再問下去。

楊小翼內心卻不再平靜。她一直都在努力遺忘那慘痛的一幕，可那終究是事實。她心裡再一次爲自己害了尹南方而感到哀傷和內疚。她來到廣安後，給尹南方寫了很多信，但尹南方都沒回信。尹南方是不會原諒她的了。

多年以後，楊小翼回憶她的婚姻生活時意識到，她和伍思岷之間注定會出現種種磨難。伍思岷不是一個安穩的人，他的血液裡有狂野的夢想，加上他過分的自尊的個性，他總是會做出與眾不同的事情。

七月的某天，伍思岷很晚才回家。回來的時候，他一臉憤怒。這憤怒似乎激發了他的熱情，令他的眼睛閃閃發亮。楊小翼不知他出了什麼事，她問他吃過了嗎？他搖搖頭。楊小翼把孩子交給伍伯母，給他去熱飯菜。伍思岷木然坐在飯桌旁。

楊小翼把飯菜端上桌時，伍思岷悶聲悶氣地說：「今天有人告訴我一件事，我當年沒被大學錄取不是因爲政審沒過關，而是教委主任做了手腳，教委主任把我的名額讓給他的侄子。」

楊小翼吃了一驚，也有點兒懷疑教委主任敢做這樣的事。

伍伯母聽到了伍思岷的話，迅即來到伍思岷身邊，問：

「思岷，你說的是眞的？你聽誰說的？」

「是教委的一個幹部，消息千眞萬確。」伍思岷答道。

伍伯母顯得比伍思岷還要激動，她開罵了：「這還是不是共產黨的天下，他怎麼能做這麼缺德的事？他便宜了自家孩子，把你的前途都毀掉了。不行，得告他們去。」

伍思岷一直沉默不語，顯然他受到了巨大的打擊。

晚上，夫妻倆睡下後，楊小翼問：「這事兒打算怎麼處理？」伍思岷說，他要去找縣委領導。楊小翼因爲經常去劉家大院玩，對官場的事情比伍思岷要清楚，她擔憂地說：「他們會見你嗎？」伍思岷默不作聲。那天晚上，伍思岷輾轉反側，一直沒有睡著，弄得楊小翼也跟著失眠。後來，伍思岷索性起來，他站在窗口，點了一支菸。

楊小翼因爲睡不著，也坐起來，靠在床頭。

窗外一片漆黑，大約是陰天，天上沒有一顆星星。黑色天幕上，有一道亮光閃過，不知是什麼東西，也許是一顆流星，也許是遠處無聲的閃電。整個廣安城除了零星的窗口亮著燈光，所有的房舍都是黑的。路燈光線微弱，像是黑暗中閃爍的螢火蟲。

「你知道嗎？那年我考得特別好，可以考上北大、清華的。」伍思岷說。

楊小翼黯然。命運對伍思岷眞是不公平。

「在永城讀書的時候，我發誓將來要親自駕駛自己研製的飛機，這個夢想再也不能達到了，我錯過了。有時候，我看到天上飛機飛過，都會出神地看半天……」

他吸了一口菸，菸頭亮了一下，他的臉才隱約浮現出來。

「命運同我開了一個玩笑，讓我失去了一切。」他喃喃自語。

也許是楊小翼敏感了，她覺得他這是意有所指。她說：

「你是不是有些恨我？要是沒有永城的事，你的夢想也許都實現了。」

他抬起頭來，奇怪地看了她一眼。他堅定說：

「同你沒有關係。要是沒有那個教委主任，我的夢想一樣可以實現。我本來可以成爲一個科學家的，現在卻待在這麼個小城裡。我不能就這麼放棄了……」

楊小翼知道伍思岷一直在想辦法離開這個小城。有一段日子，伍思岷憋著一股狠勁兒，一有空就在家裡研製新的霓虹燈。他幾乎把自己的工資都花在研製上面了。好在伍家每人都有工作，天安奶奶也有退休工資，經濟上也還過得去。伍思岷把自己設計的霓虹燈線路圖及效果圖案寄給上海霓虹燈廠。開始楊小翼不知道伍思岷這麼做的目的，只看到他每天去信箱查看信件。後來，楊小翼才知道他在等待上海方面的回音。他希望上海這樣的大廠對他的設計感興趣，能賞識他，把他調到上海去，他可以在上海那樣的大地方大顯身手。楊小翼覺得這是不可能的，在戶籍受到嚴格管理的情況下，要想從一個小地方遷徙到大城市簡直是天方夜譚。只有軍籍才有可能全國各地隨意調動。不過，楊小翼也不去潑他的冷水，她知道伍思岷是有抱負的人，像他這樣的人，「希望」是最重要的。

後來，天慢慢亮了。天陰沉沉的，有一層薄霧彌漫在晨光裡，使一切顯出某種若隱若現的縹緲來。

這時，天安醒了過來。楊小翼把他抱起來給他餵奶。也許是因爲一夜沒睡，奶水明顯減少，天安吸吮時，乳頭有點刺痛。

伍思岷下樓，在院子裡洗了個冷水澡。八點不到，伍思岷穿戴整潔後，去縣委找相關領導了。如楊小翼預料的，伍思岷的狀告沒有一點用。是縣委辦公室人員接待他的，他們聽取了伍思岷的狀告後，對他說，他們會進行調查，然後給他一個答覆。伍思岷等了一個月，沒有任何消息。他又去了一趟縣委，但這次再也沒人理他了。

那天從縣委回來，楊小翼一看到他的臉色，就知道毫無結果。

伍思岷憤憤不平地說：「他們怎麼能這樣不負責任？小翼，你說得對，這世道已經變了，舊社會那套又回來了，他們官官相護，根本不管小老百姓的死活。」

其實那段日子，楊小翼也在打聽那教委主任的背景，教委主任是縣委書記的連襟，她早已料到會沒有結果的。楊小翼沒告訴伍思岷是因爲看到他滿懷希望的樣子而不忍心，現在，她忍不住把這一情況同他說了。

伍思岷聽了後愣了半天。他的眼中慢慢聚集起灼人的光亮。

晚上，夫妻倆躺下後，伍思岷和楊小翼商量，他想去省裡上訪。

楊小翼說：「這樣有用嗎？你出去，廠裡的工作怎麼辦？」

伍思岷說：「我可以請假。」

楊小翼能夠理解這件事對他的重要性。他一定盼著這事成功，他可以上大學。這事不讓他試一下是不可能的。她說：

「你想去就去吧。不過，你去了要好好同他們反映問題，千萬別同人家吵，實在不行就算了，早點回家。這種事沒那麼簡單的。」

伍思岷點點頭，不再吭聲。

呂維寧是個能屈能伸的人，也善於拍領導的馬屁，不久，呂維寧也被調到廠部辦公室工作。楊小翼和呂維寧接觸的機會就多了。

呂維寧聽說了伍思岷上訪的事。他對楊小翼說，伍思岷上訪的事弄得整個廣安都知曉了，聽說縣委對他這樣的做法很不諒解。他說這樣是沒用的，讓楊小翼好好勸勸伍思岷。

楊小翼聽了，不禁擔心起來。她說：

「謝謝你同我說這事。他出去快一個月了，不知什麼時候能回來。」

對伍思岷一去這麼久，楊小翼既擔心，又不滿。擔心的是他這樣的個性，楊小翼怕他會惹出什麼事來。不滿的是他竟去了這麼久，連一個音訊也沒有。楊小翼因為在哺乳期，孩子一晚上要哭醒好幾次，白天要上班，晚上要照顧孩子，家裡總有這樣那樣的雜事兒，忙得焦頭爛額。有時候碰到孩子生病之類，還得告假。伍思岷竟拋下他們不管不顧，他怎麼這麼自私呢？

幸好有呂維寧總幫助她。楊小翼單位的那攤子事，呂維寧就主動幫著張羅。後來，連食堂打飯之類的生活小事，呂維寧也代勞了。呂維寧十分善解人意，他似乎總知道楊小翼需要什麼。也許是因為混熟了，楊小翼覺得呂維寧並不那麼令人討厭。楊小翼想，呂維寧也許是歷經滄桑，變好了。

有一天，呂維寧竟然跑到伍家院子裡來。當時，楊小翼背對著台門在專心地給天安餵奶。她享受這一刻。天安貼身躺在身邊，小小的惹人愛憐。剛出生時，他只會睜著小腫眼一眨不眨地看著吃。現在他已經有些調皮了，他會邊吃邊玩，小手會抓著乳房，小腳還會不時踢來踢去。他的小臉鼓成一個小皮球，一凹一凸，發出均勻的吞嚥聲，小舌頭不停地在乳頭打轉。有時候他會歇下來，眼睛瞪得大大的，看著楊小翼，但依舊叼著乳頭不肯鬆。楊小翼會忍不住在他臉上輕輕地按一下，天安就會咯咯咯地笑出聲來。這時候，他的小臉蛋兒特別安心，特別滿足，楊小翼都看不夠。楊小翼的內心充斥著甜蜜而溫暖的柔情，充斥著一種被天安依賴的幸福感。

呂維寧就是這時進來的。他進來時靜悄悄的，楊小翼沒有注意到他。後來，她感到身後有些異樣，似乎有一道黏糊糊的目光盯著她。她趕緊停止餵奶，穿整齊衣服，回頭看到呂維寧正色迷迷地看著她，他的表情甚至有些呆狀。

楊小翼問：「你怎麼來了？」

呂維寧說：「今天來廣安玩，順便來看看你。」

楊小翼說：「你看，家裡亂七八糟的，也沒好好整過。你坐會兒，我給你泡杯茶。」

這時候，伍伯母來到院子。她對呂維寧的到來很警覺。楊小翼到屋裡倒茶的時候，伍伯母和呂維寧說起話來。楊小翼不知道他們在聊什麼。

楊小翼捧著茶出來，呂維寧卻要走了。呂維寧說：

「我不坐了，我還有事，有朋友等著我去喝酒呢。」

楊小翼也不留呂維寧，她心裡對呂維寧來家裡是抵觸的。伍思岷不在家裡，有個男人來看她算什麼？她怕引起不必要的誤解。

呂維寧走後，伍伯母開始盤問楊小翼，語氣影影綽綽的，好像她和呂維寧眞有什麼不正當關係似的，頗讓楊小翼不舒服。她沒理伍伯母，她懶得解釋。

轉眼到了八月，天氣變得十分炎熱了。這是一年中最熱的時光，烈日灼人，只要動一動便會出一身汗。正處於哺乳期的楊小翼遇到了難題，因爲衣著單薄，乳汁總是要滲出來。這總是會引起一些男性的注目，看到那些黏稠的目光，楊小翼就要生氣。有時候，呂維寧也會這樣看她，讓她有種吞了一隻蒼蠅的感覺。

華光機械廠廠區有一大片蘋果園。蘋果成熟後，附近村莊的孩子經常翻越廠區圍牆來偷果子吃。廠部要求楊小翼和呂維寧出面去村裡商量怎樣管束孩子們。村裡的支書很熱情地接待了他們。他拍胸脯保證管好孩子們，他誇張地說，他不但要讓這些小傢伙改掉壞毛病，還要把他們訓練成活雷鋒。

在商量事情的時候，楊小翼奶水憋得難受，奶水又滲了出來。那個村支書不時目光貪婪地盯著她胸脯看。她被看得很不好意思，恨不得討論早點結束。

辦完事，楊小翼和呂維寧就回來了。小村在一個小小的平原上，四周被山脈包圍。正是收穫時節，平原上滿眼都是金黃色的稻浪。他們走在一條通往廠部的小道上。小道的兩邊是木籬笆，籬笆那邊種植著疏菜，有辣椒、茄子、韭菜、豌豆等。疏菜地旁邊是一條灌溉渠，溝渠裡水流清澈。遠處的電線杆上停滿了嘰嘰喳喳叫個不停的麻雀。楊小翼在前面走著，看到這番好光景，心情好了不少。可就在這時，呂維寧從後面抱住了她。呂維寧說：

「我想死你了，我想死你了。」

楊小翼非常吃驚。她首先湧上心頭的是屈辱，接著憤怒緊跟而來。他還是這個樣子，眞是不可救藥。不過，念著他這段日子對她的幫助，她不想讓他太難堪。她好言相勸，請他不要這樣。可呂維寧根本不放手。楊小翼沒有反抗，他誤以爲她動了心，於是膽子大了許多。這時，楊小翼對呂維寧的反感到了極點，她忍無可忍，回過頭狠狠抽了呂維寧一個耳光，罵道：

「我以爲你變好了，你還是垃圾，狗總是改不了吃屎。」

呂維寧顯然被這一耳光打懵了，不過，他馬上露出猙獰的面容，說：

「你正經個什麼，你那點醜事以爲我不知道？只有像伍思岷這樣的傻瓜才會娶你。」

楊小翼知道呂維寧這是在威脅她。不過，她已不是當年的她了，她怕什麼？她頭也不回地走了。

也許因爲白天的遭遇，晚上，楊小翼獨自躺在床上，心裡對伍思岷的不滿又湧了出來。他怎麼還不回來呢？這段日子，她裡裡外外忙碌得快要崩潰了，她眞的想要一個依靠，但伍思岷卻獨自在外。

第二天，呂維寧碰到楊小翼沒有一點兒異樣和失態。他在辦公室說笑，像是壓根兒沒發生過任何事。他對楊小翼依舊「親切友好」，楊小翼非常佩服呂維寧這點本事。

兩個月後，伍思岷終於回來了。他看上去神形憔悴，不過，模樣兒還算整潔，只是頭髮長了一些。楊小翼看他的表情，就明白不但上訪的事沒成，一定還受了很多委屈。楊小翼見他落到這般光景，一股酸楚的憐憫的情感就湧了上來，這些日子來對他的不滿頓時消失了。

楊小翼抱著兒子，湊上前去，她沒問他結果。他默默地接過兒子，抱在懷裡。天安好像有點兒不認識他了，哇地哭了起來，伍思岷怎麼哄都沒讓兒子停止哭鬧，他只好把兒子遞給楊小翼，訕訕地說：「天安胖了。」楊小翼說：「他這陣子可會吃了，奶水都不夠他吃。」伍思岷說：「辛苦你了。」楊小翼的心熱了一下，愣愣地看伍思岷。伍思岷迴避了她的目光，茫然地看了看遠方。

那天是星期天，伍伯伯和伍伯母都在家，聽到院子裡的動靜，知道伍思岷回來了，都從屋裡出來。伍伯母著急地到伍思岷前問這問那，伍思岷悶不吭聲。伍伯伯本來不同意伍思岷搞上訪，他冷言冷語道：「你還用問，肯定是到處吃閉門羹，有事兒不走組織程序，搞什麼上訪。」伍思岷也沒有反駁，進了屋。一會兒，他拿著換洗的衣服出來，在院子裡洗了一個冷水澡。

吃晚飯的時候，一家人都很沉默，誰也沒有開口，只聽到嚼菜的聲音。連天安也安靜下來，好奇地看著一家人。這時候，天安突然叫了一聲：「爸爸。」這是天安第一次開口說話，如此清晰。伍思岷愣住了，他一把抱住天安。天安又繼續叫道：「爸爸，爸爸。」然後咯咯咯地笑起來。楊小翼看到伍思岷的眼眶泛紅了。

這時候，院子台門被敲響了。楊小翼不知道是誰，出去開門，是兩個公安。公安一臉嚴肅，一副公事公辦的模樣，問這兒是不是伍思岷的家？楊小翼心頭一沉，覺得事情不妙。伍思岷回家後一直不說在外面的情況，難道他在外面犯了什麼事嗎？楊小翼說：「你們找他幹什麼？」兩個公安沒有回答她。

兩個公安要把伍思岷帶走。見到這陣勢，天安首先哇地哭了。伍思岷問：「憑什麼把我帶走？」一個公安說：「帶你去問點事。」伍思岷說：「這裡不能問嗎？」公安說：「不能，得去局裡。」

一家人看著公安把伍思岷帶走，很擔心。伍思岷回過頭來安慰道：「你們放心吧，我沒犯事，上訪是公民的權力。」

這一夜，楊小翼一直焦慮地等著伍思岷回家。等到天快亮，楊小翼明白，伍思岷再也不會回來了。

第二天一早，楊小翼就去了公安局。她想弄明白他們爲什麼抓伍思岷。她找了好幾個科室，都相互推委，語焉不詳，楊小翼沒問出個所以然來。後來還是伍伯伯找了一個戰友打聽，才知道原委：伍思岷沒犯什麼罪，就是上訪這事讓縣委書記很不高興，認爲伍思岷這麼做是丟廣安人民的臉。縣委書記是個老紅軍，脾氣不好，他甚至在一次會議上說要斃了伍思岷，說廣安不允許出伍思岷這樣一個敗類。

整整一個星期，伍思岷沒有放出來。

楊小翼心急如焚。她知道裡面不是人待的地方，不知道伍思岷在裡面會吃什麼苦頭。伍伯伯和伍伯母開始相互埋怨。伍伯伯說都是因爲伍伯母慫恿兒子，思岷才搞上訪；伍伯母則反唇相譏說伍伯伯一點用也沒有，只能眼看著兒子被人家糟蹋。

陳主任聽說伍思岷被抓的事，她給楊小翼出主意，讓楊小翼找霓虹燈廠的老廠長。陳主任說，老廠長和縣委書記是一起出生入死的老戰友，他過去是非常愛惜伍思岷的才華的。楊小翼感激地點點頭。

老廠長不久前已調離了霓虹燈廠，到了縣公路大隊。公路大隊在離廣安城二十公里遠的山區作業，老廠長難得回家，楊小翼打算去施工現場找他。

因爲廣安到山區還沒一條可以通車的路，楊小翼得翻山越嶺步行過去。楊小翼知道老廠長喜歡喝白酒，給他帶了兩瓶「南充大麯」。她沒有票證，這酒是她好不容易才從黑市上弄來的。酒很貴，幸好那次回永城母親給了她一筆錢。楊小翼整整走了四個小時，才到那兒。她的腳都起了水泡，疼痛難忍。因爲在哺乳期，奶漲得難受，她只好在無人之地偷偷把奶水擠了。

公路大隊的生活非常艱苦，非常人能夠想像。他們全都用手工操作，除了炸藥，幾乎沒有什麼機械。工地現場還有荷槍實彈的士兵。後來楊小翼才弄明白有些監牢服刑人員也參與了築路工程。他們打扮明顯和別人不同，一律理了光頭，穿著監牢統一發放的工作服。他們對一個女人突然來工地都很好奇，不時用賊溜溜的眼神瞧她。士兵在一旁訓斥他們，讓他們老實一些。

楊小翼見到老廠長幾乎是傍晚了。老廠長一直在工地現場指揮，後來他聽說有個女人找他，才回到了工棚那間簡陋的「指揮所」。老廠長不認識楊小翼，楊小翼說她是伍思岷的愛人，他才恍然大悟地點了點頭。老廠長很熱情，也很豪爽，他高興地說：「我吃過你們的喜糖。」

像老廠長這樣見過世面的人知道楊小翼這樣跋山涉水而來一定有什麼要緊的事。他好像也喜歡有人求他，刻意營造一種非常親切的氣氛，好讓楊小翼開口沒有任何障礙。他開玩笑道：「不會是夫妻兩鬧矛盾了吧？」楊小翼順勢把來的目的同老廠長講了。老長廠沉思了一下，說：

「思岷是個人才，有時候就是心念兒太直，不肯轉彎，他這樣下去夠戧。正直是美德，但還是得適應這個社會啊。」

楊小翼點頭稱是。

「這樣吧，我想想辦法。不過，思岷出來後，你告訴他，不許他再搞上訪。個人的事吃點虧就吃點虧嘛，廣安丟臉了，不是全廣安的人都吃虧了嘛？思岷要顧全這個大局嘛。」老廠長說。

「我會管好他的。」

老廠長點頭：「思岷這個人，眞是可惜了，用到刀口上，是人才啊。」

楊小翼向老廠長千道萬謝，然後告別。

回來時已是晚上，山路很難走，好在天上有星光，道路尙可辨認。四周都是奇怪的聲音，有昆蟲的鳴叫，有鳥兒的啼鳴，還有不知什麼動物的低嗥，聽起來很嚇人。楊小翼非常害怕，她都要哭了。她一直是個嬌生慣養的人，嫁給伍思岷後她才吃了那麼多的苦。她不由得加快了腳步，也許是因爲走得太快，在一個小道上，她不小心摔了一跤，差點滾下山去，幸好一棵樹把她擋住了。她忍痛爬起來，繼續趕路，到天亮她才到廣安。

過了兩天，伍思岷終於放了出來。他看到楊小翼臉上的傷疤，關切地問她怎麼啦？楊小翼默默流淚。晚上的時候，他發現她身上也是傷痕累累。他感動了，緊緊地抱住了她。他說：

「對不起，對不起。」

楊小翼說：「我們不折騰了好不好？我們好好過日子好不好？」

伍思岷使勁點頭。

不久，伍思岷生了一場大病。是急性黃膽肝炎。伍思岷被送進了醫院。

楊小翼想，伍思岷可能在上訪時吃了不潔的食物，加上心情鬱悶，得病也不奇怪。

生病的伍思岷還是顯示出他非同一般的意志力。即使是發病最嚴重的階段，他都盡量自己解決生活上的問題，不讓楊小翼照顧他。他說：「你好好照顧兒子就是了，不要管我。」但楊小翼還是放心不下，堅持每天去看他。因爲伍思岷的病會傳染，她沒帶孩子過去。一天，伍思岷問：「天安會說幾句話了？」楊小翼說：「除了能叫『爸爸』，其他什麼話也不能說。」

伍思岷病情得到控制後，他竟然拖著病體去衛生間洗冷水澡。這可把護士嚇壞了。醫生狠狠訓斥了伍思岷一頓，又把楊小翼叫了來，說有三長兩短，要他們自己負責，還讓楊小翼簽字畫押。伍思岷不以爲然，說：「我習慣了洗冷水澡，從來也沒生過病，因爲上訪時沒堅持洗澡，才得了肝炎。」

伍思岷沒聽醫生的勸告，依舊每天洗冷水澡。他康復得很好，一個月後，他就出院了。伍思岷的體質還是相當好的。

伍思岷住院期間，楊小翼打聽到，由於伍思岷出去時間太長，明顯超了假期，新來的霓虹燈廠廠長不像老廠長那麼賞識伍思岷，再加上伍思岷在民主生活會上，給他提過意見，他懷恨在心，決定對伍思岷進行處罰，暫停他的工作。楊小翼著急了，伍思岷再也經受不起這樣的打擊了。她瞞著伍思岷去了廠長家。楊小翼把母親留給她的那對銀飾手鐲送給了廠長。廠長在整個過程中打著官腔，語帶譏諷。面對他的諷刺，她也只好點頭稱是，稱頌廠長英明。她好話說盡，廠長才同意讓伍思岷上班。從廠長家出來，楊小翼的內心充滿了屈辱感，這樣的屈辱她打出生以來從來沒有經受過。

從醫院出來後，伍思岷的心情似乎很不錯，對楊小翼也比往日體貼，雖然言語依然很少，但變得平靜了許多，好像這一場折騰讓他悟透了人生。伍思岷白天去上班，晚上抱著天安去街頭玩。他給天安做了很多霓虹燈玩具，天安坐在伍思岷的肩膀上，拿著這些閃爍的玩具，小臉漲得通紅，常常高興的呀呀大叫。

看著伍思岷的變化，楊小翼心裡是高興的。她想，如果伍思岷從此安心地過日子，那她受的那些苦還是值得的。

春節過後，伍思岷又變得鬱鬱寡歡了，經常一個人坐著失神。楊小翼問他有什麼心事，伍思岷不回答。楊小翼以爲伍思岷在廠裡遇到了麻煩，她打聽了一下，一切正常，她才又憂心忡忡起來，知道他還是不甘心。

晚上，楊小翼和伍思岷親熱後，勸慰道：

「思岷，你心要平一些。我們好好過日子，現在這樣也挺好的。」

伍思岷嘆了一口氣，甕聲甕氣地說：「我不甘心。」

一九六六年春天，伍思岷在晚餐時突然對全家人宣布，他將繼續上訪，他實在嚥不下這口氣，他試過了，但嚥不下，他一定要爭來這個理。這次，他將去北京，他不信，新中國了，還沒個說理的地方。

楊小翼驚呆了。當時她剛剛吞了一口飯，來不及下嚥，噎著了。因爲食道阻塞，她有點喘不過氣來，她趕緊喝了一口水，飯才緩緩下肚。也許是因爲剛才憋了氣，她的臉通紅，眼中含淚。全家都被她的樣子嚇著了。楊小翼內心已被悲哀充斥，她爲他付出了那麼多，剛剛過上安寧日子，他又要折騰了，她很生氣，她把筷子拍在桌子上，堅定地說：

「不行，你不能走。」

伍思岷看了她一眼，沒有表示。

在伍家，楊小翼從來是低調的，尊重丈夫，孝敬公婆。伍伯母的脾氣火爆，楊小翼也是小心翼翼地讓著她。某重程度上她在伍家是有些忍氣吞聲的，因此，她拍筷子的事讓所有人都意外。

伍伯母反應過來後，說話了：「你吵什麼？還拍桌子，有沒有個樣子？我看思岷說得對，這事不能這麼完了。道理明擺著在我們這裡，思岷爲什麼要受這樣的委屈？不但不給個說法，還白白關了一個多星期。」

「我不同你說，我只對我愛人說。」楊小翼吼道：「伍思岷，你想過這個家沒有？你走了這個家怎麼辦？我要上班的人，又要照顧孩子，還要照顧老人，我都要瘋了你知不知道？」

「你吵什麼吵？」伍思岷動氣了，他似乎滿懷著委屈，顫抖著說：「不管你理不理解，我不能這樣算了。如果我嚥下這口氣，我還是男人嗎？」

楊小翼說：「如果你堅持要去，我同你離婚。」

伍思岷冷冷地看了她一眼，說：「我不會和你離婚的，你給我好好養著兒子，我明天就上北京。」

第二天，伍思岷沒同楊小翼打聲招呼就上北京了。楊小翼從窗口看到伍思岷出走的背影，失望極了。他怎麼可以這麼不負責任？一家子老弱病殘的不去管，卻去管一件毫無希望的事？他為什麼要認這個死理呢？這對他又有什麼好處？就算他告成了，又怎麼樣？難道他還可以去上大學嗎？他怎麼這麼沒腦子？

伍思岷走後，楊小翼對兒子說：「天安，你爸沒有良心，不是個東西，你長大了不要像你爸一樣死心眼。」

天安只是傻笑，他什麼也不懂。天安已經一歲多了，除了能叫「爸爸」，什麼話也不會說，楊小翼有點擔心天安是不是有問題。

那年春天，後勤部在武漢召開了一個軍工企業和軍隊後勤部門的會議。華光機械廠派了楊小翼和呂維寧前往。那時候，楊小翼已斷了奶。她對自己和呂維寧出差有些擔心，怕他舊病復發，對她圖謀不軌。

也許是因為楊小翼對他的態度是有距離感的，呂維寧一路上對楊小翼小心翼翼的。呂維寧本質上是愛幫助人的。在去武漢的列車上，呂維寧一刻也閒不住。旅客上車時，他會主動替旅客把行李放到架子上；他倒茶去時，會幫鄰座的人帶上一杯；見到有人抱著孩子，特別是婦女抱著孩子時，他會幫著哄一會孩子；列車員打掃車內垃圾時，他也會出手相助。對楊小翼當然更是照顧有加，無論是吃飯還是別的生活瑣事，他都包攬了。楊小翼有時候想，呂維寧要是沒有那種毛病該多好啊。

到了武漢的軍區招待所，楊小翼在會議的報到名單上看到劉世軍的名字，原來劉世軍代表他所在的後勤系統也參加了這次會議，楊小翼很驚喜。楊小翼安頓好後，就去劉世軍的房間找他，在走道上，碰見了正好要去看她的劉世軍。在一個陌生的城市，與劉世軍相遇，楊小翼有說不出來的歡喜。

劉世軍還是那樣，老成持重。劉世軍拿出帶來的番薯乾給她。童年時，楊小翼最喜歡吃番薯乾了，那時候，劉世軍經常帶著楊小翼去「偷」吃附近農村曬著的番薯乾。楊小翼很奇怪，剛才看到劉世軍的名字時，她的舌頭就有了番薯乾的味道。劉世軍總是知道她需要什麼，清清楚楚，好像他是她肚子裡的蛔蟲。

也只有在劉世軍面前，楊小翼有種做小妹妹的感覺。自從結婚生子以來，她已經沒有這種感覺了。

會議間隙，楊小翼約劉世軍去東湖遊玩。一路上，楊小翼發現武漢人在春天竟然誇張地穿著厚厚的棉衣，其實武漢的春天並不太冷。

到了東湖已是中午時分，這個時候大多數人都在睡午覺，整個城市靜悄悄的。他們在公園裡找了一條石凳，楊小翼拿出手帕，撣了撣石凳上的塵土。有幾隻飛鳥飛速地從湖水上掠過，在相互嬉戲。在劉世軍面前，楊小翼從來是放鬆的，她拿起一塊石頭，學著男孩的樣子，讓石頭沿著水面滑動。劉世軍一直關注著她，目光鬱慮。

「你看什麼？」她問。

「沒什麼。」他說。

後來，他們坐下來聊天。劉世軍告訴她，一個月前，石庫門進了小偷，那天晚上，李叔叔在醫院値班，屋裡只有母親一個人在睡覺，母親很機敏，打開收音機，把小偷嚇跑了，一點損失也沒有。說起李叔叔，劉世軍就讚頌起來，說李叔叔前不久爲一個老幹部做了腦瘤切除手術，非常成功。

劉世軍說完後，問楊小翼過得好不好？楊小翼不知道說些什麼好，她眼前的生活一團糟，伍思岷去北京已好久了，不知怎麼的，這會兒想起伍思岷，覺得伍思岷很遙遠，遙遠得與她沒有關係似的。

「同你一起來的那人叫什麼來著？他這人看上去特彆扭。」劉世軍問。

楊小翼笑了，劉世軍的感覺挺準的。她把呂維寧的事告訴了劉世軍。

劉世軍說：「我記起來了，他在大學時騷擾過你。」

楊小翼點點頭：「你還記得？你記憶力眞好。」

劉世軍笑道：「當年我替你收拾過他，我託北京的朋友揍過他，讓他不要再騷擾你。聽說，他們差點打瞎他的眼睛。」

楊小翼很吃驚，問：「這事是你幹的？」

劉世軍點點頭。

「我一直以爲是尹南方幹的。」她想起來了，當年尹南方確實沒有正面承認是他幹的。

「我知道你不會想到我。」

劉世軍撿起一顆石頭，向湖中投去。他說：

「小翼，這次見到你，你氣色不是太好，你得照顧好自己。」

楊小翼這些年來隱藏著的委屈因這幾句話而被激發了，她坐在那裡，有些動容，但她努力壓制著內心升騰的酸楚。那一刻，她眞想在他的懷裡大哭一場。

從東湖回來，他們在招待所門口碰到呂維寧。呂維寧的臉上掛著意味深長的曖昧的微笑。楊小翼對這種笑容很反感，不過，她不想對他做任何解釋，他不配。

晚上，楊小翼想著當年呂維寧被打事件。這事兒竟是劉世軍幹的，劉世軍在永城竟保護著遠在北京的她，她非常感動。

這傢伙，爲什麼要這麼對我好，眞是不可救藥。

她忽然想到這樣一個問題：如果她和劉世軍結婚會是什麼樣子？她想，劉世軍一定不會讓她這麼操心，她和他會很默契，兩個人哪怕是沉默不語，也知道彼此的需要，也會交流暢通。這個想像嚇了她一跳，這是她第一次用這個角度審視她和劉世軍的關係。

第二天開會的時候，楊小翼一直看著劉世軍的側面。那一刻像是有一束光芒投入她的心房，她的心裡被激起一股暖流。她不清楚自己怎麼了，有一種想哭的衝動。

從武漢回來後的好長一段時光，楊小翼感到悵然若失，好像是有什麼珍貴的東西在武漢丟失了。那段日子，她老是想劉世軍看著她的樣子，他的眼神令她想哭。想劉世軍的時候，她的內心有一種甜蜜而苦澀的滋味，日子因爲這種想念而變得寧靜如水。

夏天快要到來的時候，天安突然開口說話了，並且一開口就成句子。楊小翼嚇了一跳，一會兒就欣喜了，她一直擔心天安會成爲一個啞巴，看來是杞人憂天了。

一天晚上，天安睡覺前突然問楊小翼：「媽媽，爸爸呢？」

天安稚嫩的氣語把楊小翼從對劉世軍的想念中拉回到現實中來，楊小翼悵然若失地搖了搖頭。

伍思岷一去快三個月了，杳無音訊。

第十九章

楊小翼從報紙上看到、從電台上聽到，毛主席發動了「文化大革命」，先是北京的革命小將起來造反，後是上海的小將們也起來造反了，他們把廟宇的菩薩砸了，把老院落門前的石獅子砸了，把路上的牌樓拆毀了，把舊路名改成了革命的名字，最讓人震驚的是他們把一批曾經戰功赫赫的黨的高級幹部抓了起來，讓他們戴上高帽掛上牌子接受群眾的批鬥。楊小翼知道這些人是將軍的同僚，是他的生死戰友，她不禁有些替將軍擔心，將軍能在這次運動中倖免於難嗎？楊小翼還擔心伍思岷，外面這麼亂，他一去沒個音訊，也不知道他是不是安全。

廣安暫時還算平靜，不過依舊可以感受到一股躁動不安的力量正在醞釀之中。楊小翼說不清這股力量在哪兒，也不清楚這股力量對她來說是好是壞。有一天，陳主任對她說：「小翼，有些事兒我想不通，我去過北京，在西四看過那些牌樓，多漂亮啊，爲什麼要把它毀掉呢？」

伍思岷就是這個時候回來的。他帶著北京的紅衛兵小將回來了。

那是初夏時節，廣安的天氣已經非常炎熱了，人們穿起了襯衫，孩子們開始下河游泳。天安已經能在地上行走了，他在院子裡蹣跚學步，或和他奶奶玩耍，院子裡充滿了天安奶聲奶氣的笑聲。孩子的奶奶在楊小翼面前經常表現出不容他人染指的婦人式的霸道，對天安有很強的占有欲，所以，當孩子和老人玩得開心的時候，楊小翼一般在一邊靜靜地觀看。不過，天安是個很聰明很乖巧的孩子，會不時過來親親楊小翼的臉。

楊小翼聽說伍思岷回到了廣安，但他並沒有回家。廣安城在傳說，在首都紅衛兵的支持下，伍思岷像一個地下工作者那樣在年輕人中聯絡，準備在廣安發動「造反」運動。楊小翼瞭解伍思岷的野心，他會跳出來她一點也不奇怪。楊小翼有些為伍思岷擔心，她在北京聽了太多的政治鬥爭內幕，她知道伍思岷在幹的事是凶險的，是不成功便成仁的事情。

三天後，伍思岷匆匆地回了趟家。當時楊小翼正在院子裡給天安講白雪公主的故事。這是楊小翼三個月來第一次見到他。伍思岷臉上的氣息與上訪時完全不一樣了，一掃那時的落魄與晦氣，呈現一種自信而飛揚的神采。這神采楊小翼是熟悉的，他少年時代就是這種昂揚的未來接班人的表情。他回家再也沒有提上訪的事，好像那事兒壓根兒不存在似的。

「你回來了怎麼連家也不回一趟？全家都擔心你呢。」楊小翼見到伍思岷，突然委屈了。

伍思岷不敢看楊小翼的眼睛，他蹲下來，親了親天安。他說：

「小翼，這段日子辛苦你了。我知道這一家老小要你照顧，挺不容易的，但我有比家庭更重要的事，希望你理解。」

見他這麼說，楊小翼有些傷感了。她想，他終究還是明白她的辛苦的。這時天安的奶奶從裡面出來，天安奶奶見到伍思岷，就拉著他問這問那的。伍思岷是個孝子，他安慰母親，他沒事，一切都好。楊小翼以為伍思岷晚上會留在家裡，她想問問他關於這次運動的情況，他們在廣安究竟想幹什麼？他還想問他像將軍這樣的人是不是會在運動中受衝擊？可伍思岷一會兒就匆匆走了。他怎麼這樣呢？才回來就走了。楊小翼心頭空落落的。

廣安一夜之間生動起來。到處是紅旗，到處是標語和大字報，到處是看熱鬧的興高采烈的孩子。廣安的大街上一下子聚集了數不清的年輕人，他們高呼口號，浩浩蕩蕩向縣政府進發。

伍伯母好像知道伍思岷已幹上了大事，這個曾經中過風的女人的熱情是多麼高漲啊，她把天安擲給了楊小翼，跟著上街了。

楊小翼抱著孩子走在遊行的隊伍中。一會兒，隊伍來到縣政府。縣政府坐落在縣城中心，它的前面有一個廣場，廣場上已搭好一個台子，台子上空無一人。等到遊行的隊伍陸續擠滿了廣場，伍思岷押著教委主任出現台子上，他的後面站著五個戴紅袖章的小將。楊小翼聽周圍群眾說，那五個小將是北京派來的。

教委主任已戴上高帽，掛上牌子，牌子上他的名字打上了大大的紅叉，一如一九五〇年新政權在永城鎮壓「反革命」分子時的模樣。伍思岷揪著教委主任的頭髮，把他按倒在地。剛學會說話的天安睜大眼睛叫起來：

「爸爸打架了，爸爸打架了。」

楊小翼不想讓孩子看到如此暴力的場面，讓孩子轉過頭去。但天安掙扎著要看，他的目光裡有強烈的好奇心。

看到這一切，楊小翼內心升起一種惡意的快感。她仇恨教委主任，這個人斷送了伍思岷的前程。她完全理解伍思岷對這個人行使暴力。她想，黨是多麼偉大，黨終於讓他們這樣的小人物有了出頭之日，可以把這些為非作歹的壞人打倒在地。

人群在向伍思岷歡呼。伍思岷向台下的群眾揮了揮手。那一刻，楊小翼突然覺得伍思岷很陌生，好像他成了另外一個人。伍思岷臉色平靜，在帶領台下的群眾呼喊革命口號，他舉手投足有了一種力量。後來，她明白，那是一種權力感，她曾在將軍、劉伯伯身上見到過這種力量。一個人只有手握大權才會顯示這種力量。

楊小翼所在的工廠也參與地方「造反」運動，楊小翼也跟著去街頭遊行了。這是必須去的，她也願意去，這樣的群眾運動讓她重新找到意氣風發的感覺。

廣安縣的頭面人物一個個被打倒，縣委書記也不能倖免，他們被逐出權力核心，被踏上一隻腳永世不得翻身。看到這一切，楊小翼會想想永城是不是也如此。她想，應該差不多吧，現在「文革」不是北京和上海這樣的大城市的事了，「文革」已在全國展開。廣安的情形讓她有點擔心劉伯伯，擔心一直受劉伯伯保護的母親。不過，她馬上安慰自己，劉伯伯和廣安的這些人不一樣，這些人幹了那麼多壞事，而劉伯伯一心爲民，是黨的好幹部。

一天，楊小翼收到了劉世軍的來信。這是武漢分手後，劉世軍第一次來信。楊小翼拆開信，讀了起來：

小翼，你好！

武漢一別，久未聯繫，想來一切都好。

你們那裡也開始文化大革命運動了吧。永城已經動起來了，我能感受到一個大時代的來臨。這樣的時代我只在電影裡見過，革命軍人北伐，打土豪分田地，學生和工人罷課、罷工……我以爲在和平年代難以再經歷這樣的革命場面了，但是，偉大領袖毛主席大手一揮，一個新的時代就展現在我們面前。我內心的激情不自覺地被激發出來了。

剛開始的時候，看到革命小將上街了，我也躍躍欲試。但是，我是個軍人，部隊不讓我們參加地方的革命行動。我感到非常遺憾，覺得自己又一次錯過這個偉大的時代。

可是，有一天，父親找我談話，他告訴我要有思想準備，他有可能被打倒。我當時覺得父親在開玩笑，但父親一臉嚴肅地對我說，無論發生什麼事都不要害怕，一切都會過去的。他要我在部隊好好幹，幹出個樣兒來。

父親最初充當著小將們的上司，他對小將們定了很多規矩。後來小將們終於忍無可忍，把他當成永城的資產階級司令部，向他發起了總攻。我父親被揪，頭髮被剃光，掛上了大牌子，憤怒的小將紛紛衝到台上，批鬥他。看到他被紅衛兵打翻在地，看到他失去權力後那種無助的模樣，我心裡非常震驚，在我眼裡一向高大的父親在那一刻顯得特別可憐。

小翼，你記不記得吳副書記？他是個樂天的胖子，原是父親部隊的政委，南下後和父親留在了永城。他和地委辦的女祕書有私情，我父親曾當著常委的面批評過他。不久前，他告發父親，說父親在白區逮捕時曾出賣過同志，有投降變節行爲。父親現在完全停職了。

有一次批鬥會，臨時搭建的台子突然倒塌了，我父親從台子上掉了下來，頭部出血，當場昏迷了過去。我父親倒是沒事，一會兒就醒了過來，但我母親當時在台下，精神受到嚴重刺激，她舊病復發了，現在神志恍惚。看著她的樣子，我有一種錐心之痛。

楊阿姨目前一切都好。楊阿姨來我家看望過母親。在這樣的時刻，楊阿姨還來我家，我非常敬佩，楊阿姨眞是處驚不亂。也幸虧楊阿姨的照料，我母親目前還算穩定。

小翼，我不知道怎樣表達我內心的感受。偉大領袖毛主席發動文化大革命，我衷心擁護，但我父親是被冤枉的。我雖然也有很多地方看不慣父親的作風，他有時過分霸道、專制，可他絕對不是叛徒，也不會出賣同志。看著他在台上被整，我的身心是分裂的：一方面我相信並擁護毛主席的偉大決策；另一方面身爲人子，我對父親受到的冤屈深感不平。

小翼，我現在非常苦惱，我有好多話悶在心裡。我不敢對豔豔說，怕她承受不了。我有一種家破人亡、分崩離析的感覺。豔豔似乎比我樂觀，她還勸我不要擔心，她說：「爸爸一個老革命，怎麼會成爲叛徒呢？馬上就會過去的。」我眞的滿佩服豔豔這麼樂觀。

小翼，你可能並不瞭解我，我表面上很堅強，實際上我很軟弱。我眞的有點兒撐不下去了。不過你也不要擔心我，就像豔豔說的，一切終會過去的。

此致

革命敬禮！

世軍

考慮到信裡的內容比較敏感，楊小翼看完後就把信燒掉了。

看著火苗把信吞噬，楊小翼有一種自己也被吞噬了的揪心的感覺。在她的內心深處，劉伯伯和景蘭就像是自己的父母親，她和他們是合而爲一的。想起遙遠的永城正在上演的悲劇，楊小翼感同身受。由此她想到伍思岷正投身其中的運動，廣安的「文革」也和永城一樣嗎？如果劉伯伯在廣安，伍思岷他們也會把他打倒嗎？

那天傍晚，伍思岷帶著五個紅衛兵回家。五個紅衛兵都是北京來的，看上去和善清秀，一臉稚氣未脫的樣子。他們見到楊小翼，就露出靦腆的笑容，其中一個女孩還叫楊小翼爲姐，他們彬彬有禮的樣子，讓楊小翼頗有好感。楊小翼想，永城的紅衛兵也這麼和善這麼有禮貌嗎？他們怎麼這樣對待劉伯伯呢？劉伯伯幹了一輩子革命，對自己要求那麼高，生活樸素，不搞特權，怎麼就被打倒了呢？

伍伯母見思岷帶北京紅衛兵來家，非常高興，特地從鄰居家買了一隻雞，在院子裡忙乎開了。她還帶著炫耀的口氣和鄰居拉家常，告訴他們有北京客人。她說「北京」兩個字時，臉上的表情一下子嚴肅了，好像教堂的嬷嬷在呼叫上帝的名。

這天晚上，他們喝了很多酒。喝完酒，他們就在院子裡唱革命歌曲。楊小翼一直待邊上給他們倒茶。

沒事的時候，楊小翼靜靜地坐在一邊，看著他們一首一首唱歌。楊小翼抬頭望天，天空掛著一枚彎月，正靜靜地落在泡桐樹杈的間隙，樹杈高聳，好像就要戳破天幕。白天的喧囂已經沉寂，整個廣安城寂靜無聲，只有這院子裡歌聲婉轉。

那天晚上，伍思岷還是沒有留下來過夜。午夜的時候，他跟著年輕人一起走了。他這段日子都是這樣，總是匆忙回家，一會兒就不見人影。

第二天，楊小翼到廠部，華光機械廠發動職工上廣安遊行。廠裡派了十一輛卡車把職工送到廣安。來到現場，楊小翼聽說重慶也派紅衛兵來了，說今天有大行動。一會兒，他們浩浩蕩蕩向縣府招待所進發，把招待所包圍得水泄不通。在場所有人都相當激奮，他們在齊聲高叫：「滾出來，尹澤桂。滾出來，尹澤桂。」

楊小翼開始沒弄明白他們在叫什麼，要誰滾出來。直到見到將軍，她才明白他們包圍招待所的原因。

多年以後，楊小翼回憶當時的情況，她猜測北京的紅衛兵帶著伍思岷來廣安的目標就是尹澤桂將軍，因爲當時將軍剛好在廣安視察。到了八〇年代，楊小翼在眾多的回憶文章中讀到了當時北京錯綜複雜的權力狀況，許多勢力都想把將軍搞下台，於是他們趁「文革」這個機會展開了行動。她猜想，北京的紅衛兵一定是帶著這個使命來的，他們的行動可能受到了高層某個派系的支持。開始的時候，將軍的警衛還盡力保護將軍的人身安全，但終究寡不敵眾，最終放棄了抵抗，這樣，將軍被掛上「反革命軍閥尹澤桂」的大牌子，接受群眾的批鬥。

楊小翼認出將軍的那一刻，腦子一片空白。雖然她曾經擔心過將軍會在這次運動中受衝擊，但真的見到這種場景，她依舊不敢相信。她回憶將軍在王府的模樣，他的一舉一動是多麼威嚴，簡直神聖不可侵犯，但如今像神一樣的將軍卻被這些小青年打倒在地，受到他們的污辱和批判。

後來楊小翼慢慢回過神來。她聽到他們在揭發將軍的罪狀。這些罪狀和劉伯伯的幾乎一樣。紅衛兵的言語中極盡醜化，在這樣的揭發中，將軍簡直是一個專門和毛主席對著幹的跳梁小丑。整個過程將軍一語不發。有一刻，將軍抬起頭來，他的目光充滿了寒意。

離上一次見到將軍已過去了整整三年時光，楊小翼沒想到再次相見會是這般光景，人間的事眞是無可預料。

有那麼一刻，楊小翼的心裡竟然生出對「那個人」的憤恨。她想起自己曾被他無情地拒絕——他當時冷酷的表情她一輩子都不會忘記，沒想到他也有今天。他這是報應，是罪有應得。

可一會兒，當她看到他們開始打他時，她的心就軟了。她不敢再看台上慘烈的一幕，她開始同情他了，開始痛苦了，就好像她的情感被他控制著，她自覺地站在他這一邊，她不由得爲他的處境揪心了。

那天，將軍被紅衛兵批鬥後，被押上華光機械廠的卡車。他們把將軍囚禁在華光機械廠招待所的地下室。楊小翼想，他們這樣做也許是出於安全考慮，華光機械廠畢竟是軍工企業。

連續一個星期，將軍都被拉到廣安批鬥，批鬥完後再被押回地下室。他的身體日益虛弱，但他的雙眼依舊堅定，神情肅穆，不卑不亢。紅衛兵們被他激怒了，罵他是個老頑固。一天，他們在批鬥將軍時，將軍被打翻在地，他的嘴裡流出大口大口的鮮血。楊小翼差點暈厥過去。

那天晚上，楊小翼怎麼也睡不著了，她覺得這樣下去將軍會被整死的。該怎麼辦呢？她想到去求伍思岷，但批鬥將軍的事是由北京和重慶方面的紅衛兵在主導，伍思岷根本就插不上手。即使伍思岷能插上手，她也不知如何同他說。由於婚後發生的種種不愉快的事情，楊小翼沒有告訴伍思岷關於她的身世問題。以伍思岷對造反的狂熱程度，她估計即使說了，他也不會施以援手的，更可能的是大義滅親。

楊小翼睡不著，索性起來了。她呆坐在寫字檯前，這時候她突然想起劉世軍曾打開過地下室的門，開門的鑰匙劉世軍留給了她。她把「萬能鑰匙」放哪兒了呢？後來，她在一支用來打飯的方形鋁盒子裡找到了那把鑰匙。她拿起鑰匙，心跳如雷。

她怕驚醒天安的奶奶，悄無聲息地走出伍家院子，她直奔華鎣。

後來，楊小翼回憶這一情景，依舊爲自己當年有如此巨大的勇氣而暗自吃驚。那一刻，她像是被某種力量控制了，或者有另外一個人進入了她的身體，她的所作所爲完全超乎她平時的想像。那一刻，她是懷著某種犧牲的決心去的。

華光機械廠招待所的大廳有一些紅衛兵在喝酒唱歌，歌聲同在他們家院子裡唱的沒什麼兩樣，但如今聽來，卻令人煩躁。他們應該就是被派來看守將軍的。

楊小翼定了定神，偷偷蹩入通向地下室的通道。用那鑰匙開鎖不是那麼容易的事，楊小翼試了十多次都沒成功，她的額頭滴出大滴大滴的汗珠，身上的衣衫都濕透了。一個紅衛兵似乎發現地下室有情況，放下手中的牌，下來了。楊小翼趕忙躲起來，大氣都不敢出。一會兒，那人走了。

門終於打開了。她推門進去。將軍很機敏，迅速地站了起來。地下室非常黑暗，只有出氣孔射進來的月光把地下室劃出黑白分明的兩塊。將軍的臉在黑暗中難以辨認，但從將軍的動作中，她可以判定將軍非常平靜，好像他預料到有人會來救他似的。她喘著粗氣，對將軍說：「有一條通往外面的路，跟我走。」將軍遲疑了一下，跟了上來。

楊小翼不清楚將軍是不是認出了她。當楊小翼打開通向山脈的隧道時，將軍拍了拍她的肩，然後頭也不回地走了，迅速消失在黑暗中。整個過程將軍沒有說一句話。

楊小翼呆呆地站在地下室。那一刻，她有點兒失神，她的心思還在將軍的身上。她是多麼希望他認出了她，認出是他的女兒救了他，這樣他會有安慰。她的心裡湧出一種驕傲感，她竟然做了這樣一件事！在這一過程中，她沒有想過做這件事的後果。後來，她稍微清醒了些，她想，要是這事讓人知道，那是什麼樣的罪名啊，也許，她會因此家破人亡。

然後，眞的被人發現了。就在楊小翼發呆的時候，她的背後傳來一個冰冷的聲音：

「我不會說出去的。」

她馬上聽出來是呂維寧的聲音。她一個激靈，不敢動一下，一直背對著他，好像她動一動就會出現可怕的後果。

他在靠近她，她感到一股熱烘烘的氣流出現在她的身後，然後，他的手搭在她的肩上。他的手顯得小心翼翼，好像在測試著什麼。他說：

「你好大膽，這事要是說出去，你這一輩子就完了。」

像是這句話壯了他的膽，他搭在她肩上的手明顯有力了，並在她的脖子上撫摸。

「也許你不在乎自己，但你一定在乎你丈夫，他被欺負了這麼多年，終於有了出頭之日，可是你這麼一來，把他全毀了。這事要是傳出去，他的政治生命就完了，他會被整得很慘。」

他分析的每句話都像刀子一樣刺入她的心坎。這之前她知道危險，但這危險是混沌的，當呂維寧把這一切說出來後，她感到觸目驚心。

「也許，你也不在乎你的丈夫，但你一定在乎你的兒子。你的兒子多可愛啊，這麼聰明，嘴巴又甜，人見人愛，可你想想，這事要是傳出去，你兒子就會成爲反革命狗崽子，永世不得翻身。」

他更大膽了，他從後面抱住了她，開始對她動手動腳。

「你眞是個卑鄙的小人。」她罵得有氣無力，相當無奈。

「我不是。我是眞的喜歡你，我早已喜歡上你了，你知道。」

「只要是女人你都喜歡。」她冷冷地說。

他不顧她的反應，他把手按在她的胸脯上。她顫抖起來，但不是由於害怕，而是因爲刺激。已經有好久沒有人觸碰她的胸脯了，三個月？半年？總之，是很久以前了。自兒子斷奶以來，她的雙乳寂寞無比。這會兒，呂維寧喘著粗氣在她耳邊喃喃自語：「不是的，我不是所有的女人都要，你太小看我了。我喜歡你勝過所有一切，自見到你以來，我早已等著這一刻了。我們倆是有緣的，否則我們怎麼又在一起了呢？」楊小翼一動不動，她在控制自己的感覺，她要讓自己冰冷如水。呂維寧變得越來越瘋狂，他的手伸進她的衣服。「我見過它們，它們在餵奶，多麼美的乳房，我那時恨不得一口吞了它們……」

後來的事，楊小翼有點兒麻木。不是她的記憶在此中斷了，是她不願回憶起來。她知道發生了什麼。

對楊小翼來說，那天晚上發生的事是一個噩夢。

呂維寧所言都是對的，這事要是張揚出去，眞的會家破人亡。楊小翼經過了反覆的思考，認爲要擺脫呂維寧，或者說保護伍思岷和兒子的前途，她能做的唯一的事就是離婚，只有和伍思岷離婚才能讓那個惡魔無孔可鑽。

廣安的造反運動正在如火如荼進行著。伍思岷偶爾回家來，但在家裡，他非常沉默，不多說一句話。楊小翼不知道他的「革命」進展如何。有一次，楊小翼聽天安的奶奶說，將軍的消失讓造反派內部出現內鬨和分裂，他們相互指責，都稱聲對方是內鬼通外賊，氣氛相當詭譎，伍思岷受到了攻擊，處境不是很好。楊小翼想，政治真是件危險的事，將軍都會有此厄運，何況是伍思岷這樣的人。要是他們知道是楊小翼放了將軍，那伍思岷不知會被整成什麼樣。

一天，伍思岷回到家，樣子很疲憊。當時楊小翼正給天安撒尿，見到伍思岷，楊小翼內心就焦躁了。她很想同伍思岷好好談一談，讓伍思岷和她離婚，但當她面對伍思岷時卻怎麼也說不出口。她有什麼理由向伍思岷提出離婚呢？難道把一切都告訴他嗎？這是不可能的。可是不告訴他發生的這一切，伍思岷怎麼會同意離婚呢？

楊小翼進退維谷了，她不知道怎麼面對這個局面。

她經常被呂維寧要脅去地下室陪他。她雖然百般推委，但呂維寧糾纏不放，最終的結果往往是任憑他予取予求。

呂維寧品性惡劣，但對女人很有一手。他經常讓楊小翼在本能的反抗中欲罷不能。然而這快感讓她感到羞恥，當快感退潮，她內心便湧出仇恨。她懷著厭惡的心情，把唾液吐向呂維寧的臉。呂維寧展露一臉得意和滿足的笑，任她吐，好像這是他盼望已久的獎賞。

她是如此仇恨呂維寧，但她竟然有生理反應，這太不可思議了。她想，這可能同伍思岷經常不在家有關。

人是多麼容易自我欺騙，很多本來難以承受的事，會慢慢成爲一種習慣。隨著時間的流轉，楊小翼變得日益麻木了。她不像以前那樣反抗呂維寧了，彷彿她和他成了同謀者。有時候她會僥倖地想，一切都會過去的，也許今天的憂慮在明天看來只是小事一樁。

呂維寧的膽子越來越大了。楊小翼聽到廠子裡有了她和呂維寧的風言風語，她是多麼羞愧。陳主任甚至在會議上對她和呂維寧的事意有所指地做了不點名批評，要「某些人」的行爲檢點一些。

她聽了恨不得有個地洞鑽進去。有幾次她在路上遇到陳主任，她的內心充滿了無以言說的痛苦，又不好解釋，只好假裝沒有看見。

伍思岷的「革命」正在深入發展，他們開始進行奪權鬥爭。伍思岷終於被結合進了縣政府的權力核心，成了革委會副主任。奪權完成後，混亂的局面穩定了下來，社會生活又恢復了往日的平靜。

一天傍晚，楊小翼下班回家，看到伍思岷和兒子在院子裡玩耍。這是近來極其少見的。由於伍思岷經常不回家，偶爾回來也不苟言笑，兒子對他有些生疏，有點懼怕他。今天伍思岷神色祥和，天安很久沒有得到父親這樣的寵愛了，顯得很高興，伍思岷叫他幹什麼，他都討好般地幹。伍思岷叫他爬院子裡的樹，他也爬了。天安膽子小，平時他根本不敢的。楊小翼有些擔心，天安還只有三歲，弄傷了這麼辦？不過，伍思岷難得有閒心逗兒子玩，楊小翼也是高興的。終於塵埃落定了，她不用再爲伍思岷提心弔擔了。楊小翼在伍思岷身邊坐了一會兒。伍思岷笑著和她招呼：「回來了。」她點點頭。

晚上，楊小翼幹完家務，上樓睡覺，見伍思岷在房間看書，一時有點反應不過來，她以爲伍思岷已回縣革委會宿舍去了。當她意識到伍思岷今晚不走了時，她的心中湧出辛酸的喜悅來。自從伍思岷去北京上訪到他回到廣安「造反」，伍思岷有半年沒回家住了，楊小翼已習慣於一個人獨守空房了。她關了房門，然後鋪展被單。這時，伍思岷從背後抱住了她。她一動也不動，眼淚頓時流了出來。她回頭一把抱住了伍思岷，把頭埋在伍思岷的胸膛裡。

這天晚上，伍思岷顯得興致勃勃。完事後，伍思岷躺在床上，彷彿在回味著什麼。他說：

「你還是這麼美，看不出來都是生過孩子的人。」

「你又不是第一次見。」

「以前沒有心思好好看你。」

面對他突然的親暱和誇獎，她心裡竟然產生了感激之情，好像他的恩澤讓她找到了生活的樂趣。

「我現在有權了，可以做一些事兒了。」他沉默了一會兒，他繼續道：「我得幫助人，我要辦一個老年俱樂部，讓老年人有地方去；我要辦幼稚園，現在廣安好多孩子都上不了幼稚園；我還要開一家盲人學校，讓盲人孩子也能識字斷文。」

楊小翼想起在廣安初次見到伍思岷的那一幕，她的腦子裡浮現伍思岷把玩具霓虹燈送給那個盲孩的情形，過去對伍思岷的美好感覺又回來了。她的身體靠向伍思岷。

「我不做官，我什麼也不要享受，我要腳踏實地幹。我一定會改變廣安的面貌，你看著，等天安長大了，廣安到處都會是工廠，機器轟鳴，煙囪高聳，道路寬闊筆直，處處鮮花盛開。這是我從小的理想，在永城那會兒，我就想把永城建設成這樣子……」

這一夜伍思岷特別興奮。這個沉默寡言的人很少說這麼多話。可能因爲太累了，後來楊小翼在伍思岷滔滔不絕的說話聲中睡著了。

大約有半年時間，楊小翼斷絕了和呂維寧的關係。雖然呂維寧不斷地威脅和要脅她，她都不爲所動。呂維寧現在威脅的不再是她放走將軍的事，而是他和楊小翼的關係。他說，如果楊小翼再不從，他要把他們的事告訴伍思岷，那樣的話，楊小翼就死定了。楊小翼仔細盤算過呂維寧告發的可能性，她斷定，以目前伍思岷的權勢，呂維寧未必敢這樣做，這樣做等於置他自己於危險的境地。楊小翼如此堅定的另一個原因是因爲伍思岷最近對她很好，讓她的內心有了希望，她不能再做對不起他的事。

但呂維寧比她想像的要堅韌。有一天，辦公室裡只剩下他們倆，呂維寧竟然膽大妄爲，把手伸向楊小翼的胸脯。那時候，夏天快要結束了，天氣依舊炎熱，楊小翼只穿了件襯衫。楊小翼嚇了一跳，罵道：「你想幹什麼？」呂維寧說：「每天看著你的胸就受不了，心癢難熬。」楊小翼覺得同他言語糾纏沒有意思，就逃出辦公室。這時，呂維寧又威脅她了，他說：「你這麼假正經，我受夠了，我要給伍思岷打電話，揭露你這個反革命破鞋。」說完，他眞的搖電話，接通了總機。當楊小翼聽到呂維寧對著電話說他找革委會的伍副主任時，她站住了，回頭望向呂維寧，她的目光充滿了絕望。「爲什麼要這樣？爲什麼要這樣？」她在心裡喊道。在等待電話接通的時間裡，楊小翼簡直要崩潰了，那眞是煎熬的時刻，令人窒息，難以承受。這時，他聽到呂維寧說了一聲「你好」。她想他和伍思岷接通了，她就撲了過去，把電話掐斷了。

她終於又一次屈服了，她跟著呂維寧去了地下室。

地下室黑暗如盲。楊小翼覺得自己像是被打入了地獄。她想，黑暗很好，她什麼也不想看見，她不想見到呂維寧醜陋的臉和身體，不想見到他充滿欲念的眼睛。她安靜地躺著。地下室那端排氣孔射入的陽光如一把把雪亮的刀子，反襯出這邊的黑暗。她眞的想陽光就是刀子，刺入她的心臟，把她殺死算了。

呂維寧爬到了她的身上，緩慢地玩弄著她。他總是極有耐心，把折磨她的時間無限延長……

不知過了多久，地下室的門突然打開了。一道刺眼的光亮射向他們。楊小翼倉皇推開呂維寧，她看到是伍思岷站在地下室的通道上。那一刻，她是多麼無地自容。她起身穿衣，動作老是出錯。呂維寧一副手足無措的樣子，他整個身子像是潰敗似的，成了一團臭肉。楊小翼突然怨氣沖天，狠狠踢了呂維寧一腳，吼道：「快穿衣服！」呂維寧這才反應過來。

伍思岷一動不動地站在那裡，臉上毫無表情。等楊小翼穿好衣服，他過來掐住她的手臂，把她拖出地下室，然後轟然關閉地下室的門。呂維寧被關在了地下室。

在陽光下，楊小翼發現伍思岷目光深陷，顴骨高聳，眼中布滿了陰霾。看他一臉倦容的樣子，楊小翼對他竟然可笑地心生憐憫。一會兒，伍思岷說：

「你和他多久了？」

「不是你想的樣子。」

「多久了？」他提高了嗓門。

「十個月。思岷，你聽我解釋。」

「是因爲我不在家嗎？」

「不是的，情況很複雜。」

「在你這裡，任何事都是複雜的。我不想再聽你的謊言，我媽說的沒錯，你們楊家的女人天生下賤，你的母親給劉雲石做玩物，而你居然找了個下三爛。我眞是看走了眼。」

伍思岷聲音平淡，像在談一件與己無關的事。

那一刻，她感到自己是多麼委屈。

伍思岷繼續說：「你傷透了我的心。我這顆心被你毀掉了，這輩子都毀掉了。我會馬上和你離婚。離婚後，你不能再見我兒子，在兒子那兒，你等於死了。」

說完，他頭也不回地走了。

呂維寧的私生活被暴露在光天化日之下。他眞是個流氓，他在附近的村子裡有三個相好。呂維寧被當作流氓被批鬥，批鬥結束就被囚禁在地下室。在不批鬥的日子裡，人們忘記了他的存在，他最後被餓死在地下室。

楊小翼被伍家掃地出門。她和呂維寧的事迅即傳遍了華光機械廠，也傳遍了整個廣安。楊小翼雖然沒有像伍思岷那樣被批鬥，但陳主任經常在大會小會上批評她：「一個女人家，管不住自己身體，還有什麼臉見人？這樣的人根本不配做革命軍人。」聽了這些話，楊小翼無地自容。楊小翼想陳主任這麼做是在報復她曾經的薄情寡意了。楊小翼以爲組織上會開除她的軍籍，但一直不見動靜。多年後，楊小翼才理解，其實陳主任對她並無惡意，像她這樣的領導是必須說一些場面話以表明自己的立場的。

那是一段難熬的日子。她被發配到廠區掃地，沒有人把她當人看，人們見到她像見到了瘟神，所到之處，都避之不及。後來，軍民共建時，廠部又要求她每天去附近的村子掃地。村裡的人都知道她是個「腐化」分子，見到她，臉上便掛著意味深長的笑。村裡的孩子，喜歡圍著她，高喊她爲破鞋。

楊小翼的內心充滿了委屈和怨恨。她的怨恨綿綿不絕，如冬日長夜。她怨恨將軍，覺得是他毀了她的一生。要是將軍不拋棄母親，她的一生不會這麼動盪；要是沒有將軍，她就不會傷害到尹南方；要是沒有將軍，她也不會被呂維寧挾持，那麼就不會有現在的悲劇。她同時怨恨母親，母親爲什麼要生下她呢？母親應該知道一個私生女在這個世界會有多艱難。她認爲母親是個愚蠢的女人，自以爲得到了愛情，卻是始亂終棄。她也怨恨伍思岷，是的，她在永城害了他和他們全家，她因此總是讓著他，爲了他什麼委屈都承受，他卻是如此冷酷地對待她，竟然不讓她見兒子，這對一個母親來說是一件多麼殘忍的事。

爲了能見到兒子，她去他辦公室求他，他卻一直不肯見她。

後來，他終於同意見面。

她向他解釋，她和呂維寧這樣做是因爲他要脅她。

「他爲什麼要要脅你呢？」

她說因爲她放走了將軍，被他發現了。

「你？」伍思岷笑了，「你爲什麼要放掉將軍？」

她無言，她不知道如何才能說清楚這件事。

「你別騙人了，我知道將軍是被人放掉的，開始我們內部非常震驚，但我們做了深入的調查，將軍被放是因爲周總理的指示，是總理的祕書打電話來，有人才敢偷偷把將軍放掉。」

楊小翼聽了相當吃驚。

多年之後，楊小翼查閱這段歷史資料時，果然有關於周恩來救將軍這件事。楊小翼相當迷惑。後來她想，可能是她放了將軍在前，周總理打電話在後。

伍思岷下逐客令：「我不想聽你任何解釋，你越解釋，我越痛苦。你在我心裡徹底死了。」

看到伍思岷那張冷酷的臉，楊小翼明白，她再怎麼解釋都是無效的。

由於長時間的胡思亂想，楊小翼內心的不平日益增長。她的思想開始變得混亂，好像有千萬種力量在拉扯著她，她會就此五馬分屍。她開始失去控制，有時候會在大庭廣眾之下突然泣不成聲。由於她目前的身分，她的行爲不但沒有得到群眾的同情，反而引起大家的厭惡。她心裡清楚群眾對她的看法，可她依舊不能控制自己的情緒。無助和悲傷是如此強烈，總是突然抵達她的心房，毫無徵兆，她除了放聲大哭，沒有任何辦法。她懷疑自己得了憂鬱症，幹什麼都提不起興趣。她想到過死，不過馬上打消了這個念頭，因爲她想到了兒子。兒子一直是她內心最重要的部分，她要活著，要看著兒子健康成長。

伍家拒絕她見天安，楊小翼只好偷偷去看望他。有一天，趁伍家院子裡只有天安一個人，楊小翼溜了進去。天安用奇怪的眼神看她，這眼神令她心碎，她一把抱住了天安。「天安，天安……」她說不出一句話。

「媽媽，奶奶說你是個壞女人。」天安怯生生地說。

「天安，媽媽不是的。」

「奶奶說你偷男人。媽媽，你是小偷嗎？」

「媽媽不是小偷。」

「那你爲什麼偷男人？」

「媽媽什麼也沒偷。」

天安似乎有些疑惑，他說：「那你爲什麼不回家？奶奶說，你被抓走了。」

楊小翼不知道如何向天安解釋，天安太小了，他什麼都不懂。她說：

「天安，你不相信媽媽嗎？」

天安搖搖頭。

「你相信媽媽會做小偷嗎？」

天安還是搖搖頭。他說：

「可是媽媽，你爲什麼不來看我？」

她說不出話來，只好含淚親他的臉上。

「媽媽，你要來看我，我想你。」

她使勁點頭。

天安的態度讓楊小翼略感欣慰。只有兒子接受她，需要她。但她也擔心，在天安奶奶的教養下，長此以往，天安可能也會看不起她，以她爲恥。

秋天的時候，楊小翼聽說天安上了幼稚園，內心又活動開了，她想去幼稚園看看兒子，哪怕遠遠地見他一面也好。天安在幼稚園了，應該比原來見他方便多了。

星期三那天，廠部政治學習，楊小翼被排除在外，他們開會的時候，她在廠區道路掃地。廣安的秋天，植物依舊茂盛如夏，地上沒有多少樹葉，所以清掃工作一會兒就完成了。楊小翼歇下來，看了看天空。秋日的天空藍得輕盈，即使深沉如墨的遠山，此刻也顯示出難得的輕鬆面目。楊小翼的心情也跟著明媚了一些。這時候，她的腦子裡出現一個念頭：這會兒廠裡沒事，爲什麼不去廣安看看孩子呢？

當她來到廣安紅花幼稚園時，還沒到放學時間。楊小翼站在鐵圍欄外面看著操場上的一切。這是做操前的時刻，孩子們排隊從教室裡出來，他們步履蹣跚，像一只只隨地打滾的氣球。有幾個調皮的孩子脫離了隊伍，在操場上奔跑。她知道天安如他的父親，一直是守規矩的孩子，他不會擅自撒野的。她在隊伍裡尋找兒子。兒童廣播體操樂曲響了，孩子們的動作七零八落，煞是可愛。她終於在最前面的一排找到了天安，他做得盡心盡力，一板一眼，但總是跟不上樂曲的節奏。她很想爬過鐵欄，替天安喊口令。

廣播操終於做完了，他們也要放學了。孩子們開始在操場上自由活動，等待下班的家長來接他們。幼稚園門外聚集著一些老人，他們等著自己家的孫子或外孫從裡面出來。楊小翼的目光一直追隨著天安，她想叫他，但又有一種莫明的懼怕。後來，還是天安看到了她，怯生生地向鐵圍欄走來，輕輕叫了聲「媽媽」。聽到天安叫她，她瞬即紅了眼眶。她的手穿過鐵欄，落到天安的身上。

「天安，媽媽來看你了。天安，你好不好？」

天安的眼神裡有一絲警惕，他的態度裡有和她保持距離的意思。這姿態讓她感到悲傷，這麼小的孩子都知道勢利了。

天安的後面出現一道暗影。楊小翼抬頭，看到天安奶奶一臉厭惡地站在天安身後，楊小翼被她臉上的表情鎮住了。

天安奶奶大聲罵道：「婊子，不要臉。你好意思來看天安，你嫌害他還不夠？」她的叫罵聲引來一群看熱鬧的人。她罵得更歡了，把楊小翼的事兜了個底。圍觀的人開始對楊小翼指指點點，楊小翼感到無地自容。

天安奶奶在對天安說話。楊小翼此時有點迷糊，她沒聽清楚天安奶奶在說什麼，但天安說出的清脆的話她聽清楚了。天安說：

「媽媽，你是一個婊子，不要臉。」

周圍一片哄笑。

天安奶奶的臉上露出滿足的笑容。那一刻，她臉上呈現的快感好像是上了天堂。

楊小翼滿懷羞愧，失魂落魄地離開了幼稚園。

楊小翼是走著回華鎣的。她一路踉蹌，渾身無力。天安的叫罵如同霹靂，給了她致命一擊。兒子也不需要她了，兒子的態度徹底摧毀了她僅有的生活信念。那天回到宿舍已是晚上，楊小翼無法再支撐下去了，她的整個身心麻木而無助，好像她已經死了，靈魂不在，留下的只不過是一具行屍走肉。那天晚上，她吞了一大把安眠藥。

後來是陳主任救了楊小翼。

當楊小翼醒來的時候，她看到周圍寂靜的白色，知道自己在醫院裡。陳主任守在她的病床邊，她那張大臉龐上布滿了關切的表情。醒來的一剎那，楊小翼心情異常平靜，就好像她是剛剛出生的嬰兒，目光所及都是新鮮的事物，好像這些事物同她一樣才剛剛誕生，還沒有命名。周圍非常安靜，她聽到了遠處傳來廣播體操樂曲。她想起兒子天安，天安只要聽到這樂曲便會哇哇大叫，動手比畫。楊小翼的目光回到陳主任臉上，她第一次發現陳主任比幾年前老了很多，她的頭髮花白了，眼角已有很深的皺紋，這皺紋像光線一樣向四周發散。她知道這個女人關心她，可她曾對她惡言向相，不知怎麼的，楊小翼鼻子酸酸的，想哭。

陳主任見她醒過來，鬆了一口氣。她比往常和善了不少。她拍拍楊小翼的臉，說：

「有什麼想不開的呢？你眞是個傻瓜，你死了，你兒子怎麼辦呢？」

這話說到楊小翼的心裡去了，她忍不住流下淚來，她嗚咽道：

「可是他們把我兒子奪走了，他們不讓我見兒子。」

陳主任說：「丫頭，誰也奪不了你的兒子，兒子永遠是你的，眼下只是暫時的。我告訴你，閨女，人生總難免坎坎坷坷，我也有過你這樣的想法，想一死了之，但我沒有這樣做，我堅持下來了……」

說到這兒，陳主任眼眶通紅。她控制了一下情緒，繼續說：

「丫頭，做人哪有這麼容易。丫頭，我一直沒告訴你，我的女兒其實不在了。你一定也聽說了，她出了事故，被壓在了隧道裡……但我不肯相信她已經不在人世了，我不能相信……」

說到這兒，陳主任哽咽不能言語。

楊小翼沒有見過陳主任如此悲傷，這個女人從來是樂觀而堅強的。陳主任的哽咽，讓楊小翼對她產生一種既愧疚又同病相憐的感覺，她忍不住和陳主任抱頭痛哭。

陳主任說：「丫頭，你要好好地活著，一切都會過去的。」

楊小翼不住地點頭。

後來，陳主任還說起當年母親來廣安和她見面的事。陳主任說：「那時候你媽對你的婚姻很不放心，她對伍思岷的個性也不踏實，你母親是有眼光的。她讓我幫幫你，可憐天下父母心。」楊小翼聽了，禁不住又流下淚來。

醫生說楊小翼要在醫院觀察幾天才可以出院。有一天傍晚，伍伯伯來看楊小翼，他竟然帶了天安過來。他是從幼稚園直接帶過來的。「我沒徵得天安奶奶同意，她不會同意的，我就把天安帶來了。」伍伯伯說。天安的目光裡充滿了憂慮，不知道是在爲母親憂慮還是在爲前來看母親這事憂慮。天安一直低著頭，一會兒他細聲細氣地問：

「媽媽，你生病了嗎？」

楊小翼搖搖頭。

「媽媽，不是我自己要說那些話，是奶奶讓我說的，我沒辦法。媽媽，我怕奶奶。」

楊小翼忍不住又哭了起來。

第二十章

一九七二年冬天，楊小翼的命運有了意外的轉機，她被調回北京，在後勤部所屬的一個代號爲九八〇的軍工企工作。因爲是單身，廠部安排她在廠區大院的一個單身宿舍裡住下。

剛到北京的那段時光，楊小翼身心疲憊，內心軟弱，她是靠某種麻木的力量才使得自己保持平衡。白天，楊小翼在車間工作，製作一種精密度相當高的零件。她所在的車間是波蘭人設計的，東歐式樣，簡潔而笨拙，車間的管道都是外置式，採光非常好，整個車間明晃晃的。這樣的光線讓她有些恍惚，好像她正置於現世之外，在某個未來世界裡。他們製作的零件是某個龐大計畫中的細小部分，至於那個龐大的計畫，楊小翼一無所知，也不想知道。她埋頭工作，對許多事情，包括身邊的事，不感興趣。她很少收拾自己，形象非常邋遢。

晚上的時候，楊小翼會不可遏制地想念兒子。天安已經八歲了，她離開廣安時去學校見他，她告訴他，媽媽要去北京了，等媽媽在北京安定下來，再來接他。天安並沒有表示出嚮往，他眼中的冷淡讓她心碎。

當楊小翼想念兒子的時候，她感到內心劇痛，慣常的麻木已不起任何作用。有時候她很想跳上列車去廣安看他，但這是不可能的，她所在的單位根本不允許她請假去路途遙遠的廣安。在失眠的夜晚，她從床上爬起來，給天安寫信。

但她不確定這些信是不是會落到兒子的手上。

也許因爲身處北京，那些夜晚，楊小翼時常想起尹南方。想起他，她的內心依舊充滿了愧疚。他如今在何方呢？在幹什麼事？過得好不好？在楊小翼的想像裡，尹南方還是她最後一次見到的樣子，健康而明朗，他那張英俊的臉，呈現出戀愛中的人特有的溫柔，極富活力。她明白這也僅僅是想像而已，尹南方身心俱傷，而這一切的罪魁禍首就是她。

經過文革初期的沉寂，將軍似乎又活躍起來，有關他的消息經常出現在報章上。報紙上偶爾會有他的照片，他那張不動聲色的臉似乎更加神祕莫測了，眼神裡有一種銳利的不信任人的光芒。有一次，楊小翼聽見有人在言詞鑿鑿地議論將軍，說將軍經常把自己關在黑暗中，說將軍見到光線，頭就要痛，因爲將軍身上還有五處未取出的彈片，這讓將軍的神經有問題。楊小翼發現這些經歷了戰爭和黨內鬥爭的革命者，很多人身上都患有諸如失眠、焦慮、怕光等疾病。包括已機毀人亡於溫都爾汗的林彪也有這種毛病。

那時候，整個政治氣候已不像前幾年那麼狂熱，社會生活開始慢慢恢復正常，人們有一種運動疲憊後的沉靜感，就像做愛後，身體總會安詳平和。空氣裡有一種安靜的氣息，甚至連街頭的廣播聲似乎也少了往日的喧囂。

一個星期天，楊小翼獨自上街。那天大雪初霽，陽光燦爛，街頭到處都是積雪。看著這刺眼的雪，楊小翼冬天以來萎靡不振的精神被小小地振奮了一下。走在陽光普照的雪地上，她感到自己是多麼蒼白。她向西單漫步而去，她像是剛剛到北京，開始打量周圍的事物。北京還是原來的模樣，只是建築比以前更舊了一些。牆上的標語倒是新的，在陽光下熠熠生輝。那是領袖的最新指示。她走在街頭，看到陽光從光禿禿的楓楊樹杈子間投射下來，活潑地跳蕩。樹枝上的冰花在陽光下一閃一閃的，晃人眼目。她抬頭看了看天，北京的天空一如既往地廣大，空無一物，呈現一種深不見底的近乎透明藍色。有一些樹刷了白石灰，不知是爲了防蟲還是爲了保暖，它們看上去像植物標本，在冬天的陽光下僵立著。她感覺這三個月來自己就像這些了無生氣的植物。

對外界的感知打開了楊小翼的回憶。她想起和尹南方在一起的時光。她記得有一段日子，尹南方每天都纏著她，他們關係親密，某種源於血緣的親近感洋溢在她的身體裡，她像一個姐姐那樣愛他，縱容他。那時候，她天眞地認爲自己就是尹家的一員。

往事讓她產生了想見尹南方的衝動，她站在那裡一動也不動，她好像聽到了尹南方在呼叫她。這種衝動又讓她恐懼，她眞的不知道如何面對他。

他恨我嗎？一定的，否則的話，這麼多年來他不會一直都不回我的信。

她猶豫再三，還是下定決心朝尹家走去，就是遠遠看一眼他也是好的。

尹家還在後海的舊王府，這說明將軍在黨內的地位一直相當穩固。她走進胡同，就看到那個氣派的院子，她心情複雜，五味雜陳。她曾經是多麼渴望進入這個大院，進入這個家庭，一度，這幢建築像是她整個生命，投入了她全部的熱情，好像它是她一切的源頭，是她在世的證明，好像只有得到這院子的認可和祝福，她的生命才是合法的，有意義的。但是，她還是進入不了，她被拒絕了。

胡同的積雪已經清理，堆積在榆樹底下。有幾個雪人，堆著高帽，上面寫著剛剛在溫都爾汗機毀人亡的林彪的名字，上面還打著一個大大的紅叉。孩子們的遊戲也逃不出政治的框架。楊小翼慢慢接近那幢建築。有一個年輕的衛兵在院子門外的崗哨上值勤，他非常年輕，應該是新調來的，原來的那個臉上總是掛著意味深長的諂媚表情的士兵已經不在了。那天，楊小翼一直在胡同裡遊蕩，那個警衛始終警惕地盯著她，好像她對他的首長滿懷惡意。後來，他從崗哨上下來，走到她身邊，問她想幹什麼。他稚氣的臉上露出嚴厲的表情，好像他已認定，楊小翼就是他的敵人。楊小翼說：「我在觀察冬天的植物。」她不再理睬他。他警告楊小翼不要靠近院子。

這天，她到傍晚才離開那兒，她沒見著尹南方。回家的路上，她感到既失望又輕鬆，想像中的見面終於沒有來臨，她還可以暫時逃避那些痛苦往事。

楊小翼想，尹南方都三十多了，應該成家立業了吧？也許他已經沒和父母住在一起了。

那年冬天，雪一場接著一場下，整個北京城變得像一個潔白的童話世界。晚上，楊小翼躺在自己的小屋裡，看到窗外白茫茫的一片，雪把夜晚映白了。從窗口能看到雪花從天上掉下來的情形，大朵大朵的往下砸，拖著長長的影子，在天空的時候，還閃著微暗的亮點，但落地時，變得幽暗。雪花很像煙花熄滅後無聲落下的灰燼。

這樣的夜晚，楊小翼感到從未有過的孤單感。廣安那邊一直沒有回她的信，楊小翼深感失望，不過也是在預料之中。這樣的夜晚，楊小翼想了很多人很多事。她想念永城，南方老家也在下雪嗎？她想念母親，母親知道她離婚後曾讓她回永城，但那時候她無顏見母親，沒有回去。後來，母親派了李叔叔來看過她。無論如何在那黑暗的日子裡，這是難得的安慰。母親一切都還好嗎？她想什麼時候回永城去看望母親，她們已有八年沒見面了。她想念劉伯伯、景蘭阿姨，想念劉世軍和米豔豔，還有他們的孩子，想念吃苦耐勞、能幹堅強的劉世晨。有一天，楊小翼還想起了夏伯伯和王莓阿姨，想起了夏津博和他的女友。

想起夏津博，她大吃一驚。她其實早應該想起他們來，她和夏津博曾走得如此近，可她竟然來到北京這麼久都沒想起來過。她感到非常奇怪，他們應該在記憶裡的，但她好像小心地在迴避著什麼。是迴避她從前的奢望和愚蠢嗎？

她決定抽空去拜訪他們。這麼多年沒聯繫了，他們好嗎？他們還記得她嗎？也許從夏津博那裡可以得到尹南方的消息。她迫切地想知道尹南方的近況。

一個星期天，她醒來的時候，太陽從窗口射進來，天地間異常平靜，像某幅靜物畫。雪已停了，她發現北京只要雪一停，太陽就跟著升起來。她從床上爬起來，決定去夏家看看。

她來到石大人胡同，找到了夏家。夏家已不在那兒了，院子裡那棵石榴樹依然在。夏家住過的四合院現在住滿了人，她問四合院的住戶，這不是外交部的房子嗎？有一個五十開外的中年男子，看上去像一個知識分子，他告訴楊小翼，以前這裡住著一位元大官，犯錯誤了，聽說下放到河南信陽了，到那兒種地去了。

楊小翼站在那裡，十分茫然。她回憶在這屋子裡的時光，夏伯伯總是面帶微笑，樂觀開朗，王莓阿姨幹練而溫和，還有一點點小布林喬維亞情調。楊小翼又問那人，「他們的孩子呢？」那人說：「可能全家下去了，遷出了北京城。」那人似乎對楊小翼有些警惕，問道：「你找他們幹什麼？」楊小翼說：「沒事兒，我剛從外地回來，來看看他們。」那人點點頭，說：「你不知道嗎？他們已搬了很久了。」

楊小翼的隔壁住著一個東北女人，人高馬大的，皮膚很白，人很胖，據說有俄羅斯血統。每個星期天下午，她都要生煤球爐。她說廠食堂的菜吃不慣，她得自己煲湯喝。可東北女人生火時總是把煤球爐子放在楊小翼宿舍門口，每次都弄得濃煙滾滾。因爲走廊上經常有穿堂風，風一吹，煙就往楊小翼的宿舍灌，楊小翼被熏得眼淚漣漣。楊小翼秉承來北京後堅持的與世無爭的態度，也沒同東北女人計較。她愛放宿舍前就讓她放吧，反正東北女人也就是星期天下午煲湯喝，如果實在受不了，她也可以去外面走走。

不過，星期天上午還是安靜的。東北女人上午睡得很晚，不會弄動靜出來。沒有煙火的早上，整個院子非常安靜。

每個星期天上午，即使醒著，楊小翼也不願意起來。她都懷疑自己患上了戀床癖，也許比這還要嚴重，她如此依賴床是因爲只有床才能給她溫暖。她蝸居在這小小的房間裡，鑽進柔軟的被窩，用被子蒙住頭，於是就在黑暗中了。這讓她感到自己在一個地洞裡，與世隔絕。她希望這樣，希望自己不要同這個世界發生關係，這樣，就不會有人來傷害她。有時候內急或飢餓，她都懶得起來。睡眠其實也不多，很多時候她是醒著的。她看著清晨一點一點來到這個世界，窗口那方天地慢慢地由灰色變得明亮，這個過程非常迅速，好像眨了眨眼便完成了。窗外的雪松隨著光線的增強由原來的黑色變成了綠色，松葉在冬天的微風中發出安靜的瑟瑟聲。接著太陽也擠到了窗口，從那國槐的樹枝間穿透過來，不強烈，若有若無，卻顯得十分活潑，靈性十足。房間的水泥地面上會出現幾粒光斑，由於樹枝的晃動，光斑也跟著晃動起來，使水泥地面看起來像水面，那光斑就像水中冒出的氣泡。

有一天早上，楊小翼睡眼惺忪地推門出去，看到門口蹲著一個穿軍裝的男人，那人正在抽菸，煙霧在他的頭頂飄浮。她沒有在意，以爲是住在院子裡的什麼人。等到他扭過頭來，她才認出他，他竟然是劉世軍。見到他，她愣住了，她沒想到會在這裡見到劉世軍。她意識到自己還身著睡衣，頭髮也沒有梳理，樣子一定非常狼狽。劉世軍的眼神還是以往那種關心與擔憂，這樣的眼神讓她感到軟弱和酸楚，她的眼淚頃刻湧了出來。劉世軍說：「你怎麼啦，怎麼哭啦？」

楊小翼沒理睬他，轉身進了屋，把門關住。門外，劉世軍輕輕地敲了幾下門。他問：

「你還好吧？沒事吧？」

楊小翼木然地站立在屋子裡，不知如何是好。見到劉世軍，她是高興的，心裡有一種莫明的親近感。房間裡有一面書本大的鏡子，放在簡易書架上。她平時很少照鏡子，但這會兒她下意識地拿起來，她看到鏡子裡一張憔悴而蒼白的臉，頭髮是多麼凌亂，衣服是多麼醜陋。看著鏡子裡的自己，她深感悲哀，她又一次想起自己慘烈的命運，看到自己的命運就像一條拋物線，從高點向底部墜落。她討厭自己目前的模樣，她想，劉世軍見到她一定很失望。多年來，他一直對她懷有情意，這回，他可以解脫了，他喜歡的人已變得又老又醜、精神萎靡、目光呆滯，也許他會扭頭而去吧。

可是他沒有，門又一次敲響了。

「你怎麼啦？我可以進來嗎？」

「你等一等，我換件衣服。」

自卑讓楊小翼變得自尊。她擦掉眼淚。她得表現得堅強，表現得落落大方，表現得不流露內心的悲傷。她洗梳了一下，穿上了工作服。她試著對鏡子笑了笑，笑容十分僵硬。

楊小翼開門。劉世軍進來，目光一直跟隨著她。她現在什麼也不是了，已沒有資格領受這樣的目光了。

「你怎麼來啦？來北京出差？」她拿捏著自己的姿態，她得裝出那種保持距離的親熱。

「不，我已調到北京了。」

「真的嗎？什麼時候的事？」

「上月初。一個多月了。」

「那家裡怎麼辦？」

「是上級命令，部隊就是這樣，沒辦法違抗，家裡的事只好交給豔豔了。」劉世軍答道。

「那黯黯辛苦了。」

劉世軍沉默不語。

「劉伯伯還好吧?」

「整天關在屋子裡,看書,看歷史。」

「劉伯伯對歷史感興趣了?他身體好嗎?」

「好著呢。他每天打太極拳,身體保養得比誰都好,好像想活一萬年。」

「亂說,只有毛主席才能活一萬年,劉伯伯活一千歲也差不多了。」

劉世軍好像無心開玩笑,表情嚴肅。這傢伙越來越不苟言笑了,連苦中作樂都不知道。

「聽說世晨在黑龍江已當副團長了?」

劉世軍點點頭,說:「她一切都好,她孩子都上小學了。」

楊小翼沒有問起景蘭阿姨的狀況,畢竟這是件不愉快的事,剛見面,她不想惹劉世軍傷心。

「你怎麼知道我在這兒?」楊小翼轉了話題。

「……這又不是什麼祕密,我當然知道。」

「你說什麼呀,我不是什麼大人物,又沒登報。」她說。

有一段時光,他們誰都沒有說話。黃昏已經來臨,西斜的太陽剛好落在窗口,發出安靜而明亮的光芒,窗外的樹枝塗上了一層金色。楊小翼想起「北京有個金太陽」那句歌詞,突然想笑。

「你笑什麼?」劉世軍目光警覺,有些不安。

她沒回答。如果告訴他,他會當她神經病。楊小翼有時候確實懷疑自己精神不正常,她經常不能專注,老是分神。

「你這樣不行,你不能老待在屋子裡。你得去外面散散心,多交幾個朋友。下個星期,我帶你去長城。」

星期天很快就到來了。這一天，楊小翼很早就起床了。她想把自己打扮得漂亮一點。她翻箱倒櫃找合適的衣服，可是這幾年，她沒置過新衣，她習慣於把自己包裹在分不出性別和年齡的外套裡。找衣服時，她翻出劉世軍在武漢時送給她的一個考究的日記本——據說是一個非洲朋友送給劉伯伯的。日記本上還沒有寫一個字，這些年來，她哪有心思記錄自己的生活呢？她的生活毫無價值。箱子裡有幾件她年輕時穿過的衣服，還有那件讓將軍大驚失色的旗袍，她的身體和年輕時沒有大的變化，那些衣服倒是合穿的，但她的臉畢竟不是年輕時的樣子了，穿在身上，她感到相當彆扭。後來，她換上了一件看起來素淨大方毛線衣。她想起來了，這毛線衣是母親爲她織的，是劉世軍來廣安看她時帶來的。然後，她把熱毛巾敷在臉上，這樣，她的皮膚看起來會滋潤一些。她的頭髮是當年常見的齊耳短髮，梳一下就順了。

做完這一切，她等待劉世軍的到來。

那個星期天，劉世軍卻遲遲沒來。

她斷定他不會來了，他說要帶她去玩只不過是隨口一說而已。她因此非常失望，她爲這個早上（不，這星期以來）對劉世軍的盼望感到羞慚。她是多麼自作多情啊！一定是她又老又醜的樣子把他嚇跑了，他憑什麼要幾十年如一日地關心她呢？

下午東北女人又開始生火了。煤球爐生產出滾滾濃煙，雖然窗關閉著，但煙霧照樣從縫隙裡鑽了進來。一會兒，楊小翼的宿舍積滿了嗆人的煙氣。楊小翼被嗆出了眼淚。

楊小翼自己也不清楚究竟是怎麼回事，總之，那一刻對東北女人的憤怒迅速擴散到了全身，然後，像火山一樣爆發了。她打開門，衝了出去，對著煤球爐就是一腳。煤球爐上的湯鍋砰地一聲，滾落在地，湯水在地上緩緩地流淌，像一條爬行的蛇。這個過程，楊小翼的腦袋一片空白。

東北女人就站在邊上。她最初愣了片刻，當她反應過來發生了什麼事後，迅速衝了上來，揪住了楊小翼的頭髮，破口大罵。楊小翼幾乎是本能反應，也揪住了東北女人。兩個女人打成一團。

車間主任就是這個時候出現的。他姓吳，是個脫頂男人，平時不苟言笑。他開始是勸導，但兩個女人像是瘋了，根本勸不住。吳主任只好抱住了楊小翼，試圖把楊小翼拖開。這時候，楊小翼的鼻子已經出血，血液沾染在她的臉上，看上去十分可怕。

多年後，楊小翼回憶這一幕還是有一種奇怪的感覺，她都想像不出自己怎麼會成爲這樣的女人，如此不顧顏面，如此暴躁，簡直像一個潑婦。而這一切正好被劉世軍撞見了。

是吳主任把她拖開後，楊小翼才看見劉世軍推著一輛自行車站在遠方。她永遠忘不了劉世軍當時的眼神，那眼神對她來說是陌生的，那眼神居高臨下，就像在看一個街頭要飯的人，其中的內容比「憐憫」還要可怕，帶著一種寒意。這眼神刺痛了她。在和東北女人打架的過程中她一直沒哭，可就在這一刻，她放聲大哭，她跑進自己的宿舍，把門緊緊地閉上。東北女人緊跟著也哭了，一邊哭一邊罵著娘。吳主任不是個愛管閒事的人，一會兒他就走了。

楊小翼在鏡子裡看到自己沾滿鮮血的臉，臉上還帶著幾處青瘀。她聽到有人敲門，一定是劉世軍。她不想見他，也沒有臉再見他。

「小翼，你開門。」

楊小翼沒理他。

一會兒，劉世軍又說：「小翼，她是個女人，我沒辦法幫你。」

她不需要他幫忙，她不需要他的「憐憫」。她冷冷地說：

「劉世軍，你走吧，你以後永遠不要來找我了，我不會再見你。」

又是一個星期天到來了。那天，楊小翼很早就醒了。一會兒，她看到在清晨的光線裡，有一個影子在窗口晃了一下，然後敲門聲就響了。她馬上知道劉世軍來了，但她不會給他開門。想起劉世軍「憐憫」的目光，楊小翼就有了一種破罐子破摔的心情。如果劉世軍也看不起她了，那劉世軍對她還有什麼意義。他不用來做一個救世主，她用不著他來同情。

「小翼，你還睡著嗎？小翼，你開門呀。」

一會兒，門外沒了聲音。她猜他已走了，她感到既釋然又有點失望。她聽到遠處誰家的收音機在播放樣板戲《紅燈記》的唱段：

臨行喝媽一碗酒，渾身是膽雄赳赳。

在她聽來，高調而樂觀的音樂裡有一種空蕩蕩的寂寞氣味，她覺得這才是京劇這種曲調特有的氣味，雖然京劇被革命化了，但京劇的曲調依舊是寂寞的，這曲調裡蘊涵著人生和命運的無常。

一個小時後，門又敲響了。她的心動了一下，他竟然還在，這麼寒冷的天，他竟然這麼有耐心，在屋外待了這麼久。但楊小翼主意已定，她是不會給他開門的。

中午的時候，楊小翼從床上爬起來，站在窗邊，偷偷朝窗外察看。劉世軍還在！他身穿一件軍大衣，蹲在不遠處的一塊石頭上，抽著菸，臉色陰沉地看著遠方。地面上的雪還沒有融化，樹梢上積了一根一根的冰柱子。她想，他大概要凍壞了吧？她擔心他也會成爲一根冰柱子。楊小翼過意不去了，心軟了。

正當她爲是不是要給劉世軍開門而猶豫不決時，劉世軍騰地站了起來，他狠狠地看了一眼楊小翼的宿舍，目光裡充滿了仇恨，然後迅速跑過來，踹宿舍的門。楊小翼嚇了一跳，趕緊躺回到床上去。

她的門被劉世軍踢開了，劉世軍進來時帶著一股冰冷的氣息，臉已凍得發紫。他一把將楊小翼從床上拉起來。楊小翼說：

「你想幹什麼？」

劉世軍罵道：「我不想幹什麼！你給我起來。你這樣自暴自棄的算是怎麼回事，嗯？誰沒吃過苦？你以為人人都欠著你？沒見你這麼嬌氣的人。」

劉世軍一句接著一句地訓斥她，有十分鐘之多。楊小翼沒見過劉世軍如此凶悍，在她的記憶裡，劉世軍總是保護她，遷就她。楊小翼沒有任何辯白，奇怪的是他的訓斥讓她感到親切，好像她正需要這樣被人好好罵一頓。她知道自己的問題所在，一切皆因為她自卑，自卑了就什麼都感到彆扭。

楊小翼不聲不響去公用衛生間洗漱。她回來的時候，劉世軍似乎氣也消了，正在修剛才踢壞的門。

劉世軍已替她通好了風，床也整好了，桌子上還放著一只盒子，裡面是熱氣騰騰的早餐：一只饅頭、一副大餅油條。見到這一切，要說沒有感動那是假的，可感動是個害人的東西，感動會讓人更加失去自我，楊小翼不需要。為了壓制正在升騰而起的這種動容，她把饅頭塞進嘴裡，她得讓自己看起來顯得粗俗而平庸，她需要這粗俗而平庸的形象，這形象抵抗著她此刻湧出的脆弱。她要讓自己內心如冰塊那樣凝結，讓自己的身體變得堅硬如鐵。她不敢正視劉世軍的眼神。她大口嚼著，嘴裡發出「叭嘰叭嘰」的聲音。

「我聽說周總理身體不好，說是得了膀胱癌。」

劉世軍突然沒頭沒腦地說，態度謙卑。她知道他是在為剛才發火而道歉。

這樣的消息沒有讓楊小翼更接近現實，反而讓她有一種恍若隔世之感。楊小翼經常感到自己不是生活在這個時代，那些大人物是與她無關的世外高人。

她說：「劉世軍，你以後不要這樣關心我，我沒得膀胱癌。」

他鬆了一口氣，笑了，好像楊小翼說話本身就是他了不起的成就。他說：「我去買點菜來，一會兒我燒好菜給你吃，你近來瘦了。」說完，他轉身出門了。楊小翼看到他跨上自行車，一路吹著口哨。

這之後，幾乎每個週末，劉世軍都會來看望楊小翼，然後在劉世軍的鼓動下，一起去外面玩。楊小翼沒有自行車，劉世軍竟東拼西湊給她裝了一輛。楊小翼知道他從小喜歡機械，不過她以前沒有發現他有這樣的手藝和耐心。

有了自行車，出門就方便了。北京有的是好玩的地方，他們像是有計畫似地要把北京玩遍。他們去了頤和園、景山、地壇。楊小翼想起從前她就是這樣和尹南方在整個北京城裡串來串去，不禁有些傷感。楊小翼是學歷史的，到了這些地方，會同劉世軍講一些歷史掌故。劉世軍沒聽過這些故事，他幾乎用一種崇拜的眼神看著她，讓她很受用，讓她充滿了表達欲。

楊小翼也去劉世軍那兒玩過。他沒有住在部隊家屬大院，大院裡已沒有空餘的房間了。他被安排在離大院大約一千米左右的一間平房裡。他房間的隔壁是倉庫，堆放著一些消防用品。劉世軍剛到時領導說讓他先委屈一下暫時住這兒，劉世軍倒是並不介意，他覺得這兒挺好。平房的前後左右是一大片楓楊樹，隔出一方天地，住在裡面，很有與世隔絕的味道。劉世軍房間不大，卻很凌亂。他說：「不好意思，沒你房間乾淨。」楊小翼說：「你同一個女同志比乾淨，太自不量力了。」

有時候，他們哪兒也不去，就坐在楊小翼的宿舍裡。楊小翼避諱談往事，她經歷了太多的痛苦，她想封存或遺忘一切。他們經常默默地坐著，有時候相視一笑。楊小翼覺得這樣很好，她感到日子有了寧靜如水的感覺。

門是敞開著的。那個東北女人見楊小翼屋子裡坐著一個男人，便會探頭張望一下。她沒問這男人是誰。自從那次打架後，東北女人不再在楊小翼宿舍門口生火了，她對楊小翼突然變得客氣起來。

在她的房間裡——不，她的生命裡，漸漸有了劉世軍的氣息。這種氣息包圍了她，趕也趕不走。他不在她身邊的那六個工作日，她會想念他。早上醒來，她會想他這會兒在幹什麼呢？他一定比她起得早，也許這會兒在做操呢。吃中飯的時候，她想他的伙食是不是可口，北京菜他吃得慣嗎？晚上，她會想他是不是睡了，一個人睡在那個倉庫裡怕不怕？在武漢回廣安的那段日子，她也如此掛念過他，後來慢慢就淡了，現在的掛念似乎比當年還要強烈些。

她意識到這是件危險的事情。她自然會想起米豔豔，米豔豔曾經是她形影不離的女伴，現在是劉世軍的妻子，她不可以傷害她。楊小翼想起劉世軍兒子那雙天眞的眼睛，她告誡自己，想念就夠了，這樣的想念已經讓她足夠幸福了。但有時候，見到劉世軍爲她忙碌的樣子，她會產生從後面抱住他的欲望。

楊小翼想給劉世軍織一件毛線衣。她把自己穿的那件白毛線衣拆了，可劉世軍身材高大，原料還不夠。楊小翼在廠裡做車工，每月可發兩雙勞動手套。她就省著用這手套，把手套的毛線拆下來做補充。由於她工作的時候，戴的手套過分破舊，她的手被車床磨得不成樣子，有些地方起繭，有些地方因爲起水泡而出了血，楊小翼默默忍著。當她終於織好毛衣，讓劉世軍試穿時，劉世軍看到她手上的血泡，明白這是怎麼回事，他的眼圈就紅了，直罵她：

「你這個傻瓜，你眞是個傻瓜。」

不久，廠裡有了關於楊小翼和劉世軍的閒言碎語。

有一天，那個禿頂的車間主任突然找楊小翼談話。楊小翼開始不知道吳主任言不及義的談話是何意。他一直在說國際反修鬥爭及國內革命形勢，我國的國防建設及軍事準備。楊小翼被他說的雲裡霧裡，心想吳主任是不是要重用自己呢？後來吳主任才輕描淡寫地說：「我們革命軍人，要行得正，走得明，不能成爲腐化墮落分子。」聽到腐化墮落這個詞，楊小翼的臉就紅了。在那個年月，這四個字有特殊的含義，它眞正的意思是指亂搞男女關係。楊小翼這才領悟吳主任找她談話的意圖。

楊小翼突然笑了出來。楊小翼的經歷告訴她，男女越軌是一件非常重大的事情，是一種禁忌。那會兒，一切與身體有關的事物都是「非法」的，都被小心隱匿起來，女性和男性穿幾乎一樣的衣服。在正式場合很少會談私事，私生活在莊嚴的革命語彙中被排除在外，好像這一塊生活已經消失。當然它還在那兒，只是不能說。那個時候，如果被指偷情（哪怕僅僅是暗示）都是一種極大的羞辱，但楊小翼居然笑了。是因爲她內心的願望被人說中而試圖掩飾嗎？還是她眞的認爲她和劉世軍不會出任何事？她回想這段日子以來，她很少想到米豔豔，甚至有點想不起她的樣子了，這是刻意的遺忘嗎？

楊小翼的笑讓吳主任非常尷尬，莊嚴的氣氛一下子變得形跡可疑起來，吳主任的談話在她的笑聲中似乎變得委瑣且充滿了小人之心。她想，自己的笑容肯定就像一個神經病，景蘭阿姨經常這樣無端地笑。楊小翼收住笑，盡量嚴肅地說：

「你在說我和劉世軍的事兒吧？我和他從小認識，三十多年了，要有事早有事兒了。不會的，我們是純潔的同志關係，是兄妹。」

吳主任嚴肅地點點頭，他顯然想儘快結束這次談話，快速地說：

「那就好。」

然後他低頭整理自己的寫字檯。楊小翼知道，她可以走了。

從吳主任那兒出來，楊小翼開始反省自己。她意識到，她最近升騰的對劉世軍的想念是危險的，她不能再讓這種情感氾濫，這件事發展下去會傷害很多人。他們都是成年人，都應負起責任，她不能胡來。

有一天，她同劉世軍說起吳主任找她談話的事，她認眞而嚴肅地說：

「世軍，我們要永遠保持兄妹關係，我們不能對不起米豔豔。」

劉世軍點點頭。

多年後，楊小翼想，雖然她和劉世軍小心翼翼地迴避著那個敏感的問題，可其實誰都明白，他們最終會走到一起的。孤男寡女相處在遙遠而陌生的城市裡，不走到一起才是咄咄怪事。事實上，楊小翼的身體裡經常會產生和劉世軍觸碰的欲望，這讓她備受煎熬。

元旦過後的星期天，天空下著毛毛細雨。這樣的細雨在北京很少見，北京的雨向來是爽利的，顆粒大，來去無蹤。細雨把整個院子都打濕了，院子裡高大的國槐還沒有生出葉子來，光禿禿的枝頭上雨水正在一滴一滴大顆往下滴，水珠落在地上就粉碎開來。看著陰沉的天空，楊小翼想劉世軍大概不會來了。

大約九點鐘的時候，劉世軍還是來了。他沒帶雨具，頭髮都淋濕了。楊小翼心痛地說：「你怎麼不穿雨衣呢？感冒了怎麼辦？」劉世軍大大咧咧地說：「不習慣。」楊小翼就用乾毛巾去擦他的頭髮。劉世軍太高了，她都搆不著。劉世軍把她手上的毛巾接過來，胡亂擦了一把。

劉世軍買了很多菜來。他說：「今天下雨，不出去了，好好燒點菜給你吃。」說完，他就忙乎開了。楊小翼要幫忙，劉世軍不讓她幹。他說：「今天你別動。你先去別人那兒串串門。」天下著雨，楊小翼懶得出去，她就躺在床上看書，或看劉世軍忙碌。看劉世軍爲她忙碌她有種幸福感，她要好好享受這種感覺。

一會，劉世軍做好了飯菜，擺在那張小桌上，然後，他從包裡取出一瓶北京二鍋頭來。

楊小翼開玩笑說：「喝什麼酒啊，你倒是有雅興，你還眞煩人嘜。」

劉世軍寬容地笑笑，像一個長者面對一個任性的孩子。他先在酒杯上倒上酒，然後舉起杯，說：

「生日快樂！」

楊小翼愣住了。今天是一月五日，她都忘了自己的生日。她有多少年沒過生日了？自從離開永城以來，她就沒過過生日，她早已沒有這個習慣了。在那一瞬間，她的眼圈泛紅了，只覺得內心有某種情感衝撞著她，讓她一時有些把持不住。

那天，楊小翼喝了不少酒，並且喝醉了。關於喝醉這件事，沒有預謀，但她清楚，這是她內心深處的願望在起作用。很多時候，她想就此沉溺下去，什麼也不想，什麼也不顧，全憑著本能。酒可以把本能從束縛中解脫出來，從長期背負的那個冰冷而沉重的理性外殼中解脫出來。醉酒的那一刻，她有一種鬆綁的感覺，剎那變得自由了。

首先是楊小翼哭了，哭得一塌糊塗，哭得很痛快。這麼多年來她沒有這樣暢快地流過淚，她一個人堅強著，心繃得很緊。她需要軟弱，需要放鬆下來。劉世軍開始還勸慰楊小翼，後來也哭了，哭得像個淚人兒。那一刻，楊小翼覺得需要他的胸膛，他們相擁在一起。那一刻，楊小翼有一種終於超脫苦海的感覺，好像她和他就此涅槃了。

後來楊小翼睡了過去。她醒來的時候，酒也醒了，劉世軍已經不在了。她看著自己赤裸著的身體，有些不好意思，她趕緊穿好衣服。

第二十一章

楊小翼敏感地意識到劉世軍不快樂。這不快樂他沒有說出來，楊小翼是在一點一滴的細節中捕捉到的：比如劉世軍片刻的失神，不經意的嘆息，做愛時的狂喜裡夾雜著的痛苦……楊小翼也不問他，她明白他在想什麼。她對他太瞭解了，他內心的波動逃不過他的眼睛。

這種時候，楊小翼或多或少有些小心眼的。和劉世軍發生關係後，她本來以爲會對米豔豔有歉疚感，事實卻正好相反，她心裡時時會湧出對米豔豔的小小的敵意。她回顧和劉世軍的關係，劉世軍一直是喜歡她的，劉世軍本該是屬於她的，是米豔豔從她手裡把劉世軍搶了去，米豔豔眞的是個有心計的女人。她想起在廣安時和劉世軍的通信裡，劉世軍偶爾會誇米豔豔，誇米豔豔懂得人情世故，把劉家老小管得很好，劉伯伯和他的老部下都很讚賞她，說她既賢慧又能幹。當時她很替劉世軍高興的，但現在想起來就不以爲然了，她想，米豔豔只不過是個戲子的女兒，她不信能好到哪兒去。

這種想法也會在和劉世軍相處時流露出來。一天，他們正在親熱的時候，楊小翼突然想起米豔豔的一樁往事。她說：「豔豔有時候挺像她媽媽的，喜歡出鋒頭，在幹部子弟學校讀書時，成績差，但老師一提問她總是把手舉得老高，卻是一問三不知。」

劉世軍的身體突然變得冰涼。他轉過身，仰躺在床上，眼睛看著天花板。楊小翼曉得自己多嘴了，她把身體貼過去，但他一動不動。一會兒，劉世軍說：

「小翼，豔豔可能有這樣那樣的缺點，可她是個好心腸的女人，我們劉家這樣了，她都沒有一句怨言，她人緣好，外面的人都肯幫她，我父母現在平平安安全靠她打點，你不要這麼說她。」

聽了這話，楊小翼生氣了。米豔豔是毛主席嗎？是聖人嗎？都說不來了。也沒說她什麼呀？楊小翼躺在那裡，委屈得淚流滿面。這下劉世軍慌了，他說：「你怎麼了？怎麼無緣無故地哭了？」楊小翼想，他這是裝傻。她不再理他。

當然，他們很快就和好了。這之後，楊小翼再不在劉世軍面前提米豔豔。楊小翼也想明白了，雖然劉世軍這樣護著米豔豔，但有一點是清楚的，他在乎她，這種在乎可以追溯到很久以前，貫穿在她長長的生命裡。她想，這就夠了。

有時候，楊小翼會睡在劉世軍的宿舍裡。奇怪的是，劉世軍很少和她做愛，他們更多的是肌膚相親。有時候，楊小翼感到他的肌膚就是自己的肌膚，好像她和他的身體沒有任何區別。他們相擁著，一會兒就睡著了。

那年月可能是北京最爲安靜的時期。人們習慣於早睡，院子裡的人家早早關了燈，街頭路燈因此顯得有些寂廖。偶爾會傳來收音機的聲音，聽不清任何內容，信號不好，噪音一片。這雖是軍隊大院，但有人還是偷偷在收聽台灣廣播或美國之音，關於國家的政局變動，最先往往是從這些外台中獲悉的。

那些日子，楊小翼嗜睡，好像這安靜的空氣裡有一種催人睡眠的成分，她經常可以睡一天不醒過來。

楊小翼有一種幻覺，以爲自己眞的遠離了塵世，天地間只留下她和劉世軍。她不再想起米豔豔，不再想起劉世軍的孩子，甚至不去想母親，好像一想起母親，她的烏托邦就會破滅。但他們是存在的，他們就在幾千公里以外，他們就在她的身邊，他們隱匿在她的思想和身體裡，只是她不敢去正視。

然而她還會想念遠方的兒子。有一天，她夢見兒子得了急性腦膜炎，高燒不退，昏迷不醒。她以爲兒子要死了，在夢裡哭得痛不欲生。後來還是劉世軍把她弄醒的，她才知道只是一場夢。她對劉世軍講了夢裡的一切。劉世軍不知如何安慰她，心痛地緊緊擁抱住她。劉世軍說：「你想辦法去看看兒子吧。」楊小翼點點頭。

那年秋天，劉世軍回永城探親去了。

秋天是北京最好的季節之一，天空難得露出眞容，那藍色透明而輕盈，白天看著這樣的天空，楊小翼有一種自己變成了羽毛的感覺，還不僅是她，彷彿天地間的一切都變成了羽毛，都被那藍天吸引，想要飄浮到天上去。在藍天的映襯下，地上的植物顯示出如水的溫柔，它們伸展的枝葉像水生植物一樣在蕩漾著，空氣亮晶晶的，像魚鱗一樣在閃耀著晃動著。

即使在劉世軍不在的日子，楊小翼的心情依舊是充盈的。北京不再是一座陌生的城市，她似乎隨處可以嗅到劉世軍的氣息。在這個城市裡，她終於有了美好的細節可以回味。

就在那段日子，東北女人突然來到楊小翼的房間，面帶詭異的微笑。這詭異裡隱藏著某種心照不宣的親暱，楊小翼抵觸這種親暱，這種親暱是要挖掘出她的經歷的。

一會兒，楊小翼才明白，東北女人是受吳主任委託前來做媒的。從東北女人的話中，楊小翼瞭解到，吳主任的妻子不久前死於車禍，吳主任現在是個鰥夫，吳主任和原配妻子育有一雙兒女。吳主任是看了楊小翼的檔案，知道她也是個離過婚的女人，他認爲楊小翼不錯，動了念，想和楊小翼

世軍

一九七三年十月二十日

這封信，楊小翼看了有十遍。她是慢慢理解這封信的含義的，這是一封分手信，只是劉世軍沒有明確說出來罷了。

剛開始的時候，她對分手這件事幾乎沒有什麼感覺，她不相信他們會就此分手，她認爲只要劉世軍出差回來，他還是會來找她的。他們這麼好，幾乎生死相依，他不可能捨棄她。

晚上，她反覆回味著信裡的每一句話。他信裡所說的話，她反而是高興的。不管怎麼說，劉世軍在信裡表達了對她的愛，他對她的關心「超過了這世上所有的人」，這還不夠嗎？她又想到米豔豔懷孕的事，她算了一下，應該有兩個月了。她記得上次米豔豔來北京是夏天快要結束的時候，那天，她和劉世軍騎著自行車在外面玩，回到劉世軍的小屋，發現米豔豔帶著兒子等在外面。當時，楊小翼有一種心驚肉跳的感覺。米豔豔倒是沒有表現出任何異樣，非常熱情地把母親讓她捎來的物品交給她。

但是，過了半個月，當她知道劉世軍回到了北京，他眞的不來找她了時，她頓覺黯然神傷，開始痛苦了。雖然從理智上楊小翼完全理解他，也同意他所說的，可是情感上，她還是不能接受。她突然失去了他，沒有一點思想準備，讓她心頭空落落的。

多年以後，楊小翼回憶自己當年的情感，發現她的痛苦是在後來一點點生成的。先是感到自尊受損了，接著就湧出一種被拋棄的感覺。在一次一次的反芻中，那個被遺棄的角色得以強化。這麼多年來，她的所作所爲似乎在強化這一形象。沒有父親。被丈夫拋棄。現在劉世軍又不要她了。這一生，她踉蹌而任性地尋找著她想要的，結果，什麼也沒得到，一無所有。也不是一無所有，它們都烙在身體上，烙在傷痕累累的心靈上，她因此充滿了自怨自艾的情緒。

那段日子，楊小翼精神恍惚，看著滿眼的陽光，她有一種自己即將消融的感覺。她在車間操縱車床的時候老是走神。在隆隆的機器聲中，她想著劉世軍各種各樣的表情。這些表情已烙上了楊小翼的主觀色彩，是相互矛盾彼此分裂的，它們隨楊小翼的願望而變化多端。在那些時而深情時而凶悍的表情中，楊小翼已分不清眞正的劉世軍是什麼樣子。

最近她製作的產品合格率明顯偏底，吳主任倒並沒有批評她，有時候，見她分神，還提醒她一下，她這才把心思收回來。

楊小翼出事故是在秋日昏沉的午後。由於午飯後的倦怠，那個時候，大家都不愛說話，車間因此非常安靜。要到了三點鐘左右，車間才會活躍起來，一些開朗的人會講一些笑話，當然大都是葷笑話，而葷笑話似乎是最能放鬆精神的。楊小翼倒是喜歡安靜的時刻，在無人說話的時候，她覺得很自由，思維可以延展到無限遠處。但即使再遠，也總是和劉世軍有關。

楊小翼正在獨自冥想的時候，車間主任把她的機器關掉了，她發現自己的工作服的袖子已被圈在機器中，最慢一秒，機器就會把她整隻手吃掉。因爲差點出事故，工人們把所有的機器都關了，他們的目光都投向她。

「你最近怎麼了？太危險了，這樣你會丟了自己的性命！」

吳主任發怒了。他雖然嚴肅，但一向平靜，很少發火。她知道自己犯了大錯，怎麼罵都不爲過，她內心對他充滿了感激。

「以後小心點，工作時不要胡思亂想。」說完，吳主任就走了。

星期天中午，楊小翼剛起床，正準備去公用衛生間洗漱，東北女人來到楊小翼宿舍。自從和劉世軍分手後，楊小翼又恢復了睡懶覺的習慣。

「小翼，那個軍官最近怎麼不來了？」東北女人問。

楊小翼笑了笑，沒有回答。她說：

「你坐會兒，我先去洗漱一下。」

東北女人跟著楊小翼來到公共衛生間。在楊小翼埋頭刷牙時，東北女人問：

「聽說，你差點讓機器吃到手？」

楊小翼點點頭。

「幸好吳主任動作快。」

刷牙的楊小翼滿口泡沫，說不出話，只是感激地點頭。

「其實他一直非常關心你的，多次同我說起你，你同他見一見吧。」

楊小翼因為內心對吳主任充滿感激，想再拒絕就說不過去了，那就見見吧。

下午，東北女人帶著楊小翼去吳主任的宿舍。吳主任因為是領導，他的宿舍比別的職工大多了，有兩間，廳還特別敞亮。東北女人說：「波蘭人設計的屋子就是大。」吳主任在屋裡等著，她們進去的時候，他微微笑了笑，不過馬上收斂了笑容。東北女人讓楊小翼坐下，自己幫著倒茶去了。楊小翼對東北女人的舉動微微有些吃驚——她對這裡好像很熟呢。吳主任在楊小翼對面坐下來，卻並不說話，這讓楊小翼有點坐立不安。東北女人替他們倒好茶，找了個藉口，溜掉了。

屋子裡只剩兩個人。楊小翼不知說些什麼好。一會兒，吳主任突然說，他想打點兒熱水，洗個腳。

楊小翼嚇了一跳。洗腳？是睡覺的意思嗎？如果是，是不是有所暗示？楊小翼擔心了。要是他提出要求怎麼辦？她有點怪東北女人把她一人留在這裡了。

吳主任打來了熱水，放到自己的座位前，然後脫掉了襪子。楊小翼發現他的襪子戳破一個洞。他的腳很白，他把腳放到熱水中，熱水顯然很燙，他微閉雙眼，臉上露出舒坦的表情。

好長時間沒說話。楊小翼想，吳主任眞是個不愛說話的人。

「我的腳在淮海戰役時受過傷，天氣一變化老是要痛，骨頭痛。這樣一泡就好多了。」

楊小翼使勁點頭。

又是沉默。沉默有一種壓迫力，楊小翼被壓得有點喘不過氣來。她眞想他和她拉一些家常，但他好像對她的經歷不感興趣，或許他認爲她的經歷檔案上寫得清清楚楚，他不需要再問了。

後來，洗腳盆中彌漫的水氣慢慢消失了，他也終於睜開了眼睛，看了看她：

「現在水溫剛剛好。你想一起洗一下嗎？」

楊小翼這次眞的嚇著了，她連連搖頭。

他的臉上沒有表情，又不說話了。

楊小翼實在受不了了，她終於鼓起勇氣站了起來。她說：

「吳主任，我還有事，先回去了。」

吳主任連眼睛也沒睜，揮了揮手。

走出吳主任家，楊小翼長長地舒了口氣。這眞是一次倍受折磨的見面，楊小翼下定決心，她再也不幹這種事了。

這樣過去了三個月。

冬天的時候，楊小翼所在的部隊一位高級幹部去世了，大院裡的人都被要求參加追悼會，參加者可以領到五角錢的補助。這樣的葬禮她已參加過好多次了。那幾年，很多高級將領紛紛去世，好像他們突然集體凋零了一樣。葬禮在哀樂中按部就班進行著，除了家屬，所有參加葬禮的人心情輕鬆，對死者也沒有什麼情感，在故作的嚴肅表情下，他們想著自己的事，高興的或擔憂的。楊小翼的心情可以用冷漠來描述，連聽到死者家屬的哭泣時，她也無動於衷。一度她對自己過度的冷漠感到不安，她甚至在心裡譴責自己是不是太缺乏同情心了。

可就在這個時候，楊小翼看到有一雙眼睛注視著她。她沒看一眼，就知道那是劉世軍的眼睛。他就在那兒，離她大約十米遠的地方。她告訴自己不能看他，她知道一看他，她就會哭出聲來。可她還是控制不住，抬起頭來，和他的目光驟然相遇。他清瘦了許多，眼眶深陷。一剎那，委屈就湧上了楊小翼的心頭，她的眼淚跟著流了出來。他不敢再看她，他逃避了她的目光。當他再回頭看她時，他的目光變得迷茫而濕潤。

那一刻，楊小翼百感交集，她的哭聲就是在那時候爆發的。最初很壓抑，後來就變成號咷了。那一刻，她只想哭，而在葬禮上，哭是合法的，沒有人會來問她爲什麼。她就是想哭，把這段些日子以來所有的苦都發洩出來。

東北女人見楊小翼如此悲傷，拍了拍她的背。

事後，楊小翼想，一定是她的痛苦讓劉世軍心軟了，或者，他也被痛苦折磨著，他也等著這一天。那天晚上，楊小翼跟著劉世軍來到他的宿舍。楊小翼如獲至寶，有一種苦盡甘來的感覺。他也一樣，抱著她，親著她，臉上的表情既悲壯又痛苦，臉頰流滿淚水。她和他非常瘋狂，好像他們的身體原本就應該是合二爲一的。

安靜下來後，他說：「你瘦了。」

她說：「你也瘦了。」

然後他們又相擁在一起，好像他們是被世界遺棄的人，除了彼此相擁不會再有人關心他們。就這樣楊小翼又繼續了和劉世軍的交往。他們的關係不是光明正大的，所以很多時候，他們的約會不是在晚上，而是白天。

有一次，他們做完愛後，楊小翼和劉世軍談起了景蘭阿姨的病情。楊小翼從小在醫院裡長大，這種病她是瞭解的。

「你不要擔心，這種病只要吃藥沒有大礙的。」

她本想勸慰劉世軍的，沒想到劉世軍眼神突然黯淡了下來。他搖搖頭，嘆了口氣。見他這樣，楊小翼從此後不再提類似的話題了。

他們相處得小心翼翼。他們自作聰明，對外一律以兄妹相稱。楊小翼像往常一樣叫他名字。他倒是從來不叫她，只喊「喂」。「喂」在他的口中呈現出多種語義，楊小翼通過音節能夠辨析出他內心的律動。

轉眼又到了春天。說是春天，可街頭的植物並沒有春天的消息。北京的春天來得很遲，樹木依舊搖著猶疑不停的光禿禿的枝頭，天空灰蒙蒙的，好像某種不祥的氣息在這個城市聚集。街上行人稀少，人們都喜歡待在屋子裡，所以，北京看起來像一座空城。但有時候突然會熱鬧起來，黨的一個口號，一次行動，一場鬥爭，人們便被要求上街遊行。大家敲鑼打鼓，呼喊口號，整個北京城頓時人潮湧動。只有在這時候，楊小翼才明白，這座巨大的城市並非空城。

大約在那個時期，楊小翼和劉世軍的約會日益頻繁，她和劉世軍在一起時有了一種夫妻之感，這種感覺讓她覺得自己不是在偷情，她也因此忘記了羞恥之心，也不怕院子裡人的曖昧目光，變得落落大方。他們的性事比以往頻繁了許多。

做完愛，他們會談一些少年時在永城的舊事。懷舊是件很奇怪的事，她從來沒有想起過的事物，隨著兩人的相互提示，會生動地出現在眼前，清晰如昨。楊小翼非常吃驚，她竟然記得那麼多的往事。記憶是多麼神奇，因爲有了記憶，生命才有感覺。眞正的生命感覺往往不是即刻的，即刻的感受可能強烈，但也許是錯覺，只有經過時間的淘洗和打磨，生命的感覺才會呈現眞正的面目。這是多麼好的事，即使受了多大的苦，時間總有辦法讓一切變得珍貴。

楊小翼喜歡劉世軍的撫摸。在夜裡，他們躺在溫暖的被窩裡，他總是小心地撫摸她的身體。劉世軍比看上去要結實，倒不是有多少肌肉，但身體很硬，有一種鋼鐵般的感覺。他的手掌粗大，手指有點粗糙，手指在她身體上劃過時，她有一點點痛感。她喜歡上了這種粗笨的刺痛感，她閉上眼睛，讓他在她的全身摸索。也許他感受到楊小翼很享受，後來他索性給她按摩。他用手壓她的身體，一寸一寸地前進。她能感受到他粗糙手掌的情感，她從他這種小心翼翼的動作裡感受到自己的價值——他視她如寶物。她的整個身體被他壓得很痠楚，特別是當他的手在她的腰部遊走時，那種痠楚的感覺會深入她的骨髓。當年她爲了救因上訪被關的伍思岷，曾在夜晚的山路上摔過一跤，她的腰受過傷。

在他的撫摸中，她的心變得非常寧靜，她覺得自己像一個孩子，在父親的懷抱中。這時候，她會失去性欲。她喜歡做一個無欲的人，做一個孩子，做一個被溫暖籠罩的人。她想這種感覺永遠延續下去。

有時候，她覺得這樣似乎對不起劉世軍，所以，她會突然變得熱情似火，緊緊抱住劉世軍，或者假裝呻吟。這種時候，劉世軍會欣喜若狂，好像他的付出終於有了回報。她會在這個過程中慢慢投入，然後讓自己消失。她撫摸著他的頭髮，內心懷著對他的無比的憐憫和愛。

多年後，楊小翼回憶這段情感，感覺他們倆當時眞是有點匪夷所思。這是在部隊啊，在部隊這種關係是危險的，奇怪的是居然也沒有人找他們談話。也許當時大家都已疲憊，懶得管這種事，也許恰恰是因爲他們的大方讓人無話可說。

第二十二章

楊小翼到北京後的第二年春天，突然接到在所在部隊的通知，讓她回北大完成未竟的學業。那一年她已三十三歲了。

在很多人眼裡，她的這些調動和安排是多麼幸運，幸運得如同受到毛主席的接見。但她當時卻是相當木然，既不高興，也不特別抵觸，就好像這是她命運的一部分，無論是好是壞，她聽從命運的召喚，坦然接受。幾年後，她才知道，這背後有將軍的力量在起作用。

在北大，一種屬於學校特有的自由散漫氣息開始浮現。她喜歡這樣的氣息，這氣息與她過去經歷的運動絕然分隔，就像一場暴雨把一切塵埃都洗盡了。她的同學雖然不是通過考試進入大學，但他們也都是機靈而聰明的人。

她和班上的同學來往不是太多。一個原因是她的年齡比他們要大得多，交往起來或多或少有障礙，另一個原因是因爲她不大住在學校宿舍。雖然她也可以住校，但每間宿舍裡住七個人，人太多，她感到不適應了。她所在的軍工企業並沒收回宿舍，這樣，她每天放學後，坐公共汽車回去。公共汽車還是挺方便的，先坐一〇三路，中途轉乘五五路，就到了廠區大院。她剛到工廠的時候，並不醒目，她刻意地把自己隱藏起來，但自從進了北大，她就受到了關注。那關注的目光是曖昧而複雜的，雖然他們對她很客氣，但這客氣中有讓人不舒服的東西，好像她做了什麼見不得人的事。即使這樣，她還是願意回自己的宿舍住。她已習慣於有自己的空間，再和那些小姑娘混在一塊兒，怎麼都不對勁。

當然，週末的時候，她會去劉世軍那兒。

就是在這個時期，她對自己所學的專業有了興趣。教他們的老師是留過英的，他在課堂上經常說的一句話是：歷史就是事實，歷史不是評論。他由此引申道，如果從宏觀的視野去看待今天的生活，或許我們認爲不得了的事，在歷史中，只不過是一個逗號，也許連逗號都不是。這句話給她至深的印象。她整天泡在圖書館，閱讀相關的歷史典籍。她最感興趣的就是近代史，那麼近代史的事實是什麼呢？帶著這個問題，她在充滿了泡沫的敘述中尋找著所謂的事實。事實有時候是令人駭然的。

那時候，北大的新圖書館是由原燕京大學搬過來的。館舍不是很大，但藏書豐富。新圖書館正在建設中，他們多次去工地義務勞動。聽校方說，不久新館就可開放了。當時，圖書受到了嚴格的控制，好多書是不讓閱讀也不能出借的，但總是能找到一些同報紙或文件口徑不一樣的有趣的書。當時，只要讀到一點點不一樣，她便會興奮乃至震驚，有一種發現一個新世界的喜悅。坐在圖書館裡，她感到日子變得綿長。

有一天，她在一本叫《北伐》的書上，看到早期的革命故事。北伐時，革命軍人沿途殺了很多有錢人，有些其實不是所謂的「土豪劣紳」。殺人根本的原因是爲了沒收被殺者的財產，搞到足夠的軍費。這些故事讓她的心裡開始出現重重疑問。那時候，她很想找一個什麼人交流一下，但她知道，這是不明智的，有些事必須埋藏在心裡。

班上有位同學引起了楊小翼的注意。她叫盧秀貞，是北京人，看起來很年輕，但眼神卻十分冷峻、嚴肅。這眼神裡有一種很宏大的東西，一種看待事物一覽眾山小的自信。這讓她顯得十分清高，好像周圍的人都是蠢貨，唯有她發現了世界的眞理。楊小翼發現，除了應付必須參加的政治活動，盧秀眞同她一樣，基本上獨來獨往。

盧秀眞也經常出現在圖書館。她顯然也注意到了楊小翼，每次見到楊小翼，她便對她會心一笑。她的眼睛亮晶晶的，好像有著不爲人知的喜悅。

有一天，楊小翼正在看一本關於第三帝國崛起的書。這本書讓她想起一九六六年以來所經歷的一切。爲什麼眾人聚在廣場上會有幸福感，這種像光芒一樣的幸福感來自何處？現在她已明白這幸福來自於對未來的許諾，未來在人們感覺裡總是一束光，人們看不清它，但知道它在那兒，在那兒等著他們，像天堂。然而這只是一種幻覺，眾人相聚，使這種幻覺變得像是眞實的，好像聚在一起本身就是一種行動，他們可以由此抵達那個光芒的深處。但是幻覺總歸是幻覺，他們還留在原處，當廣場上人群散去，茫顧周圍，人人孤立無援，滿眼都是垃圾，四周是破敗的事物，那光芒不復存在。

她合上書本，浮想聯翩。她看著窗外，有幾個學生在校院裡修剪白皮松的枝葉，這是他們學農課的一部分。他們爬上跳下那一本正經的樣子看起來十分可笑，好像他們正在幹一件了不起的事業。不遠處的未名湖波光瀲灩。

盧秀眞就是這時候來到楊小翼身邊的。她問楊小翼看什麼書。楊小翼讓她看封面。她的眼睛掠過一絲光亮。那個時候，在精神上，每個人都有一個暗號，這個暗號同「革命」還是有關係的，是革命浪漫主義的延續。這個暗號不是具體的言詞，它是一縷氣息，一種姿態，一個眼神，一本特殊的書籍等等。他們很快可以據此辨別出同類，並彼此吸引。革命的土壤裡盛產這樣的種子，人人都是革命的種子，他們的思想裡面都是革命的思維。

她翻了一下書，然後很坦率地談起一個觀點：文化大革命據她看來是兩代人之間的衝突，是一種弒父的衝動。父輩們幹得太出色了，他們在大時代中叱咤風雲，在和平年代占據要職，所有的好事都占盡了。文化大革命給了年輕人一個出頭的機會。楊小翼聽了她的觀點，吃了一驚，她竟然敢說如此大膽的話。

楊小翼當時是疑惑的。

她爲什麼如此信任我？她難道不怕我出賣她嗎？難道她不知道她的言論危險嗎？

後來，楊小翼想，盧秀眞是眞的不知道這樣的話是危險的，或者說她認爲在當時這樣說已經不危險了，因爲在她的朋友中，有比這更大膽的言論。楊小翼卻爲她擔心，並爲她保守祕密。

盧秀眞的奇談怪論不知不覺吸引了楊小翼。楊小翼喜歡上她，她身上那種固執的自信心讓楊小翼看到過去的自己。她們的交往多了起來，她同楊小翼講同學們在背後的議論，她說：「班上的人說你挺傲的，不愛理人，說你來頭不小，有很深的背景，有的人甚至說你的父親是中央領導。」聽了這話，楊小翼有點兒吃驚，一直來，她都覺得自己很卑微，沒想到班上的人這麼高看她。她問盧秀眞，「你認爲呢？」盧秀眞說：「你看上去挺神祕的，有點兒憂鬱。」楊小翼點點頭，說：「我是有點憂鬱，但我一點也不神祕。」盧秀眞露出自信而燦爛的笑容。那天，楊小翼出於對盧秀眞友誼的重視，也爲了打消自己身上的所謂「神祕」，她告訴盧秀眞，她出生在永城，也沒有一個當中央領導的父親。楊小翼這麼說時，心頭湧出一絲悲哀。

一個星期天，盧秀眞請楊小翼去她家玩。盧秀眞早已告訴了楊小翼，她的父母都是普通工人。「老實巴交」盧秀眞這麼描述她的父母。她這麼說時臉上的表情既滿意又帶著些許的調侃。她說：

「我給他們長臉了，他們說起我來，驕傲得不得了，就好像我是他們發射的一顆人造衛星。」楊小翼從盧秀貞的表情裡感覺到她的家庭是十分美滿的，楊小翼不禁有點羨慕她。盧秀貞說：「我一點不像他們，我這麼壞。」說到這兒，她咯咯咯地笑起來。她說：「我有時候都懷疑我不是他們生的，而是撿來的。」楊小翼說：「你喜歡自己是撿來的？」她說：「我無所謂啦。」

楊小翼見到了盧秀貞的父母，他們比想像的要老。盧秀貞還只有二十二歲，但她的父母看上去倒像是有六十歲了，滿臉皺紋。盧秀貞父母對楊小翼非常熱情，他們一口京片子，行爲舉止完全是老北京的腔調，楊小翼很快融入他們的氛圍中，覺得自己就像是他們的閨女。他們家住房不大，一個小小的四合院的偏房，兩個房間，一個是盧秀貞的閨房，一個她父母住。廚房是院子裡搭建的臨時建築。盧秀貞帶楊小翼到了她的閨房，然後把門關死。她說：「你別理他們，我父母就那樣，沒見過世面。」楊小翼說：「這樣挺好的。」盧秀貞說：「我父母沒出息，這輩子就那樣兒了。」

這天，盧秀貞特別有表達欲望。她說她的父親曾經參加過朝鮮戰爭，只是普通士兵，不但沒立功，還差點被俘。「幸好沒當俘虜，否則他這輩子沒好果子吃。」盧秀貞評論道。戰爭結束，她的父親脫了軍裝，分配到電子設備廠當了一名工人，安分守紀，見到所有人都點頭哈腰，好像這世上就他最低賤。盧秀貞說起她父親很刻薄，楊小翼聽了有點兒不是滋味。楊小翼說：「這樣挺好的，平平安安就是福啊。」盧秀貞笑了，她說：「也是啊，至少我父親成分好，是徹頭徹尾的無產階級。」

盧秀貞初中畢業就上山下鄉插隊落戶去了，在農村待了三年。楊小翼問：「你是怎麼上大學的？」盧秀貞臉上露出凶狠勁兒，說：「我可不像我老爹那樣老實可欺，我想要的，總會得到。」但具體她是怎麼才被推薦上北大的，她一直諱莫如深。楊小翼想，盧秀貞不像外表那樣爽直簡單，盧秀貞是複雜的。

那天晚上，楊小翼睡在盧秀貞的房間裡。盧秀貞打開櫃子，給楊小翼看一本油印刊物。刊物的名稱叫《未來》。她把刊物遞給楊小翼時，表情非常嚴肅，又帶著某種壓制不住的喜悅，她鄭重其事的樣子，好像正在把一個重大的祕密交到楊小翼手中。她說：「你看看，這是我們辦的刊物，自己油印的，裡面是我和朋友們寫的文章和詩歌。」楊小翼並沒有吃驚，她早已感覺到盧秀貞有與眾不同之處，否則她的眼神不會那麼自信，那麼居高臨下，她這種精神上的優越感一定有來處的。楊小翼懷著好奇的某種程度上帶著一窺祕密的興奮看這本刊物。

楊小翼看出盧秀貞關於「兩代人衝突」的觀點的來處。在這本油印小冊子的首頁，有一首詩，題目叫〈兩代人〉，作者是北原。

我想殺了你，讓你在歷史上消失，
你高高在上，行動從容，總是用輕蔑的眼神看我。
機會終於來了，我把你理成陰陽頭，
你雙眼茫然，如一個迷路的孩子，
隱祕的快感遍布我全身。

我感到從未有過的強大，頂天立地，
自大如西瑪朗雅山峰。
看你是如此的小，如此的醜陋，
你的思想如清朝的辮子。揪住你，
我的語言如箭，如海市蜃樓，如高潮，

睜眼一看，發現一切只是模仿。
早已明白我和你密不可分，
你是我思想和行爲的因，
你是我無意識中的主宰，我命定的限度。
甚至我的詩，全來自於你，
一點血腥，一點政治，一點哀傷，
就是我的美學，我詩歌的準則。

那天晚上，楊小翼一口氣把這本小冊子看完，她被刊物所透露出來的大膽、反叛和曖昧不明的表達震驚了。它上面的詞語同通常看到的完全兩樣，帶著某種幽暗的氣息，有著一種源自本能的力量。對了，用當時的話說，它們就是「毒草」。

當楊小翼抬頭看盧秀貞時，盧秀貞臉上掛著和人分享祕密的快樂表情。當然快樂明顯被壓抑著，但正是這種壓抑，反倒讓她精神振奮。她在背誦那首叫〈兩代人〉的詩。背誦完後，她問楊小翼，「喜歡這首詩嗎？」楊小翼說喜歡。她很高興，她從鎖著的抽屜裡拿出一個簡陋的日記本，從裡面抽出一張黑白照片，遞給楊小翼。她說：「就是這個人寫的。」她說話時，臉紅了，她的眼睛閃閃發亮。

那天晚上，盧秀貞懷著幸福和喜悅，告訴楊小翼這個叫北原的詩人是她的男友。

「是我追他的。」她咯咯笑起來，「他現在在北京光學儀器廠當工人。」

盧秀貞又看了看北原的照片，天眞地問：

「他是不是很帥？」

從照片上看，北原很清秀，並且還有點兒拘謹和靦腆。與北原比，盧秀貞倒像一隻母老虎。楊小翼說：

「看你的樣子，好像要吃了他似的。」

盧秀貞笑了，笑得有點兒詭祕和曖昧。她說：

「告訴你，我已經不是處女，早就不是了。」

楊小翼的臉紅了，盧秀貞的言論竟然這麼直露。楊小翼覺得盧秀貞今天說話有點兒顛三倒四，有點兒神經質。

很自然的，楊小翼參加了他們的聚會。他們的聚會通常在東四十條一個破舊的四合院的閣樓裡。

楊小翼逐一認識了他們。她的到來讓他們很興奮。一個叫舒暢的年輕人，看上去很孩子氣，目光無邪而直率，顯得既熱情又有點兒敏感。他的嘴很甜，他開口就叫楊小翼姐姐，好像她是他的老朋友。他說：「姐，你很漂亮。」楊小翼聽了很不好意思。北原看起來比照片顯得成熟，臉上有一種矜持的不愛理人的勁兒。盧秀貞經常討好他，但他似乎對盧秀貞的諂媚熟視無睹。

那天討論的話題沒有什麼太出彩的內容，唯一讓人印象深刻的是北原的觀點。北原說到「個人」與「身體」的關係。他說「個人」在某種意義上就是「身體」。他說，只有恢復身體，個人才能彰顯。他提出一個身體的合法性問題。他說，在現在的藝術作品中，身體是不合法的，甚至是骯髒的，所以，只有在壞人身上，在階級敵人身上，我們才得以一見身體，這就是電影裡的女特務總是曲線畢露十分妖豔的原因。他說，孩子們在遊戲時爲什麼會喜歡扮一個壞人？是因爲壞人有身體，並可以享用身體。壞人可以喝美酒，可以有美人相伴，而英雄，無論是雷鋒還是黃繼光，是沒有身體的。推而廣之，現在整個社會的男女掩蔽在灰色的中山裝下，也是沒有身體的。沒有身體也就是沒有個人。

北原說話時，大家都靜靜地聽，其間並沒有人提出更有意思的說法。北原顯然是這個群體的核心人物。

其他人就不像北原那樣能說會道。在與他們相處時，楊小翼覺得他們很平常，所說的話也無驚人之處，但奇怪的是他們的詩卻是驚世駭俗的。後來，楊小翼意識到詞語比日常生活走得更遠，詩是很奇妙的，它通過幾個意象，可以把日常的平庸過濾掉，留下一個似是而非的磨糊地帶，那裡輝映著一種帶著生命信息的光亮，庸常的精神因此被擦亮，成爲一個異質的存在。

生活平淡，但偶爾也會有奇蹟。在一次聚會中，楊小翼碰到了夏津博。

夏津博那天遲到了，他進來時大家討論正酣。夏津博顯然同北原他們很熟，這從他同他們招呼的勁兒就可看出來。後來楊小翼才知道，《未來》上面也有夏津博的詩歌，是用了他的筆名——小津。

楊小翼一直看著夏津博，但他沒留意到她。她情不自禁叫了他一聲。夏津博愣住了，不過，他馬上認出了她。他說：

「楊小翼，你怎麼會在這兒？」

楊小翼指指盧秀貞說：「是跟她來的。」盧秀貞說：「原來你們認識啊。」楊小翼說：「我們有好多年沒聯繫了。」他們說話時，北原停止了發言，一臉嚴肅地看著他們。從他的表情可以看出來，他厭惡有人打斷這樣的討論。楊小翼對盧秀貞吐了吐舌頭。盧秀貞說：「他就那個德性。」楊小翼笑了笑，對夏津博說：「一會兒聊。」夏津博點點頭，然後投入到問題的討論中。

那天的聚會結束後，楊小翼是和夏津博一起走的。

北京的天空還像從前那樣高遠。夏天已經悄悄來臨了，街頭的國槐高大得像是觸到了藍天，它細小的枝葉把天空剪成了碎片。那天楊小翼心情出奇的好，這樣的聚會激發了她的熱情，好像青春又一次降臨到了她的身上。看得出夏津博也很興奮。

楊小翼對夏津博說：「我去過你家，你們已不住在那兒了。那兒的住戶說，你們全家去河南信陽了。沒想到你還在北京。」

夏津博的臉一下子沉下來，粗糙的臉一下子變得十分嚴峻。他說：

「我對不起我父母，我批鬥過他們，我那時候恨他們，其實他們挺可憐的。」

「他們都好嗎？」

「我沒去看望過他們，據說還不錯，當地人待他們還好。不要看我父母有點兒小資產階級情調，他們挺會生活的，會苦中作樂。」

從夏津博的話中，楊小翼瞭解了很多夏伯伯和王莓阿姨的過去。一九六六年，外交部的紅衛兵曾抄過夏家。那時候，夏家的門口貼滿了大字報。大字報對夏中傑和王莓的身世當然極盡醜化，剔除其中的意識形態批評言詞，還是可以看出一些基本事實的。夏津博那時候才知道，他的母親王莓出生於上海的一個資本家家庭，她的家族擁有一家絲綢廠，一家與瑞士人合資的鐘錶廠，家勢相當顯赫。當年夏中傑是個上海灘的窮學生，熱中於文藝，崇拜莎士比亞。王莓是在一次文明戲的演出中認識並愛上夏中傑的。天性浪漫而叛逆的王莓打算嫁給夏中傑，但她的家族反對她下嫁給一個窮光蛋。王莓不管不顧，我行我素，結果被逐出家門。現實生活是嚴峻的，他們身無分文，過著艱困潦倒的生活，而王莓恰恰在這個時候生下了夏津博，他們的生活更是雪上加霜。後來，發生了西安事變，延安突然變成很多年輕人嚮往的聖地。當時夏中傑接觸了一批左派知識分子，看了一些有關共產主義的書籍，他的熱情也被激發出來。他們決定奔赴延安。

夏津博告訴楊小翼，他一直以爲他的父母是主動拋棄他的，到那時他才瞭解到把他送給一個老鄉完全是組織的安排。西安的八路軍辦事處只允許夏中傑和王莓進入延安，並且辦好了通行證，而小孩，只能就地留下。

「我問過我父母當時把我留下的心情。那時候，還是文鬥階段，我父母好像也沒有覺得眞會有什麼事兒，以爲這一次也像以往的黨內鬥爭一樣，批鬥起來很殘酷，但過後還是可以工作。」

「他們怎麼說？」

「他們對我的問題有些吃驚。實際上，他們從來也沒有覺得當年這麼做有什麼不對。我記得我母親對我說，他們肯定很難過，但是同國家、民族的命運比起來，這又算得了什麼。」

夏中傑和王莓到達延安後被安排在抗日軍政大學學習，校長是林彪。延安的生活條件差，是供給制，僅能塡飽肚子而已。那是一段火熱的日子，夏中傑和王莓同所有人一樣，每天一早就軍事拉練，鍛鍊自己的意志和靈魂。王莓不再是一個嬌小姐，她的氣質完全改變，雖然伙食差，但王莓一口氣能吃十個饅頭，人也變得結實了，像個勞動人民，並且一沾床便能呼呼大睡。

王莓阿姨對夏津博說，她當時很少想到夏津博，念頭當然是有的，但實在太睏了，剛出現便墜入黑暗之中。但她是放心的，因爲相信有組織照顧著兒子。

他們眞正開始想念夏津博是在解放後。戰爭結束了，革命也成功了，他們在喜悅之餘，有一種空蕩蕩的感覺，很不適應，這時他們才想念起兒子。這種想念非常強烈，就像是身上突然缺了一個器官，你必須補回來，於是他們託人到處打聽夏津博的下落。他們這才找到夏津博。

夏津博說，那次對話後他原諒了父母，因爲他發現父母非常坦率，這坦率中有他們的價值觀，有他們引以爲驕傲的東西，那就是他們把這一切歸結爲自我犧牲，國家和民族這樣的概念永遠高於個人，所以，他們對他從來沒有內疚過。這是他那次談話中得到的令他震驚的眞相，夏津博本來以爲，他對他們的挖苦和冷漠，他們或多或少會感到隱隱作痛，他發現他錯了，他們堅如磐石。夏津博爲此對自己的小家子氣感到害羞，他覺得他的父母確實是革命者，他們的光芒讓他覺得自己像個小丑。

後來，夏津博不再批鬥父母了。他還發動首都機械廠的造反派保護父母。當時，外交部的造反派把他的父母囚禁在外交部的辦公室，對他們進行無情的批鬥。夏津博當時是首都機械廠造反派的頭領之一，他帶人衝進去，把父親搶救了出來。後來，父親寫了一封信給總理，才由總理出面，把他們送到了河南信陽。

「現在他們境況還好。他們種了些玉米和蔬菜，幹一些輕便的體力活，當地人對他們還算照顧。」夏津博說。

楊小翼突然想起林瑞瑞。她問：「你們有小孩了嗎？」夏津博的臉上露出一絲不好意思的神色，他說：「我還沒結婚呢。」她吃驚地看了看他，問：「怎麼會?你和林瑞瑞分了嗎？」夏津博說：「我父母倒台後，她就跟別人走了，她現在是紅人。」楊小翼沒再問下去，沒有必要尋根問底。她想起夏津博曾給她看過他畫的一幅油畫，畫中林瑞瑞的容貌像一位古代仕女。現在這位仕女像一陣風一樣吹走了。楊小翼不禁嘆了一口氣。

那天和夏津博分手後，楊小翼去了劉世軍那裡。她告訴劉世軍，她見到了夏津博。奇怪的是，劉世軍不知道夏津博是誰。「景蘭阿姨沒同你講過夏家的事嗎？」劉世軍搖搖頭。

每次見到夏津博，楊小翼很想打聽一下尹南方的情況。她猜想夏津博可能知道尹南方在哪兒，但她卻不敢開口，她怕聽到不好的消息。

後來，還是夏津博主動提起的。

「我昨天見到尹南方了？」

夏津博說得有些輕描淡寫，她卻像是被電流擊中，她的心臟有一種既冰涼又熱辣的感覺，好像心臟被衝擊成了兩半。當時，他們正在聚會，大家在議論美國「水門事件」醜聞。楊小翼感到四周一下子安靜下來，她像是失聰了，聽不到他們的議論聲。她懷疑自己聽錯了，好一會兒，她才問：「你剛才說什麼？」她沒聽錯，夏津博確實在說尹南方。她的身心慢慢復甦過來。

「你在哪兒見到他的？」

「醫院。我昨天去看他了。」

「他怎麼啦？」

「你不知道？」

楊小翼茫然地搖搖頭，說：「我好久沒見到他了，我找不到他。」

夏津博瞥了她一眼，說：「我以爲你們早已見面了。」

「他還好嗎？」她問。

夏津博說：「他不太好，住院有一陣子了。他亂來，受傷後，他什麼都來，還經常喝醉。」

「他得了什麼病？」

「挺麻煩的，他癱瘓後，腎臟不太好。因爲醉酒，常忘記吃藥，這次說是糖尿病併發症，差點丟了性命。」

楊小翼聽了後，突然感到渾身無力。她強忍著自己的眼淚，眼淚是多麼廉價，眼淚沖洗不了她的罪過。

大概是看到她陰鬱的表情，夏津博問她怎麼了？她說：「我沒事。」她想了想，問道：「他在哪家醫院？我要去看看他。」夏津博說：「在二〇三醫院。」他問她需不需要他陪。她說：「不用。」

她不知道見到尹南方會發生什麼事，也許會很尷尬，但這是十分私密的相見，她不想夏津博窺見其中的任何祕密。

楊小翼對劉世軍說，她找到尹南方了，她將去看他。

劉世軍知道尹南方對楊小翼意味著什麼，他只是憂鬱地看著她，在這個問題上，他無能爲力。他問：「要不要先同尹南方說一聲，好讓他有心理準備。」楊小翼怕尹南方不想見她，說：「不用。」

那天晚上，劉世軍特別老實，一動不動躺在她的身邊。她輾轉反側，腦子裡浮現尹南方扭曲的臉，這張臉穿過濃密的黑夜來到她面前，像一個索魂的鬼怪。劉世軍安慰她：「別多想了，發生的事再也改變不了。」他的聲音在黑夜裡顯得鎮定有力，像是遠古的一個箴言。

第二天，楊小翼跳上公車，去二〇三醫院。

尹南方的病房在特護區。那是用來治療高級幹部的病區。好在她有著部隊的身分證件，進入病區沒有遇到什麼麻煩。她已從夏津博那兒知道了尹南方在四〇五號病房。她也沒問值班護士，徑直往裡走。整個病區十分安靜，她的腳步很輕，但在她聽來響亮得像是會把這幢建築震毀。她覺得這走道特別長，她像是進入了一個沒有盡頭的隧道之中。

當她進入尹南方的病房，就鎮靜了下來。總是這樣，當事情眞的來臨時，她一般不會慌張。尹南方睡著了，病床邊放著一把輪椅。看到輪椅，她的心一陣絞痛。她站在一邊，凝望著熟睡中的尹南方。他的臉同她記憶中的模樣完全不一樣了，她看到的是一張扭曲了的易怒的臉。這會兒，他熟睡中的臉一直在變化，有時候非常的焦躁，有時候很自負，或許他正在一個夢境之中。某個時候，他睜開了眼睛，眼睛裡露出某種多疑的寒光，她以爲他醒了，但他又閉上眼，呼吸深沉。

有一個年輕的護士來到病房，同楊小翼輕輕閒聊了幾句。她問：「你們是不是親戚？」楊小翼很吃驚，「你怎麼知道的？」護士說：「你們長得有點像。」

也許是說話聲吵著尹南方了，尹南方醒了過來。他先是咳嗽了一聲，然後罵起了粗話：

「你們ㄚ的吵什麼吵？把老子吵醒了。」

楊小翼緊張地向他望去，她和他目光相對。有那麼片刻，他神色猶疑，一會兒就恢復了正常。他的眼光是漠然的，她甚至猜不出他是否認出了她。

「有人來看你，等了一個多小時了。」護士小心翼翼地說。

尹南方居高臨下地看了楊小翼一眼，沒招呼她，他的臉上掛著一種殘忍的譏諷的表情。一會兒，他回頭對護士說：

「老子要小便了。」

護士小心地點頭。她搖動床那頭的搖把，床慢慢放低了，然後，她把輪椅推到床邊，又熟練地抱住尹南方的身子，把尹南方移到輪椅上。尹南方一臉淫狎的笑容，他的手極不安分地拍了拍護士的屁股，口中還吹著口哨。當護士終於把他放下時，護士服前襟也敞開了，那也是尹南方的傑作。護士的臉通紅，但依舊很平靜。楊小翼拍了拍護士的背，試圖安慰她。護士十分反感，猛然擺脫楊小翼的手。尹南方瞥了楊小翼一眼，臉上露出嘲弄。

護士端來尿罐，放到尹南方的下面。他舉起手，要護士替他脫褲子。護士顯然也習慣了尹南方這樣無賴，她低下腰，替他解那種病號穿的條紋睡褲的腰帶。她快要解開時，尹南方的褲腳流下了尿液。一會兒，在輪椅邊，積了一灘冒著熱氣的小便。尹南方不以爲恥，相反臉上露出幸災樂禍的奇怪的表情。護士顯然生氣了，她轉身出去。

「你回來，你還想不想幹了？」

護士站住了。當她轉過臉來時，眼中溢滿淚珠，臉上的表情決絕而嚴肅，好像她正在走向一條通往斷頭台的道路。護士擦去淚水，隱忍著再次來到尹南方身邊，開始給尹南方換褲子。一會兒，尹南方的下半身裸露了。

楊小翼不忍看這一幕。她只看了一眼，這一幕就像一根釘子一樣鍥入腦海之中。這是多麼醜陋、多麼不堪、多麼令人心驚肉跳的畫面！不，不是心驚肉跳，比這更嚴重，是心絞肉碎。她覺得自己彷彿被這畫面淩遲了一般。他的腿如此細，如此蒼白，就像白骨本身。她還瞥見了他的生殖器，在一堆捲曲的黑毛中，它的碩大讓她吃驚。也許是他的腿太細才映襯出它的碩大。

楊小翼別轉臉去，看著窗外。她像是盲了，所見皆是虛像，天地之間一切顯得影影綽綽。她的腦中再次出現尹南方從王府窗口跳下去的畫面。

「我還沒尿完。」尹南方說。

那護士端起尿罐。尹南方的尿聲衝擊出歡樂的聲音。尹南方臉上有一種殘忍的孩子式的霸道。

「它很漂亮吧？」尹南方油滑地說，護士沒吭聲。

一會兒，護士已替尹南方換好了褲子。尹南方坐在輪椅上，哼著一首蘇聯歌曲《小路》。楊小翼記得當年尹南方經常唱這首歌，「一條小河彎彎曲曲路又長，一直通向迷霧的遠方……」當時他唱起這首歌來，臉上的表情神聖而甜美，好像他就是衛國戰士中的一員，遠方有一位喀秋莎正在等著他。可是，現在，他的臉是另一張臉，一張充滿了邪氣和不平的臉。她知道這表情的來處，這表情對她來說就是審判，此刻她就在刑台上。

護士去撿拾那被尿淋濕的褲子。楊小翼說：「我來吧。」護士看了她一眼，並沒有推辭。楊小翼問她，「哪裡可以洗。」護士說：「跟我來吧。」

護士把她帶到洗輿室，楊小翼向她表達歉意。護士倒是淡然，說：「習慣了。」

「已換了好幾撥護士了，再換就沒人了，我得堅持住。」

「他平常都這樣嗎？」

「平常還好，心情不好的時候才這樣。他不想見親人，他母親來時，也這樣。」

聽了這話，楊小翼心頭一酸，淚水突眶而出。護士沒有什麼表情，她大概見多了別人的眼淚。她說：「你洗吧。」然後就走了，她的步履輕盈，這種輕盈讓楊小翼想起「革命」這個詞語，只有「革命」意志才可以忍受這一切。她想，她肯定是這醫院最出色的護士。

她開始洗褲子。她洗得很慢，像是在刻意推遲單獨見尹南方的時間。秋天的水非常冷冽了，她的手像被針刺一樣，骨頭有一種痠痛的感覺，她希望這痠痛感來得更強烈一些，這或多或少可以沖淡剛才烙在腦子裡的場景。

她有點後悔不讓夏津博陪伴。要是夏津博來，至少有一個緩衝地帶，尹南方不會當著夏津博的面做出如此出格的行爲。

終於洗完了。楊小翼回到病房，把褲子曬到病房外的陽台上。尹南方臉上掛著詭異的笑意，盯著她看。他的臉上沒有尷尬，反而有一種勝利者的得意，好像他剛才的行爲是值得炫耀的壯舉。她曬完了衣服，又打開衣櫃，想給他整理一下櫃子。她只能在不停的動作中緩衝或消除她的尷尬和不安。

「你不用幹這些活兒，護士們會幹的，這是她們的工作。」尹南方語調平靜。

她轉過身來望著他，淚水在她的眼眶裡打轉，臉上是那種破碎的痛苦和歉意。尹南方似乎厭惡她的眼淚，轉過頭去，輕描淡寫地說：

「你對他的打擊夠大了，他這輩子不會原諒你，你把他的兒子弄成這樣兒。」

他搖動輪椅，轉了一圈，說：「你瞧，我還是很靈活的是不是？」

她再也忍不住了，眼淚嘩嘩地流了下來。

尹南方輕蔑地冷笑一聲，繼續道：「你不要內疚，是他對不起你，是他害了你我。不過也好，我終於把他給看穿了。他平時道貌岸然，像一個革命聖人，不食人間煙火，沒有七情六欲，在我面前簡直像上帝一樣，時時用革命原則要求我這要求我那，現在，你終於把他虛偽的面具摘下來了，你摘得好！他原來只不過是個浪蕩子，一路撒播情種。他讓那些種子在祖國的大地上自生自滅，他竟然不管不顧，連自己的親生骨肉都不管，還算個人嗎？我問過他這事，可他總是沉默。我到現在都不知道他有沒有心腸。我只知道，從此後，我做上帝了，我可以審判他。你知道嗎？要讓他難受，唯一的方法就是把我自己毀掉，這是最讓我快樂的事。」

「南方，你不要這樣。」

「怎麼？你受不了啦？把我害了你不安對嗎？沒你的事兒，眞的，是我咎由自取，你沒做錯，你本可以光明正大地進入我們家的。」

「都是我的錯，都是我的錯。」楊小翼開始號啕大哭。

「你沒錯。」尹南方的眼睛逼視著她，「你不要哭，你哭了也沒用。」

她還是控制不住淚水。他越這樣說，她越感到內疚。

他顯然煩了，他吼道：「你有什麼好哭的？我都沒哭，你哭什麼？你剛才都看見了，我的腿很醜陋是不是，讓你噁心了是不是？我自己也感到噁心。我眞不願它是我的腿，有時候我覺得它確實不是我的，你打它，沒一點點感覺。我倒是願意自己是傳說中的鬼，沒有腳，可以在空中移動。但是，它還是我的，與我血肉相連。我對它是既憐憫又厭惡，你知道嗎？我厭惡自己。」

他明顯地憤怒了，這憤怒連帶著內心深處的不平，好像有一個魔鬼藏在他的身體裡。

也許聽到了病房的吵鬧聲，醫生和護士都來了，他們神色慌張。尹南方因為過於激動而呼吸急促。護士抱住尹南方，試圖讓他平靜下來。醫生在尹南方顫抖的手臂上打了一針。一會兒，尹南方稍稍平靜了一點。他一臉木然，目光呆滯，眼中流出兩滴清冷的淚珠。後來，護士就把他移到床上。

那天回家，楊小翼關上門，獨自躺在小屋裡，不想見任何人。如果這個世界她可以不同任何人有關係，那該多好。如果這個世界她可以這樣躺下，永遠地睡去，那該有多好。如果這個世界可以死去以後從頭再來，那該有多好。那樣的話，一切錯誤都可以得到修正，尹南方會健康地生活，她多麼希望他能恢復健康啊。然而這只是她的奢望而已，什麼都不能改變。

第二天，楊小翼接到周楠阿姨的電話。雖然多年沒聯繫了，但楊小翼一下子聽出是她。周楠阿姨在電話裡說，南方病情加重，希望楊小翼不要再去看他。她強調，他需要心情平靜。楊小翼輕輕說了聲對不起。她聽到電話那頭一聲嘆息。

第二十三章

那年夏天來得很早，北京整日豔陽高照，酷暑難當。劉世晨帶著兒子，從黑龍江回永城老家。她路過北京待了兩天，除了見見劉世軍和楊小翼，順便在北京辦點事。這兩天，楊小翼自然而然和他們兄妹聚在一起。

楊小翼是第一次見到劉世晨的兒子，他叫王拓，一個瘦小而白淨的小孩，一點不像劉世晨，倒有一點兒劉世軍淡淡的印子。「像他爹，他爹瘦得像隻猴子。」劉世晨解釋道。王拓已經有八歲了，很聰明，也有禮貌。楊小翼自然想起自己的兒子，她嚇了一跳，她竟然有很久沒想起兒子了。她想，人是有遺忘痛苦的能力的，這也是人面對痛苦可以生活下去的原因。她爲自己這麼久沒想起兒子而暗自吃驚。

他們關在楊小翼的宿舍裡閒聊。楊小翼和劉世軍拿出積存下來的票證，從商店、菜場買了一些食品和蔬菜，還買了瓶二鍋頭。楊小翼有一只電爐子，他們圍著電爐子一邊吃火鍋，一邊喝酒。劉世晨看上去已完全成了北方中年婦女，她理一個短頭髮，臉色黝黑，笑起來豪爽幹練，喝酒大碗，說話大聲。

劉世晨談了她的北大荒。她描述秋天時一望無際的麥浪，她說：「那時候，你感到的不是豐收的喜悅，而是絕望。你必須在下第一場雪之前把糧食收割完，入倉存貯。在廣大的天地之間，康拜因的進度非常緩慢，像一隻螞蟻在爬。那時候，你會覺得人相當渺小，一點無產階級革命豪情都沒有了。」說到這兒，劉世晨哈哈大笑起來，她言談之間流露出天眞爛漫的神情，讓楊小翼不由得對北大荒產生某種浪漫的遐想。當然，楊小翼明白這種想像是不可靠的，廣闊天地，只能詩性地想像一下，不能去作爲的。

他們談這些話時，已過了午夜，劉世晨的兒子早在楊小翼的床上睡過去了。後來，劉世軍背著世晨的孩子回他的小屋睡覺去了，宿舍裡只留下楊小翼和劉世晨，她們索性擠到床上，但似乎還沒睡意，就相對閒聊。劉世晨說，她已經有三年沒回老家了，工作太忙。「米豔豔來信說，我媽情況很嚴重。也不知道究竟怎麼樣，我媽這病，這麼多年來，時好時壞的。」劉世晨說到這兒，一臉憂慮。楊小翼也不知怎麼勸慰她。

她們又聊了會兒永城的事，這勾起了楊小翼回家的欲望。劉世晨便慫恿楊小翼一起回去。楊小翼確實有些想念母親了，她答應了下來。

奇怪的是，那一年永城比北京要涼快得多。楊小翼到永城的那天，涼風習習。永城的街頭滿眼都是綠色，植物的葉子飽滿，像是吸飽了水，在風中搖晃，顯出一種知足的模樣。那種高度飽和的墨綠色好像已進入了空氣，沖淡了季節的乾燥。楊小翼覺得自己的肌膚在這空氣中舒展開來，她頓時有了回家的感覺。

路過縣學街，看到劉家原來住過的大院，楊小翼停住了腳步。聽劉世軍說，劉伯伯被打倒後，已不住在這兒了，劉家搬到了西郊幹休所的一幢兩層小樓裡。現在這兒住著永城革命委員會主任一家。

大院後面的湖水紋絲不動，平靜如永恆的時間。劉世軍曾告訴她，文革高潮時，天一塔差點被焚毀，它得以保留據說和一個老和尚有關。那天，老和尚坐在裡面，想要和塔一起焚毀。可神奇的是，這塔就是不燃燒，潑上汽油都點不著，好像這塔是鋼鐵鑄就。說起這事，劉世軍一臉疑惑。楊小翼站在那裡，仰望著天一塔，它雖沒被焚毀，但它的塔身及紋飾早被砸爛，滿身破敗，透著垂死的氣息，也許一陣風就可以把它吹倒。

楊家的石庫門房子也比以前破舊了許多，牆上新增了標語和最高指示，也增加了青苔和斑痕。院子裡的那棵夾竹桃倒是十分蓬勃，映襯得這建築更加灰暗，看上去有了一種風雨飄搖的氣息。這種氣息讓她有點恍惚，好像她此刻不是站在新中國的陽光下。

母親不在家裡，這會兒她應該在上班，她是個工作狂，除了工作她好像對什麼都沒有興趣。家裡的陳設一切如舊，但多了些李叔叔的物件。楊小翼的房間如她走時一般乾淨整潔。母親房間的窗簾掛著，一如母親的心靈，總是被什麼東西遮蔽著。楊小翼把窗簾打開，陽光一下子瀑布般湧入，傾瀉在地板上，照見了從地板上升騰而起的塵埃。塵埃在陽光裡滾動，像浪花一樣變幻莫測。她下樓洗了一把臉，然後決定去醫院看母親。

醫院還在柳汀街那幢三層樓裡。一、二層是各科室，三層是化驗及設備科，住院部設在後面的平房裡。醫院已改名爲永城第一醫院了。童年時，楊小翼經常在這幢樓裡穿行，她喜歡到堆放醫療垃圾的天井找針頭及針筒。那時候，這些都是極好的玩具。把水抽入針筒，用力一壓堆進器，一股細細的激流便會從針頭裡注出。有時候，她會在針筒裡灌入糖水，讓劉世軍注入到她的嘴裡。水柱激到舌頭上，舌頭頓時感到一陣麻麻的甜味。想起這些，她有一種恍若隔世之感。

母親一般在住院部。楊小翼在前往住院部的走道上，碰到了李叔叔。李叔叔明顯有了中年人的模樣，頭上竟也長出了幾根刺眼的白髮。楊小翼叫他一聲，他先是愣了一下，見是楊小翼，表情一下子嚴肅起來，那嚴肅中有一絲焦慮。

「你回來的正好，你媽有沒有寫信告訴你？」

「沒有啊，出了什麼事兒？」楊小翼有點緊張，難道母親犯了政治錯誤？

「你媽媽近來身體不太好，有點不對頭。」

聽到是身體問題，她鬆了口氣，彷彿身體問題比政治問題要輕得多。

「媽媽怎麼了？」

「她半個月前，暈倒過一次，上廁所時暈倒的，好半天才被同事發現。她最近氣色不太好。」

「檢查過了嗎？」

李叔叔搖搖頭：「她不肯。她說沒必要，她的身體自己知道，沒必要檢查。你媽媽很固執，你回來正好，你勸勸你媽，讓她全面檢查一下。」

「好的。」

「你去吧，這會兒她可能在查病房。」

楊小翼對他笑了笑，轉身向病房走去。

楊小翼進入病房時，母親戴著口罩，正在給病人問診。母親的眼神平靜而深邃，猶若一個漆黑的深潭，會把人淹死。母親對楊小翼的到來沒吃驚，只是同她點了點頭，繼續工作。母親的淡然或多或少讓楊小翼有些失望，畢竟她們有八年沒見了。一會兒，母親走出了病房，摘掉了口罩。楊小翼仔細觀察母親，倒沒見出病容，只是覺得母親明顯地蒼老了，臉上有了很深的皺。母親已五十六歲了，她已經不再是楊小翼記憶裡那個年輕漂亮的女人了。

「你怎麼突然回來，你沒闖什麼禍吧？」母親這時才表現出擔心來。

「沒有，我要眞闖禍就不回來了，免得你見著心煩。」楊小翼說。

「我就怕你又出什麼事兒。」

楊小翼心想，她這一輩子太折騰，母親是被她嚇怕了。

「媽，你都好吧？」

「好啊。」母親的表情和身體一下子僵硬起來，她似乎反感別人這麼問她，好像這麼問就意味著她生活得不好。

「你學校放假了？應該沒有吧？」

楊小翼說：「我就來看看你。」

「我很好。」母親好像在強調什麼。

晚上六點多鐘，下了一場雨，天氣馬上涼爽起來。楊小翼站在陽台上觀看街景，樹葉上的水珠在路燈的映照下亮晶晶的，一滴一滴往下掉。她的心也跟著拉得長長的，有一種莫名的傷感。李叔叔沒來吃飯晚，他在醫院值班。母親做了幾道可口的菜：油豆腐包肉、蔥烤鯽魚、筍絲蛋湯等，都是楊小翼愛吃的。母親沒說別的，只讓她多吃一點。母親說：「你比以前瘦多了，你多吃一點，補一補。」這時候，楊小翼才產生久違的對母親的依賴感。

楊小翼在陽台坐了會兒，見母親忙完了家務，對母親說：「媽，你要睡覺了嗎？天太熱了，這麼早睡得著嗎？來陽台上乘乘涼吧。」

母親搬了一把椅子，在楊小翼對面坐下來。

楊小翼問了母親身體的狀況。母親有些不悅，說：「是小李告訴你的？我沒事兒。」她的態度是不想談這件事，好像楊小翼的關心是污辱了她。

母親問她在北京生活得怎樣？楊小翼腦子裡一下子跳出劉世軍，臉上露出一絲曖昧的笑意，她說：「挺好的啊，學業挺忙的，老師經常組織我們討論各種問題。」楊小翼回話時，母親一直逼視著她，像是她做錯了什麼事。

母親突然問起劉世軍的情況。楊小翼一時心慌，答得支支吾吾。母親的目光突然變得銳利起來，看了她足有半分鐘。

「你知道景蘭最近出的事嗎？」母親的口氣像是在審問。

楊小翼搖搖頭。

「她一個月前爬到自家的屋頂上，往下跳，差點沒命。」

「怎麼會出這種事？她還好嗎？」

「算她命大，她被掛在一棵樹上。她神經分裂了，完全不行了，已經廢了。」

「藥物控制不住嗎？」

「都是老劉搞的，他認爲景蘭沒病，不讓她吃藥。老劉認爲景蘭只是軟弱，不像個革命者，他認爲革命者沒權利瘋。景蘭完全是被他逼瘋的，我是醫生，我最明白，景蘭是眞的神經分裂了。他是個暴君，幸好他被打倒，否則他不知道會幹出什麼來。」

母親原本平靜的臉，這會兒顯得相當激動，語速比平時快了一些。

「我都同老劉吵過架，但他聽不進去，男人的心腸就是硬。」

「那怎麼辦？」

「也奇了怪了。」母親像在自言自語，「景蘭平時完全失控，經常哭泣或傻笑，但只要老劉一出現，就正常了，鎭定了，又恢復那個沉穩寡言的女人。景蘭眞可憐，她竟然在老劉面前連瘋都不敢發。老劉因此認定景蘭不用吃藥，黠黠給景蘭配來的藥都讓他給扔了。有一次黠黠給景蘭吃藥，被老劉發現，老劉大發雷霆，硬是強迫景蘭把藥吐出來。但老劉不在時，景蘭就發作。這樣下去景蘭就毀掉了。」

母親的話讓楊小翼震撼。

母親一臉怒容，看了楊小翼一眼，繼續說：

「更令人髮指的是老劉還強迫景蘭去上班。在單位景蘭根本就是個笑話，我路過她單位，看到她在單位門口像叫花子那樣在傻笑，我就帶著她回家。老劉怎麼這麼固執，我有時候恨不得殺死他。」

母親很少這麼憤怒，她一般對紛繁世事淡然處之，她如此憤憤不平是因爲她對劉家感情深厚。

「豔豔眞不容易，她眞是個賢慧的媳婦，現在劉家裡裡外外都是她一個人在操持。世軍、世晨都在外地，所有的擔子都落在豔豔身上了，又要照顧公婆，又要照顧兒子，還攤上這麼固執、這麼不講理的老劉，豔豔這日子過的，我都看著心痛。」

說完，母親重重地嘆了口氣。

楊小翼的心揪緊了，好像母親的話如千斤重擔，壓得她喘不過氣來。她想起自己的行爲，無論如何是對不起米豔豔的，她感到心虛和羞愧。

「你和劉世軍常見面吧？」母親看了她一眼說：「你勸勸劉世軍，讓他想辦法調回來，他不能把這攤子事都壓在豔豔的身上，自己在外面逍遙。豔豔馬上就要生了，她躺下了誰來照顧這個家？這樣對豔豔不公平。」

這話讓楊小翼坐立不安了，她覺得母親是意有所指。從母親的話裡，她感到她和劉世軍的事似乎已傳到了永城。這是極有可能的，沒有不透風的牆。母親是個含蓄的人，她只是不肯把話講透。這也是母親不厭其煩地同她說劉家的原因，母親是在敲打她。

「你怎麼啦？」母親問。

「沒事。」楊小翼不敢看母親，又說：「突然想起一些事情，心裡難受。」母親不再問下去，她的目光突然變得遙遠。一會兒，她拍了拍楊小翼的肩膀，像是在安慰她。

第二天，楊小翼去了劉家。一路上，她忐忑不安，她不知道如何面對米豔豔，要是米豔豔也聽到了風聲，那她怎麼還走得進劉家呢？

幹休所在西郊一座孤立的小山腳下，它有一個很大的院子，院子裡的法國梧桐十分高大，比別的南方植物要高出三分之一，樹冠後面聳立著一幢幢小樓，格局似乎顯得有些凌亂。劉家住在最靠北的那幢屋子裡。

以前，楊小翼覺得劉家就像是自己的家，可以自由進出，內心毫無障礙，但現在，這院子像是在拒斥她，在居高臨下地俯視她。有一刻，她覺得那院子變成了一面巨大的鏡子，照見出她羞愧的面目。

楊小翼看見景蘭阿姨站在自家的門前，她雙眼茫然地看著遠處的一隻貓，並長時間地追蹤著牠。好一會兒，她才抬頭看到了楊小翼。景蘭阿姨就一直盯著她，像盯著一個怪物。楊小翼不知道她是不是認出了自己，她遠遠地對她笑，她沒反應。

當楊小翼走到她面前時，景蘭阿姨的瞳孔迅速地張開，好像有一些東西正在往瞳孔裡迅速逃竄。那是恐懼的眼神。後來，景蘭阿姨閉上眼睛，尖叫道：

「鬼啊，鬼來了……」

叫聲分外刺耳，楊小翼像是被雷電擊中，僵立在那兒，不知如何反應。她感到虛弱和慌亂，就好像內心的祕密在那一刻被揭穿，暴露在光天化日之下。景蘭阿姨在逃竄，如逃避瘟疫般逃離楊小翼。

米豔豔就是這個時候從屋子裡出來的。她的肚子已經很大了，看上去像在肚子上裝了一個酒罈子，但她倒沒有孕婦常見的那種虛胖，反倒有點兒消瘦。見到楊小翼，米豔豔臉上露出驚喜——這驚喜中難掩倦怠。米豔豔說：「你來了？昨天聽世晨說你也一起回來了。」楊小翼說：「景蘭阿姨認不出我來了。」米豔豔點點頭說：「你稍待一會，我把媽弄回來。」說完，她就去追趕逃竄的景蘭阿姨。因爲大肚子的原因，她步履蹣跚。楊小翼鬆了口氣，從米豔豔對她的態度中，她猜想豔豔應該不知道她和劉世軍的事，所謂消息傳到永城只是她心虛後的想像。

景蘭阿姨像一個孩子一樣在躲藏米豔豔的追蹤，她一會兒笑，一會兒哭，好像在玩一個有趣而驚險的遊戲。景蘭阿姨的行爲引來一大群人的圍觀。米豔豔終於拉住了景蘭阿姨，景蘭阿姨在掙扎。楊小翼有些擔心米豔豔，肚子這麼大的人，有個三長兩短怎麼辦？楊小翼過去幫她。這時，景蘭阿姨又用那害怕的眼神看著楊小翼，好像楊小翼會把她置於死地。米豔豔已氣喘吁吁，她眼眶通紅，裡面有委屈和無奈。

這時候，劉伯伯出來了。他穿著一身舊軍服，軍服的手肘處還有一塊醒目的補丁。這身軍服是一九四九年以前他曾穿過的，他穿著這身破舊的軍服一定有某種象徵意義，他想以此表明他的革命者身分嗎？他沒看到楊小翼，注意力都在景蘭阿姨和米豔豔身上。他非常敏捷地來到她們前面，像一位將軍面對搗亂的士兵，吼道：

「怎麼回事？」

景蘭阿姨像是被鎮住了，她哆哆嗦嗦地指指楊小翼，說：「鬼，鬼……」

劉伯伯這才看到楊小翼，他那張輪廓分明的臉瞬間露出一種悲壯的神情，好像他正面臨某場殊死的戰爭。他沒同楊小翼招呼，一把抱住景蘭阿姨，景蘭阿姨攬著劉伯伯的脖子，比剛才安靜了些，但她看楊小翼的眼神依舊充滿了恐懼。

那一刻，楊小翼眞的被景蘭阿姨的眼光擊潰了。她想從這裡逃走，她懷疑米豔豔和景蘭阿姨在演一齣雙簧，一個唱紅臉，一個唱白臉，景蘭阿姨這樣對她是設計好的，她們攻擊的目標就是她，她就是那個鬼。但轉而又想，沒有可能，景蘭阿姨眞的瘋了，米豔豔的城府也沒有那麼深。

劉伯伯抱著景蘭阿姨，站在圍觀的人群前，用威嚴的目光掃視，人群便紛紛退去了。最後，他的目光落到楊小翼身上，楊小翼流下淚來。

楊小翼跟著他們進了小樓。

劉伯伯把景蘭阿姨扔到床上，滿懷屈辱地罵了一句娘，然後進了自己的房間。這時，米豔豔神色慌張地從壁櫃裡拿出藥，把藥搗碎，沖入開水，又加了點糖，她端著杯子，緊張地看了看劉伯伯的房間，然後讓景蘭阿姨把水喝下去。景蘭阿姨不肯喝，米豔豔就像哄孩子一樣哄道：「甜的，放了好多糖呢，你不是最愛吃甜的嗎？」景蘭阿姨一臉茫然，但還是把藥水喝了下去。一會兒，景蘭阿姨睡著了。

天氣很炎熱，米豔豔已汗流浹背，濕透的襯衫貼著她的肌膚，她的身材即使懷了孕，看起來依舊姣好。米豔豔確實是一個美人，她的美是看得見的，是演員那種有光芒的美。

「你不要同爸爸說，我給媽吃藥的事。」

楊小翼點點頭。

「爸爸認爲媽沒病。」

楊小翼說：「知道。」

米豔豔比過去沉靜了不少，苦難讓她沉著了。她的話比過去少了，過去，她是個話癆，整天聽她在咋唬。

「世晨呢？」楊小翼問。

「她見同學去了。她昨天一回家就同爸吵了一架。」米豔豔說。
「為什麼?」
「為媽的事,她一看到媽媽這個樣子,就哭個不停,要送媽去醫院。爸爸不同意,兩個人就吵起來。他們倆太相像,個性衝。那會兒爸爸的樣子簡直是想殺死世晨。」
「後來怎麼樣?」
「他們吵架的時候,媽媽就好了,罵世晨怎麼可以這樣和爸爸說話,爸爸很得意。」
「劉伯伯心情還好嗎?」楊小翼問。
「他現在整天把自己關在屋子裡,誰也不見。」
「現在沒人找劉伯伯的麻煩吧?」
「那倒是沒有,畢竟是老革命了。爸爸有些做法我不同意,他對媽媽太狠了。」米豔豔說。
「豔豔,你眞了不起。」
米豔豔苦笑了一下。
米豔豔好像忽然想起了什麼,她說:「對了,我有樣東西送你。上次世軍回來,我讓他帶給你的,他走的時候忘了帶。這個傢伙,老是忘這忘那的。」
米豔豔大腹便便地進屋,出來時手上拿著一輛玩具火車。
「送給你兒子。」她笑著說。
接過玩具火車,楊小翼頓覺得百感交集,叫了聲「豔豔」,再也說不出話,眼淚不爭氣地流了下來。這時,劉伯伯從房間裡出來,他看到楊小翼在哭,問:「你怎麼哭了?」楊小翼不知所措,趕緊擦掉眼水。劉伯伯站在門口,同她招了招手,讓她進去。米豔豔同楊小翼對了對眼,說:
「去吧,他挺惦記你的。」

那會兒，楊小翼是多麼軟弱，她一進劉伯伯的房間，就放聲大哭起來。但她不能對劉伯伯解釋她爲什麼哭。劉伯伯沒勸她，嚴肅地坐在那兒，不知道他此刻在想什麼。

楊小翼做出了一個決定，她要和劉世軍斷絕目前這種關係。這個決定對她來說是極爲艱難的。這段日子以來，她的心思都在他身上，他的氣息遍布在她的四周，即使身處永城，她依舊能感受到他的存在，好像他和她之間存在某個神祕的通道可以傳導彼此的氣息，然而現在她要捨棄這種無處不在的溫暖感覺，她捨不得，但別無選擇，她必須這樣做，否則，她會一輩子良心不安。

回北京的那天晚上，劉世軍在火車站接她。楊小翼神形憔悴，但臉上有一種凜然不可侵犯的神色。劉世軍問她是不是出了什麼事？家裡一切都還好嗎？楊小翼沒有回答。

到了宿舍，楊小翼一把抱住了他，然後主動脫他的衣服。楊小翼這麼做是很少見的，她歷來不是太主動的，她不喜歡那種粗野蓬勃的風格，她喜歡那種緩慢的相濡以沫的方式，有時候他們的性愛甚至有點平靜如水。劉世軍被楊小翼的舉動弄懵了，他一動也不動，任楊小翼瘋狂。

「小翼，你沒事吧？你怎麼了？」他問。

楊小翼沉默不語，她一邊跟他做一邊流淚。

「是不是家裡有什麼不好的消息？」

她不理他，她在他身上運動，她感到自己的身體浸透苦澀，好像唯此才可以把苦驅逐出去。

「小翼，你不要這樣，你這樣不好。」

後來，他好像意識到了什麼，不再說話。她和他血肉相連，她能感受他身體裡的想法，她知道他一樣也被某種痛苦折磨著。當她親吻他的臉頰時，發現他在流淚。她想，他已經什麼都明白了，她和他之間從來都不需要太多的語言。

那天晚上，她和他一次一次地瘋狂。

天終於亮了，楊小翼平靜下來，她的臉上淚跡斑斑，形容破碎。劉世軍躺在身邊，茫然地看著天花板。一會她開口了，語調很冷：

「天亮了，你穿衣服吧，你得上班去了。」

劉世軍從床上起來，開始穿衣服。經過一夜折騰，他臉色蒼白。

楊小翼一直看著他，他的身材很好，膚色細膩、白淨。楊小翼像是在欣賞一幅名畫，她要把一切都記在心裡。

等劉世軍穿好了衣服，楊小翼說：「世軍，你以後不要來找我了。」

劉世軍抬頭朝天。

「世軍，你想辦法回永城吧，豔豔太辛苦了。」她說。

兩行淚從劉世軍的眼角流了出來，好像是不想讓楊小翼看到，他轉身步出了小屋。一會兒，劉世軍的背影消失在大院的盡頭。

楊小翼再也忍不住了，她號咷大哭起來，她覺得她生命中最寶貴的東西丟了，再不屬於她，那一刻，她心裡湧出的都是劉世軍的好。

對楊小翼來說，離開劉世軍最初的日子是難熬的。她已習慣了身邊有他，習慣了他的溫存，習慣了他的氣息，她這樣做像是把自己身上的一部分生硬地割走，疼痛是難免的。在很多個夜晚，楊小翼獨自躺在床上，她的身體依舊會有一種想要被劉世軍擁抱的渴望。這時候，她對劉世軍的想念不可遏制。

她總是惦記他，也擔心他。

這事對他的打擊大嗎？他一切都好嗎？他是不是生病了呢？

有幾次，她甚至想跑到他的小屋裡去看他，不過她忍住了，她不允許自己再犯錯誤。

後來，她從別的管道瞭解到，劉世軍這段時間經常出差，是他自己要求的，主要工作是押送軍用物資去內地，一去就是一個多月，待在北京的日子反而少了。楊小翼明白，劉世軍是想用拚命工作來抵消內心的苦。

她的思念是如此綿長。從學校回來的公車上，她會想從前劉世軍在小屋等她的樣子。做飯的時候，會想起劉世軍躬著高大的身軀燒菜的情形。有一天，她在街上看到有一個人酷似劉世軍，她停住腳步，愣了好幾分鐘。

關於愛究竟是什麼，楊小翼難以說清。很多時候，她想起劉世軍時感受到的不是激情，而是一種如水的寧靜，好像他和她走過了萬水千山，涉過了重重難關，九死一生，才相聚在一起，才獲得了這種大難後的平靜。

多年後，楊小翼非常懷念和劉世軍相處的這段日子，想起這段時光，她就會有一種流淚的感覺。那淚水不是因爲痛苦，而是因爲溫暖，一種令她心頭發酸的溫暖。如果說人生充滿了不如意，充滿了種種自身難以把握的宿命，那麼她在這件事上的感受到的完全是正面的，是光亮。對楊小翼來說，生命的意義就是這些細小的事物。

第二十四章

楊小翼大學畢業了，她被分配到革命歷史研究所。報到後，單位的人告訴她月初上班即可。這樣楊小翼有半個月的閒置時間。

她想去廣安看兒子。天安今年十一歲了，該讀四年級了。

每個假期，楊小翼都寫信給伍思岷，想去廣安看兒子，但伍思岷沒有回信。楊小翼想，伍思岷眞是殘忍，他的懲罰要到什麼時候啊！不過楊小翼還是偷偷去看望了兒子，瞞著伍思岷在學校外和天安見上一面。

這一次，楊小翼依舊先給伍思岷寫了信，讓她意外的是伍思岷回信了。他說：「你來也好，兒子剛剛放暑假，過段日子他們要去山區學農，所以請速來。」

楊小翼很高興伍思岷同意，這樣就用不著偷偷摸摸了。

楊小翼到了廣安，直奔伍家。天安早早在門口等著她，他們顯然已同兒子說起過她要來看他。兒子相貌沒有大變，除了眼睛像伍思岷，別的像她多一點，只是個兒長高了一些。天安的性情好像有些變化，比前幾次見面表現得要冷漠，前幾次雖然偷偷摸摸，但天安的高興是寫在臉上的，不知是不是長大了反而靦腆了。見到楊小翼，他的臉上沒有任何表情，好像不認識她似的，沒叫她一聲，就轉身跑進了院子。

天安沒有把楊小翼到來的消息報告伍家，而是獨自站在院子裡。楊小翼從包裡掏出從北京帶來的餅乾和糖果，說：「天安，你不識媽媽了嗎？天安，媽媽給你帶來的糖果，北京的糖果，你拿去吃吧。」兒子的目光露出饞相，他迅速地從她的手上拿走了糖果。他把糖果放入嘴裡，臉上露甜蜜的表情。這種表情令楊小翼辛酸。

伍思岷不在。後來，伍伯伯告訴她，伍思岷又結婚了，夫人是一個中學教師，伍思岷結婚後搬出去住了，住到縣革委會分配給他的公房裡。聽到這一消息，楊小翼一時有些反應不過來。楊小翼想，這大概是伍思岷同意她來見兒子的原因，伍思岷終於放下了，平和了。

第二天，楊小翼帶天安去看望陳主任。這幾年，她一直和陳主任有通信聯繫。陳主任非常細心，她怕廠裡見面會勾起楊小翼不愉快的記憶，所以主動提出要來廣安見她。楊小翼沒有答應，陳主任對她有太多的恩情，怎麼能勞她跑到廣安來呢。

他們是坐公共汽車去的。路上，楊小翼問天安，「爸爸有了新媽媽了，你是不是很高興？」天安沒說話，有些茫然。她又問：「廣安人是不是很怕你爸爸？」天安一下子興奮起來，眼睛閃閃發光。天安說：「爸爸走在大街上，那些反革命分子都站在路邊向他鞠躬。」

楊小翼在和天安的交流中發現兒子還是像過去一樣崇拜他父親。一直是這樣，在兒子眼裡伍思岷差不多是個英雄。

中午的時候，楊小翼到了廠裡。廠裡人見到她都非常熱情，好像壓根兒沒有批鬥她這件事似的。革命群眾都患有健忘症，這表明他們對某人的批鬥不是出於他們內心的是非，而僅僅是屈從於某種力量。

陳主任是那種付出不求回報的人，不過看得出來，楊小翼去看她，她很高興。她說：「什麼也沒準備，家裡亂得很。」楊小翼給她帶來了蜜餞海棠和杏脯兩種北京果脯，她來前去王府井買來的，是以前禦食園的老牌子，聽說是最好的果脯。楊小翼說：「他們說是北京特產，我覺得一點也不好吃，你嘗嘗。」然後，她們拉起了家常，各自說了別後遭遇。

那天晚上，楊小翼住在陳主任家，房間是陳主任的女兒曾經住過的，她和兒子睡同一張床。睡下不久，兒子突然說：

「爸爸的新老婆不好，她不是個好人。」

「你不許這樣說別人的壞話。」

「眞的，媽媽。」

楊小翼想，天安這麼說一定有他的道理，聽聽兒子的說法吧。兒子說：

「爸爸本來要把我帶過去同他們一起過的，但新媽媽不同意，爸爸也沒辦法。有一次，我去爸爸新家看爸爸，那天爸爸不在，新媽媽沒讓我進門。」

楊小翼聽了非常難過，她想，現在天安眞的是一個父母雙全的孤兒了。

「爸爸知道這事嗎？」

「沒有，媽媽，我不敢告訴爸爸，怕爸爸生氣。」

聽兒子的口氣，伍思岷好像滿遷就新媳婦的。楊小翼想，眞是一物降一物，想當年伍思岷在她這裡是多麼霸道。

「媽媽，我想跟你去北京。」

楊小翼沒想到兒子有這個念頭，好像有人一下子把全世界最好的寶物送給了她，她一時感動得不知如何是好。她緊緊抱住兒子，把臉貼到他的臉上。

「媽媽，你在哭嗎？」

她心裡明白，要把孩子帶走是不可能的，伍家一定不會同意，但她還是打算試一試。她同伍伯母商量時，伍伯母惡狠狠地說：「只要我活著，你想都別想。」話說到這分上了，楊小翼也只好作罷。她想，慢慢來，以後總還是有機會的。

楊小翼在廣安待了十天。這期間，她和伍思岷匆忙見了一面。他比過去白淨了，臉上已有官員的那種威嚴的深藏不露的氣質，他舉手投足也比過去放鬆從容了許多。她離開廣安時對兒子說：「天安，現在你已識字了，以後要多給媽媽寫信，需要什麼儘管向媽媽要，媽媽給你買。」兒子使勁點頭。

回到北京後，楊小翼就開始工作了。領導讓她跟一位老專家，先幫他找資料，然後進行歸類。楊小翼發現，原始資料比專家寫的論文要有意思得多。她讀過這位老專家的論文，在他研究的相關戰爭史中，資料的選擇和引用的背後隱藏著一種群體英雄主義的價值體系，從而使那場戰爭成爲一場「覺悟」戰爭，所有人似乎只有一種個性、一個目標。而楊小翼發現，這位專家捨棄不用的資料更有意思，那些資料裡更多具備個體的差異性，也更多人性內容。那些日子，楊小翼雖然沒有展開系統的研究，對自己的研究目標也不是太清楚，但她還是做了很多的筆記。

兒子眞的給楊小翼寫來了信。他在信裡說，寄去的錢，他收到了，奶奶把錢存了起來，說給他以後娶老婆。他說，他才不要娶老婆呢，女人麻煩。他要把錢存起來，以後去參加夏令營。見兒子這麼懂事，楊小翼感到既快活又辛酸。楊小翼覺得一切都在變好，心裡面滿踏實的。

可就在這個時候，楊小翼接到了李叔叔的電報。電報說，母親病危，請速回。楊小翼一下子驚呆了。她想起上次回家，李叔叔說起母親曾經昏厥過去的事，因爲他們都是醫生，她也沒放在心上，沒有太過問這件事，沒想到如今母親眞的病危了。

楊小翼想，這次去恐怕得待上一段日子了。她向單位請了長假，收拾好行李，便去了永城。

楊小翼回到了永城。李叔叔來車站接她。她問：「媽媽生了什麼病？」李叔叔傷心地說：「你母親得的是淋巴癌，目前住在家裡。」聽到是這個病，楊小翼的心涼了半截，她從小在醫院裡長大，知道這個病目前沒辦法醫治。楊小翼問：「媽媽情況如何？」李叔叔說：「你媽不肯化療，她知道這個病治不了，她不肯在死前，頭髮全掉了，你媽媽愛美。」楊小翼說：「那怎麼辦？」李叔叔說：「我勸她不聽，你勸勸她，疾病還得治啊，哪怕只有萬分之一希望。」楊小翼點點頭。

楊小翼進入石庫門，家裡沒有一點兒聲息，到了母親房間門口，李叔叔停住了腳步，他說：「你同媽媽好好談談。」

楊小翼進去時，母親睡著了，母親的神色看上去很安詳，不像是在病魔的侵害之中。李叔叔替母親請了個護理嬤嬤，嬤嬤輕聲告訴她，母親剛剛睡著。楊小翼說：「讓她睡吧。」她在母親邊上坐下來，透過房間的窗口，楊小翼看到天井裡的海棠花盛開著，花蕾紅得觸目驚心，那寬大的葉子像手掌一樣捧著花蕾，顯得穩重而莊嚴，葉子上有幾隻帶彩色斑點的甲蟲。母親說，海棠花有很高的藥用價值。

一個小時後，母親醒來了，目光沉靜，她看到楊小翼，眼裡竟有一絲神祕的笑意。

「小翼，你回來了？」

「是的，媽，來一會了，剛才你睡著了。」

「噢，打這藥的緣故，一打就想睡覺。」

然後，她拉著楊小翼的手長久不放。楊小翼被她拉得心裡難受，竟然哇地一聲哭了出來。

「媽，你怎麼這麼不小心啊？」

母親閉上了眼睛。一會兒，母親說：

「小翼，媽這輩子對不起你。」

楊小翼使勁搖頭：「媽，你別這麼說。」

後來，楊小翼回顧她和母親相處的日子，發現她和母親說的話從來沒有像那段日子那麼多，那麼密集。雖然，楊小翼知道母親關心她，但這麼多年來，母親總是沉默寡言，她的這種個性某種程度上成了橫貫在她們之間的障礙。然而在母親病重的那段日子，存在於母女之間的藩籬被徹底打破了，母女倆的談話非常深入。

楊小翼已經是一位母親了，作爲母親的身分，她們能聊的話題其實滿多的，只是過去她們都小心翼翼，不敢去碰這個領域。因爲在這個領域，楊小翼和母親都有一本糊塗帳。

楊小翼告訴母親，她半年前剛去過廣安，兒子都有一米五四了，已經像個小大人了。楊小翼談兒子的種種細節時，母親的眼睛變得明亮起來。

楊小翼同母親說起自己生天安時的情形。

「我那時候覺得自己要死了，血液沾滿了床單。事後，我經常做一個奇怪的夢境，夢見自己像紅軍一樣在長征，在一片白茫茫雪地裡爬行，雪地上到處都是血。」

母親說：「你還算順利，我生你時難產。你還記得那個索菲婭嬤嬤嗎？當我艱辛萬苦生下你後，她抱著孩子對我說，是個女孩。我一眼都不想看你，甚至有點討厭你。那時候，我想要一個男孩。」

母親說這話時，她的眼裡流露出一種美好的光亮，母親的笑容也因此變得天眞起來。

母親看了楊小翼一眼：「你聽了很失望是嗎？」

楊小翼微笑著搖搖頭。

母親就是從這天起打開她的話匣子的。

那天，母親讓楊小翼打開她床對面的櫃子，讓她把那只藤條匣子拿出來。

楊小翼遵命把匣子放到母親的懷裡。

母親說：「你小的時候，翻過這只匣子，我當時還打過你，那是我這一生唯一一次這麼重打你。」

楊小翼說：「那時候，我恨死你了，覺得你特複雜。」

母親笑了笑，繼續說：「文革開始的時候，我怕造反派來抄家，把這匣子抄了去，對『那個人』不利。我把這匣子藏在樓下的石板下面。這幾年，形勢緩和了，我才讓小李取了出來。」

母親流露出少見的幽默感，她現在也叫將軍為「那個人」。

母親打開匣子，拿出一把銅皮口琴。母親的目光突然遠了，她的臉浮上一層夢幻似的猶疑不定的神情。一會兒，母親說：「當年『那個人』在夜深人靜時，常吹口琴給我聽，吹得最多的是《馬賽曲》。」

楊小翼突然想起曾在廣安遇見過將軍，她把自己當年救將軍的事告訴了母親，當然，她隱瞞了因此給自己帶來的災難。她說：「他當年好可憐，被整得滿口吐血。」

母親聽了相當吃驚，問：「他也挨整了嗎？」楊小翼說：「是呀。」母親又問：「他知道是你救了他嗎？」楊小翼搖搖頭說：「不清楚他是不是認出了我。」母親想了想又說：「你當時好大膽。」

後來，母親說起一段往事。母親說：

「他從上海輾轉去延安後，給我寫來過信，但當時你外公已把我送到永城，信是外公收的，他沒把信轉給我。你外公是自殺前才把信交給我的，並請我原諒。我當時很不諒解你外公。那一次，我沒想到你外公會在永城自殺。」

母親從匣子裡拿出那些信，讓楊小翼看。信的內容沒什麼浪漫可言，是一些分手後的掛念及他當時的狀況，每一句都言之有物，口吻很像是一位丈夫說給妻子聽的家常話。

母親又談起了外婆和舅舅。母親還是堅持每年去上海看望他們。母親說：「外婆眞的很了不起，她沒有工作，舅舅在糖果廠上班，是一家街道工廠，他的工資很小，你外婆當年大手大腳慣了的，怎麼會受得了呢？但外婆把生活料理得有聲有色，外婆和舅舅出門從來穿得乾乾淨淨、整整齊齊的。」

「你有多久沒見到他們了？」母親問。

楊小翼想了想，有二十多年沒見面了。她感到羞愧，她眞是個冷漠而自私的人。

「如果有機會，你去看看他們。」母親說。

楊小翼點點頭。

「你舅舅很可憐，五十多了，還沒找到老婆，看來要打一輩子光棍了。他們眞不容易，可是我幫不上忙。」母親的口吻無限遺憾。

楊小翼無法說服母親接受化療，母親依舊待在家裡養病，好在李叔叔是醫生，基本的治療在家裡也沒問題。

米豔豔聽說楊小翼回家了，便帶著剛出生的女兒來楊家探望。

米豔豔的到來給石庫門帶來喜慶的氣氛，石庫門頓時熱鬧了很多，就好像米豔豔把一個舞台搬到了楊家。看得出來，米豔豔的心情比早些年要好。米豔豔先問候了一下母親，並用一種滿不在乎的口吻說母親一定可以活一百歲。母親開心地笑了起來，說：「豔豔是王熙鳳。」

楊小翼是第一次看到米豔豔的小女兒，她抱住小姑娘，小姑娘竟然開心地笑出聲來。小姑娘長得很像米豔豔，楊小翼由衷地誇小姑娘漂亮。

母親也非常喜歡米豔豔的女兒，楊小翼發現母親滿眼都是羨慕的神色。

米豔豔把女兒接過去時，對楊小翼說：「我爸讓你去一趟，他好像有事找你。」

母親耳朵尖，聽見了，向楊小翼揮揮手，說：「去吧，快去吧，別讓老劉等著，他可是個急性子，等急了要罵娘的。」

楊小翼跟著米豔豔去了劉家。路上楊小翼問起景蘭阿姨的情況，米豔豔說，她給她生了個孫女兒，她好轉了不少，有時候會突然清醒，不過時好時壞，也不是太樂觀。

米豔豔問起劉世軍，問他們最近有沒有在北京碰面。楊小翼像是被戳到短處，心怦怦地跳起來，說：「好久沒見到他了，他好像近來挺忙的。」自從分手後，他們在不同的場合見過幾次面，都算是偶遇。劉世軍比以前瘦了許多，也曬黑了不少，可能是因爲經常出差的緣故。楊小翼每次見到劉世軍，心痛的感覺就會湧現，但她努力壓抑自己的情感，否則一切都會前功盡棄。看得出來，劉世軍也在壓抑自己。有一次，她問他最近有沒有回過永城？劉世軍說最近沒有，豔豔生孩子時回去過。她說：「你有機會還是多回家吧。」他點點頭。她發現他的話越來越少了。

米豔豔若有所失地「噢」了一聲。一會兒，米豔豔不無擔憂地說：

「我感覺得出來，世軍好像心情不太好，不知道他出了什麼事。」

「是嗎？我不是太清楚。」大概是因爲心虛，楊小翼的回答簡短而含糊。

她們進了幹休所，有人同米豔豔打招呼，米豔豔都禮貌地回應。看得出來，米豔的人緣不錯。

在客廳，楊小翼見到了景蘭阿姨，她安靜地坐著，楊小翼叫了她一聲，景蘭阿姨向她茫然地笑了笑。她不清楚景蘭阿姨是否認出了她。

劉伯伯正在書房等著她。那天，劉伯伯的主要興趣還是北京的政局。一九七五年是個特別的年份，一批老幹部又複出了，這給了他希望。他找她來是想瞭解北京的情況。

「聽說總理病得不輕？」

楊小翼說：「我也不太清楚，聽世軍說起過。」

「他怎麼說？」劉伯伯問。

「世軍說，總理得的是膀胱癌。」

「很嚴重吧？應該是，總理已有好久沒有露面了。」劉伯伯像在自言自語。

楊小翼想，劉伯伯雖被打倒，但時刻關心著時局，他的目光遠比一般老頭兒遠大，畢竟是革命家。

「希望總理闖過這一關，國家不能沒有他。」他停了一會兒，又說，「北京市面上有什麼小道消息？聽說有血雨腥風的感覺？」

她說：「中央的事我不清楚，但人心思變是一定的，社會上有些順口溜，有不滿情緒。」

劉伯伯點點頭，然後說：「重要的是將軍還在工作。」

劉伯伯站在窗口，目光投向遠方，彷彿他相信只要將軍政治上沒倒，他終會有出頭的那一天。

母親大約也知道自己彌留於世的時間不多了，有一天，她突然對楊小翼提了一個要求，她說，她只見過天安嬰兒時的樣子，她想見他一面。

「不知道有沒有困難？你有難處的話就算了。」

楊小翼趕緊點頭。她想，母親雖然不多話，但心裡明鏡似的，其實她什麼都看在眼裡，她看得穿這人間的戲劇。

楊小翼到郵局給伍思岷打了個長途電話，講了母親的心願，沒想到伍思岷爽快地答應了。於是他們商量怎麼接天安過來。伍思岷說：「天安這麼大了，讓他自己坐火車過來。」楊小翼不放心，從廣安到重慶要坐汽車，又要在重慶換火車，小孩子能行嗎？她想去廣安接兒子。伍思岷說：「你母親病這麼重你怎麼能離開？」楊小翼想想也對，雖然擔心，也只好這樣了。伍思岷說：「你放心好了，我陪天安到重慶，送他上火車，到時你到永城火車站接他就是了。」

天安到永城那天，母親病情突然惡化，昏死過去。楊小翼拚命叫，母親毫無反應。李叔叔趕緊派來急救車把母親接到了醫院，一會兒母親就被送進急救室搶救。在母親救治的時候，楊小翼著急地在急救室外等候，怕母親不會再醒來。她因爲著急忘了去火車站接兒子，等李叔叔從手術室出來，說母親醒過來了，她才記起兒子的事來。她一看錶已是下午三點，兒子應該一點鐘到了，兒子大約在火車站等急了，她拔腿奔向火車站。

火車站的出口處空蕩蕩的，一個人影也沒有，楊小翼心馬上懸了起來。天安到哪裡去了呢？楊小翼找到候車室，有一些乘客或焦灼不安或無精打采地等待著。楊小翼大聲叫喊天安的名字，有一個工作人員模樣的女人來到楊小翼跟前，問她找誰？楊小翼問：「有沒有看到一個十一歲的男孩，是乘重慶方向的列車過來的。」那工作人員搖了搖頭說：「車早到了，剛才看到過一個男孩在出口處的太陽下睡著了，不過，一會兒就不見了人影。」楊小翼急得要哭出來了。

後來，是米豔豔給她帶來了好消息。米豔豔來到火車站，告訴楊小翼，天安已在家了，是一個民警帶著他過來的。楊小翼這才鬆了一口氣，她一路小跑著回到公園路，石庫門關著，天安一個人站在門口。一見到天安，楊小翼就抱住了他。

「天安，對不起，媽媽接你晚了。」

「媽媽沒事的，我有外婆家的地址。我等你不來，就找了警察，是警察把我帶來的。」

「天安，你沒丟就好，否則媽媽這輩子還怎麼活得下去。」

由於旅途顛簸，天安滿身臭味。楊小翼從天安隨身帶來的包裡取出換洗衣服，給天安洗了個澡，替他換上襯衣，然後帶著他去了醫院。

「媽媽，外婆長什麼樣？」天安說話的口氣中有一種故作的老成。

「他們都說媽媽長得像外婆。」

「媽媽，外婆要死了嗎？」

楊小翼點點頭：「外婆是不治之症，是淋巴癌，這種病目前沒法治療。」

天安說：「我聽奶奶說了外婆的病。奶奶說，外婆是紅顏薄命。媽媽，紅顏薄命是什麼意思？」

楊小翼說：「這是說外婆很可憐的意思。」

「外婆爲什麼可憐呢？」

「外婆不可憐。」

天安一臉的疑惑。

楊小翼到醫院的時候，母親的身體還很虛弱。她先進去看母親，母親問：「天安來了嗎？」

楊小翼點點頭。母親說：「你拿面鏡子給我，我整理一下頭髮。」母親整理好頭髮後，嘆了口氣，說：「我現在這樣子會把天安嚇壞的，你讓他進來吧。」

楊小翼帶著天安進病房，母親露出驚異的表情，母親說：「眞的很像他，眞是奇妙。」

楊小翼知道，母親在說天安像將軍。

母親被送進醫院後，再沒有出來。她發病日漸頻繁，所有人都知道，母親在世的日子不多了。楊小翼開始準備母親的後事。

母親病發時，身體會劇烈疼痛，她的臉因痛苦而扭曲，一隻手不停地敲擊床頭櫃，好像正處於某種憤怒之中。李叔叔實在不能忍受，他不顧母親的反對，給母親打了杜冷丁，母親這才好受一些。母親往往是在杜冷丁作用下睡過去的。

母親發病一次比一次嚴重。她開始出現暫時性昏迷現象，在昏迷時經常譫妄不斷。楊小翼聽不懂母親在說什麼，有幾次，她聽到母親在叫自己的名字。

對楊小翼來說，母親的每一次病發，她都像是在受難，像是在火爐裡烤。這個時候，她很想逃離醫院。

晚上，如果實在太睏了，她會回家睡一會兒。睡前她去兒子的房間看看他，兒子正是長身體的時候，非常能睡，他對眼前的事沒有太大的感覺，對他來說，她的外婆基本上是個陌生人。看著兒子熟睡中的樣子，楊小翼暗自祈禱，母親早點解脫。

有一次，母親在一次病發的中途強打精神醒過來，她讓李叔叔退了出去。病房裡只留下楊小翼和母親，母親拉住了楊小翼的手，母親的原本毫無力量的手那會兒非常有力。母親說：

「小翼，媽這輩子讓你受委屈了，但你不要恨他，媽知道他心裡其實一直惦著我們母女倆，你要原諒他。如果有一天，他來找你，你一定要好好和他說話。如果他不來找你，你也要主動些，無論怎麼樣，他還是你親生父親……」

母親說完這句話，緩緩地閉上了眼睛。楊小翼哭著叫喊她，搖她，母親不再有任何反應。李叔叔衝進來，把楊小翼拉開。李叔叔看了看母親的瞳孔，說：

「小翼，你媽媽走了。」

遵照母親的意願，喪事盡量從簡。母親說：「燒了就得了，也不要開什麼追悼會，我又不是什麼大人物。」

但母親醫院的領導還是組織醫院的幹部群眾在火葬場辦了一個告別儀式。「這是規定。」院長說，楊小翼也不好反對。

楊小翼給上海的舅舅發了電報。舅舅第二天就到了永城，她一眼認出了他，他看上去像一個老人了，但樣子還算得上矍鑠，有一點外公的風度，只是不如外公堅定有力，他的目光閃閃爍爍的，這也是卑微的生活造就的，她一時有些辛酸。舅舅都認不得楊小翼了，她叫他時，他愣了老半天。一會兒才反應過來。他說：

「我正找你呢？沒想到你也人到中年了。」

她笑了一下，讓天安叫舅公。天安奇怪地看了看眼前這個男人，輕輕地叫了一聲。舅舅至今單身，大概沒人這麼叫他過，他的臉紅到了耳根。不過，看得出來，他極喜歡孩子，他原本閃閃爍爍的雙眼突然變得明亮而喜悅。一會兒，他領著天安去了街上，給天安買了一枝鋼筆和一個筆記本。鋼筆要四元錢一枝，在當時這可是一筆大開銷。天安很高興，他拿著鋼筆在筆記本上畫畫。他在畫他舅公的樣子，非常逼眞，特別是畫中他舅公的眼睛，像是看著你，又有一種逃避著什麼的茫然。楊小翼吃了一驚，天安竟然有這樣的天賦。

他舅公看了天安的畫，好像什麼東西被擊中了，卑微地笑了笑。楊小翼伸出手想安慰他，但又收了回來。

葬禮基本上由李叔叔在操辦，楊小翼只做些協助及接待事宜。母親告別儀式那天，劉伯伯、景蘭阿姨和米豔豔都來了。劉伯伯穿著乾淨的中山裝向母親三鞠躬。景蘭阿姨那天很安靜。

楊小翼沒想到范嬷嬷也會來，沒人通知她，她是自己來的。她看上去非常平靜，眼神清澈，站在無人注意的牆角，非常低調，也沒同任何人打招呼。她對著母親的遺體鞠了一躬，在胸前小心地畫了個十字，然後就走了。楊小翼追了出去，對她說：「范嬷嬷，謝謝你。」她回過頭來，笑了笑，說：

「你媽媽是個好人。」

她不知同她說什麼。

范嬷嬷轉過身，緩慢離去。

葬禮中午結束，他們又捧著母親的骨灰盒，把母親送到郊外的公墓。公墓離市區很遠，他們是步行去的。一個多小時後，他們來到墓地。母親的墓地在一個山嶴裡。在午後的陽光下，整個墓地竟然給人溫暖的感覺。母親的墓碑透著新石頭味道，有一股淡淡的火藥味。楊小翼把母親的骨灰盒放入墓地時，沒有像火化時那麼悲慟。在火葬場，當母親的遺體緩緩推入焚化爐時，楊小翼眞的有一種天人永隔的感覺，想起從此再也見不到母親的容顏，悲痛欲絕。

到傍晚一切才告結束。回到石庫門天已暗了下來，楊小翼簡單弄了點吃的。整整一天，李叔叔都沒說過一句話，楊小翼想他一定非常傷心，他曾經是那麼愛母親。

兒子睡著後，楊小翼來到陽台。李叔叔站在陽台上，在獨自流淚，見楊小翼過來，他趕緊把淚水擦掉。楊小翼雙手撫著陽台的欄杆，看到遠處的街景，街道在黑夜裡顯得空曠沉寂。她打破沉默，輕聲說：

「謝謝你這麼多年來對媽媽的照顧，要是沒有你，我不知道媽媽會變成什麼樣子。」

李叔叔說：「我才要感謝你媽媽，她是個好妻子，我們在一起過得很開心。」

楊小翼說：「我有什麼做得不好的地方，你一定要原諒我，希望你能把我當你的女兒。」

「一直都是啊，傻瓜。」他拍了拍她的背。

「我有時候眞的很傻。」

「我曾想和你媽媽生一個孩子，但你媽媽不同意。你媽媽說：『有了孩子，你就走不了啦，這樣，你隨時都可以逃走。』我知道她這麼說的意思，她不信任我，她不相信我會守著她一輩子，她不想再有個小孩像你一樣找不著父親。」說到這兒，李叔叔哭了，「你媽媽這輩子最不放心的人就是你，她總覺得虧欠了你。」

「我知道，我知道。」

看著這個高個子大男人哭成這樣，她手足無措。

李叔叔終於平靜下來，他說，沒了母親，他在這裡已沒有任何意義了，如果有機會，他想回西班牙和兄弟姐妹團聚。

楊小翼知道，目前國家的形勢，他的要求是定然不會批准的。

那天晚上，楊小翼失眠了，她想了很多事，這些事似乎都在應證她的自私。范嬤嬤曾經對她那麼照顧，但她很沒良心地對她避而遠之；對外婆和舅舅也是如此，好像他們的存在是她的恥辱；她對將軍也一直懷有怨恨，以爲自己所受的苦難都是他造成的……她意識到，她欠了很多債。爲人一世，爲什麼要留下那麼多的遺憾呢？現在彌補還是來得及的。

母親的事結束後，楊小翼和兒子轉道去上海看望了外婆。外婆見到天安就落下了眼淚，她一定想到了舅舅至今單身這件事。世事眞是殘忍。

她帶天安在北京玩了幾天。他們去了天安門。到了天安門廣場，天安的臉上浮現出一種做夢似的表情，他說：「爸爸在天安門留過影，我也想拍一張。」楊小翼請廣場上營業的照相師替兒子拍了一張。天安收到郵寄來的照片，如獲至寶。

一個星期後，天安登上西去的列車，回廣安了。

第二十五章

一九七六年是個多事之秋。一月，周恩來逝世。周恩來逝世後，民眾自發地聚集在天安門廣場，爆發了「天安門事件」。有一次，楊小翼看到夏津博在人民英雄紀念碑前朗誦他的詩歌。五月，朱德逝世。七月，又突發了唐山大地震，死了二十餘萬人，北京震感強烈。

當然，那一年最大事件是毛澤東逝世。毛澤東逝世的消息傳出來後，北京城有一種脆弱而緊張的氣息，好像整個北京城成了一座紙糊之城，風一吹就會從地球上消失。楊小翼想，黨內肯定又是一場血雨腥風。果然，不久，就傳來王洪文、張春橋、江青、姚文元逮捕的消息。很多人上街遊行，慶祝黨的又一次偉大勝利。在中央公布的新的名單中，將軍的排名大幅靠前。

楊小翼擔憂起伍思岷和兒子來。她預感到伍思岷可能在這次政治鬥爭中翻船，他在另一條路線上，而他又不是一個能隨風轉舵的人，憑他那樣僵硬的性格不被人整死才算萬幸。楊小翼更擔憂的是兒子，在當時的氣氛下，政治是有血緣關係的，伍思岷出事的話，一定會連累到兒子。如果伍思岷被定性爲「反革命」，那天安就是「反革命之子」，那樣的話，兒子這一生都會被毀掉。

楊小翼給伍思岷寫了封信，問他和兒子的近況。伍思岷遲遲沒有回信，楊小翼隱約預感到情勢不妙。直到一九七七年春天，伍思岷終於寫來一封短信：

小翼同志：

你來把天安接走吧。我被打倒了，可能難逃牢獄之災。政治鬥爭歷來如此，我有思想準備，只是母親聽說我的事後，舊病復發，左手及雙腳這次全無知覺，目前神智不清，也許不久將離人世。把母親害成這樣，眞是做兒子的不孝。

自從我被逮捕以後，對天安的打擊非常巨大，他一下子變得沉默寡言。他不認爲我有罪，他還跑到我看押的地方，同看管人員爭辯，認爲他們抓錯了人，認爲他爸是個好人。一方面我很爲他的行爲感動，另一方面我十分擔憂兒子的精神狀況。經過仔細的考慮，我認爲兒子放在我這兒對他的前途不利，所以，我請求你把兒子接走。我父母那兒我會做工作的。

如你同意，請無論如何於近日來一趟廣安。切切。

致禮！

伍思岷

收到信當天，楊小翼便出發去了廣安。

在全國大多數人興高采烈地迎接新時代來臨的時候，伍家陷入了淒慘的境地。

伍伯伯見到楊小翼，沒說任何話，只是搖頭嘆息。伍伯母躺在床上，已經認不出楊小翼了，不過，她尚能在伍伯伯的照顧下進食，無亡故之虞。就像伍思岷信中說的，天安性情大變，他對楊小翼明顯有了敵意，好像他父親坐牢完全是楊小翼的緣故。楊小翼試圖撫摸他的臉，他不屑地避開了，然後晃著身子向院子外走去。他十三歲了，身體比楊小翼上次見到時躥高了不少，開始有了發育的徵兆。

楊小翼問伍伯伯：「天安情緒怎麼樣？」

伍伯伯嘆了口氣說：「思岷被打倒了，天安當然也抬不起頭來。」

「他好像不喜歡我了？」她有些傷感。

「不會的，這孩子心腸好，忠義。」

「天安他去哪兒了？」

「不知道，這段日子老在外面晃，也不太回家，不知道在幹什麼。老師說，經常曠課。」

「這怎麼行？」

伍伯伯沉默。

楊小翼問伍伯伯，知不知道她這趟來是想把天安帶走。伍伯伯點點頭，嘆了口氣說：「思岷同他講了這個事，事到如今，只要孩子好，我沒意見，你帶走吧。唉，沒想到落到家破人亡的境地。」楊小翼勸慰他，「我和天安以後會經常來看望你們的。」伍伯伯沒表情，眼神有些恍惚，一會兒，他緩緩地說：「思岷和他的新媳婦離了，思岷一被抓她就提出離婚，唉，幸好沒有孩子，大人作孽，害死孩子。」

楊小翼不知道如何安慰伍伯伯，好像說什麼都是不合適的。她說：「我走之前想見一見思岷，想問問他需要什麼說明。」伍伯伯說：「好，我先託人捎話給他。」

傍晚，天安回家，他臉上有傷痕。楊小翼的心揪了起來，問他怎麼了？他反倒安慰起楊小翼，「媽媽，沒事，我只是不小心磕傷了。」楊小翼當然不會相信。伍伯伯偷偷告訴她，思岷打倒後，天安身體經常有傷，是他的同學欺負他，天安老實，不會主動找人打架的。我找他們老師反映過，老師反而對我冷嘲熱諷了一番。楊小翼和伍伯伯商量了一下，決定早點把天安帶離廣安。她說：「到北京就不會出這種事了。」伍伯伯說：「這樣也好。」

可是，當楊小翼和天安商量時，天安卻不同意。她非常著急，說：「天安你討厭媽媽嗎？」天安說：「不是。」她問：「那爲什麼不跟我走？」他低頭不語。她知道兒子很固執，這一點像伍思岷，她不再問下去，等等再說吧。

楊小翼只好把車票退了。

楊小翼在廣安待了一個星期，天安還是不肯走。楊小翼已弄明白天安不走的原因，他是在等他父親最後的結果。伍伯伯告訴楊小翼，伍思岷的公判大會就在這幾天開審。楊小翼決定耐心地等待幾天，憑她對政治的瞭解，伍思岷一定會被判坐牢的，這個結果肯定會讓天安失望，也許失望會讓天安最終答應跟她走。

伍思岷拒絕見楊小翼，他通過中間人傳話，他目前不想見任何人。伍思岷這樣的反應，楊小翼一點也不意外，這完全符合他過於自尊的個性。

公判大會那天，天安執意要去現場。她勸天安不要去，但他不聽勸告，楊小翼只好帶著他。他們坐在下面仔細聆聽了公訴人對伍思岷等人的指控，單就指控所述的事實，這些人確實犯了滔天大罪，好多人都犯有命案。伍思岷也一樣，他曾置呂維寧於死地，把那教委主任投入了監獄。楊小翼注意到在官方的控訴狀中，一無例外地把兩被害者稱爲革命路線的代表，成了被「四人幫」逼害的英雄，這樣的敘述離事實是多麼遠。

天安一直低著頭，楊小翼不清楚他聽了這些控訴是否相信確有其事，她非常痛苦，她眞的不想天安聽到這些，他還年少，根本弄不清人世間的這一齣齣悲喜劇。

伍思岷站審判台上，掛著牌子，他身子挺直，目光堅定，他的樣子沒有任何被審判者的不安，對控方所指控的內容，他也沒做任何辯解。

楊小翼曾經多次經歷過這樣的公審場面，她清楚這樣的公審其實同法律沒有太大的關係，它的程序和事證相對來說是不完整的，草率的，相反，這樣的群眾式的審判同革命的關係更爲密切些。所謂革命是在法律體系以外進行的，否則不叫革命。楊小翼知道，無論是呂維寧的死還是那個教委主任的坐牢，伍思岷都是以革命的名義實施的。伍思岷這樣做實際上繼承了革命的傳統，在楊小翼看過的電影（無論是蘇聯的還是中國的或是別的社會主義國家的）裡，革命者要槍決某個人（也許是叛徒，也許是反革命，也許是一個惡霸），只要在舉槍前高喊「我代表人民」，他打出的那置人於死地的一槍便有了聖神的道德合理性，但是在法律的概念上，這樣的行爲無論如何是草菅人命。法律審判需要程序和證明，當有人「代表人民」開槍的時候，那個倒在槍口下的人眞的該當死罪嗎？如果那一槍錯了呢？那麼那個「代表人民」的革命者是不是有罪呢？沒有人去追問這一點，在革命神聖光環下，提及這一點便是對革命的褻瀆。殺人本就是神聖革命的一個必要手段，殺人也因此是正義和神聖的，因而是合法的。在一九六六年以來的那場「革命」中，當被鼓起的年輕人熱情像狂風一樣席捲了整個中國時，這些年輕人的思維中依舊是「我代表人民」，他們把那些面目可疑的人定爲「人民」的對立面，然後用盡辦法懲處他們，或折磨他們，其中當然不乏呂維寧這樣的被處死者。這些所謂的「小將」們肯定在殺人，但他們殺人的理由和革命時期又有什麼不同呢？爲什麼革命時期的殺人無人追究，他們一定要追究？

楊小翼雖然在心裡這樣替伍思岷辯駁，但她知道他有罪，這一點她比誰都清楚。他所做的這一切都來自他內心的仇恨，仇恨是多麼可怕，就像藉仇恨掀起的革命，仇恨有著驚人的力量。

公審進入最後一個程序，主審法官開始宣讀所有罪犯的判決。他的語調顯得聲嘶力竭，好像唯此才能表明審判的正義。當法官最後宣讀伍思岷的判決時，聲調又拉高八度。伍思岷被判有罪，刑期爲二十年。法官話音剛落，伍思岷突然高喊：

「毛主席萬歲！毛主席革命路線萬歲！」

伍思岷還沒喊完，他就被機敏的民警嚴密押住，被塞住了嘴巴。廣場上的群眾一陣騷動。楊小翼突然感到寒冷，渾身顫抖起來。

天安就是這個時候衝向審判台的。楊小翼使勁地拉住他，可他的力氣是多麼大啊，簡直像一隻發狂的小牛犢。她說：「天安，你想幹什麼啊，這是沒用的。」邊上的群眾看出他們的身分，都冷漠地看著他們。革命讓群眾在這種時候都成了勢利眼。民警看到了這邊的騷亂，過來維持秩序。天安見到民警就哭了，他顯然是信任民警的，在他心裡民警是公正的化身。他說：「我爸爸沒有罪，你們怎麼抓了他？」民警面無表情。

楊小翼帶著兒子回到了北京，並讓他在住家附近的一所中學就讀。

好長一段時間，天安不能適應北京的生活，他有一種很強的自卑感。自卑的原因應該是多方面的：可能同他父親被判刑有關，也同他來自一個小城有關。

楊小翼注意到，到了北京後，天安從來不提他的父親，也不提廣安的生活。他安靜地同楊小翼生活在一起，但正是這種安靜讓楊小翼擔憂，天安有一種把自己的內心嚴密封鎖起來的傾向。

楊小翼通過適當的管道打聽天安在學校裡的情形。在學校他倍受欺負。他的那些北京同學嘲笑他的四川口音，嘲笑他的髮式，嘲笑他走路的樣子，嘲笑他身上的一切。楊小翼非常辛酸，她決定和天安的班主任談一談。

天安的班主任姓應，名向眞，很好聽的名字。看到這個名字，楊小翼對她就頗有好感。楊小翼以爲應老師是個年輕的女孩子，但見到她才發現已是個老太太了。

楊小翼爲了照顧天安的自尊，把應老師約到學校附近的公園門口見面。楊小翼先到，一會兒，她看到應老師風風火火地過來了。應老師爲人非常爽快，典型的北京婦人，一口京片子，見到楊小翼，她就誇天安，人很乖，成績雖然不算最好，但還不錯，只是有一樣不好，經常給同學抄作業。

楊小翼聽應老師的口氣，猜測應老師未必知道天安受欺負的事。不過，總是這樣的，像他們這麼大的孩子，一般都會瞞著老師的。楊小翼就把自己瞭解到的情況說給應老師聽，問應老師該怎麼辦？應老師倒是毫不介意，她安慰楊小翼，孩子們某種程度上比大人更勢利，他們總喜歡欺生，熟了就好了，慢慢會過去的。

楊小翼聽應老師這麼說頗爲失望，作爲老師，這樣的態度也太不負責任了。楊小翼也沒提什麼要求，而是和應老師拉家常。應老師快人快語，一聊就聊到她的兒子。她的兒子已經二十多了，剛當兵回來，在首鋼工作，已找了個媳婦，正戀愛著。她還說起她的丈夫，態度頗爲自豪，因爲她丈夫在國營商店工作。那年月，物資緊張，大商店工作是頗爲吃香的。

瞭解到應老師的情況，楊小翼心裡有數她是什麼樣的人。楊小翼來的時候帶了一件禮物，是一塊杭州絲巾，是憑票從僑匯商店買來的，幾乎花了她四分之一的工資。楊小翼把絲巾送給應老師時，應老師不肯收授，說：「這麼花哨，我老太婆不合適，你留著自個戴吧。」楊小翼說：「你可以送你兒媳啊，你兒媳一定很漂亮吧。」應老師就把話題扯到兒媳身上，誇兒媳俊美，順便就把絲巾收下了。

後來她們又談天安的事，都是應老師在說。應老師對楊小翼許諾，她會想辦法讓天安融入到集體中，並講了很多具體措施。楊小翼連連地點頭，表示感激。

一天，楊小翼問天安，新學校好不好？天安不大樂意講學校的事，他說：「媽，我在學校裡挺好的，你擔心什麼？」楊小翼說：「媽不擔心，只是瞭解一下你的學習情況。」又問：「應老師待你怎麼樣？」天安說：「應老師很奇怪的，最近老表揚我。」楊小翼說：「這很好啊。」天安說：「好什麼啊，她表揚我，同學們都笑話我，孤立我，說我拍老師馬屁。」楊小翼愣了一下，問：「天安，你學校裡是不是沒有朋友？」天安說：「我當然有朋友啦。」

星期天，楊小翼洗天安衣服時，發現上衣口袋被刀片割破了。她嚇了一跳，感到事態嚴重。她翻看天安的書包，在天安的書包中找到了一片剃鬚用的小刀片。晚上，天安回家，她問他這是怎麼回事？天安顯得有些懼怕。她問：「是不是有人欺負你？」天安否認。她追問道：「那你的書包裡怎麼會有刀片的？」天安說：「是同學送我的。」見楊小翼疑惑，他又補充道，是用來削鉛筆的。

楊小翼想，他同學怎麼送他刀片呢？天安怎麼交這樣的朋友？不過，楊小翼自我安慰，有朋友就好，總比被孤立好些。可是書包裡藏刀片的事還是讓楊小翼生出另一種擔憂來，楊小翼給應老師打了個電話，談了此事。應老師說，她會注意的。

夏日的一天，楊小翼下班回家，聽到家裡傳來口琴聲。那是不會吹口琴的人吹出來的雜亂無章的聲音。她推門進去，看到天安和一個孩子在翻母親送她的那只藤條匣子，另一個孩子則站在沙發上胡亂地吹著口琴。孩子們見她進來，顯然很意外，他們一下子收斂了。那個吹口琴的孩子迅速從沙發上跳了下來，停止吹奏，觀察她的臉色。藤條匣子打開著，將軍和母親的合影以及相關書信丟落在水泥地上。楊小翼對天安翻她珍藏的母親的遺物很不高興，但她又想，天安終於有了朋友，這是值得高興的。她的臉上一下子布滿了熱情，客氣地對孩子們說：「你們玩你們的，我給你們倒茶去。」那兩個孩子沒怎麼理睬她，一會兒就走了，走的時候甚至沒同她告別。現在的孩子怎麼這麼沒有禮貌？

那兩個孩子走後，楊小翼迅速收拾母親的遺物。天安一直站在一邊，觀察她的臉色。楊小翼說：「天安，你帶朋友來家裡，媽媽很高興，但你不能翻家裡的東西。」天安點點頭，然後指了指她手中的照片，說：「媽媽，剛才同學嘲笑我，說照片上的人是你，那男人是你的相好，媽媽，他是嗎？」楊小翼愣了一下，說：「傻瓜，不是的，這上面是你外婆啊。」天安問：「那男的是誰？是外公嗎？為什麼我沒有外公呢？」她被他的問題噎住了，不知如何回答他。

兒子在學校的處境在往好的方向發展，比過去快樂了不少。他的普通話越講越好，差不多一口京片子了，不仔細聽已辨不出四川口音。他喜歡泡在學校裡，有時候很晚才回到家裡。因為天安曾翻過母親的遺物，楊小翼想著整理一下自己的私人物品，免得天安翻到了，亂丟亂放。

她翻到劉世軍寫給她的那些信時，愣住了。這段日子，她的心思都在兒子身上，不再像以前那麼想念他了。兒子剛到北京那會兒，他來看過他們。他除了教天安製作玩具火藥槍，幾乎不說話。見他這麼鬱悶，楊小翼讓他想辦法把米豔豔調到北京來。他搖搖頭說：「劉家現在根本離不開豔豔，她調過來，老家就亂套了。」楊小翼想想也是個理。看到這些信件，楊小翼又牽掛起他來，不知道他近來可好，她想什麼時候帶著兒子去看看他。

楊小翼沒料到的是，第二天劉世軍竟然出現在她的面前。楊小翼嚇了一跳，想，難道自己真的和他有心靈感應？

劉世軍態度嚴肅，顯然有事找她。果然他告訴她，他可能不久會離開北京。楊小翼第一個念頭是他要調回永城了，雖然她總是勸他有機會回永城，但想起北京將沒有了他，她還是心頭空落落的。

但他不是要調離北京，而是要去南方和越南人打仗。他說，在蘇聯的支持下，廣西、雲南邊境這幾年經常受越南人騷擾，邊境地區人民的生活及財產都受到極大的破壞，目前國家正在積極備戰，可能不久就會開戰。他已向上級打了報告，主動要求去前線，快的話，冬天到來時就能成行。

戰爭在楊小翼的感覺裡一直是十分遙遠的事，和平了三十年了，戰爭突然出現在身邊，楊小翼覺得相當怪異。她想像不出現實中的戰爭會是什麼樣子，在電影裡，戰爭一直是嚴酷的，炮火連天，生命無常，轉眼之間一切灰飛煙滅，但有一點她明白，不管是現實中還是電影裡，戰爭總是要死人的。她本能地覺得劉世軍去前線是一次錯誤的選擇。

「你為什麼要自己請戰呢？你在後勤部門工作，你不應該輪到的呀。」

「我必須去。我在北京待了快五年了，在機關裡論資排輩，我的職務都沒動過，參戰是一次機會。」他說。

「可是，你要是有個三長兩短，豔豔怎麼辦？你兒子怎麼辦？」

「我知道輕重。」他說。

最近這段日子，國家的政治變化很快，很多過去靠邊站的老同志都出來工作了。楊小翼問起劉伯伯的情況，劉伯伯也應該能恢復工作啊。

劉世軍嘆了一口氣，說：「我父親過去在白區工作過，文革時替他羅列了很多罪名，聽說組織還在調查，他的很多戰友都在文革中被整死了，要還他清白不是那麼容易的事，一時半會兒看來很難解決的。」

楊小翼黯然。

「我去前線同這件事也有關。劉家不能這樣倒了，我必須去，我得給劉家爭面子。我這樣待在北京不會再有什麼出息。」劉世軍說得非常堅定。

劉世軍看出了她的擔憂，笑著安慰她：「我是搞後勤的，危險應該不大，你放心吧，我一定拿一個軍功章回來。」

楊小翼說：「我只要你活著回來。」

劉世軍低頭沉默了。

冬天的時候，劉世軍真的去了廣西。過了元旦，戰爭就打響了。那段日子，全民的注意力都在這場戰爭上。報紙、電視、電台都是關於戰爭的消息。前線不時傳來勝利的消息，全國人民無不歡欣鼓舞。楊小翼卻是緊張萬分，她更關心的是中國軍隊的傷亡人數，但幾乎沒有一家報紙提及這一情況，好像解放軍無損一兵一卒就大獲全勝。

也許是楊小翼太關注南邊的戰爭了，她有點忽略天安。

有一天，楊小翼正在單位看一則來自前線的通訊。通訊講述在「貓兒洞」裡，前線戰士們的生活雖然艱苦，但依舊睡得甜，吃得香，戰爭間隙還開展歌詠比賽，充滿了革命樂觀主義精神。正當楊小翼想像劉世軍在戰場上是何等模樣時，她接到應老師的電話，讓她趕快去學校。楊小翼聽口氣就知道天安闖禍了。到了學校，應老師告訴她，天安跟著班上兩位同學在偷竊，他們利用食堂排隊打飯時，用刀片把同學的口袋割破，然後偷同學的錢包。那天，他們試圖偷校長的皮夾子，結果被逮到了。楊小翼這才明白，天安包裡的刀片是幹什麼用的。

她感到顏面丟盡。

那天，楊小翼把天安帶回家後，狠狠打了他一頓。

他竟然去做小偷，他竟敢去做小偷。

這是她第一次打他，他已十三歲，正在發育期，照說她不應該使用暴力，可他做什麼也不能去做小偷啊，他怎麼可以做這麼丟臉的事呢？

楊小翼兩天沒理天安，她躺在床上，不吃不喝。天安嚇壞了，他自知犯了大錯，試圖討好她，老是在她床邊轉。她不看他一眼，不和他說一句話。

他急了，哭著說：「媽媽，你生病了嗎？」

見她不回應，他又解釋道：「媽媽，只有那兩個同學才對我好，看得起我。」

楊小翼聽了眼淚嘩地流了出來，她有一種深刻的無助感。她一把抱住天安，說：「天安，不管怎樣，你都不該去幹壞事，我們家裡的人怎麼能去幹這麼下三爛的事呢？」天安哭著說：「媽媽，我再也不幹了。」楊小翼說：「天安，那你要向我保證不再和那些壞孩子混在一起。」天安遲疑地答應了。

那天，楊小翼思考是不是要把自己的身世告訴天安，她認爲這可能對天安建立自信有好處，他應該知道他的來處，應該知道他的身上有可以驕傲的血液，他應該明白他是不可以做這麼醜陋的事的。如果有一天將軍聽說了此事，她都無臉面對他。她一定得把天安教育好。

那天晚上，楊小翼非常嚴肅地把天安叫到跟前。她問他：「還記得外婆和一個男人的合影嗎？」天安點點頭。她把那張照片拿出來，和將軍的標準照放在一起。她問：「天安，你發現了什麼？」天安不知道她在玩什麼把戲。

當天安聽了將軍和外婆的故事後，非常驚訝。他的吃驚不亞於她當年，當年她從劉伯伯那兒聽到自己的身世時如墜入某個不可思議的夢境中，現在將軍比一九六〇年更顯赫了，天安似乎被嚇傻了，半夜的時候，天安還敲她房間的門，問她說的是不是眞的。楊小翼說：「傻瓜，當然是眞的，我爲什麼要騙你呢？」

那天，楊小翼把將軍送母親的口琴交給天安保管，她這麼做是想讓他有責任。就是從那天起，天安開始學口琴。他對音樂似乎滿有天分的，沒多久，他就能漂亮地吹出一首完整的曲子。他吹得最多的一曲是《乘著歌聲的翅膀》。

李叔叔寫信給楊小翼，談起前線戰事，說軍隊傷亡慘重，醫生人數不夠，需要地方支援。因爲李叔叔在外科領域口碑很好，上級決定抽調他去後方醫院救治傷兵。

關於前線的消息，身處北京的楊小翼當然知道得更多。楊小翼系統的文藝工作者都上了前線，給將士們慰問演出。他們回來描述的情形讓楊小翼感到憂心。他們說：「越南人對這場戰爭早有準備，工事構築得十分隱蔽和完善，解放軍進攻的線路上布滿了地雷，再加上戰區屬高山地帶，地形險峻，攻難守易，所以，這場戰爭打得十分嚴酷，軍隊的勝利是以戰士的犧牲作爲代價的。」

聽到這些傳言，楊小翼暗暗爲劉世軍捏一把汗。有一晚上，她還夢見劉世軍少了一隻胳膊，躺在病床上對她笑，好像在爲他終於成爲一個英雄而驕傲。楊小翼嚇得從夢中驚醒。醒過來後，她祈禱上蒼，劉世軍一切平安。

那年二月底，楊小翼突接到米豔豔電話，米豔豔在電話那頭泣不成聲。楊小翼開始以爲劉世軍犧牲了，差點暈眩過去，好久才聽明白劉世軍只是被俘了，但生死不明。

「他不是幹後勤的嗎？怎麼會被捕呢？」楊小翼著急問。

「是他自己要求的，他帶著車隊上了前線，橋被炸，車隊被越南人圍住，就被俘了。」

「是軍方的消息嗎？他人怎麼樣？有沒有受傷？」

米豔豔一邊哭，一邊說：

「是有人突破重圍逃出來才知道的，也不知道他怎麼樣，現在什麼消息也沒有。」

楊小翼雖然同樣揪心，但現在除了勸慰米豔豔沒有別的辦法。她說：

「豔豔，你別擔心，我去打聽一下戰俘交換的情況。如果是眞的被俘，應該沒有問題，最後總是能回來的。」

米豔豔說：「聽說越南人很殘忍，他們虐待俘虜。」

楊小翼見米豔豔這麼焦慮，就勸她來北京散散心，順便向軍方反映一下，讓軍方在交換俘虜時特別注意一下。米豔豔馬上答應了。她現在的情況有點病急亂投醫，只要對劉世軍有利的事，她都會做，不管有沒有希望。

楊小翼打算找夏津博，詢問一下關於俘虜的處理情況。在老幹部紛紛復出的形勢下，夏中傑伯伯和王莓阿姨從河南回來了，他們又回到外交部工作。楊小翼前不久還見到過夏津博，他裝扮得古裡古怪的，穿著一身軍服，把頭髮養得很長，還戴了一副墨鏡，成天和一些畫家雕塑家混在一塊兒，立志成爲一個藝術家。

夏津博告訴她，目前中國政府和越南政府正通過非正式管道在談判，解決雙方的俘虜及死者遺體問題，但沒有關於劉世軍的消息。他說：「如果活著，劉世軍應該沒問題，一定會回來的。」

楊小翼聽了相當失望，她要夏津博盡量想辦法打聽到劉世軍的確切消息。夏津博建議楊小翼可以去問問尹南方，尹南方的消息更靈通一些。

自醫院見過尹南方後，他們一直沒有見面，聽夏津博說尹南方開始參與政府的事務，被派往一家大型國有企業任副廠長。夏津博還說，自從擔任公職後，尹南方心態平和了好多，有一次還問起楊小翼的近況。

楊小翼說：「我見不到他，有機會你替我打聽一下。」

夏津博說：「好的。」

三天以後，米豔豔隻身來到北京。

米豔豔這幾年沒有演戲，要演也是些跑龍套的角色。米豔豔說，早幾年還演樣板戲，演主角，也紅過。後來有一個官兒喜歡上了她，想要占有她。開始她還虛於委蛇，逢場作戲，後來實在逃不過去，她只好斷然拒絕。她說：「那人有狐臭，臭哄哄的，一聞就噁心。」從此後，她就靠邊了。她倒是想得開，她說：「家裡那麼多事兒，爸又被打倒，家裡人心惶惶的，也沒心思演戲，這樣也挺好的。」

米豔豔見到楊小翼就眼淚汪汪，人非常憔悴，一定是好幾天沒睡了。楊小翼和米豔豔擁抱，她不知道如何安慰豔豔。

到了楊小翼家裡，米豔豔很有禮貌地關心楊小翼的近況，還說了客氣話，如住在楊小翼家裡會不會麻煩之類。楊小翼知道這是處境困難的人自然反應，她當即說：「我們是姐妹啊，怎麼說這種話呢？」

然後，又談起劉世軍的事，米豔豔泣不成聲。楊小翼竟然有點羨慕米豔豔，米豔豔可以把心中的擔憂、牽掛肆無忌憚地表現出來，而她不能，她只能把痛藏在心裡面。

米豔豔又談起家裡的事。米豔豔告訴她，劉伯伯的問題有望解決，組織上已認定加在劉伯伯身上的污點屬子虛烏有，正在考慮讓劉伯伯重新回工作崗位，主持永城的工作。

楊小翼聽了很高興：「這樣你不用那麼辛苦了，終於熬到頭了。」

米豔豔點點頭，說：「說實話，嫁到劉家，也沒享到什麼福，反而吃了好多苦。」

楊小翼由衷贊道：「豔豔，你眞的很了不起。」

米豔豔說：「我也有怨氣的，世軍世晨遠在天邊，把一家子都扔給我，有時候我眞想帶著兒子跑到個什麼地方躲起來，可是我還是放不下，我上輩子欠了劉家的。」

說到兒子，米豔豔又忍不住掉淚。她說：「兒子聽說他爸爸成了俘虜，抬不起頭來，還說他爸是孬種，還不如犧牲算了，把我氣得……差點兒把他殺死。」

楊小翼能理解劉世軍兒子的心情。一九七九年的社會氣氛還是很保守的，多年的革命英雄主義教育讓一般民眾樹立了這樣一個觀念，一個戰士要麼戰死疆場，絕對不能繳械投降，做一個俘虜是件十分可恥的事，這種可恥的程度甚至比文革時期的「四類分子」還要嚴重，還要來得不光彩。

「管他別人怎麼看呢，只要劉世軍活著就好，俘虜又怎麼啦。」楊小翼勸慰道。

「是的，我才不管劉世軍是英雄還是狗熊呢，反正在我眼裡是孩子他爹。」米豔豔說。

「豔豔，你眞是個好女人。」

「我不好，我有時候吃你的醋，想你和世軍在北京，孤男寡女的，老是胡思亂想。」

楊小翼臉紅了，她解釋道：「我一直把他當兄長，你知道的。」

「可劉世軍一直對你好，他心裡喜歡你，我知道的。」米豔豔說：「有一段日子，他心情不好，雖然，他每個月都報平安，但我感覺得出來他有什麼事瞞著我。當時，我胡思亂想，以爲同你有關係。」

楊小翼突然感到心虛。她想，其實米豔豔並不像表現的那樣渾然不覺。她說：

「他上前線完全是爲了你們，他要爲劉家爭面子。」

米豔豔點點頭。

米豔豔在北京待了一個星期，也去了劉世軍所在單位打聽相關情況，結果如楊小翼瞭解的，他們的回答模稜兩可。不過，組織承諾一定會全力營救劉世軍。米豔豔知道這只不過是場面話，她失望地回永城去了。

楊小翼有一天在單位看一部美國人拍的關於越戰的紀錄片，是內部放映的。電影裡，越南人抓到美國士兵，就用烙鐵在美國大兵身上烙字。楊小翼看了，當場就噁心起來，她衝進廁所，把肚子裡所有的東西都吐了出來，藉著生理反應，她的眼淚嘩嘩流出來，在廁所裡蜷縮了好久。

一九八○年春天，前線的戰事早已經停了，劉世軍依舊沒有消息。戰事結束後，誕生了無數的英雄，這些英雄大都傷殘，他們被組織起來，到處做報告。從「文革」過來的人民需要這樣的英雄主義激勵，來修補他們曾經的精神創傷。楊小翼因為是在部隊，所以經常被組織去聽英雄們慷慨激昂的演講。坐在台下，楊小翼想起童年時，幹部子弟學校也組織解放戰爭、抗美援朝的英雄來演說，當時，坐在身邊的劉世軍眼睛裡充滿了對這些英雄的崇拜之情。有一次，劉世軍對她說，總有一天，他也會成為像他們一樣的人。

可是劉世軍沒有成為英雄，他壯士未酬，下落不明。每次想起劉世軍，楊小翼的胸膛像是被人重重擊了一下，有一種窒息的痛感。

楊小翼和北原、舒暢、盧秀貞等過去的老朋友經常見面。北原和舒暢的作品開始在雜誌上發表，他們幾乎是一夜成名，成為詩壇的雙子星座。這對雙子星座的詩風大相徑庭，北原的詩作表現出對政治的興趣，但舒暢的詩有一種一塵不染的田園氣質。

盧秀貞在寫作上不像北原和舒暢那麼幸運，但在愛情上她如魚得水。她又和舒暢好上了，同時繼續和北原藕斷絲連。據說盧秀貞和北原戀愛時，舒暢一直在追她，舒暢嘴巴甜，盧秀貞最終難以抵擋舒暢的甜言蜜語。奇怪的是，他們三人似乎相處不錯，經常吃住在一起。

盧秀貞來看望楊小翼。那天，天安去順義搞春遊，剛好不在家，盧秀貞就留宿在楊小翼家。她說：「那兩個人在吵架，我懶得理他們，不想回去了。」楊小翼想，看來他們之間並不像外部看起來那麼協調，矛盾還是有的。

「舒暢和北原吵架了？怎麼回事兒？」楊小翼問。

那時候，她們已躺在被窩裡。這樣聊天是年輕時候的事，很久沒有過了。

「舒暢吃醋，說我對北原好。」盧秀貞說。

「這說明舒暢眞愛你，北原不吃醋嗎？」

「北原？不知道，他這人什麼都藏在心裡，猜不透，不像個詩人。」

「秀貞，你究竟怎麼想的？你總得挑一個啊，這樣會害死這兩個男人。」

「我兩個都要。」說這話時盧秀貞臉上有一股子凶悍勁兒。

盧秀貞的言談中不大說起北原，更多說的是舒暢。她說：「舒暢其實特花心，也討女人喜歡，經常和別的女人不清不楚。可這傢伙很霸道，他自己不檢點，卻把我管得死死的，不允許我同別的男人好。」

「舒暢也喜歡你。」盧秀貞看了楊小翼一眼，「他見到你眼睛都會放光，有一天，他還在夢裡叫你的名字。」

楊小翼臉紅了一下。盧秀貞這樣露骨的話，她還是有些不適應的。不過，同時她眞有些羨慕盧秀貞，愛得這麼大膽，敢作敢爲，拿得起放下。不知怎麼的，楊小翼突然想起了失蹤快一年的劉世軍，心裡一層揪痛。

後來，夜深了，盧秀貞問起了楊小翼的情感世界。也許是那天盧秀貞的坦率讓楊小翼有了表達欲望，也許是那天晚上楊小翼確實想念劉世軍了，楊小翼講起了自己和劉世軍之間的糾葛。她從頭說起，巨細靡遺。

這是楊小翼第一次同人講述她和劉世軍之間的情感。她說了童年在幹部子弟學校二樓頂層，楊小翼要求劉世軍對她好比對劉世晨更好；說了十七歲那年在演出《牛虻》時劉世軍說喜歡她；說了劉世軍在永城保護著遠在北京的她不受欺負；說了劉世軍千里迢迢來廣安看她；說了他們之間長達四年無所不談的通信；說了令她既幸福又辛酸的帶著煎熬的相濡以沫；說了他們無奈的分手……

這個人曾經對她那麼好，可現在這個人卻丟了，消失了，生死不明。想起他如今的處境，楊小翼突然泣不成聲。

夏日的一天，楊小翼和天安從王府井逛街回來，看到屋外站著一個人，他的腳邊放著一堆行李。由於樓道光線比較暗，楊小翼開始沒有認出他是誰。當認出是劉世軍時，她高興地喊了出來：

「劉世軍，是你嗎？你還活著啊？」

劉世軍好像有些靦腆，他站在那裡一動不動，只是勉強地笑了一下。

楊小翼打開門，讓劉世軍進屋。劉世軍拎起行李，把行李放在門邊。看到行李，楊小翼猜測，劉世軍可能剛剛回來。

劉世軍看上去非常疲憊，臉被曬得很黑，臉上有一股暗影，這暗影加深了落寞的神情。

天安和劉世軍不是很熟，只見過一面，天安當然聽說過劉世軍被俘的事，他好奇心強，留在客廳裡想聽故事。楊小翼覺得他在一邊礙手礙腳，把他趕進了自己的房間。天安很不情願地走了。

楊小翼正處在見到劉世軍的驚喜之中，她語調快活地說：

「你可把我們擔心壞了，我們到處打聽你下落，一點消息也沒有。回來了就好，你瘦了，我都認不出你了，不過，男人瘦一點精神。」

劉世軍的憂鬱和楊小翼的快樂形成了強烈的反差。聽了楊小翼的話，劉世軍苦笑了一下。

一會兒，劉世軍告訴楊小翼，他是從俘虜營逃出來的，他殺死了越南看守才得以逃脫，他就一直往北跑。從越南北部到中國，一路都是森林，在逃亡途中，他差點被森林裡的瘴氣毒死。

楊小翼記起他剛才進來時，走路有點一瘸一拐的樣子，問：「你受過傷嗎？」

劉世軍說，在森林上被蛇咬了，當時他以爲沒命了，他是用刀子把傷口割除才保住了性命。

聽劉世軍說起這些事，楊小翼相當害怕，好像她也經歷了這次奔逃。她說：

「不過，你還活著，這最重要。」

劉世軍嘆了一口氣，搖了搖頭。

楊小翼問：「你心情不好嗎？」

劉世軍說：「我終究沒成爲一個英雄，倒成了一個人人看不起的狗熊。不但如此，現在組織上也不信任我了，我怎麼逃出來的，沒有個證人，我怎麼說都沒用，組織懷疑我和越南人有什麼交易。」

「怎麼會？」楊小翼說。

楊小翼想，怪不得劉世軍這麼壓抑。

「我退伍了，要回永城去了。」劉世軍轉了話題。

楊小翼愣了一下。劉世軍這次是眞的要離開北京了，她爲他擔驚受怕，夜不能寐，但他終究是米豔豔的。她傷感地說：

「這樣也好，我爲米豔豔高興。」

他看了她一眼，苦笑了一下。

還是說點高興的事吧。她說：

「對了，你女兒眞漂亮，和米豔豔小時候一模一樣，已經會唱歌跳舞了，將來一定會成爲一個好演員的。」

「我回去過了。她見到我，都不肯認我，躲在她媽媽的身後，不肯出來。」他勉強地笑了笑。

聽到他已回過永城，楊小翼一剎那有些失落。楊小翼說服自己，劉世軍當然得先去永城，那兒是他的家啊，劉世軍是別人的丈夫。

劉世軍告訴楊小翼，他是來告別的，他一會兒就去火車站。楊小翼這才明白他爲什麼隨身帶著行李。

「我本想早點告訴你，我回來了，但我感到丟臉，無臉見你，請你原諒。」

他這麼說時，楊小翼對他充滿了憐憫，她很想把他抱在懷裡安慰他。

那天，楊小翼要送劉世軍去火車站，但劉世軍拒絕了。他這麼決絕，楊小翼感到有點受傷，沒有再堅持。看著他遠去的背影，如此孤單，楊小翼突然淚流滿面。

「媽媽，他是個俘虜嗳，他還好意思來看你。」

不知什麼時候，天安來到了楊小翼身後。

「天安，你怎麼這麼說話的。」

見母親在流淚，天安嚇壞了，他說：

「媽媽你怎麼啦？」

楊小翼沒理天安，整整一天沒理他。

劉世軍回老家後，他被分配到航道部門，但沒分配他具體工作。他來過一封信，他在信裡說：「周圍的人對我不理解也就算了，連父親對我成爲一個俘虜也很不諒解，覺得我丟盡劉家的臉。『還好意思活著回來。』父親這樣罵我。」劉世軍很受刺激，但他不怪父親，他向組織要求，想去礁島守護航海用的燈塔，算是到艱苦的地方自我懲罰的意思。上級倒是同意了他的要求，因爲礁島生活艱苦，沒人想去。楊小翼從這封信中，看出劉世軍心裡的苦悶。這個傢伙他這是何苦呢，幹嘛去這麼艱苦的地方呀！想起他活得這麼苦，楊小翼想哭。

第二十六章

隨著毛澤東的去世，中國發生了一系列新的變化。一些過去的錯案得到了平反和改正。楊小翼一連得到兩個好消息：政府給外婆家落實了政策，原來被沒收的財產返還了他們，這樣舅舅和外婆的生活有了顯著的改善；另一個是劉家的，劉伯伯的歷史問題終於昭雪，劉伯伯也官復原職。

楊小翼由衷地感到喜悅，決定帶天安去上海和永城一趟。她知道快樂是要人分享的，她願意分享他們的快樂時光。她想，劉伯伯有權了，劉世軍就不用那麼苦了，劉伯伯一定會想辦法把世軍從礁島上弄回來的。

楊小翼是清晨抵達上海的。她和天安坐的是晚上的列車。列車在一望無際的華北平原上奔馳時，她想起童年時在上海輪上的情形。她和母親也總是晚上出發，第二天一早就到了上海十六浦碼頭。她很想同天安講講自己的童年時光，講一講外婆家明亮高大的西式宅院，講講她曾在外婆家見到過宋慶齡……這些事她從來沒和天安講過——過去她一直隱瞞著那一切，好像那是她的罪過。她想，在天安的腦子裡，外婆和舅舅一直是可憐的，他們住在一間擁擠的倉庫間裡，舅舅都六十多了，至今單身。楊小翼對自己這些年來無法幫助他們感到內疚。

楊小翼進入淮海路外婆家的弄堂。白楊樹得房舍同她記憶裡完全不一樣了。她記憶裡的白楊樹高大茂密，房舍一塵不染，但現在白楊樹看上去顯得十分平常，甚至有點低矮，那西式小樓也因年久失修，牆布滿了苔痕。奇怪的是上次楊小翼帶天安來看望外婆和舅舅時，沒注意到這些事物。

說是把房產返還給他們了，其實只是返還了其中的幾間。舅舅告訴她，這房子的左邊已被居民占了，不太可能搬走了，讓他們搬走，他們又住到哪裡去呢？所以，那部分政府是用貨幣的方式補償的。返還他們的這幾間，原來是街道占用著的。楊小翼認出那東邊靠窗的房間曾是外公的客房，外公總是在那裡接待各式各樣的客人。不過，那房間已今非昔比，當年，這房間裡都是紅木家具，現在，堆了一些雜物。外婆說，早想整理一下的，年歲大了，整不動了。外婆已八十多了，但看上去卻並不顯老，臉上有一種波瀾不驚的淡定。

他們見面卻並沒有談起外公，也沒有談起母親。雖然在楊小翼的感覺裡，外公和母親時刻存在著，外公和母親就在那兒，在不遠處微笑地看著他們，爲他們劫後餘生感到高興，可是楊小翼也沒有提起他們。這是他們心照不宣的默契。過去的事或多或少是悲傷的，留在心裡就夠了，爲什麼要說出來呢？

傍晚的時候，有一個姑娘敲開了他們的門。姑娘皮膚白皙，眼睛很大，像是會說話的樣子。她進來時滿臉笑容，只是笑意裡有一種察言觀色的神態。外婆見到姑娘一下子高興起來，外婆說：

「怎麼這陣子不過來玩啊，我天天盼著你來呢。」

姑娘帶了一隻火腿來，她笑道：「這陣子醫院挺忙的，聽說北京客人來了，我過來看看。」

舅舅似乎有點不好意思，紅著臉過去接過姑娘的火腿，說：「家裡吃的都已經買了，你幹嘛破費。」

姑娘說：「這是金華火腿，只有上海才有，我是託了人才買到的，給客人嘗嘗鮮。」

姑娘把火腿遞給舅舅後，摸天安的頭，問：「有沒有去過南京路白相啊？」

楊小翼覺得現在的幹休所像一個戰士指揮部，見劉伯伯的煞有其事的樣子，楊小翼會心笑了。

吃飯的時候，王香蘭也來了。除了劉世軍和劉世晨，劉家所有人都到場了。劉伯伯讓楊小翼坐在他身邊，還替楊小翼倒了酒。菜非常豐盛。劉家又有了保母，一桌的菜都是保母做的。景蘭阿姨坐在楊小翼的右邊，楊小翼的右邊就有點兒異樣，就好像右邊埋了個定時炸彈。楊小翼最怕的就是景蘭阿姨，她怕景蘭阿姨失控，會讓她下不來台。可就在這個時候，景蘭阿姨用筷子夾了一塊肉給楊小翼，突兀道：

「你媽媽，人好，可惜走了。」

一股熱流湧上楊小翼的心頭，她眼眶泛紅。她沒想到景蘭阿姨知道母親已走了。景蘭阿姨眞的是什麼都明白的。

劉伯伯大概怕氣氛傷感，扯開了話題：「小翼，這次來，你多待幾天，多看看，多走走，你見多識廣，多給我提提意見、建議。我前不久出了一趟國，才知道我們是眞的落後了。」

楊小翼說：「我哪提得出什麼意見啊。」

楊小翼想起上回在劉家吃飯已是十多年前的事兒了，那會兒她剛和伍思岷結婚。時間過得眞快啊。想起上次宴席，劉世軍也在，如今劉世軍卻孤獨地在礁島受苦，楊小翼就說：

「劉伯伯，劉世軍太苦了……」

劉伯伯好像知道她想說什麼，打斷了她，他說：「哪兒跌到哪兒爬起來，誰也幫不了他。」

楊小翼就不好再說了。

劉伯伯目光掃了一下米豔豔，目光裡有不滿。

「豔豔，男人事業上的事，你用不著操心。」

米豔豔眼睛紅紅的，委屈地低下了頭。

後來，楊小翼和米豔豔單獨在一起時，勸慰米豔豔：「你不要著急，這事兒總可以解決的，劉世軍不會一輩子守礁島的。」

米豔豔說：「他們劉家一個個都是死腦筋，當爹的風格高，做兒子的腦子也進水了。他爲什麼要死守那個破島？不就是被越南人抓了一回嗎？何罪之有？我有時候覺得劉世軍眞的很自私，挺恨他的。不過，又想想，覺得他實在可憐，一個人在海角天涯。」

第二天，米豔豔一早就去外地演戲了。戲劇又恢復了原先的活力，他們劇團的演出很受歡迎，幾乎場場爆滿。米豔豔因此非常滿足。

楊小翼閒而無事，就一個人來到海邊。米豔豔說她過礁島，去一趟很不方便，得坐那種小機帆船去，得大半天時間才能抵達，並且很不安全。米豔豔還說，那礁島小小的，造了一間小平房供他容身，吃的淡水和食品都是大陸運去的，一點也不新鮮。楊小翼很想去看看劉世軍，怕米豔豔知道後會起疑心，放棄了這個念頭。那天，她獨自坐在海邊的岩石上，遙望著遠方。海面遼闊，海水和天空在遠方連成一片，除了天上的白雲和零星的海鳥，空無一物。楊小翼想起自己和劉世軍的情感，有一種恍若隔世之感，好像那些都是她的前塵往事。有一刻，這種空虛感令她沮喪，她內心還是不願意失去這段情感的。是的，她放了手，但不是空無一物，所有的細節都在她的心頭，在她的身體裡，只要她願意，一切馬上會變得充盈起來。那天，楊小翼在海邊坐了一整天。到了傍晚，太陽被海水呑滅後，楊小翼從岩石上站起來，她留戀地回望了一下大海，在她心裡，這算是看過他了。

楊小翼回到劉家，天快黑了。他發現天安的手受了傷，手腕上纏著一塊白紗布。楊小翼的心就提了起來，問他怎麼啦？一邊的王香蘭說：「和世軍的兒子打架。」想起廣安時，天安總是被欺侮，楊小翼就有點心痛。楊小翼對劉世軍的兒子說：「你這麼大了，怎麼還欺負小孩？」劉世軍兒子黑著臉不說話。楊小翼想，他怎麼一點不像劉世軍，劉世軍多忠厚啊，倒像他姑姑劉世晨，喜歡欺負人。

王香蘭卻是護著自己的外孫，她說：「你兒子也好不到哪兒去。你兒子嘲笑他，說他爹是個俘虜。他當然要生氣了，結果兩個人扭打成一團。你兒子還眞勇敢，我外孫比他高出一個頭，都敢和他打架。」

王香蘭說話的腔調像是戲裡的念白，煞是動人。聽說兒子這麼說劉世軍，楊小翼很生氣，斥責道：

「你怎麼可以這樣說的？嗯？這傷是他打的？」

天安搖搖頭。

王香蘭驕傲地說：「不是的，是我外孫女咬的。我外孫女見她哥哥同人打架，去幫他哥哥，在天安的手腕上咬了一口。」

楊小翼吃了一驚，米豔豔的女兒還這麼小，竟然這麼厲害，劉家的人——特別是女人可眞不簡單。

晚上吃過飯，楊小翼發現米豔豔的女兒和天安在一起玩耍，兩個人顯得非常親熱，好像咬人的事情從沒有發生過。聽著不時傳來的小女孩清脆的笑聲，楊小翼感慨，天安眞的不是個愛記仇的人，這一點倒是像她的。

楊小翼和李叔叔見了一面。李叔叔告訴她，媽媽死後，他很孤獨。他去西班牙和家人團聚的事有了眉目，目前正在辦理相關手續，應該不久就可以成行。

楊小翼明顯感到一個新的時代來臨了。

有一天，楊小翼收到一張請柬，讓她去中國美術館看畫展，畫展有個古怪的名字叫《新神》。開始她並沒打算去看，後來她接到夏津博的電話，才知道是他組織策劃的，她只好去捧場了。夏津博在電話裡神祕地告訴楊小翼，這個畫展他會有驚人之舉，楊小翼一笑了之。

那天，楊小翼是帶天安一起去看的。到了美術館，她嚇了一跳，竟然人山人海。不過，她馬上想明白了，在這個時代，人們像發了瘋一樣追隨文學藝術，多年的教條把人性禁錮得太久了，生活中這種禁錮依舊存在，但藝術開始悄悄融化人性的冰堅，呈現出迷人的自由的可能，文學和藝術因其曖昧不明而有更多拓展思想邊界的能量，於是成了思想解放運動先鋒。

北原、舒暢和盧秀貞等人也在。盧秀貞挽著舒暢的胳膊，北原一副視若無睹的樣子。北原見到楊小翼，像大哥那樣關心督促她趕緊做出一些成績來。「這是千載難逢的好時機，錯過了就永遠錯過了。」他強調。她告訴他，她想搞一些當代史的研究，但不是那種宏大敘事，而是民間的、個人生活史的研究。北原說：「歷史毫無意義，在這個時代，只有文學藝術才能直指人心，和人性的需要息息共鳴。」北原說的或許有理，但楊小翼認爲那是他專業的傲慢在作祟。

這天，楊小翼一直沒有見到夏津博，不過，她在展覽的出口處看到了夏津博的一個裝置藝術，是一枚巨大的五分錢硬幣，面向觀眾的是天安門層樓那一面。作品的名字叫《我們的方式》。楊小翼不知其意，不知是讚美金錢還是批評金錢，如果是這樣的意思，她認爲夏津博的裝置藝術是平庸的，她實在看不出夏津博在這件作品裡有什麼驚人之處。

就在楊小翼和北原閒聊的時候，美術館安靜的大廳裡出現一聲巨響。開始楊小翼不知道是什麼聲音，以爲是美術館的什麼位置塌陷了。她看到人群向那邊擠去，有人在說：「是槍聲，有人開槍了。」聽說是槍聲，楊小翼頓覺得整個美術館有了詭異之氣，好像某件恐怖事件正在發生。

天安正在向她奔來。天安一般在別人緊張的時候表現出驚人的鎮靜，他說，槍是夏津博叔叔開的，他親眼看見的，夏津博叔叔已被兩個衝進來的警察帶走了。楊小翼拉著天安朝槍擊現場擠過去，好不容易才站在夏津博的裝置前，裝置前的玻璃被擊碎了，那枚巨大硬幣的中間已被子彈擊裂。她終於明白夏津博所謂的驚人之舉是什麼意思了。這時，保安進入美術館，開始清場。人們臉上掛著某種興奮和驚惶交織的表情，沉默退場。

幾天以後，楊小翼聽說夏津博從派出所放了出來，夏中傑伯伯隨即送他出了國。夏津博出國後沒有再從事藝術活動。五年後，楊小翼曾收到過他的一封信，他在信裡說，他子承父業在歐洲做了外交官。

這一槍把楊小翼的心思打動了。在她看來，這是思想解放運動的發令槍。這意味著，無論是藝術還是思想，都可以有比較自由的表達方式。她感到一個屬於自己的黃金年代來臨了，她應該做一些值得去做的事情了。

基於自己的身世，她最感興趣也最關注的領域是研究革命者的遺孤及其私生子問題。她想走訪一九二一年到一九四九年革命所及的各個地區，去搜集相關資料，實地採訪戰爭孤兒及私生子的生存狀況。楊小翼一直沒成行是因爲天安的存在，她走了，天安沒人照顧。天安正處在發育的反叛階段，她怕不在家時，天安又闖出什麼大禍來。

開始的時候楊小翼想把天安託付給盧秀眞，但考慮到盧秀眞生活混亂，實在不怎麼靠譜，把天安帶壞了就麻煩了。

楊小翼去學校找應老師，談了自己想出去採訪的事。應老師馬上領會她的來意，非常爽快地說：「天安放我這兒吧，我會照顧他的，你去吧，沒事的。」楊小翼還是猶豫，說：「天安這孩子不好管。」應老師說：「你放心吧，要是天安有事兒，我會隨時和你聯繫。」

楊小翼終於得以成行。她先到福建，然後進入江西，打算沿紅軍長征路線行走，最後的目的地是延安。

在這次採訪中，楊小翼接觸了成百上千革命者的遺孤及私生子，數量多得令人吃驚。在孤兒及私生子的分類分析中，她發現革命者的遺孤的處境比私生子要好得多。革命者的遺孤基本上有著極好的照顧及培養，而那些私生子，因爲倫理的原因和某種革命意識形態的純潔性要求，而被拋棄在外，流落民間，其血統成爲一個問題，其教育往往不得繼續。在她走訪的湖南省，有一位自稱是中央某高層的私生女，竟然目不識丁，至今在鄉下種田。

她開始思考造成這一現象的原因。她發現在革命意識形態的框架下，革命者的腦子裡，一直有一個原罪，這個原罪就是「私利」。「私利」和共產主義理想是衝突的，要靠近共產主義這個理想，必須把這私心去除，於是革命的生涯轉換成了把自己身上的罪徹底取除的過程。當「公」成一條神聖不可侵犯的原則時，在革命的內部，革命者的身體屬於組織，思想屬於組織，個人的所有一切都屬於組織，私是不能公之於眾的罪，這種罪甚至涉及到親情和家庭之中。楊小翼在一份材料上看到關於郭沫若的故事，當時他的兒子正遭受造反派的圍攻，身陷囹圄。那年的國慶招待會，郭沫若也參加了，他有機會和周恩來說話。他想好了要和周恩來說這個事，希望總理能救救他的兒子。可是，在整個酒會期間，郭開不了口。宴會結束，郭只好滿懷沮喪和懊悔回家。在革命的思維中，凡涉及家庭，都屬於私的範疇，是不合法的，難以啓口的。

楊小翼一邊思考，一邊進行著調查。沿途的風光很好，滿眼都是綠水青山，是典型的中國鄉村的風貌。八〇年代初期，工業化還未到來，鄉村的自然環境得以很好的保護，只是鄉村還非常貧困，有些村莊甚至沒有一間磚瓦房。楊小翼的歷史專業告訴她，中國的鄉村世代如此，幾千年來鮮有發展。

「我們好久沒見面了。」

他在咳嗽，聲音裡有一種倦怠感。據說，下身癱瘓後，還會影響人的聲帶。

楊小翼好久都沒回過神來，她不知道用一種什麼樣的方式同他說話。上次在醫院見面後，一晃過去了六年。

「你在咳嗽嗎？你都好吧？」她問。

「都挺好的。我們見面再說吧。」

她說：「好的。」

尹南方現在不和將軍住在一起了，他住在一個四合院裡。他帶她參觀，院子裡有兩棵合歡樹，長得非常漂亮。

「你一個人住那麼大房子？」她問。

「是我母親給我搞來的，聽說原來這裡住著一位文化名人。」

他們相見意外的平和。他們都沒提起六年前的那次見面，也沒有提起青年時代的那個錯誤，他們都小心地迴避著這一切。楊小翼仔細觀察他，比以前胖了些，他的臉已完全像一個中年男人，顯得粗糙而黝黑。即使坐在輪椅裡，他看起來依舊充滿了權力感，說話的腔調裡帶著一種輕蔑勁兒。楊小翼發現這些高幹子弟，講話的口氣像是一個模子裡出來的，他們說話時，嘴總是半拉著，一半緊閉，一半張開，懶洋洋的，好像話兒是不經意溜出來的，那種不著痕跡卻又一言九鼎的樣子。

尹南方說：「我看過你的文章，寫得不錯。」楊小翼臉紅了，說：「你還看這種文章嗎？」他說：「閒著沒事兒，瞎看。」他又說，他從內部獲悉，國家將來會實行商品經濟，他想辭去公職，辦一家公司。他最近接觸了不少香港商人，從他們那兒學了不少東西。民營企業目前還是不合法的，必須掛靠一家單位，他已和建設部某個研究所談好了，就掛在他們下面。

「我的公司將來什麼生意都做，什麼賺錢就做什麼。」

「軍火也做？」

「做。」尹南方惡狠狠地說。

他說起他的一個哥們，還眞的在做軍火生意，這哥們把軍火賣給緬甸軍方，還賣給東南亞某國的游擊隊。

「不過，我要是這麼做，老爺子准會斃了我。老爺子有多少情感我不敢說，但他要無情起來，沒個底。」他笑道：「所以，我不做軍火。」

見到尹南方這麼有生活的欲望，楊小翼由衷地高興，看來工作或賺錢眞的可以平復心情。

「老爺子挺喜歡天安的，他一天到晚沒有表情，一見到天安臉上就有笑容。唉，老爺子終究是一俗人，到了歲數一樣喜歡含飴弄孫。」尹南方說。

楊小翼看了他一眼，不知如何回答。

「有時候我眞的看不透老爺子在想什麼。」尹南方像在自言自語。

一會兒，尹南方轉了話題：「你和你母親很像是嗎？」

「別人都說像。」

「很遺憾我沒見過她，我眞想見見她，可惜再也見不著了。」尹南方說：「老爺子有一天在飯桌上說起你，說『文革』時，他在廣安被紅衛兵關了起來，是你救了他。」

楊小翼有點兒吃驚，原來將軍一直知道是她救了他。

尹南方說：「一切過去了。他總有一天會認你的，你本來就是尹家的人嘛。」

楊小翼淒慘地笑了一下。

米豔豔的劇團排演了一齣反映改革開放的新戲《驚蟄》，進京彙報演出。她是劇中的主演。

楊小翼去劇院捧場了。她們已有兩年多沒見面了。

對一個地方劇院來說，進京演出是一項榮譽，地方文化系統的官員都很重視，悉數進京。這種演出的票子幾乎都是贈送的，但排場一定很大，會在演出前舉辦一個儀式，請出中央的文化官員講話。冗長的儀式過後，演出才正式開始。

戲是現代戲，故事在一個幹部家庭裡展開，在改革開放的思潮下，家庭內部出現了種種思想及情感問題，有社會陣痛，也有戀愛糾葛。米豔豔在戲中扮演一個少女，少女愛上了一個香港來的年輕人，但最後被香港人拋棄了。應該說，米豔豔演得非常投入，她的表演比過去成熟了許多，但一個快四十的人演一個少女總讓人感到彆扭。

演出結束，楊小翼和米豔豔找了個酒吧見了面。米豔豔還沉浸在她的角色中，她問戲怎麼樣？楊小翼猛誇了她一通，誇得米豔豔心情像花兒一樣開放。

米豔豔說起戲中的一個角色，笑著說簡直同她母親王香蘭一模一樣。

楊小翼問：「你母親都好吧？」

米豔豔說：「她啊，精力充沛得要命，不知怎麼的，也左得要命，整天批評這批評那的，就是看不慣現在的一切。我不給她看我的戲，但她偷偷跑到劇院看，看完之後，給我們戴帽子，說我們這齣戲是反黨反社會主義大毒草，是嚮往資本主義，是爲資本主義唱讚歌。我一邊聽她罵，一邊想戲裡的那個老太太，也是這樣罵我演的那個角色。」

說這話時，米豔豔充滿了寬容，像在講一個笑話。

「那你爲什麼不讓她演那角色呢？多好啊。」

「讓她演？算了吧，她會把整部戲都搶過去，到時候所有的焦點都在她那兒。她有這個能耐，畢竟她是老戲骨，這點我服她。」

楊小翼想起童年時和米豔豔偷偷跑到劇院看王香蘭演戲，她最喜歡王香蘭演的《白蛇傳》，在舞台上，王香蘭扮演的白蛇柔軟如絲，目光如水，一顰一笑，有一股妖嬈之氣。那一刻，楊小翼覺得台上這個女人眞的是一個仙女，超凡脫俗。曾經是如此美好的一個人啊！她感嘆歲月眞能讓一切變得面目全非。

說完王香蘭，兩人又談起了兒女經。楊小翼談了兒子不適應北京生活，難以教養的問題。米豔豔很爲兒子驕傲，她說：「都已經是大人了，比他爹還高，都偷偷在談戀愛了。」

楊小翼笑道：「這像你，你從小就想著談戀愛。」

米豔豔說：「你還不一樣？有哪個少女不懷春的？」

楊小翼很想知道劉世軍的情形，米豔豔不談劉世軍，楊小翼只好主動問起。她問的時候，心是虛的，說話都有些結巴。

米豔豔說：「劉世軍都挺好的，他被評爲地區和省裡的勞模呢。他還在那個該死的島上受苦，我雖然捨不得他，不過我現在也想通了，劉世軍總歸是回了永城，我還是高興的，他每個月回家一次，休息一個星期，我也滿足了，總比他一個人在北京好。」

楊小翼想像劉世軍獨自一人在礁島上的情形，她的眼前出現白茫茫的大海，大海中有一個小小的礁島，劉世軍坐在燈塔下，望著遠方……

他怎麼打發這日復一日單調的日子呢？他會想起我嗎？楊小翼突然感到難過。

見楊小翼出神，米豔豔把話題轉到她身上。米豔豔說：

「小翼，你還這麼年輕，你怎麼不找個男人呢？你總得有個伴啊。」

楊小翼聽了有點兒慌亂，好像那一刻她的心思被米豔豔看穿了。

第二十七章

這之後的幾年時光，楊小翼的日子過得相對安穩和沉著。有了兒子，她就有了自己的生活，有了一個暖烘烘的家。她不想再有所謂的婚姻，她看穿了，對她來說，有兒子相伴就夠了。當然，命運總是會讓她碰到幾個男人，有的對她非常關心，但對曾經滄海的她來說，這一切只不過是插曲，不值一提。

由於天安經常出入尹家，她和將軍的關係似乎變成了一件並不是迫切需要處理的問題。年過四十了，「父親」這一形象對她也不像過去那麼重要了。這件事暫時可以先擱起來。

她的關於革命者遺孤及私生子的論文終於寫成了。她感念八〇年代，那是個思想解放、各種觀點可以多元並存的時代。在那種鬆綁帶來的自由氛圍中，她的論文得以在《社會》雜誌發表了。論文發表後，她受到了圍剿，雖然風聲鶴唳，但她處之泰然，結果當然是不了了之。多年後，有人告訴她，將軍在某個場合替她說了話，將軍說：「楊小翼同志的調查及論文基本都是事實，我們應尊重事實嘛。」

有一天，楊小翼突然接到劉世軍的電話。這幾年，劉世軍在楊小翼生活中銷聲匿跡一般，劉世軍突然冒出來，讓楊小翼有些意外。劉世軍電話那頭的語氣相當著急。

動的。

「你還好嗎？你沒事吧？」

「我都好的呀。」

「我看到報紙上有人在批判你。」

楊小翼想，這事都過去了快半年了，他怎麼現在才來關心這事兒？大概他在礁島上，信息閉塞。也許是回永城休假他偶然見到了舊報紙上的消息。不過，即便這樣遲到的關心，楊小翼也是感動的。

「你在永城家裡嗎？家裡人都好吧？」

「不，我在北京。」

楊小翼吃了一驚：「在北京？你什麼時候來的？」

「昨天來的，我來北京出差。」

楊小翼和劉世軍相約見面，見面地點是楊小翼住家附近的一家咖啡館。咖啡館在公園邊上，天安的學校就在不遠處。楊小翼出門前，仔細修飾了一番。不久前，尹南方送她一支口紅，說是法國進口的，她還沒用過，她想今天試用一下。她對著鏡子，把口紅塗到嘴唇上。鏡子裡出現一個陌生的形象，她覺得太妖豔了，不能適應，她趕緊把口紅揉去。揉了口紅，唇比往日略要紅些（上面應還是留有口紅的殘跡），看上去她的臉比以前生動了些。

她提前來到咖啡館，找了個靠窗的位置。因爲是午後，咖啡館裡幾乎沒有客人。窗外是馬路，這條路是通向學校的專用道，這會兒非常安靜。一個女服務員翩然而至，她點了兩杯咖啡，囑咐服務員，等朋友到了送上來。然後，她坐著不停地看窗外馬路，等著劉世軍的到來。他們有五年沒見了，她對即將到來的見面既盼望又忐忑。

劉世軍出現在楊小翼視線時，她以爲是劉伯伯進來了。他穿著一軍舊軍裝，有些不修邊幅，頭髮已花白了，背略微有點駝，臉大約因爲久吹海風的緣故，輪廓分明，乍一看，眞的很像劉伯伯。劉世軍已完全像一個中年人了。那一刻，楊小翼想到自己在劉世軍眼裡的形象大概也一樣見老了吧？

咖啡館是新近才出現的新鮮事物，劉世軍顯然不適應，他動作有些拘謹。他笑道：「我沒到過這種地方呢，不過，在電視上看過雀巢咖啡的廣告，很資本主義。」女服務員眼尖，一會兒端上兩杯熱咖啡。咖啡杯是歐式的，托盤的造型別致，花式精美，小匙是金色的，像黃金鍛造而成似的。楊小翼記得過去外公家有類似的咖啡用具，外公喜歡在午後時分，享用一杯自己磨製的咖啡。外公說：「咖啡豆是古巴的最好，特別香。」

「你怎麼來北京出差了？」

「我不再守燈塔了，調上來了，他們讓我當航道局副局長。」劉世軍的表情有些靦腆。

「眞的？」

「這事兒能編嗎？上面來了新政策，要幹部年輕化，不拘一格使用人才。」他一口把咖啡喝完了。

楊小翼想，怪不得他來北京出差，否則一個守燈塔的出什麼差啊。她非常高興，他終於不用那麼辛苦了，劉家的人還是有出息的。

「那是你的辛苦換來的，世軍你眞不簡單。」

「我不簡單嗎？是有那麼一點。」

他臉上露出孩子氣的狡黠的表情。楊小翼發現他比以前調皮了，有了一種天不怕地不怕的大大咧咧的氣質。楊小翼向吧台的服務員招了招手，替劉世軍又叫了一杯咖啡。

「這次你不要一口喝完了，很貴的。」她開玩笑。

他笑了笑，他問起她的生活。她告訴他，批判她的事情早過去了。他說：「我看出來了，你看上去很輕鬆，否則哪有心思到這種小資產階級來的地方來。」她說：「世軍，你幽默了嘍，學會苦中作樂了吧？」他說：「我原來就這樣啊。」楊小翼說：「原來你嚴肅得不得了。」

「天安怎麼樣？長高了吧？」

楊小翼點點頭，朝窗外指了指，說：「他在那所學校讀書，放學時會路過這兒。」

楊小翼廣受批判的論文發表後，她再接再厲，又寫了延安時期黨內鬥爭歷史及反右鬥爭成因的論文，也引起較大的反響。八〇年代成名非常容易，人人手中擁有對事物的命名權，任何事物都允許有一個新的說法，在這樣一種氛圍中，她靈感如潮，在學術研究的同時，她還創作了一批有爭議的當代史人物（如王實味、張志新等）的紀實作品，她的知名度迅速躥升。她有了兩重身分：一個是學者，一個是紀實文學的作家。

天安比他在少年時期省心了不少，但依舊是楊小翼操心最多、也是最為牽掛的人。

在中學時期，天安經常帶女孩子回家。他長得不算漂亮，也並不高大，甚至比伍思岷還要矮一些，只有一米七二左右，不過，看得出來，他還是討女孩子喜歡的。

楊小翼起初擔心他早戀，後來，她發現他和女孩子相處沒有性別意識。在女孩子同他的打鬧中，她甚至覺得女孩子把天安當成了同類。

楊小翼曾問過天安，是你主動邀請女孩子來家，還是女孩子自己要來？天安奇怪地看著她，他不明白她為什麼這麼問，他說：「有什麼不對嗎？」她說：「沒有不對啊。」

楊小翼仔細觀察這些女孩子喜歡天安的原因：其中之一可能同天安單純的個性有關，他輕信人，與人為善，有赤子之心，女孩子喜歡與不具侵略性的男孩玩，這樣安全；另一個原因是天安出手大方，他經常送東西給女孩子們。這些東西有的是他從尹南方那兒拿來的。尹南方眞的下海經商了，他開了一家叫「宏達」的公司。他利用市場經濟初期價格雙軌制，拿到官方建材批文，從中賺取暴利。尹南方的公司裡放著很多別人送給他的禮物，有些是化妝品，有些是日本最新的電子產品，有些是菸具等享樂用品。尹南方不把這些東西當回事，天安每次去，尹南方就讓他挑喜歡的。有時候，天安乾脆挑女孩子喜歡的玩意兒。

令楊小翼略有不安的是，天安這樣做有些失去自我，他過於討好那些女孩子了。關鍵是他的這種討好沒有任何目的，要是他愛上了某位姑娘，討好也罷了，這是雄性動物的本能，可他幾乎對她們沒有異性的感覺。有時候，那些小姑娘還很過分，甚至捉弄天安，並以捉弄天安爲樂。楊小翼分析天安這麼討好她們是因爲他害怕這些女孩子離他而去，這可能同他童年和少年時的陰影有關，她和伍思岷離婚，伍思岷又有牢獄之災，這可能讓他沒有安全感。

高中的時候，天安的成績突然變得相當好。在讀書方面天安像伍思岷，伍思岷當年成績經常是全年級第一。後來，天安順利考上了北京師範大學。

在大學裡，天安還是和高中時一樣喜歡和女孩相處，卻依舊沒有表現出對女孩子的興趣。他對女孩子一視同仁，不對某個人特別好或特別壞。那些女孩子一樣對他大大咧咧，在他面前一副無心無肝，兩小無猜的樣子。

這倒讓楊小翼生出另一種擔心。天安都這麼大了，怎麼不會對姑娘動心呢？哪怕單戀一次也好啊？他這樣是不是不正常啊？一次，劉世軍來北京辦事，楊小翼對他說這事。劉世軍笑楊小翼過慮了，天安這麼喜歡和女生扎在一道說明一切正常，只是還沒碰到喜歡的人而已。楊小翼說：「天安這孩子從小吃了太多的苦，他好像不肯長大。」劉世軍說：「你們女人眞是可笑，他都二十多歲了，你還當他是小孩。」

尹南方約楊小翼看話劇《日出》。楊小翼很吃驚，這樣高雅的事尹南方可從來沒有幹過。後來楊小翼才知道尹南方喜歡上了中戲的一個女演員，那段日子，他正在追這個女演員，他這是來捧場的。

那天，尹南方的心思根本就不在戲裡，只要那個女演員沒在戲台上，他就打呵欠走神，那女演員出現他才來勁。

女演員不演出時，尹南方索性和楊小翼聊天安的事。他說：

「劉世軍同我說你擔心天安？」

「是啊，你不覺得天安的心智有些不成熟？」

「你說的這事兒還眞是個事兒。我前不久帶天安去夜總會玩，我給天安要了一個女孩，天安嚇壞了，他提前逃了回來。」尹南方臉上露出憂心忡忡的表情。

楊小翼聽到尹南方帶天安去那種地方，相當生氣，她說：「尹南方，你想幹什麼？你想把我兒子培養成小流氓？」

「天安這孩子，看來眞有病。」尹南方說得一本正經，好像這件事困擾他很久了。

「什麼病？」

「他好像眞的對女孩不感興趣。」

「十八歲時給你一個姑娘，你也不敢。」

「可現在都是什麼時代了？都改革開放了，都搞活了。」

「你什麼意思？」楊小翼被尹南方說得有些不安。

「我們尹家的人一向對女人有熱情啊，老爺子還不是這樣？可能是老爺子這輩子殺人太多，因果報應了，我半身不遂，伍天安可能是個同性戀。」

這是楊小翼第一次聽說「同性戀」這個詞，她一時沒有搞懂這是什麼意思，是尹南方解釋了半天才弄明白。她很生氣，斷然道：

「這怎麼可能，天安從來沒有對男人感興趣過。」

「也是，天安似乎討厭男人。」尹南方點點頭。

「所以你別烏鴉嘴了，你沒什麼話同我說嗎？」

又輪到那女孩出場，尹南方的目光專注於舞台，不知是專注於劇情還是女孩的臉蛋。女孩下去，他又同楊小翼閒聊。這幾年，尹南方似乎變得越來越喜歡說話了。

「我去你們省時見到劉世軍的媳婦了。」尹南方說：「她叫啥……對，叫米豔豔，她同我合作在做生意，人很漂亮。」

米豔豔做生意的事，她告訴過楊小翼，劉世軍也說起過。米豔豔不再演戲了，她和兒子一起開始在省城開公司。據劉世軍說米豔豔賺了不少錢，現在，米豔豔已擁有兩輛進口小車，一輛是豐田，一輛是賓士。

楊小翼說：「我這段日子都沒同米豔豔聯繫過，她都還好吧？」

「她人不錯，特別豪爽，是女中豪傑，是能大碗喝酒大塊吃肉的那種人。對了，她還問起你呢？說你是她從小玩的小姐妹，特鐵。」

「是啊。我們從小在一起瘋。你沒看過她的戲吧？迷死人了，像妖精一樣。」

「是嗎？看不出來。現在看起來像爺們。」

「你這傢伙，太損人了。」

「劉世軍這傢伙還眞有個性，我聽米豔豔說，他從北京回去後去礁島守燈塔，成了勞模。」

「是啊？你才聽說？」

「那他是全國高幹子弟中唯一一個勞模。」尹南方語帶著譏諷地說。

「他有今天都靠他自己，劉伯伯沒幫過他。」她驕傲地說。

尹南方古怪地看了她一眼。

盧秀眞的名字比她的詩更有名，在八〇年代的文學熱潮中，可以說盡人皆知，像一個明星。其中的原因當然是她那轟轟烈烈的愛情，她的愛情是文學界聚會時藏丕的話題，也是文學圈以外人們津津樂道的美談。

盧秀眞最終和舒暢走在了一起。關於他們的故事經常出現在各流行雜誌中，他們愛情中某種童話色彩和舒暢詩歌中的田園風味相互補充相互佐證共同構成了一個時代的愛情典範，不但成爲那個時代純眞愛情的象徵，也幾乎成爲八〇年代精神的某種隱喻。

天安大概從什麼雜誌上看到了他們的故事，有一天問楊小翼，「盧阿姨眞的這麼浪漫嗎？」楊小翼說：「你看呢？」天安說：「我看不出來。」

圈子裡的人都知道，舒暢和盧秀眞是存在問題的。舒暢幾乎是個沒長大的孩子，他有時候像一個頑童那樣不可理喻，這一方面激發了盧秀眞身上的母性，同時也讓盧秀眞焦頭爛額。盧秀眞是文學圈少見的美人，經常有人給她寫印象記，在這些印象記中，免不了帶著一些意淫式的好感，這讓舒暢醋意大發。他覺得盧秀眞隨時會被別人拐跑，舒暢的心思被搞亂了，他再也沒有寫出好的詩歌。寫作的不順讓他脾氣更壞，有時候他會對盧秀眞施暴。盧秀眞也不是好惹的，奮力反擊。奇怪的是，他們雖然這樣打打鬧鬧，並沒有分手的跡象。

也許是因爲舒暢靈感枯竭，他決定離開熟悉的環境，去澳大利亞過與世隔絕的生活，過舒暢詩中所描繪的田園生活，就他們兩個人，沒有人打擾，如亞當和夏娃，天人合一，自給自足。

圈子裡的人給他們搞了個送別的晚餐，楊小翼也參加了。這些圈子裡的朋友，如今幾乎成了時代的弄潮兒，楊小翼感到有些不可思議。她想，對於一代人來說機遇太重要了，只要有機會，一個圈子眞能造就一代人物。不知爲什麼，楊小翼這天晚上非常傷感，她意識到舒暢和盧秀眞走後，他們恐怕再也不會聚會了，他們這個團體將就此凋斃了，就像他們一去不復返的青春。那天北原喝醉了，竟然哭泣起來。北原是個非常理性，不輕易表露情感的人。這讓楊小翼非常吃驚，她想，北原難道還牽掛著盧秀眞嗎？

除了對天安偶爾湧出的杞人憂天式的擔憂，楊小翼的生活、事業基本上順風順水。要是伍思岷沒有再次出現在她和天安的生活中，也許這樣的平靜日子還會更長久一些。

一九八八年春天，伍思岷經過了十一年的勞改，終於提前釋放了。他帶著牢裡想出來的無數項發明，來到了北京。那時候天安二十五歲了，已大學畢業，被分配到教育出版社做編輯。

伍思岷來北京的原因同他的一個獄友有關。他的這位朋友叫馬克，曾經是一個負責某科研專案的科學家，是犯貪污罪進去的，據說他私自貪污了幾十萬的科研經費，這在當時可是個天文數字。此人非常精明，一眼看出伍思岷天賦異秉，和伍思岷成了難友。馬克釋放前，對伍思岷說，出來後讓伍思岷一定找他，他們「共謀前程」。伍思岷一出獄，就眞的來北京投奔了馬克。那時候，馬克已成爲掛在工程院下面的一家科技公司的總經理。公司是馬克開的，完全是私營企業，只是在當時必須賣狗肉掛羊皮，所以給自己找了工程院這個娘家。馬克很高興伍思岷來找他，他完全清楚伍思岷的能力，當即任命伍思岷爲公司副總經理。

伍思岷是在北京待了快半年，完全適應北京的工作和生活後，找到楊小翼的。

那天，楊小翼去單位辦公室處理一些出差報銷事務。由於職業的性質，楊小翼基本在家工作，所以她已有半個月沒去單位了。她剛進辦公室，單位的人告訴她，有一男同志找她，已等了一段時間了。她還以爲是曾經採訪過的熟人。經常有一些外地的採訪對象進京時會順便來看望她。她沒想到找她的人竟然是伍思岷。

她一眼認出了他。他沒有大變，就快五十年紀的人來說，伍思岷幾乎沒顯出這年紀該有的老相來，看上去還像多年前那樣朝氣蓬勃——他的樣子眞的不像是剛從勞改農場出來的。有些人眞的非常奇怪，即使他的一生是如何不堪回首，卻依舊能保持良好的精神狀態。那一刻，楊小翼竟有些自卑，她已又老又醜，早上出門也沒有好好修飾，完全是素面見人。

「你好。」

他站在那裡，笑容燦爛，那笑容裡竟有一些孩子氣。以前伍思岷是很嚴肅的，很少這樣笑。她一直以爲天安和伍思岷在外表上不怎麼相像，但那一刻，她看出了他們父子倆的相貌和神態的驚人相似來。

因爲沒有一點心理準備，楊小翼一時心情複雜，千言萬語湧上心頭，卻不知說什麼話好。他似乎理解她的恍惚，大度地說：

「你沒想到我來看你吧？」

這幾年楊小翼和天安都沒有去看過他。開始那幾年，考慮到天安的感受，她和天安曾去勞改農場探望過，但他從來拒絕見他們。後來他們就不去了，天安好像也慢慢地安靜下來。

「你什麼時候出來的？」

「有一陣子了。你和天安都好吧？」

「你還記得我們啊？連信都不給我們寫一封。」

「寫什麼啊，免得你們心煩，眼不見爲淨。」他說。

見楊小翼沉默不語，他又說：「你現在成名人了。」

楊小翼客氣道：「算什麼名人啊，趕上好時候而已。」

「天安怎麼樣？」

「天安已工作了，在出版社。」

那天，楊小翼處理好單位的事，就帶著伍思岷去出版社見天安。

天安見到伍思岷非常高興。這麼多年來，楊小翼沒有見天安這麼高興過。天安看到伍思岷，眼眶就紅了，臉上卻一直笑著。他沒有問伍思岷什麼時候出來的，他什麼也沒問，就好像伍思岷從來也沒有離開過他。他一直用自言自語的方式表達他的心情。他說，今晚一起去外面吃，因爲他編的一部書稿拿到了國家圖書獎，他請客。他說，今天出版社來了一位怪人，拿了一麻袋的手稿，自稱是驚世之作，將來要拿諾貝爾文學獎的。他說，做了編輯才知道怪人有這麼多，並且還發現眞寫得好的人都挺正常的。他說，他可不可以請幾個朋友一起吃飯？但他馬上否定自己，說，算了，不合適。後來，天安去了一趟洗手間，好久也沒有回來。

伍思岷雙眼濕潤。爲了掩飾自己，他站在窗口前，目光投向窗外。

「小翼，謝謝你。天安竟然這麼大了。」

「他都二十五歲了呀。」

「是啊，我的腦子裡他還是小時候的樣子。」

「時間過得很快是吧，轉眼十多年過去了，我都成了老太婆了。」

這之後，天安老是往伍思岷那兒跑。

開始的時候，楊小翼是開心的，她是個沒有父親的人，或者說是個得不到父愛的人，她最知道

內斂，臉上有一種溫婉的柔情。

天安看出楊小翼接受了沈娟，相當得意。楊小翼在廚房忙乎的時候，他溜進來問：「我眼光不錯吧？」楊小翼說：「不錯，驗收通過了。」

爲了完成關於民國時期監獄制度的新論文，那年春天，楊小翼去了一趟江西上饒。她瞭解到上饒集中營當年的管理人員還在人世，她想去採訪他。這是她的工作方法，她喜歡第一手原始資料，對那些已形成文字的資料持懷疑態度。當人們用文字表述歷史的時候，往往喜歡選擇或加入一些戲劇性的東西，而忽略事實最爲質樸的一面。

在江西上饒，楊小翼參觀了當年上饒集中營舊址。在翻閱當年集中營檔案時，她看到景蘭阿姨的資料。她從中瞭解到景蘭阿姨的磨難更多不是來自於集中營管理者，而是一起被關押的同志。當時景蘭阿姨的處境十分困難，同牢房的黨組織懷疑景蘭阿姨是國民黨的臥底或線人，她在牢裡被孤立起來。她經常被同志告發，說她違反集中營相關規定，她因此常常被管理當局殘酷處罰。爲了證明自己是個眞正的共產黨員，景蘭阿姨默默忍受著同志們的誤解。

看到這些材料，楊小翼爲景蘭阿姨難過。

她在上饒待了一個月。採訪結束，她迅即回到了北京。

她回到家，打開門，一股霉氣直刺鼻子。家裡的窗簾拉著，房間一片黑暗。家裡的氣氛似乎有點不對頭，她打開燈，看到餐桌上堆著一些吃剩的食物，有蛋糕和一些街頭買來的滷肉。上星期五是天安的生日，他說他在家裡和女友過生日，楊小翼還特意打電話回來向他祝福。不把餐桌收拾乾淨不是天安的風格，伍家人都是很愛整潔的。天安這是怎麼啦？

她趕緊開窗通氣，然後收拾桌上的殘羹。她想著打個電話給天安，問問他怎麼把屋子弄成了這樣。可就在這個時候，她聽到天安房間裡有聲音，是低低的咳嗽聲。她心一沉，趕緊開門進去。天安躺著，瘦得簡直不成樣子，頭髮很長，眼眶深陷，眼神卻十分明亮，像是有一簇火在眼眸裡燃燒。但這簇火是破敗的，是正在燃燒的荒草之火，瘋狂而無序。她害怕的是荒草燃盡的那一刻。

她問：「天安，你怎麼啦？你生病了嗎？」

他整個身子蜷縮著，好像想就此使自己變小直至消失。他說：

「媽媽，你回來了？」

「是的，天安，你出什麼事嗎？」

「沒事，媽媽。」

她撫摸他的額頭，沒發燒。她問：

「沈娟呢？」

他沒有回答。他像是下了好大的決心從床上爬了起來，說：

「對不起，媽媽，我不知道你今天回家，我還沒收拾餐桌呢。」

「沒關係的，天安，你身體不舒服嗎？你躺著吧。」

楊小翼想天安一定碰到痛苦的事，只是他不肯說出來。天安表面天真，喜歡向人展示陽光的一面，他總是把內心的陰影深藏起來。

「天安，你真的沒事嗎？」

「沒事，媽媽。」他反過來勸慰她了。

天安努力地去上班，裝做什麼事也沒發生，但他內心的痛苦是顯而易見的。楊小翼很擔心他，她猜測這痛苦一定和戀愛有關，她希望天安說出來，這樣他或許會好受一些。這個傻瓜爲什麼要把自己封閉得那麼嚴實呢？

因爲從天安那裡無從知曉任何事，她想和沈娟談談。作爲母親也許不應該參與到兒子的戀愛中去，但她沒有辦法，爲了天安，她必須這麼做。沈娟接到楊小翼電話，似乎很慌亂。楊小翼開門見山，談了天安最近糟糕的心情，問她，是不是她和天安出了什麼問題了？沈娟一開始否認，後來在電話那頭沉默了，但沈娟始終不肯告知她和天安究竟發生什麼事。

楊小翼想和伍思岷討論一下天安的事，約他見面。伍思岷竟然對天安和沈娟談戀愛一無所知。伍思岷很吃驚，說：「這怎麼可能呢？」楊小翼問：「爲什麼不可能？天安從來沒有同你說起過嗎？」伍思岷支支吾吾地說，沈娟和老闆馬克處得很好。楊小翼問：「怎麼個好法？」伍思岷說：「不清楚，這種事我不好問，只是個人感覺，總覺得馬克和沈娟很默契，兩個人不用多說，就明白了。」

可能找到了事情的根源了，如果是這樣，那問題大了，天安原本脆弱的心理可能會崩潰。他這麼天眞的人，怎麼會想得通這麼複雜的人間遊戲呢？想起天安正處於失戀的痛苦中，楊小翼的心一陣絞痛。她決定同天安好好談談，他必須把這些痛苦講出來。

親愛的兒子，你不明白嗎？只有說出來，痛苦才會離你而去，獨飲或反芻痛苦只會讓它成爲你身體的毒瘤。親愛的兒子，你要相信我，要忘掉它，只能正視它。

楊小翼回家，敲天安的房間。這幾天，他下班後總是早早回家。好一會兒，房間門才打開。天安好像不歡迎她進去，他站在門口，問她有什麼事？她嚴肅地說：「天安，我要同你談談。」天安說：「媽媽，你不要用這樣的眼光看我，你的目光我受不了。」

聽了這話，楊小翼流淚了。她說：「天安，你有事一定要告訴媽媽，媽媽是過來人，也許可以給你出出主意，咱們沒有過不去的坎，一定可以解決的。」

那天一直是楊小翼在說，天安沉默得像一塊石頭。後來她實在忍不住問道：

「是不是沈娟欺騙了你？」

她終於說到他的傷心處，他的眼眶泛紅，轉過身去。她知道他哭了，走過去抱住了他。他的哭聲低沉而壓抑。

「媽媽，我沒想到會發生這樣的事，我沒有想到……」

天安終於說出了眞相。生日那天，天安去沈娟的宿舍接她，本來說好沈娟是自己來家的，但天安爲了早點見到她，沒通知她就趕過去了。不料，天安撞到馬克和沈娟在她的宿舍親熱，天安一下子懵了。

天安失魂落魄回家，他覺得發生的一切像一個夢境。後來，沈娟追了過來，向天安坦白了一切。她說，她確實喜歡天安，也眞的想跟天安成立家庭，也想過忘記馬克，因爲馬克有家庭，她和馬克是不可能在一起的。可是要忘掉馬克是件不容易的事，她說，她和他在一起太久了，她是看著他從一無所有到現在事業有成，他創業的每一步都同她有關，她無法抹去這些經歷，她能說的只是對不起。她說，她眞的不想傷天安，可事實上害了，她知道，她該死。

當時，天安試圖把沈娟拉到自己身邊，但沈娟說：「你都見到了，我們之間再也不可能了，我們不會再快樂。」

楊小翼的眼前浮現沈娟樣子，那張她曾經以爲乾淨的臉此刻讓她感到憤怒。

連我也被這張臉蒙蔽了，不要說天眞如天安了，這個女人有一張欺世的臉。

「媽媽，她不是個壞人，我並不恨她。我只是不甘心，怎麼會變成這樣？」天安說。

楊小翼無言。戀愛總是那麼傷人。她想起多年前，戀愛曾讓尹南方墜樓，還曾讓伍思岷開著吉普車把蘇利文撞成粉碎性骨折，青春的這一關是件多麼危險而可怕的事。她擔心天安也會做出這樣的事。她清楚伍家的脾氣，他們的血液裡有一意孤行的氣質，這種氣質也是她最爲害怕的。她不敢大意，天天守著天安。

天安的痛苦無比綿長。要忘掉沈娟，對天安來說是件艱苦的工程。看著天安痛苦，她內心的煎熬如入火海，要是能夠，她寧願替他去承受這種折磨。

後來，楊小翼建議伍思岷帶天安回一趟廣安老家。也許離開北京才能讓天安忘掉那個女孩。距離是遺忘的良藥。

一天晚上，楊小翼突然接到久未聯繫的北原的電話。北原在文學史上有了不可撼動的地位，但現在少見新作，只見他參加各種社會活動。

「你聽說了嗎？舒暢和盧秀眞出事了。」電話裡傳來北原低沉的聲音。

楊小翼吃了一驚：「什麼事？」

楊小翼想起，他們去國已有四年了。

「舒暢把盧秀眞殺死了，他用獵槍打死了她。」

「究竟怎麼回事？怎麼會這樣的？」

「舒暢自己亂七八糟，但不能容忍盧秀眞有別的男人。舒暢以爲到了澳洲，他們可以過田園牧歌式的生活，可盧秀貞還是認識了一個來澳洲旅行的英國人，他們好上了，盧秀貞打算離開舒暢，結果就發生這慘劇……」

楊小翼雖然在心裡一直對舒暢和盧秀貞的關係感到擔憂，但出了這樣的事還是不敢相信。

「舒暢呢？他現在怎麼樣？」

「他也死了，飲彈自殺的。」

楊小翼震驚得一時不知如何說。

「盧秀貞這人我知道，本質上是個善良的人，可就是太傻了，她不該走上舒暢這條賊船，舒暢是個法西斯她應該知道。你說奇怪不奇怪，她又不懂英文，怎麼就和老外勾搭上了……」

「北原，你是不是還惦記秀貞？」

「……我說不清……小翼，我突然感到虛無，人生毫無意義。」

第二天，國內的報紙都是舒暢殺死盧秀貞的新聞。一些文學界的知名人士接受了記者的採訪，他們一無例外對舒暢殺妻事件表示婉惜，也有人對舒暢的暴行進行了譴責。

這事件更加深了楊小翼對天安的憂慮。她暗暗祈禱，天安千萬別出事。

天安在廣安老家待了一個月，回到了北京，他還是不那麼精神，經常走神，時而傻笑。楊小翼知道他依然忘不了沈娟。

她只能寄希望於時間，時間從來是這世上最偉大的魔術師，她盼望天安早日過了這一關。

第二十八章

令楊小翼沒有想到的是，後來竟然是那次集會治癒了天安的創傷。那年春天，當學生們集會時，伍思岷帶著天安前去觀看。伍思岷曾經對楊小翼說過，他開始只是想去現場看熱鬧的，後來實在忍不住，就跳上去做了一次演講。當他聽到現場的人們對他的演講熱烈回應時，他又有了做英雄的幻覺，覺得自己一言九鼎，憑三寸之舌可以治理江山。於是他又像當年那樣一頭扎入到這次集會中去。

以楊小翼自身的經驗，她知道對個體來說任何一次行動，無論這行動多麼崇高或卑劣，都帶著他個人生命的烙印。她的兒子伍天安就是這樣，集會現場那種熱烈的氣氛似乎拯救了他，使他有了新的可以投身其中的熱情，讓他得以從戀愛的痛苦中擺脫出來。反過來說，失戀的痛苦讓他更迷戀現場人群之間相互溫暖的感覺。

當然同伍思岷比，天安只不過是個沒有頭腦的盲目的跟從者。那些日子伍思岷表現得比誰都興奮，這個老紅衛兵，對於這樣的集會總會產生一種本能的熱情，就好像戒毒多年的人，他的血液依舊對毒品有著強烈的親近感。

那段日子，楊小翼非常關注新聞，幾乎每天守著電視。有一天，她在電視上看到天安在現場上吹口琴。是那把銅皮口琴。天安吹奏的曲子是《乘著歌聲的翅膀》，他的臉上掛著無邪而爛漫的笑意。

乘著那歌聲的翅膀，
親愛的隨我前往，
去到那恆河的岸旁，
最美麗的好地方。
……
沐浴著友愛與恬靜，
憧憬著幸福的夢。

口琴聲讓整個現場安靜下來，人們表情神聖，就好像這琴聲讓他們產生了未來已交付到了他們手中的幻覺。天安吹完口琴，現場的學生把他當成一個英雄那樣抬起來歡呼。天安的目光裡有了久違的自信。

開始，楊小翼並沒有把事情看得很嚴重。出於一個母親的自私，當時在她的頭腦裡只要能治癒兒子的傷痛，似乎什麼樣的方法都能接受。看到那狂歡的場面，她基本上把這次集會看成是一場嘉年華會。

楊小翼去現場看望天安，在她接觸中的學生中，幾乎每個人都有這種嘉年華會的感覺，一種在人群中的浪漫情懷，一種不受束縛受人注目的光榮之感。楊小翼認識到這種感覺來日已久，並不新鮮，它和革命息息相關，是革命特有的浪漫和愛意的延續。

在現場的所有言論中，雖然觸碰到了存在的荒誕和悖謬，提出了反貪污、要民主的口號，但依舊有著這樣顯而易見的前提：黨是正確的，祖國是偉大的，人民是善良而勤勞的。而這些觀念更加深了這種嘉年華會的感覺。因爲黨、祖國和人民本質上是一致的，所以，大家一起狂歡。

楊小翼最初以爲，人群最終會散去，人人各歸其所，結束短暫的自由和快樂。沒想到的是事件曠日持久地持續下去。由於學生集會持續時間過長，現場開始有了一種焦躁冒進的氛圍。楊小翼開始對這個僵持不下的集會有了不安。在相對安靜的氣氛中，她覺得危險正在降臨。一次楊小翼去現場，看到她的一位男同事在和同學們對話，他在勸學生們回家。他說：「我們的國家正在向好的方向發展，大的方向沒有錯，發展過程中難免會出現各種各樣的問題，需要慢慢解決，一個國家不可能一夕變得完美無缺。」他苦口婆心地對學生說：「現在你們這樣效果可能會適得其反。」他的演說受到學生的起哄，他沒講多久，就被學生轟了下來。

有一天清晨時分，楊小翼被驟然響起的電話聲驚醒。電話是尹南方打來的，電話裡尹南方還是一貫的滿不在乎的口氣，他要她管好伍天安，不要讓天安在集會現場亂跑。他說：「……不久會有行動。」楊小翼問：「是什麼樣的行動？」他說：「反正不是請客吃飯，你管好伍天安就是了。」

楊小翼瞭解尹南方，要是情況不緊急，他是不會打電話來的，他不是一驚一乍的人。天剛亮，她就直奔現場。她在西單下車，沿長安街朝現場走去。一路上，她看到一些學生圍著幾輛軍車。軍車上面都是軍人。軍人相當克制，安靜地坐在那裡，沉默以對。老實說，在當時的氣氛下，楊小翼即使看到了軍人也沒有感到有什麼危險。一直以來，黨教育人民，軍隊和人民是站在一起的，軍隊是用來保護人民的，「軍民魚水情」。軍隊的克制也符合黨的一貫教育，似乎也符合楊小翼對事態的判斷。只是長安街上高音喇叭發布的要求學生和市民不要阻撓軍車及要求學生馬上離開現場的通告，似乎透露出不同尋常的氣氛。

那天，楊小翼一整天都在現場及附近街道奔波。可是，她沒找到伍思岷和天安。現場依舊聚集著很多人，只是楊小翼平時熟悉的新聞人物一下子少了。她不知道伍思岷和伍天安去哪裡了。

當天晚上，果然有了行動，駐守在紀念碑四周的學生和市民被軍隊清理，離開了現場。

第二天，北京的氣氛前所未有的緊張。楊小翼聽說了伍思岷等人被政府通緝的消息。有人告訴她，伍思岷帶著天安逃了，但不知道他們去了哪裡。那幾天，她幾乎不睡覺，天天等著他們回家來。她希望他們給她一個電話。有一天家裡的電話突然響起，當她接起來時，對方沒有任何聲音。她對著電話叫喊：「天安，是你嗎？天安，你快回家啊。」對方不吭一聲擱下了電話。她多方打聽他們的行蹤，其中也求助於尹南方，一無消息。他們應該還沒被抓起來，要是被抓尹南方一定會知道。

她在這樣的焦慮和擔心中過了一個月，他們依舊不見蹤影。伍思岷和天安在她的生活中消失了。

楊小翼不知道他們去了哪裡。她擔心他們是不是在現場出了事，但來自尹南方的消息，那天晚上，現場沒有死一個人，現場的學生是和平撤離的。她相信尹南方在這個時候所說的話不會攙假，他沒有這個必要。在別的路段所死的人中也沒有伍天安和伍思岷的名字。尹南方告訴她，「你放心吧，他們還活著。」

後來，開始有了伍思岷和天安的各種各樣的傳言。有人說，伍思岷和天安躲避在南方一個少數民族居住區；有人說，他們已去了國外；還有人說，他們在邊遠山區遇到了強盜，已死於非命。在這些說法中，楊小翼傾向於相信他們已去了國外。因爲當時確實有不少人士通過各種管道去了美國、英國等西方國家。有些參與集會的人出逃也獲得了中國政府的默許。這些人留在中國，對政府而言反而是一個燙手山芋。

但令楊小翼奇怪的是，他們怎麼會不給她任何消息呢？他們難道不知道她有多麼擔心嗎？她十分怨恨伍思岷，他帶走了她的兒子，他怎麼可以做這種事情，他怎麼忍心讓一個母親受這麼大的苦。她甚至想，如果有一天碰到伍思岷，她會殺了他。

關於伍思岷和兒子究竟在哪個國家說法不一。有人說，他們在美國，也有人說他們在歐洲的某個國家。

楊小翼想到了夏津博。那時候，夏津博已在比利士布魯塞爾做外交官了，楊小翼希望夏津博能幫忙打聽一下。布魯塞爾是歐共體的首都，也許夏津博有辦法找到他們。夏津博在接到她的電話後，爽快地說，沒問題，他一定可以找到他們的，讓她放心。

可是夏津博一直沒有給她答覆。有好幾次，楊小翼想打電話催問這事，但轉念又想，夏津博一定沒有找到他們，否則憑夏津博的熱情，不會拖這麼久。她開始有了不祥的預感，也許伍思岷和天安不在人世了。

八一建軍節那一天，楊小翼終於接到了夏津博的電話。夏津博告訴她，他一直通過各種管道在找，沒有找到他們，但可以確定的是伍思岷確實到了歐洲，最初到了英國，後去了歐洲大陸，但不清楚在哪個國家，總之，似乎銷聲匿跡了。她問伍天安是否和他父親在一塊？夏津博支吾了一會兒，說：「好像只有伍思岷一個人。」

「那天安去了哪裡呢？」她著急了。

夏津博沉默了一會兒，勸慰道：「你放心，我再找找看。」

擱下電話有好長一段時間，她的思維處於空白狀態。她意識到剛才聽到的是一個最壞的消息。這個消息比不知道伍思岷在哪裡更壞。如果不知道，還可以想像他們父子是在一起的，相互有個照應。可他們居然不在一起。那意味著什麼？天安是個連自己都照顧不了的孩子啊。

她有各種各樣的念頭。她甚至想到了兒子會自殺。在他失戀的痛苦階段，她就有這樣的擔心。表面上看，那次集會把他治癒了，可眞的這麼容易治癒嗎？也許這是他蓄謀已久的行動。

那天晚上，她的心裡第一次湧出失去兒子的痛感，她相信兒子已不在人世。然而要一個母親毫無證據地完全相信兒子去世是一件很難做到的事，在她的內心深處，她依舊存在著幻想和僥倖。她需要自我欺騙。她想起當年劉世軍也是失蹤了近兩年才回來的，這世上總是有奇蹟的。

那些日子，她對這世界充滿了怨恨，這個世界爲什麼要如此對待她，讓她一無所有？她還無端地認定天安的失蹤將軍要負責任，他必須爲他所代表的那一方負責，至少他在精神上同這一切息息有關。

「是他殺了我的兒子。」她絕望地喃喃自語：「我再也不會原諒他了。」

就是在那些日子，楊小翼開始寫作有關將軍歷史的研究文章。爲此她專程去看望了劉伯伯。那時候，劉伯伯已調往省城。她詳細詢問了他和將軍認識的過程以及他眼中將軍的人格特性。劉伯伯大概以爲她是想多瞭解父親，所以，那一次他說得非常詳盡。劉伯伯是懷著崇敬的心情敘述的，其中當然隱含著劉伯伯的價值判斷。她要做的就是把劉伯伯賦予的價值除去，還原那個基本事實。有一件事情楊小翼印象深刻。將軍在南京做工人運動時，他身邊的人經常不明不白消失。當又一位同志消失後，劉伯伯曾問過將軍，某某同志去了哪兒？將軍說：「他背叛了革命。」原來這些消失的人都是因爲背叛了革命。

「可是老實說，我至今都不相信他會做叛徒，不過，革命從來是血腥的。」劉伯伯強調。

劉伯伯說，在將軍來南京前，是那個消失的人領導著他們。有一些段日子，這人和將軍的關係一直不好，意見經常相左。但將軍慢慢征服了他，只要和將軍有交往的人，那麼就是仇人最後也會死心塌地地跟著他，爲他捨命也在所不惜。

「所以，我不相信他是叛徒。」劉伯伯說。

楊小翼當時有很強烈的弒父衝動。她寫這文章的心情類似於牛虻對待蒙太里尼神父。牛虻在偷運軍貨被抓入獄，蒙太里尼去看他，牛虻終於找到了機會審判他。她寫這文章時，就是懷著嘲弄和審判夾雜的心情，私自闖入將軍的個人痛處，她的目的只有一個，就是把革命者從神壇上拉下來，讓他們回歸到日常生活，讓他們在吃喝拉撒中展現人的本來面目。

她把文章寄給香港的一家刊物。文章一發表，立即引起外界的議論和猜測。她想，外界總是喜歡用政治的角度解讀其中的意涵和政治風向，其實她所寫的一切只同她個人的遭遇有關。如此而已。

九月的某一天，楊小翼突然接到尹南方的電話。尹南方說，有事情找她，想和她見一面。她當時心沉了一下，猜測他見她可能和天安有關。他是不是有了天安的消息呢？但她不敢問出來，怕得到不好的消息。她確信那是不好的消息，她不敢面對這樣殘忍的事情。

她是懷著將要承受巨大打擊的心情去的。那天，他們約定在北京飯店大堂的酒吧見面。楊小翼進去時，尹南方已坐在那兒。她仔細觀察他的表情，想見出端倪。尹南方的臉上還是慣常的冷漠，嚴肅中帶著一股驕橫勁兒，好像這世上什麼都看不上，什麼都在他的操控之中。

她盡量讓自己放鬆，問他最近生意做得怎麼樣？尹南方說，他最近對古董感興趣，他在搜集古董。他指了指飯店大廳裡的一只巨大的瓷器，內行地說：「那玩意兒雖然還沒多少年頭，但因爲是景德鎮燒製的，也很值錢。」

後來，他問起她的研究情況，問最近有什麼文章？還說，她發表在香港的那篇文章劉伯伯很不高興，他特意寫信向老爺子道歉。老爺子倒是沒有什麼不悅，鎮靜得很。楊小翼不明白尹南方爲什麼說起這些，想分散她的注意力？自尹南方受傷以來，他可從來沒有這樣關心過人。她越來越覺得不對頭，打斷了他：

「南方，是不是有了天安的消息？」

「沒有啊。」尹南方低垂著頭，好像在迴避什麼。

「你騙我，你說吧，我受得了。」她挺直身子，像是做好某種迎戰的準備。

「眞的沒有天安的消息。」他瞥了她一眼。

「那你找我什麼事？想和我談古董？談歷史？你什麼時候變得這麼知識分子了？你不是看不起知識分子嗎？」

「老爺子想見你。」他目光銳利。

她愣住了。她對將軍做出這個決定感到突然，沒有一點思想準備。她審視自己的內心，也許是因爲當時的心境，她竟對將軍的召見非常抵觸，心裡湧出一種類似於受辱的憤怒。她想，難道他是個上帝？他想什麼時候見我就什麼時候見我？他這麼多年把我拒之門外，然後面無表情地向我伸出一根指頭，難道我就要屁顚顚地撲向他的懷抱？她的內心產生如此強烈的抵觸讓她自己都感到吃驚。

「你覺得有必要嗎？」她說。

尹南方好像看穿了她的心思，他說：「老爺子年紀大了，他走出這一步不容易。」

她搖搖頭，說：「太晚了，我都老了，我現在已不需要一個父親了，已經沒有必要了。」

「你再好好考慮一下，決定了再告訴我。」

「不，我現在就告訴你，我不會去見他。你告訴他，我這輩子不會去見他。」

「我明白了。」尹南方不再說什麼。

回來的路上，楊小翼百感交集。她從前一直等著這一天，等著這個叫「父親」的男人的召見，等了足足四十八年，而她卻如此堅決、如此輕而易舉地拒絕了他。她發現即使做出如此決絕的舉動，她依舊是一個失敗者，輸得一無所有。她想起有一次，在電視上看到將軍，他的衰老和孤獨讓她心痛。她是多麼矛盾，竟然對拒絕他還是有些歉疚。尹南方說得對，他走出這一步不容易。

依舊沒有兒子的消息。很多個夜晚，楊小翼做著同一個夢。她夢見兒子站在永城的街頭，一個十字路口，她的母親牽著他的手，這時候，將軍的吉普車像是失去了控制，撞向他們。天安被撞得飛了起來。她看到兒子在向下墜落，她跑過去想接住他，可這時，兒子和母親消失了，吉普車已開走，整個大街空蕩蕩的，只留下她孤獨一人。她從夢中醒來，早已淚濕衣襟。

第二十九章

關於將軍的研究論文發表兩年後，即一九九一年秋天，楊小翼突然收到法國里昂東方問題研究所所長讓·雷諾先生發出的一封邀請函，邀請她參加一個關於中國近代史的研討會，主題是法國大革命對近代中國的影響。信中，讓·雷諾先生讚揚了她的研究成果，他說，他詳細瞭解了她的情況，如果撥冗前去法國，會給她一個驚喜。

楊小翼不知道謂之驚喜是什麼，她對西方式的一驚一乍不抱什麼希望。她這一生的「驚奇」是夠多了，她不奢望所謂的驚喜，她已把人生中的驚喜取消了。但她無法做到「不以物喜，不以己悲」，兒子的失蹤讓她落入到廣大的人生虛空之中，她經常感覺自己失去了座標，像一堆隨波逐流的漂流物，不知道自己要什麼。兒子消失後，她感到自己身體的內部發生了巨大的變化，她比以往消瘦了許多，臉上開始大面出現皺紋，頭上有了白髮。爲了使自己不至於太落魄，她染了髮，也開始化妝，這樣看起來顯得稍微精神一些。

她還是決定到法國走一趟。

讓·雷諾先生是個非常熱情的中年男子。令楊小翼吃驚的是他講一口流利的中文。她問他是不是在中國留過學，他說沒有，向他母親學的。她笑道：「你母親又是哪裡學的呢？」「我母親還眞是從中國學的。」他笑容詭異。

「你還記得索菲婭嬤嬤嗎？」讓．雷諾先生問。

「什麼？」

「我母親曾經在永城的天主堂醫院做過護士，和你母親是同事。」

「天啊，索菲婭嬤嬤是你母親嗎？」

「就是。」他溫和地微笑。

楊小翼這才明白讓．雷諾先生所說的驚喜原來是這件事。這眞的是一個巨大的驚喜。她告訴雷諾先生，她想馬上見到索菲婭嬤嬤。她想起索菲婭嬤嬤離開中國時哭泣著對她說：「是我帶你來到這個世界，我是你的接生婆……」她笑了。

楊小翼是在索菲婭嬤嬤的住所和她見面的。四十多年過去了，她沒想到還會見到索菲婭嬤嬤。她應該七十多歲了，但精神很好。她自然捲曲的棕色頭髮像早年那樣濃密，眼神裡依舊保存著當年的熱情。楊小翼曾仔細觀察過她的眼珠子，在不同的光線下會呈現出不同的顏色，但無論何種顏色都非常純淨，毫無雜質。她還能講漢語。

索菲婭嬤嬤拉著楊小翼的手，讓她在她身邊坐下。她告訴她，她是看了她的論文後判定她就是從前認識的那個小丫頭。她讓雷諾先生查了楊小翼的相關資料。「資料顯示，你是永城人。我馬上猜到是你，我也猜到將軍同你的關係。你母親當年來永城，就傳說她的情人是共產黨的一個高官。」索菲婭嬤嬤說。

然後，索菲婭嬤嬤愉快地回憶一九四九年前在永城的時光。她特別提到楊小翼的母親楊瀘。

「她眞是個美人兒，我很想念她，想再見她。」

楊小翼告訴她，母親已去世了。

索菲婭嬷嬷顯得非常傷感，她問：「是政治原因嗎？」楊小翼搖搖頭，說：「她是生病死的。」索菲婭嬷嬷說：「她是個好人，話兒不多，沉靜優雅，又不乏熱情。」

雷諾先生一直陪在身邊。在楊小翼和索菲婭嬷嬷聊天的間隙，他在一旁適時插話：

「楊，我帶你去看一樣東西，相信你會感興趣的。」

索菲婭嬷嬷解釋道，作爲東方歷史特別是中國革命史的研究者，雷諾先生搜集很多當年在法國的中國革命者的資料。她說：

「你跟他去吧，那些資料相信對你很重要。」

楊小翼點點頭。

讓．雷諾先生帶楊小翼去了里昂大學。他向她介紹了當年將軍在里昂大學的相關情況。在路過圖書館時，雷諾先生說：

「當年將軍最喜歡待的地方就是這裡，在這裡，他認識了一個法國女孩。」

開始的時候，楊小翼並不相信雷諾先生所言，她認爲這樣的故事是過於浪漫的法國人的演繹，即使嚴肅如讓．雷諾這樣的東方學者也難於倖免。西方人看待東方人總是有所隔膜。可是，當她來到雷諾先生供職的東方研究所，在研究所存列室看到將軍的手跡時，她改變了看法。

那是一首現代詩。詩的題目是《余來自東方》：

余來自東方，太陽最早從彼地升起，
汝不知道，余之目光是女性底，
背向太陽，面向西方，面向汝，面向汝明亮燦爛底眼眸，
汝看不清余，覺得余神祕，多情，善解人意，

總有一天，汝會看清余猙獰之面目。

……

余願意汝永遠天眞，願意汝是屋頂上之明月，

余願意在汝前扮演一個好情郎，

余願意躺於汝底懷中死得其所，余願意降生於汝之國土，

余願意若汝一樣簡單，與人爲善，

余願意唱著河流樣底小曲裝點汝之田園。

這是一首情詩。詩上的署名並不是「尹澤桂」，而是「尹默」。她在六〇年代親眼看見過將軍的手跡，她認定那確實是將軍寫的。從詩中可看出來，將軍當年吟誦的女郎確實應該是一個異國女子。

看到這手跡，她相當吃驚。

雷諾先生解釋道：「尹默，應該是尹將軍當年的筆名，有『隱滅』之意，默者，黑犬也，也符合將軍當年壓抑、反抗的心態。」

這資料太寶貴了，她靜靜地聽著。

「這些資料留下來是因爲當年尹澤桂將軍是匆忙離開里昂的。」雷諾先生說：「他離開里昂不是因爲革命，而是因爲一件刑事案件。這件刑事案的起因同詩中的女子有關。當年，結伴和將軍留學的還有詩人徐子達，他們當年志同道合，一個想成爲詩人，一個想成爲畫家。他們鬧翻是因爲詩中的女子。將軍和徐子達因爲這個女子而大打出手，將軍把刀子插進徐子達的身體後，就逃亡了。將軍以爲殺死了對方，事實上，那人沒有死，徐子達被救活了。關於當年的事件，里昂警方還留有

案底資料。」

楊小翼記得當年將軍曾同她講過吵架的事件。那時將軍只說他當時差點殺了徐子達，將軍沒有告訴她具體的原因，雷諾先生的解釋讓她豁然開朗。她十分感慨，現在將軍已然成了一個一絲不苟的正襟危坐的革命家，他的人生除了革命似乎沒有別的興趣，而法國，這個自由隨心所欲的地方，他曾寫過情詩，也曾經因爲情感而拔刀相向。

雷諾先生說：「歷史是很偶然的，尹將軍走踏上革命之路同這個事件不無關係。」

關於「法國大革命對中國近代史的影響」的研討會在第二天正式登場。在這次研討會中，不乏讓人眼睛一亮的成果。楊小翼注意到一位她尊敬的中國學者發表的觀點非常銳利，令她印象深刻。這位學者把革命歸納爲兩種形態，一種如英美的小革命，其革命雖然有暴力，但只限定在政治及社會層面，不涉及到文化及信仰的層面。英國資產階級革命成功後，即制定了《容忍法》，法令要求國王容忍其治下的臣民可以有同國王不同的宗教信仰。另一種就是法國大革命，雅各賓政權雖然只是短命的一年，但這一年的革命是深入到文化深處，深入到人靈魂的深處，實行了所謂的靈魂革命。後者的革命方式通過俄國革命傳入中國。中國的新文化運動及「五四」運動基本上是反傳統儒道，要進行所謂國民性改造。胡適這樣的自由主義知識分子和魯迅這樣的左翼知識分子都如此認知，認爲中國實行現代化首要任務是國民性的改造。這一思維路徑直接影響到飽汲「五四」思想成果的毛澤東的行爲，後果就是悍然發動「文化大革命」。文化大革命即是革命越界的產物。他的講話受到與會者熱烈的討論。

楊小翼在會上談論的主要還是她研究的一貫主題，即革命作爲二十世紀一個關鍵字語，它實際上是作爲一種信仰存在的。革命就是「神」，信仰總是會有純潔性的要求，就像天主教之於教士，某種程度上，在革命的信仰下，革命者就是教士，他們必須捨棄世俗的樂趣，同時他們握有人間所有政治及靈魂的權力。這一權力因爲是「神」授，所以在革命者的感覺裡，具有高高在上的主宰性和前所未有的正當性。

會議間隙，組織者安排與會者參觀里昂市容。

他們先參觀了高盧——羅馬文化博物館。楊小翼雖然是學歷史的，但對這種炫耀式的歷史陳設沒有太多的興趣，這裡所見皆是英雄的功業，而在她的歷史研究中，她更關注於民間的日常生活。但是在這個博物館中，最近有一個關於發明的展覽，引起了楊小翼的興趣。里昂是個發明之鄉，這裡出過很多大發明家，紡織機和縫紉機都是里昂人發明的，更令里昂人驕傲的是盧米埃爾兄弟在這裡發明了一種新的藝術——電影。在一大堆最近獲獎的發明中，楊小翼見到了一件很「中國」的發明品：用中國臉譜構成的音樂盒。隨著音樂盒的音樂，臉譜會變成各種花色，像舞台上的變臉絕技。發明品的署名是：Smile. Wu。

看到這個名字，她一陣心跳。她的心中掠過「伍思岷」的名字。

難道這是他嗎？這麼說，伍思岷在這個地方？難道我這兩年一直在尋找的人在這個城市裡？

她本能地左右觀望，希望能在人群中找到伍思岷。

在讓．雷諾先生的幫助下，楊小翼詢問了展覽的策劃者關於Smile. Wu的相關資料，遺憾的是，策展者並不清楚。策展者說：「我們也在找這件發明的作者。」

那天晚上，楊小翼剛進房間，就接到夏津博的電話。

她很高興，「天哪，你怎麼知道我在里昂？」

夏津博開玩笑說：「我是搞外交的，外交工作就是情報工作啊，我當然知道你的行蹤。」

她問：「那我問一下我國的情報員，你最近有關於伍思岷的消息嗎？」

夏津博說：「那倒是沒有。他好像消失不見了。」

她和他拉了會兒家常，但沒同他聊今天所見。她問他最近好不好？他說，他一切都好，剛升了官，成了中國駐德使館的一祕。

「我想來看你。」他說。

「你在德國啊，方便過來嗎？」

「方便啊，這是歐洲啊。」

她說：「這幾天排程挺忙的，我忙完後，再同你聚。」

他說：「好的，我要帶你玩遍整個歐洲。」

在以後的幾天，他們繼續進行主題研討活動。星期天休會，索菲婭嬤嬤約楊小翼一起去教堂做彌撒。楊小翼早已不信教了，但爲了不讓索菲婭嬤嬤失望，還是答應了。他們去的是聖讓首席大教堂。教堂並不算宏偉，但歐洲的教堂裡總是充滿了歷史痕跡。楊小翼聽索菲婭嬤嬤說，這教堂曾舉行過教皇約翰二十二世的加冕典禮，還曾舉辦過法國亨利四世的盛大婚典。教堂內到處點著長明燈，聖母瑪麗亞和十字架上的耶穌在微明的光芒下顯得慈悲而憂傷。聖像壁上鑲嵌著一些金碧輝煌的頭像，可能是主持過這個教堂的主教或別的什麼聖人。在法國的這幾天，楊小翼體會最深的是法國人富有歷史意識，並驕傲於他們的歷史和輝煌成就。法國人身上有一種炫耀式的自豪感，這從讓·雷諾先生身上可以明顯地感覺到。

那天彌撒結束後，楊小翼挽著索菲婭嬤嬤從教堂出來。她看到廣場上有一些教友在義務打掃廣場。楊小翼聽說有很多非法居留的中國人爲了取得合法居留權，會經常來此做義工，有些甚至不惜改變原來篤信的佛教。信天主會得到法國人的好感，取得合法居留權的機會就大增。

就在這時，楊小翼看到了一個熟悉的背影，她一下子認出他是伍思岷。他好像知道有人認出了他，迅速地離開廣場。當楊小翼追過去時，已不見蹤影。她心跳如雷，神色慌亂，在廣場上左尋右找。索菲婭嬤嬤問她出了什麼事？楊小翼沒有回答。她不知道剛才是不是幻覺，這麼多年沒有了伍思岷和兒子的消息了，她多麼希望找到伍思岷啊。

那天離開聖讓首席大教堂後，讓．雷諾先生陪楊小翼遊覽了里昂古城。

楊小翼確定伍思岷就在這個城市裡，行走在老城狹窄的道路上，她的目光並未停留在建築上，而是在人群中尋覓。她渴望出現奇蹟，能在街頭再次碰到伍思岷。然而，她心裡是明白的，這種可能性微乎其微。

讓．雷諾先生見她心神不定，問她是不是有什麼事？她向他微笑。他是個很有洞察力並且相當細心的人，他大概怕她孤獨，主動向她介紹街景。這古城區占整個里昂的十分之一，建於十五到十七世紀。楊小翼注意到這個老城區保存得相當完好，滿眼都是古色蒼茫的舊宅居，建築的色調以橙紅色爲主體，相當醒目。沿街許多哥特式、文藝復興式及古典式的房屋彼此相連，有一種濃重的古老氛圍，彷彿置身於中世紀的歐洲。她盡量傾聽讓．雷諾先生的講解，可總是集中不了注意力，老是走神。

後來，楊小翼還是把恍惚的原因告訴了讓．雷諾先生。她說，她剛才在聖讓首席大教堂的廣場上見到了她的前夫，她多年未見他了，她想找到他，請雷諾先生幫助。讓．雷諾先生說，他會盡力而爲。

自從在聖讓首席大教堂與伍思岷擦肩而過以來，楊小翼喜歡獨處。她全無心思應付所謂的人際交往，只希望在讓·雷諾先生的幫助下能找到伍思岷，從而找到兒子。即使兒子不在伍思岷身邊，至少也能得到關於兒子的信息。

但讓·雷諾先生那兒沒有任何關於伍思岷的消息。他告訴她，有關移民機構並無伍思岷的記錄，要找到他相當困難。雷諾先生解釋道，法國是個寬容的國家，每年有很多非法移民進入，已影響到法國的就業和治安，形成了相當大的社會問題。楊小翼很失望，只好說：「也許是我看錯了。」

也許看錯了。也許是內心的願望在起作用，把願望當成眞實的了。可能是那個發明展觸發了她的幻覺，讓她深信伍思岷就在里昂。怎麼會有這麼巧呢？

會議到了最後的階段，再過兩天，楊小翼就要離開里昂了。她竟然感到非常沮喪，心裡有一股濃濃的離愁，好像她在里昂經歷了一場刻骨銘心的愛情，把她的心留在了里昂。

晚上的時候，會議沒有安排任何活動，她決定獨自去里昂的大街上走走。想起這曾經是將軍生活過的城市，她或多或少有一種歸屬感，好像她天生同這城市是有聯繫的。街上行人很少，非常安靜。安靜是她這幾天來至深的感受，歐洲眞的像一個巨大的鄉村，靜到令人心慌，同北京街頭的人流熙攘比，這裡空曠如寂。

楊小翼路過一個街區時，一排並不起眼的霓虹燈引起了她的注意。霓虹燈裝在地下室的一個窗口邊框上面，最上方閃爍著一串中文字：

「一個幽靈在歐洲遊蕩。」

那是馬克思在《共產黨宣言裡》的第一句話。她停住了腳步，心跳突然加速了，整個身子像是缺氧似的，有一種暈眩感。那細碎的小燈是她熟悉的，那字體也是她熟悉的，閃爍的霓虹燈充滿了她熟悉的氣息。

她慢慢向那地下室靠近。

她下了好大的決心才敲響那門。裡面沒有動靜。她從門縫裡看到地下室裡亮著燈，應該有人。她繼續敲門。

門突然打開，出現在面前的是一個頭髮凌亂、蓄著鬍子、形容憔悴的中年人。有一剎那，她以爲他不是伍思岷，但眼前這個人慌亂了，他的左手習慣性地抖動起來，她這才認定那人就是伍思岷。他的外表可以改變，但他的這個動作會永遠伴著他。

他們這樣相對站了好長時間。這樣驟然相見，他們一時都反應不過來。他轉身向地下室走去，她跟了進去。地下室非常混亂，堆滿了瓶瓶罐罐，甚至有很多生活垃圾充斥其間。這非常不符合伍思岷的個性。他生活似乎過得很苦，這讓她感到意外。據她所知，這些流亡海外的異見人士，總是能搞到政治資金，有很多機構願意支助他們，比如美國的聯邦調查局，比如台灣政府，比如某些非政府組織。伍思岷也算個異見人士吧，但伍思岷卻窮困潦倒。

她沒有在這個地下室看到天安的痕跡，一點點天安的氣息也沒有。

眞相終於以殘酷的方式向她顯露了，如她在每個夜晚猜度又不敢相信的那個結果，兒子伍天安已不在人世了。

這是伍思岷親口告訴她的。

她跟著他進去時，他一直不敢正視她的眼，他只是喃喃地說：「你終於找上門來了，我知道你會來的。」

她說：「你爲什麼不給我消息？你一直躲著我嗎？你爲什麼要躲著我呢？」

他沒有回答她的疑問，他在他的行李箱裡尋找著什麼。他的行李箱是這個地下室最整潔的物件，裡面的東西擺放得整整齊齊。他幾乎把所有的東西藏在行李箱裡，好像他隨時準備遷居到另一個地方。

他摸索了好長時間，在這個過程中他已眼眶晶瑩。他從皮箱最夾層取出銅皮口琴，顫抖地遞給她。當她接到這口琴時，就知道天安眞的不在人世間了。

他輕輕地說：「天安走了。」

好像是這句話帶出了他無盡的悲傷，他坐在椅子上流淚滂沱。雖然和伍思岷共同生活了四年，但楊小翼從來沒有見到他哭得如此傷心。他長時間地張著嘴巴，雙眼朝上，最後終於吼叫出來：

「天安走了。」

楊小翼沒太強烈的反應。多年後，她對自己當時的冷靜感到奇怪。是伍思岷難得一見的失控轉移了她的注意力嗎？還是對兒子的死早有心理準備？她只感到心裡面有一種不眞實的空茫和麻木。

「對不起，對不起，我知道我無法向你交代。」他說。

當伍思岷這麼說時，她空茫的心像是被刀子切割了一下，那種疼痛感終於降臨了。她無助地看了一眼口琴，心一酸，眼淚跟著掉了下來。她說：

「兒子呢？兒子在哪裡？他出了什麼事？」

「對不起，對不起，對不起。」

「你說對不起有什麼用，告訴我，兒子在哪裡？」

他搖搖頭，只是哭泣。

「你快告訴我呀。」她說。

好一會兒，他才向她敘述了天安出事的情景。

伍思岷說，當年他和天安是向雲南邊境出逃的。這條通道是有關組織爲他們安排的。他們打算穿過中緬邊境，然後轉道去歐洲。一路上，他們藏在一輛軍用吉普車裡。到了雲南，吉普車一直在狹窄的山路上盤旋，山路險要，吉普車的一側是山坡，另一側是萬丈懸崖。當時正碰上雨季，有時候暴雨會持續下上半天。由於雨實在太大，吉普車的刮雨器根本無法把前窗玻璃上的雨水劃去，造成能見度極度不好。司機提出要休息，但伍思岷沒同意。汽車繼續前進，道路還可依稀辨認，有些地方有山體滑坡，造成路況更加糟糕。

天安出事是在晚上。雨一直沒停，汽車繼續往雲南邊境開。晚上能見度更差了。汽車出事可以說是偶然，也可以說是必然。那天，伍思岷和天安躺在敞篷裡，人非常疲乏，昏昏欲睡。這時，伍思岷聽到一聲巨響，然後感到天旋地轉，一下就失去了知覺。當他醒來時，他發現自己還躺在汽車裡。他意識到出了車禍。天很黑，汽車已熄了火，他什麼也看不見。他第一個反應就是找天安。他叫喊天安的名字。沒有回音，他驚了，他「騰」地爬起來，在車上摸索。車上除了他沒有別人。他從汽車敞篷裡爬出來，他發現自己能走動，除了背部和臀部有些痠痛，好像沒有大礙。他竄到駕駛室，把手伸到駕駛員身上，他摸到了一堆冰冷的血肉，駕駛員已經死了。

「天黑得什麼也看不見。雨還在下著。我在汽車邊摸索了一會，除了石塊，沒摸索到天安。我在一塊石頭邊坐了下來，我僥倖地想，也許天安已經先溜了，那樣的話天安應該沒事。我祈求上蒼，能如我所願。後來，天亮了，我看到在微明的光線中，有堆黑乎乎的東西橫在離我十米遠的地方，我心一沉，就奔了過去。是天安。」

說到這兒，伍思岷已泣不成聲。

「我猜他是在半空中甩離汽車的，要不然他不會離車那麼遠。他眞是慘不忍睹。」

楊小翼曾有一萬種兒子出事的想像，可沒有想到天安是這樣死的。她想像天安的身體在空中飄蕩，然後重重地落在巨石上。那撞擊的聲音幾乎把她震聾了，她再也聽不清伍思岷在說什麼，她面無表情，如一棵遭受雷擊的老樹。

也許是她的表情過於可怕，伍思岷站起來，搖了搖她，說：

「你怎麼啦？你沒事吧？」

她很想哭出來，但她整個身體像是被什麼堵住了。她的心被堵得慌，她的呼吸無法暢通，她的聲音發不出來，她覺得自己要炸開來。後來，她幾乎用盡全身的力量終於喊了出來：

「天吶。」

伍思岷摟住了她，他顯然被她嚇壞了。他一邊哭，一邊說：

「你別這樣啊，你別這樣啊。」

她想掙脫他，但他像緊箍咒一樣箍住了她。直到她用完了所有的力氣，她才停止掙扎，號咷大哭起來。他和她相擁而泣。他一直在說：「對不起，對不起，對不起。」好像他已忘了人間還有別的語彙。

「其實天安是不想離開北京的。在半路上，他還想回去呢，但我不同意。我坐過牢，我嘗過坐牢的滋味，我不想再關上幾年，逃亡是我唯一的選擇。要是聽天安的，就不會出這事。」

他在懊悔中。可懊悔有什麼用。這時，她對他是複雜的，既有滿懷的恨意——他把她的兒子毀了，又有滿懷的憐憫——那也是他的兒子啊。

後來，她稍稍鎮靜了一點，她問他，出事的具體地點在哪裡，她回國要去那兒看看。他說，那地兒叫太平鎮。他當時走投無路，在那個地方挖了一個坑，草草把兒子埋了，只帶走銅皮口琴留做紀念。

那天晚上，楊小翼回到住地已是清晨。她長時間地看著口琴。她把口琴放在口中，吹了一下。口琴「轟」地在安靜的房間裡炸響，像一聲巨大的嘆息。她再次控制不住自己的情緒，放聲大哭起來。她還是不能相信活潑可愛的兒子已在這個世上消失，不能相信她那青春的兒子就這麼走了。

但一切都是眞實的。

根據會議的安排，參與會議的學者還有聚會和交流，另外楊小翼還將給里昂大學的學生做一次介紹中國歷史及現狀的演講。她得控制住自己的悲傷。

楊小翼麻木地穿梭在西方式的笑臉中，她盡量讓自己顯得大方而得體，但還是魂不守舍，她的思想總是通向伍思岷和天安的逃亡之路，腦子裡於是便浮現出一條狹小而險峻的山路，一輛吉普車墜入萬丈懸崖之中。每次這個畫面都讓她渾身顫慄，她告訴自己別再想像這個場景，但她像一個自虐狂患者，還是一遍遍回想，把自己置於痛苦的境地。

給學生演講的時候，楊小翼思維處於混亂而麻木的狀態，根本興奮不起來。幸好她準備了講稿，她基本上是照著念的，沒有即興的現場發揮。那天來聽演講的人並不多。她想，法國人對東方對中國還是沒有多大興趣的。法國人很有禮貌，她演講結束時，聽眾都熱情鼓掌。主持人讓・雷諾先生用法國式的華麗讚揚了她的演講，但他顯然也看出她心不在焉，他沒有讓聽眾提問。

演講結束，楊小翼參加讓・雷諾先生的家宴。那天索菲婭嬤嬤、雷諾先生的兒子和媳婦都在座，雷諾先生的兒媳是特地從巴黎趕過來的。看得出來，他們這一家有很深的中國情結。在家宴上，楊小翼感謝雷諾先生的款待，並邀請他們全家一定要來中國旅行。她特別提到索菲婭嬤嬤，希望她有生之年回永城看看。索菲婭嬤嬤的眼神裡呈現年輕時候的光彩。

然後，一切結束了。她終於可以放鬆下來，想起這幾天發生的事，恍若夢境。楊小翼感到非常疲勞。她躺在床上，有一種徹底的無助之感。她第一次承認，她最愛的那個人走了，在兩年之前走了。

她無心遊玩歐洲。她打電話告訴夏津博，她想早點回去。她沒有告訴他具體原因，只說國內有急事，需要馬上處理。夏津博表示遺憾，他說：「那好吧，我來送你。」她說：「從德國過來多麻煩啊，不用了。」他說，他已在巴黎，開車一會兒就可以到里昂。她現在的心情是不想見任何人的，在異國他鄉，她也不想敘述兒子的事，她怕自己會崩潰。但她無法拒絕夏津博的好意，她說：「你來吧，你開車送我去機場，算是告別。」夏津博說好的。

第二天，夏津博開著一輛歐寶來到她下塌的飯店。他的車是外交牌照。夏津博說，外交牌照非常「安全」，有很多特權，即使闖紅燈，也沒人來找麻煩，因爲警察們怕引起國際糾紛。夏津博問：「怎麼這麼急就回去了呢？回國有什麼事？」她說：「有一些私事要處理。」夏津博已有歐洲人的作派，他不再問下去，只是說：「沒帶你好好玩，太遺憾，也好，留個想念，盼你下次再來，我這個司機是當定了。」

在去機場的路上，夏津博同她講起北原。楊小翼知道北原這幾年一直在歐洲，想必他們有來往。但夏津博說他們沒有任何來往。夏津博告訴她，北原現在住在斯德哥爾摩，懷著中大彩的心情，翹首盼著諾貝爾文學獎金落到他的頭上。夏津博的語氣是尖酸刻薄的。她並沒有回應，她此刻對北原的所作所爲沒什麼興趣。

一會兒，她和夏津博到了機場。機場的手續是夏津博幫著辦的。夏津博取登機牌時，她茫然地看著機場大廳的電視機。電視正在播放新聞，播音員說著她聽不懂的法語。她打定主意，回國首先要做的就是去雲南太平鎮，找到天安的土塚，她一定要把兒子帶回家。

夏津博辦好手續回來了。這時，電視上一則新聞引起了楊小翼的注意。電視鏡頭對著一幢黃色的小樓，她覺得這小樓很熟悉。當鏡頭對準地下室，看到地下室熄滅了的霓虹燈，她一下子想起來那是伍思岷住著的小樓。她有不祥的感覺，趕緊叫夏津博看。她問夏津博現場記者在說什麼？

夏津博告訴她，是一則社會新聞，地下室有人吃安眠藥自殺了，房東發現時已死了兩天，死者是一個中國人。

楊小翼非常震驚。她二話不說，趕緊讓夏津博改簽了航班。見夏津博一臉疑慮，她說：「我得去看死者，到時你便知道了。」

夏津博帶著楊小翼驅車去事發現場。他問事發地點在哪個區？她說：「不清楚，大概在唐人街，你往那裡開吧。」她是個路盲，他們兜了好大一個圈子才找到那個地方。警察正在處理現場的狀況，她要進去，警察不允許，問她是什麼人？夏津博拿出了外交官證，警察才讓他們進去。她一眼看見躺在床上的伍思岷，他的神色還算安詳，像是熟睡了的樣子，他的雙眼微睜著，眼白朝上。楊小翼想起外公，外公自殺時也是這樣一種向上蒼發出無盡疑問的眼神。

上蒼不會回答他。沒有答案，人生無解。

夏津博在背後輕輕問：「他是誰？」

她說：「他是我前夫。」

夏津博開始向警方協調相關事宜。他看上去完全像一個外交家了，對事情完全投入，據理力爭，卻態度超脫，毫無情感。在夏津博的幫助下，警方終於同意把死者交給楊小翼處理。

伍思岷的遺體都由夏津博在處理。夏津博聯繫了法國使館人員，他們安排了伍思岷的火化事宜。在這個過程中，楊小翼想著伍思岷的一生，想著他起伏的命運，她百味雜陳。不過，楊小翼顯得非常鎮靜，沒有過多表露出自己的情感。

當夏津博最後把一只精巧的骨灰盒交給她時，她實在忍不住哭泣起來，她對夏津博說：

「我兒子已不在了。」

夏津博憂鬱地看了她一眼，什麼也沒說，抱了抱她。

第三十章

楊小翼回國後，劉世軍陪她去了一趟廣安。是米豔豔讓他過來的，米豔豔聽說天安的事後，就讓劉世軍過來了。在天安失蹤的那些日子，米豔豔和劉世軍一直非常關切她，但又不敢在她面前談論天安的事，連勸慰也是小心翼翼。那時候楊小翼不願任何人勸慰她，在她心裡這勸慰本身就表明兒子出了大事。她不願正視現實。

到了廣安，楊小翼在埋葬伍思岷母親的墓園裡買了一塊墓地，安葬了伍思岷。伍伯母是在五年前去世的。當時她還帶著天安到廣安爲她送葬。

她原本想見一下伍伯伯的，又怕喪子之痛會把他擊潰，她取消了計畫。

離開廣安，她和劉世軍轉道去了雲南。沿著伍思岷描述的路線，她辨認兒子出事的地點。太平鎮附近山勢逶迤，山體植皮豐厚，裸露的部分往往皆是巨大的岩石。公路在山腰上劈出白白的一條，像纏繞在山體上的繩子。他們僱了一個當地的居民做嚮導，沒有坐車，沿山路尋覓。在太平鎮西邊進入山巒的一個高坡處，在公路的左側，楊小翼看到一個墳塋，她以爲找到了天安，揪心奔去，到跟前一看，只是一個自然形成的土堆。

嚮導向他們介紹了幾個當年在太平鎮開車的司機，楊小翼希望他們記得當年的車禍，但幾乎每個人都對她的問題感到茫然。他們眾口一詞說，不記得有這回事。

那段日子，楊小翼吃得很少，睡得也很少，每天翻山越嶺，意志堅定，但又像丟了魂似地焦慮。她日漸消瘦。劉世軍總是想辦法勸導她，可每次聽到他的安慰，她都會大發雷霆。那段日子她的火氣特別大。她的哀傷是無法勸慰的。

到處都找不到天安的屍骨，一個月後，他們只好回去了。

回去前的那個晚上，他們在太平鎮一家私人開的旅店住下來。旅店開在一個山坡上，房間南面是一個陽台式走道。楊小翼從房間出來，站在陽台的護欄上。旅店的前方有一座小山包，山上都是奇石，山頂上有一棵巨大的曲柳樹，應該生長了幾百年了。樹冠上面有一個圓圓的月亮。

一會兒，劉世軍也從自己的房間裡出來了，站在陽台邊。

楊小翼想起這些日子來，對劉世軍毫無道理的發洩，感覺很過意不去。她看了一眼劉世軍，輕輕地說：

「對不起，我脾氣不好。」

兩人沉默不語。

劉世軍沒吭聲。

雲南的氣候很奇怪，陰晴不定，剛才還是朗月當空，這會兒，遠處有雲層把月亮遮住了。不過，在他們的頭上，依舊星光閃耀。

「小翼，你知道嗎，我在礁島那會兒，多次想把自己殺死。那時候，要殺死自己非常方便，一個月也不會被人發現。如果我想要死，那一定就死定了……」

楊小翼一直沒聽他說起過礁島的那段生活，她沒想到他竟然想到過死，她靜靜地聽著。

「我在礁島上遠離人世，我只同海中的魚類相伴，和蛇相伴，和螞蟻相伴，我突然覺得我其實就是一隻螞蟻，一條不起眼的魚。我覺得人世間一切都是空的，我一個人守著這一盞燈又有什麼意義呢？那時候我覺得我可能一輩子會和這盞燈作伴，我的內心充滿了絕望……

「有一段日子，我很少吃東西。我想，吃東西有什麼用呢？我吃下去的不就是在茅坑裡增加點屎嗎？還污染環境呢……

「有一天，我在礁島邊洗澡，突然來了一位客人，是一條鯊魚。牠來者不善，應該對我覬覦良久。其實我可以不理牠，可以爬上岸，躲到屋子裡的。但我當時想，我做牠的一餐也不錯啊。牠離我越來越近，就在這時候，我對自己說，我不能這樣束手就擒，我得和牠打一個賭，比試比試。如果，牠把我吃了，我活該。如果我殺了牠就好好活下去。後來，還是我把牠殺了……

「這次搏鬥把我喚醒了。我想，我不能這麼消極，不能死。我這樣千辛萬苦從越南俘虜營逃出來難道就是爲了這樣一死嗎？我還想，我死了我家人怎麼辦？你怎麼辦？爲了你們我要好好活著。從那天起，我開始積極生活……」

楊小翼聽了淚流滿面。她明白他說這話的意思。活著哪有那麼容易，一死了之才是簡單的事。爲了天安，爲了那些對她好的人，她得好好活著。

從雲南回來後不久，楊小翼約尹南方在勞動人民文化宮附近的「天下一家」見面。她訂了一個小包廂，早早到了。

已經有兩個月沒見南方了。南方現在越來越忙乎了，他在做藝術品生意。所謂藝術品不是當代的，主要是文物。文物這玩意兒大約歷史價值要大於藝術價值。楊小翼曾去他的存列館參觀，他的收藏頗豐，各種年代的都有，琳琅滿目。她問他眞的假的。他一臉嚴肅地說：「當然是眞的。」他談起這些文物滔滔不絕。他指著其中的一個玉佩，煞有其事地說：「這是傷感詞人李後主李煜送給妃子的玉佩，都有記載的，價值連城。」他這樣說時，眼中充滿愛意。看著滿眼精美的文物，她也很疑惑，這些東西都來自哪裡？他怎麼能搞到那麼多文物呢？

尹南方因爲行動不便，他遲到了幾分鐘。他搖著輪椅進來時，帶來一股暖烘烘的生意人氣息。他坐定，問：「你幾時回國的？」楊小翼說：「回來有一個月了。」他問：「國外沒勁吧？那裡人特古板，哪裡有國內有趣。北京什麼沒有？與北京比，歐洲是鄉下，太寂寞了，會讓人瘋掉。」楊小翼不知可否地笑笑。

「不過，我告訴你，老外不好糊弄，挺有專業精神。」尹南方說著豎起了大拇指，「我喜歡有專業的生意人。你一件寶貝，就要落到懂的人手上。老外的態度才是專業人士的態度，尊重科學，嚴謹求證。不像中國人，看到你的寶貝，眼中便露出既貪婪又多疑的腔調，像是隨時警惕被人騙似的。這些孫子特迷信所謂的鑑寶專家，只要專家說ＯＫ，他們便什麼都信，什麼價都肯出。這幫暴發戶，根本什麼都不懂。」

楊小翼問：「國家允許你這樣的文物交易嗎？」

「不允許。」尹南方回答得相當乾脆，「靠走私。」

「噢，是違法亂紀。」她說：「你把我們國家的文物賣給老外，很不愛國啊。」

「誰不愛國？流氓也愛國。」他說：「這些寶貝落入國內那幫孫子手中也是暴殄天物。我們什麼時候把祖宗的遺產當回事過？你去瞧瞧，國內的博物館，很多東西都爛在倉庫裡，無人打理，說不定都成了廢品。反倒是放在老外那裡安心，人家把你的寶貝眞當寶貝藏著供著，我去過羅浮宮，去過紐約博物館，去過聖彼德堡冬宮，鬼子們搶去的佛像，從敦煌割去的壁畫，保存的要多好就有多好。要是鬼子們沒偷了去，留在偉大的祖國，說不定早已毀了，到『文革』時一定被小將們當『封資修』砸了。」

尹南方還是那麼偏激，他和這個世界的關係一直是緊張的，他總覺得這個世界虧欠了他，他有權索取。

不過，造成他這樣的原因在我這兒，我是罪魁禍首。

他像一個主宰世界的領袖那樣，對國內外大事指點江山、痛擊時弊了一番，終於把話題轉到了她這兒。

「說說你的見聞吧？」

「我碰到了索菲婭嬤嬤。」

「索菲婭是誰？」

「一位法國老太太，當年是她把我接生下來的，在永城。」

「噢，懷舊之旅？」尹南方顯然對這個話題不感興趣，他問：「碰到夏津博了嗎？」

她點點頭。

「夏津博怎麼樣？要說愛國者，夏津博倒眞的是個愛國者。」尹南方又說道開了，「這孫子可眞逗，他算是哪門子藝術家啊，可一槍成名啊。上次我去歐洲，他說，他是個進入中國美術史的人物。這孫子還眞牛逼，搖身一變，成了個外交家。當著我的面，罵同胞，在老外面前，卻把中國人誇得像花似的，我聽了都不好意思。上次我去荷蘭海盜那兒，他開著一輛破歐寶來看我，陪我玩了半月。」

她說：「夏津博現在挺好的，他已很像一個革命接班人了，可惜老了。」

「那你爲什麼不在法國多待幾天？他不陪你？」尹南方質問：「他怎麼待客的？下次他回國，

我好好訓訓這孫子。」

「不是這樣的，他把我照顧得很好。」

尹南方目光刺向她，在她的臉上停留了很長時間。他說：

「你氣色不好？你不高興嗎？」

她說：「可能這段日子太累了。」

「不是，你有事，你平時可從來不主動約我的。出了什麼事？」尹南方的表情像是在審問一個罪犯，有點咄咄逼人。

她不知從何說起，她說不出那句話，她還是不能接受那個事實。對她來說，那是可怕的災難，只要想起它，或者說出它，悲哀就占據她整個身心，她的小腹會積淤一股酸澀無比的氣流，而這一氣流和眼淚聯結在一起。總是這樣，茫然無語中，她的眼淚先流了出來。

「你怎麼啦？」

「南方，天安不在了。」說完，她再也忍不住了，哭出聲來。

但尹南方一臉平靜。他甚至沒有勸慰她，任她放肆大哭。待她緩過氣來，他說：

「我早知道了。」

「什麼？」她吃驚不小。

「我早知道了，只是老爺子不讓我說。」尹南方緩緩說道：「天安是雲南邊境車禍死的，當年老爺子一直在找他的下落。後來，他找到了天安的屍體。」

「將軍在找天安？他早就知道天安死了？」

「是的，老爺子找到天安的屍體後，臉黑得像要殺人。後來他告訴下面的人，讓我們不要告訴你。他把屍體火化後，骨灰拿回了北京。」

她說不出話來。原來他們都知道天安已死，只有她一個人蒙在鼓裡。她突然感到憤恨，把筷子狠狠地砸在桌上，說：

「你們怎麼可以這樣欺騙我？我是他母親，你們怎麼可以瞞著我處理我兒子的屍體？」

尹南方說：「我一直想告訴你，可一看到你滿懷盼望地等著兒子，我說不出口。如果你正視現實，你早該料到這個結果的。天安要是活著，不會這麼多年沒有音訊。」

她知道，沒辦法責怪他們。他們也是好心，怕她承受不了。她發火只是想發洩，她太悲傷了。她最親近的人都成了她發洩的對象。

可憐的劉世軍。可憐的尹南方。

尹南方顯然沒劉世軍有耐心，他的情感從來是隱藏起來的，他的臉上沒有表情。她想，要是別人對他發火，他肯定不耐煩了。

她做了一下深呼吸，定了定神，問：

「天安的骨灰在他手上？」

「不，老爺子把天安埋葬了。」

「埋在哪兒？」

「香山的一個軍事基地裡。」

第二天，尹南方的司機開車帶他們上了香山。一路上，楊小翼想，真是沒有想到她千辛萬苦尋找的天安就在北京，在她的身邊。

秋天，香山的楓葉開始變紅了，那紅色非常奇怪，顏色接近血液，葉片近乎透明，就好像是有一束暗紅色的光芒打在其上。這天天氣陰沉，有凜冽的北風，楊小翼不顧寒風，打開車窗，觀察著道路周圍的標記：農舍、加油站、高壓電線桿、小別墅、度假村等。她得把這一切記住，彷彿這一切都和天安有關。她從來沒有這樣關注過香山，她一直覺得北京不是她的故鄉，但現在似乎不一樣了，北京的一切因爲天安的存在而有了新的意義。

尹南方一言不發，他從昨天的滔滔不絕變成了今天的沉默。這也符合他的風格，他總是從一個極端走向另一個極端。

一會兒，他們來到一個基地。楊小翼聽說基地是一個專門搜集、分析及處理相關信息的監聽機構。基地崗禁森嚴，但他們都認識尹南方。尹南方沒有下車，只是懶洋洋地搖下了車窗，面無表情。然後，鐵門就緩緩開啓，他們進入基地。基地面積相當大，她看到一幢幢類似工房的建築依山而築，相隔的距離相當遠，因而建築看上去比實際要小。尹南方似乎迷了路，他一直指揮著司機，在基地的山路上轉，不過，他沒有做任何解釋。她對此沒有任何焦慮，她甚至想讓抵達天安墓地的路無限延長，永遠也不要到達，那麼她這一生就可以在這樣的等待中途過。她清楚，抵達墓地後，她會落入無窮的空虛之中。

在一個山嶴的一塊平地上，楊小翼看見一座簡陋的墳墓，她看到了墓碑上寫著伍天安的名字。她趕緊讓司機停車，然後坐在那兒一動不動。尹南方回頭看看楊小翼，見她呆滯地看著窗外，也順著她的目光望去。

「對，就是這兒。」尹南方說。

司機從後車廂拿輪椅，然後把尹南方抱到輪椅上。她還坐在車裡。尹南方也不催促，他獨自一人向墓地走去，沒再回頭看她一眼。

她感到恐慌。這恐慌一直潛伏在心頭，現在終於控制了她，就好像那墳墓的前方天安還活著，站在那兒等著她，而她像一個醜陋的母親，無法面對多年不見的兒子。

她下車，向那墳墓走去。她感到全身抽離的空虛。她努力穩定自己的情緒。不能再流淚，她流得太多了，再流尹南方會厭煩的。

墓地雖然簡陋，但整得乾乾淨淨，連一根雜草都沒有。她看到，在墓碑的下方，竟然雕刻著一句墓誌銘：

「願汝永遠天眞，如屋頂上之明月。」

她被這句話鎭住了。這是將軍在里昂寫的詩歌中的一句。難道將軍還記得當年的詩作嗎？

尹南方大概注意到她看著墓誌銘，說：「這是老爺子突發奇想讓工匠刻上去的。不知道他是哪裡看來的這酸詞，老爺子腦子裡在想什麼沒人知道。」

她沒有解釋這句話的出處。即使如尹南方這樣與其朝夕相處的人究竟瞭解將軍多少呢？

「這話哪像個共產黨高幹說的！倒像個舊社會不中不西的遺老。老爺子大概認爲天安年輕，需要年輕一些的句子，結果弄得不倫不類。」

她不想南方在耳邊喋喋不休，她說：「你回車上休息吧，我想單獨待會兒。」

尹南方瞥了她一眼。離開時，他拍了拍她的背，說：

「人死了，不能活過來了，想開些吧。」

尹南方平常說話總是惡狠狠的，很少這樣說勸慰的話。

她感激地對他點點頭。

停在路邊的小車開走了。她猜尹南方去基地休息去了。

秋天的山谷，一點風也沒有，天地間靜得出奇。基地是個無聲世界，基地軍人的工作就是豎著耳朵傾聽著空氣中看不見的電波。天突然就放晴了，陽光從雲層中鑽了出來。早上，他們出來的時候，天還陰沉沉的。陽光照在墳墓之上，純淨如水。她獨自一人，靜靜坐著，令她奇怪的是她竟然感覺安詳。她終於找到了兒子，可兒子已化成了灰燼，成了塵土。

她想起和天安度過的最後的時光。那是在集會時，學生們繞著金水橋遊行，他們把自己打扮成各種各樣造型，有的裝扮成手戴鐐銬的革命者，有的把自己弄成納粹模樣，有的把臉塗成臉譜扮成包公……總之，廣場運動把學生的創造力大大地激發了，這讓遊行看上去像一個盛大的假面舞會。那天她帶了一箱可樂，分發給學生喝。天安站在她邊上，臉上笑容明亮，好像在爲自己的母親驕傲。

眼淚還是流了出來，不可抵擋。不過，她不再嘶聲力竭。她感覺到天安的存在，在空氣中，在土地中，在記憶深處。這個天眞的孩子，從偏僻的廣安來到北京，他是多麼不適應。他始終是個孩子。

「願汝永遠天眞。」

將軍瞭解天安，將軍愛天安，他把早年的情詩獻給了天安。天安的死他一定非常非常傷心。這終究是值得安慰的。楊小翼第一次意識到，在這個世界上，將軍是她最後的也是唯一的親人。他是她的來處。那天她感到軟弱而無助，內心有一種強烈的親近將軍的願望。自天安失蹤以來她第一次有這樣的願望。最近她經常聽到將軍生病的消息，她想，也許將軍來日無多，她應該同他和好，她應該同他好好談談，解決她和他之間的問題。

那天，她一直坐到夜幕降臨。當太陽下山，天黑下來時，天上布滿了星斗。在北京城裡她久未看到星星了。尹南方的司機過來叫她，「大姐，我們回去吧。」

她回到家，不顧疲勞，去行李箱取銅皮口琴。從法國回來後，行李還沒打開過。口琴非常光潔，在白熾燈下呈現出淡黃色的光澤，那是與人體磨練後的結果，好像口琴此刻還帶著人體肌膚的溫暖，好像歲月的精神氣吸附其中。口琴看上去寧靜而純淨。

那天晚上，楊小翼給將軍寫了一封信。信寫得非常簡單，有一種正式而虛偽的客氣。一切見了面再說吧。

尊敬的尹將軍：

您好！作爲多年來您生平的研究者，我非常盼望能有機會見您一面，以求證我的許多疑慮。若您同意，可隨時召見我。由於我的問題可能涉及私密，盼到時能和您單獨相處。

恭祝健康安樂！

小翼磕首

信發出後不久，她接到將軍辦公室的電話，將軍同意見她一面。

楊小翼再一次踏進了這個院子，這個曾經的舊王府。自從那次被警衛帶走，她再沒有來過。一晃就過去了近三十年。景物依舊，舊王府甚至比三十年前還要新，一定經過了精心的整修。遠處的人工湖上的荷葉已經乾枯。

舊王府內部已和三十年前完全不一樣，居住環境裝修得像賓館，樸素中見精緻，可以見出尹家女主人的品味。楊小翼在客廳見到了周楠阿姨，嚇了一大跳，周楠阿姨的頭髮全白了。楊小翼一想，釋然，周楠阿姨比將軍小十五歲，是個七十五歲的女人了，頭髮白也正常。有多久沒見到她了？她記得五年前在尹南方公司開張時見過周楠阿姨一面。那時候，她的頭髮好像還沒白。也許是染髮了。周楠阿姨已變得非常隨和非常慈祥了，她說：「你看上去還這麼年輕，眞羨慕。」楊小翼說：「我也變成一個老太婆了。」周楠阿姨說：「那你不是說我老不死嗎？」說完豪爽地笑起來，完全一副久經考驗的老革命的作派。

「首長因爲年事已高，上下樓不便，已住在一樓。他等著你呢。」周楠阿姨調皮地向她眨了眨眼，「不過，你要有心裡準備，首長記憶有些不太好，不一定能認出你來。另外，你說話小心些，首長脾氣越來越不好了。」

楊小翼點點頭。

「去吧。」周楠阿姨揮揮手。

她推門進去。房間裡只有將軍一個人。他拄著一根拐杖站在窗口前，看著院子的什麼地方。她注意到他等人的時候，喜歡背對著門站在窗口前。他顯然聽到了有人進來，他轉過身來。這說明他的耳朵還行。他的身體已經衰弱，臉有點浮腫，臉比以前黑了許多，上面布滿了老年斑。他的眼袋非常大，大得幾乎淹沒他的眼睛，雙眼看起來有點混濁，已不見當年的銳利。他拄拐杖的手有點兒顫抖，顯示出老年人的無助。楊小翼突然有些憐憫他。她多麼想像一個女兒一樣，擁抱一下他。

她不清楚他是否認出了她。

他應該認出來了，我的信署著名，他應該知道我是誰。

可他此刻沒有任何情緒變化，就好像她眞的只是他的一個研究者。

他握了握她的手，他的樣子像是在接見外賓。房間沙發的擺法也像是一個接待室。他伸手讓楊小翼在沙發上坐下。然後他說：

「小翼同志，你的研究文章我都讀了，寫得很好。」

這完全是官腔。這也是定調，也就是今天的談話是一個研究者和被研究者之間的對話。他們政治家就愛玩這種把戲。楊小翼不免有點失望，她從剛才一廂情願的溫情中醒過來。好吧，既然他做出這般姿態，那就用研究者的口氣和他說話。她告訴他，她剛從法國參加學術研討會回來，她去了里昂。

「噢，里昂，里昂……」他喃喃自語。

「將軍想起什麼嗎？」

「什麼？噢，里昂，它的古城非常漂亮。」有那麼片刻，他的臉上有溫和的笑意。

「您能對我談談里昂嗎？我對將軍早年的生活很感興趣。」

將軍像是沉入往事之中。這很好，她需要他的回憶。將軍說：

「里昂是革命的搖籃，馬克思主義的誕生和里昂工人起義有關，馬克思就是根據英國紡織工人罷工、里昂工人起義、巴黎公社等事件才認清資本主義的本質，開創了共產主義運動。」

她說：「我對將軍在里昂的個人經歷更感興趣。」

將軍說：「那時候，我年輕，才二十來歲，什麼都不懂。」

她說：「對於我們研究者來說這很重要，這是通向你個人情感的大門。」

「這個世界不講這些，歷史也不講這些。歷史就是誰幹了什麼事，改變了世界，不管是變好還是變壞。歷史的邏輯就是這麼簡單。歷史和個人情感沒有任何關係。」他反駁道，思維十分清晰。

「難道將軍一生所做的都是爲了歷史嗎？」她反問。

「我不知道，這得讓後人評說，我不能說什麼。」

她感到將軍在她前面築起了一道高牆。這高牆把他的個人世界封閉起來了，無人能進入。周楠阿姨進入不了，尹南方也不瞭解，沒人知道那個個人世界的面目。楊小翼不甘心，她必須讓將軍說出來。她想了想，朗誦了他在法國寫的詩：

「余來自東方，太陽最早從彼地升起／汝不知道，余之目光是女性底／背向太陽，面向西方，面向汝，面向汝明亮燦爛底眼眸／汝看不清余，覺得余神祕，多情，善解人意／總有一天，汝會看清余猙獰之面目……」

她一邊朗誦，一邊觀察他。他毫無反應。

「將軍記得這首詩嗎？」

「沒讀過。」

「有研究者認爲，這是您寫的，當年您正和一個法蘭西姑娘戀愛著。」

將軍的目光露出狡黠的光亮，他說：「這重要嗎？頂多算是年輕時代的一件荒唐事而已。」

「您認爲這荒唐嗎？」

「在我一生中，這一點也不重要。」

她對他的回答感到失望。他是在逃避什麼，還是眞的這麼認爲？

她拿出口琴。這是她事先準備要問的最重要內容，事關母親和他的關係。她需要他親口確認，這很重要。她拿口琴的雙手都有點顫抖。

「您記得這支口琴嗎？」

將軍淡然地懲了一眼：「不記得了。」

她突然對他的回答感到憤怒。他怎麼能這樣，怎麼能把一切都輕易地一筆勾銷？

「一九四一年，你負傷到了上海，住在楊慈嚴醫生家，是嗎？」她有點破罐子破摔了。

「是的。」

「那麼您記得楊慈嚴的女兒楊瀘嗎？」她提高了嗓門。

「記得。」

「您曾經送她這支口琴，您記得嗎？」

他沒有回答。他垂下了眼簾，好像在某種懺悔中。但她對他不肯承認還是感到委屈，她突兀地問：

「你是什麼時候知道她有一個女兒的？」

顯然從來沒有人這麼直截了當地這樣問他，他吃驚地看著她。她對自己突然問出這話也很吃驚，她沒想過這麼問他，也許是被他的態度激怒了。

「您在延安結婚的時候知道這件事嗎？」她有些激動，口氣越來越像是在責問了。

「……」

「您愛她嗎？」她預感到今天的談話也許將會毫無結果。

「……」

「您愛過她嗎？」她不放過他，今天豁出去了。

這時，將軍抬起頭，他顯得有點惱，他說：「對一個革命者而言，個人情感不值一提。」

說這句話時，將軍的目光露出堅定的神色，好像他在回顧自己波瀾壯闊的一生，對自己的所作所爲從來不曾遺憾過。這種神情傷害了楊小翼脆弱的自尊，她覺得自己被徹底地拒之於外。她非常失望，她想，沒有必要談下去了。

沒有得到將軍的允許，她從座位上站起來。這是很沒禮貌的。將軍吃驚地看著她。他坐在那兒，穩如泰山，好像在命令她坐下來。她已是淚眼滿面，說：

「我回去了。」

將軍木然坐在那兒，沒有回答。

她轉身向房間外走去，沒再向周楠阿姨告別。走出院子的大門，她才回過頭來，將軍站在那兒，在深秋的陽光下，將軍稀疏的銀髮在風中凌亂地飄蕩。也許是錯覺，她看到了將軍的淚光。她心頭一酸，忍不住痛哭起來。她攔住一輛計程車，上車時，她想，此生再也不要見他了，再不，一切都了結了。

她在自己的心裡打了一個句號。

這之後，楊小翼把一切放下了。她不再糾纏於和將軍的關係，一切結束了。她盡量不再恨他或愛他，不再想得到他的認同，不再在報紙上查詢關於他的消息，也不再向尹南方打聽將軍的健康，除非尹南方主動提起。她專注於專業，她招收了兩名碩士研究生，一男一女，帶著他們到處走，或參觀考察，或參加學術研討會。兩個學生之間的關係十分有趣：女孩子非常漂亮，男孩敦厚質樸，女孩老是欺負男孩，男孩子渾然不覺。其實男孩不是眞的不明白，他享受被女孩子欺負。她喜歡觀察年輕人之間的把戲，有一種過來人的明達，有一種一切了然於胸的樂趣。她覺得自己已成了一個寬厚長者。

楊小翼永遠記得一九九五年六月三十日的那個夜晚。那天晚上，她總覺得心裡不踏實，睡下後輾轉反側，不能入睡。這是很少見的，年輕時她睡眠並不算太好，但漸入老境後睡眠反倒是好了。這可能同她「心無掛礙」有關。說「心無掛礙」當然比較誇張，但同過去比，她的盼望，她的欲望是明顯減少了。她不再指望自己的生活還會有什麼改變，她承認一生中最美的年華已經逝去，未來的日子是可以預見的。她記得有一次，她曾同劉世軍討論過在何處終老的問題。她說：「我死的時候，希望誰都不要知道，我會找一個陽光照得到的山谷，然後躺下長眠。」劉世軍笑道：「那時候，你恐怕老得走不動了，你怎麼去山谷呢？」

就在楊小翼胡思亂想的時候，電話鈴響了。深更半夜的，誰會打電話來呢？她趕忙接起電話。是尹南方打來的，尹南方用一種近乎機械的聲音說：

「他走了，一分鐘前。」

她馬上意識到這個「他」指誰。

她沒說一句話。她不知說什麼。電話兩頭是長時間的沉默。好久，尹南方說：

「如果你認爲需要的話，你可以來看看他，他馬上會被轉往弔唁廳。一切隨你。」

她說：「好的。」

然後尹南方就掛上了電話。那一夜，楊小翼再也沒有睡著。對於將軍的死，她沒有吃驚，她知道遲早會有這一天的。將軍病危的消息已不止一次傳出了。邁入老境後，楊小翼對生命的蒼茫深有感觸，她偶爾也有過去看望將軍的念頭，畢竟他是她的來處，人至將死，一定孤單。但她最終斷絕了這個想念，既然已發誓此生不再見他，爲何要破了自己的誓言呢？再說，去了對他的病情或是心靈又會有什麼好處呢？事實上，她也很難面對他，她想像不出面對他會有什麼樣的心情，會做出什麼舉動。她害怕再見到他。

現在，他去了，去了另一個世界——如果有另一個世界的話。這是人的必然歸途。人來到這世界時，完全是不由自主，沒有自我意志，糊裡糊塗降生，被拋入時間的某段之中，受到這一時段的潮流裹挾，在其中沉浮，然後淡出時間之外，進入永恆的空虛之中。有時候楊小翼會想，如果將軍活在另一個時代會是什麼樣子呢？那肯定是另一番面目，也許是個風流倜儻、在花前月下吟詩作樂的文人雅士。他身上是有這樣的潛質的，誰知道呢？

楊小翼完全像一個局外人那樣思考將軍的死，好像將軍僅僅是她的研究對象。後來，她想，既然我是他的一個研究者，我爲什麼不去呢？爲什麼不能以超脫的心態去最後看一看他呢？她決定去。

楊小翼是追悼會那天去的。她特意穿了一套黑色的西服。這套西服是一次學術會議的禮品，她從沒穿過，要是沒有這個葬禮她也許永遠不會穿它。

那天，悼念大廳裡放著摧肝裂肺的哀樂，到處都是高官顯要和他們送的花圈。將軍躺在鮮花叢中，身上覆蓋著中共黨旗，面容消瘦。將軍遺體的左邊則是家族成員的位置：站在最前面的是將軍夫人周楠阿姨，她神色莊嚴而悲傷，顯得大氣通達；尹南方在母親身邊，他坐在輪椅上，表情裡有一種惡狠狠的冷漠，這種漠不關心的神態在追悼會現場顯得非常突兀；再左邊是尹南方的媳婦，這個漂亮的女演員此刻神情無比哀戚；另外幾位應該是將軍或是周楠阿姨的旁系親屬，楊小翼不認識。

她淹沒在大廳的人群中。

瞻仰遺體活動結束，追悼會正式開始了，國家領導人在致悼詞。悼詞稱將軍爲無產階級革命家、政治家、軍事家，基調恢弘，用詞講究。楊小翼沒有專心聆聽，她一直注視著將軍的遺體。周圍有輕微的抽泣聲，那可能是受過將軍恩澤的人們發自內心的悲痛。悼詞致畢，官員們根據級別高低，分別到將軍的遺體前鞠躬致哀。劉伯伯也來參加葬禮，他也是八十多歲高齡了，臉上的表情已有些僵硬，不過目光依舊有神。劉伯伯顫顫巍巍地來到將軍前，差點跌倒。楊小翼以爲能以旁觀者的態度參加這個葬禮，事實上做不到。悲哀就在那一刻降臨了，如此巨大，像漫過堤埂的洪水，沒頂般地向她壓迫過來，她頓覺這世界黑暗一片。她失聲痛哭起來，哭得比誰都響亮。也許怕影響現場秩序，警衛人員禮貌地把她暫時請出了大廳。她淚眼朦朧回頭向將軍的遺體張望，瞥見尹南方憂心忡忡地看著她。

她一直坐在大廳外的台階上。她像是耗盡了元氣，感到渾身疲乏。她的視線掠過漫長的台階，看到一個小女孩在步履蹣跚向她走來，好久她才認出那個女孩就是她自己。

追悼會結束後，周楠阿姨和尹南方來到她跟前。一切結束了，他們似乎鬆了口氣。周楠阿姨客氣地說，有什麼事可隨時找她。楊小翼說謝謝。

周楠阿姨先走了。尹南方看著他母親的背影，說：

「老爺子臨終前，母親問他，『你一生中經歷了好幾個女人，你最愛的是誰？』你猜老爺子怎麼回答？老爺子說：『毛主席。』」

尹南方說這話時沒有悲哀。他的悲哀，他的個人情感在跳樓的那一剎已經全部消失了。他當作一個笑話在講述，但她聽了，感到非常難過，眼淚又一次湧了出來。尹南方拍了拍她的肩，表示理解。

「他對不起你，也對不起你母親。」他說。

她搖搖頭，說：

「事情比你想得要複雜得多。」

尹南方聳聳肩，說：「其實也很簡單，認了又怎麼啦？男子漢敢做敢當。他們這些所謂的革命家，當了婊子還要立牌坊。」

她無話可說。

親愛的尹南方，我的兄弟，這世上的事不像你的頭腦那麼簡單。你簡單得只剩下了不平。當

然，我無權對你置評，我是你不幸的製造者，我這輩子都欠著你，在你面前，我低人三等。你怎麼對我，我都接受。如果你需要，我會全然付出，我的兄弟。

這一天，她的內心被巨大的虛無感纏繞。爲什麼會有如此廣大的虛無呢？她省察自己的內心，發現她在內心深處一直沒有取消過「父親」的形象。她以爲早已和這一形象告別了，其實不然，這形象一直以某種方式作用在她的精神深處，成爲她潛意識的依靠。現在，母親走了，「父親」也走了，她沒有孩子，一切都消失了，這世上只留下她孤身一人。她感到一片蒼茫，突然想起了陳子昂的詩句：「前不見古人，後不見來者，念天地之悠悠，獨愴然而涕下。」

葬禮後一個月，楊小翼接到尹南方的電話，說想和她見個面。見面時，尹南方遞給楊小翼一張照片，說是在將軍的遺物中發現的。那是楊小翼八歲那年拍的照片，照片上她穿著慈恩學堂的黑色制服，理著一個童花頭，目光天眞。尹南方叫楊小翼看照片背面。背面寫著：

我的女兒。劉雲石從永城帶來。一九四九年十二月二十日。

是將軍的手跡。楊小翼一時不知如何反應，她看了尹南方一眼，對尹南方傻笑了一下。尹南方溫和地看著她。她笑著笑著，眼淚就淹出眼眶。

第三十一章

一九九九年冬天，空氣裡充滿了世紀末狂歡而傷感的氣息。關於新世紀的信息充斥著電視、報紙、互聯網、廣播，可謂不厭其煩、連篇累牘。一種叫「千年蟲」的病毒將襲擊英特網；有富翁將重獎第一個降臨新世紀的嬰兒；商家在推出新世紀概念的商品。這個星球上的所有人都在翹首等待新世紀的到來。悉尼大橋將施放焰火，焰火會如瀑布一樣流入大海；紐約時代廣場前面將有跨世紀晚會；楊小翼聽說在永城老家也會有非常瘋狂的項目，屆時在中山廣場將聚集一萬架鋼琴，演奏《黃河大合唱》。楊小翼走在北京的街頭，時常會聽到此起彼伏的鞭炮聲，夜晚，禮花升騰，劃破夜空，明亮的光線照亮仰天觀望的人們的臉。

楊小翼想，時間眞是奇妙的東西，它在那裡劃出一條界線，於是人們有了新的盼望，好像穿越這個界線，人人都會成爲一個新人，這個世界將煥然一新，好像時間的那邊充滿了天堂一樣的光芒。

除了盼望，也有一些相對嚴肅的媒體策劃了整個二十世紀的回顧的專題。從這些專題中，有如下的關鍵字：工業化、二次世界大戰、革命、死亡、飢餓、科技進步等等。這是一串具有內在邏輯的關鍵字。而對中國來說，「革命」是最爲核心的詞語，「革命」曾經使這個國家聚集巨大的能量，變得萬眾激情。

那段日子，楊小翼停下了手頭的工作，在等待著新世紀的來臨的同時，陷入了深長的回憶之中……

在回憶裡，童年的時光變得異常清晰。她記得第一次意識到自己身世存謎是五歲那年，那是春天的一個晴好的午後，陽光燦爛，空氣裡充滿了春天特有的花香，那是附近公園裡盛開的紫羅蘭和菖蒲混合的氣息。那天，她突然意識到自己是個沒有父親的人。

這之後，她一直等待著父親的來臨。在她的想像裡，父親會坐著上海輪從永江上來，她因此經常去永江邊玩。每天，上海輪一到，碼頭上就會下來各式各樣的人，他們帶著遠方的氣息。在她的想像裡，這遠方不僅僅是指上海，它很寬廣，寬廣到了經文裡寫的天堂。那時候她喜歡一切外面的事物，在她的潛意識裡，那外面的事物同她的關係是密切的，好像她就來自那個遙遠的「外面」。永江寬闊而清澈，在日光下，河水會變幻出很多意想不到的圖案，只要長久地凝視於水面，就可以想像出天上的飛鳥、地上的牛羊、白娘子和許仙，以及許多只有在想像中才存在的景象。秋天的夜晚，永江會出現潮水，潮水退去，灘上會留下瓶子、木塊等雜物。她喜歡在河邊撿瓶子，關於漂流瓶的故事是慈恩醫院的索菲婭嬤嬤告訴她的。漂流瓶，多麼美好的名字，就像是天堂的另一個名字，那裡有著外面世界的消息。有時候，河上會飄來屍體，每次屍體出現，她頓覺天地間暗了下來，好像有另外一些消息正在這空間彌漫。教會的人會把屍體撈上來，然後把他們埋葬在教會的墓地上。

但父親最終也沒有到來。她曾經以爲劉伯伯是她的父親，卻不是。在她的生命裡，終於沒有喊出「爸爸」這個單詞……

可能是長時間置於回憶之中，她的神情恍惚，有些分不清回憶和幻覺。

那段日子，劉世軍剛好來北京。劉世軍已離開永城，調到省航道局任職。劉世軍見到她，說她臉色蒼白，有一股子陰氣，他問她是不是很久沒有出過門了？

那天，楊小翼和他去附近的一家西餐廳用餐，他們都喝了點兒酒。

在這個世紀末，餐廳生意興隆。楊小翼看到很多年輕的面孔，他們眞的年輕啊，他們的衣著打扮已經和巴黎沒有什麼兩樣，他們舉手投足已經和國際接軌了。她看到其中的一對年輕情侶似乎在鬧彆扭，那女孩一直不吃東西，她餐桌前的美食一口也沒動過。那男孩在哄她，男孩用叉子叉了一小塊牛排放到她嘴邊。那女孩卻別過頭去。

總是這樣，看到年輕的面容，她就會想起兒子。如果他活著，他會是什麼樣子呢？奇怪的是，她總是忘記兒子的面容，卻記得他所有的生活細節，他的習慣，他的口頭禪。記不起兒子的臉一度讓她感到心慌，她一次次找出兒子的照片，凝視那張年輕的臉龐，希望把他銘刻在心，但過一段日子便總也記不起來。然而，她卻在每一張年輕人的臉上都能找到兒子的影子。

楊小翼那天喝多了，她特別傷感，因而流下了眼淚。劉世軍問她怎麼啦？她說：

「我現在眞的感到自己已然蒼老。」

新千年快要到來前一天，楊小翼突然接到劉世晨的電話。那時候，劉世晨已於三年前回到老家永城，成了永城市委書記。

劉世晨的聲音在電話裡聽起來非常興奮，她邀請楊小翼回老家看看，說要給她一個驚喜。楊小翼問：「什麼驚喜啊？」但劉世晨就是不答，她說到時候就知道了。什麼時候直性子的劉世晨也變得這麼喜歡賣關子了呢？

母親死後，楊小翼回老家的次數就少了。偶爾也會回去看看劉伯伯，後來劉伯伯調到省城，她就再沒有回去過，但在這個充滿回憶氣氛的世紀之交，她願意回去看看。她不知道劉世晨葫蘆裡賣的是什麼藥。

她是傍晚六點半到永城機場的。永城的機場大廳裝扮得花枝招展，充滿了跨世紀的喜慶氣氛。她沒想到劉世晨親自來機場接她。這幾年，世晨因爲經常到北京辦事，楊小翼倒是經常見到的。世晨是黨的女高幹，有著女高幹一般特點：一頭烏黑濃密的燙捲了的短髮，看上去像一個鳥窩。楊小翼經常笑話她的髮式，看不出男女，還問她這黑髮有沒有染過。世晨說：「早染了，你沒見我哥早白了頭了，我們家遺傳。」楊小翼老遠就看到世晨的鳥窩頭，向她打招呼，世晨露出大大咧咧的笑容，然後上前把她抱住。四周的市民站得遠遠的，都好奇地看著劉世晨，表情既冷漠又古怪。他們大概平時沒有見到過他們的市委書記如此不嚴肅的一面。

楊小翼說：「你日理萬機的，幹嘛親自迎接我？我又不是國家主席。」

世晨說：「首都來的嘛，我們小地方的人敢怠慢了？」

楊小翼說：「去你的。」

楊小翼被接到早已安排好的大約屬於市政府的一家賓館。她住下後，世晨就帶她去吃飯。她跟著世晨進了一個包廂，發現世晨的女兒也在。世晨有兩個孩子，兒子王拓，現在在美國哈佛讀博士。女兒王妍，成了一個畫家，現在中國美院當教師，據世晨說，她的思想現代、奔放，至今單身，讓人受不了。「像我這樣的老古板，她常常是不屑的。」世晨曾這樣對楊小翼說。

這個年代，這種所謂的接風酒，酒桌上的方式大同小異。老友相見，當然要放開喝。這幾年，也許是應酬較多，楊小翼的酒力日增，也可以大口喝酒了。世晨這樣的黨的幹部，除了個人能力和背景，喝酒當然是官場必備的交際手段。倒是世晨的閨女王妍，滴酒不沾。楊小翼開玩笑：「藝術家不喝酒，哪來的靈感？」她說：「我又不想當官，喝什麼酒。」楊小翼說：「我也不當官啊，怎麼喝酒呢？」她說：「你是老女人，不喝酒幹什麼啊？」楊小翼被戧著了。當然，對這個姑娘楊小翼是一點也不介意的。世晨擺了擺手，說：「你別同她胡扯，她懂什麼。」看得出來她們母女的關係很融洽。

其實劉世晨是早已憋不住要告知所謂的「驚喜」了。她打斷楊小翼和王妍的鬥嘴，滿臉堆笑地湊近楊小翼：

「想過我給你什麼驚喜嗎？」

楊小翼搖搖頭。

世晨似乎很得意，說：「你家的石庫門現在已成了一個紅色旅遊點，你沒想到吧？」

楊小翼一時有點反應不過來，石庫門怎麼會成爲紅色旅遊點呢？

「將軍不是在那屋子裡住過嘛。」世晨解釋。

「什麼？我不明白你在說什麼。」

「你不知道？八〇年代，將軍來過永城，那時候，你母親已死。將軍提出要住在石庫門裡。將軍那次在裡面住了一個多月，那篇著名的《革命的轉型》就是在這裡寫成的。」

楊小翼恍然有悟，但還是有疑惑。

「這合適嗎？」

「有什麼不合適的，將軍是歷史的一部分啊？難道因此可能抹殺他的赫赫戰功？」

世晨的女兒臉上已掛著譏笑，她忍不住說：「媽，你是個天才，原來我的想像力是遺傳了你。」

「你別胡扯，這是十分嚴肅的事情。」

楊小翼笑笑，對此事她沒有意見。這個世紀快過去了，是非對錯也都已沉澱，功過成敗自有公論。她去過很多地方，連那些所謂晚節不保的將軍亦受到當地政府和民眾的尊寵，一方面那些將軍們的文治武功無論如何對當地民眾來說是一種榮耀，另一方趁著所謂紅色旅遊的熱潮，可給當地政府帶來旅遊收入，何樂而不為？這個時代任何事物都可以娛樂，都可以成為商品，哪怕是曾經神聖不可侵瀆的「革命」及其教條。這個革命的世紀行將結束，但革命的影響已深入人們的血液，將會源遠流長。

後來，王妍可能實在不能忍受她們的話題，提前走了。「我在你們欲言不暢，讓你們放鬆些，走了。」她酷言酷語。

王妍走後，她們開始聊些日常瑣事。大概是怕觸到楊小翼的傷心處，世晨沒談女兒經。楊小翼和劉世晨都快六十歲，已開始熱愛懷舊了。她們聊了從前在幹部子弟學校的事。

楊小翼說：「世晨，你小時候特霸道，你那次差點把米豔豔漂亮的臉蛋都毀掉了。」

世晨說：「我幹過這事嗎？我那時候可是品學兼優的好學生啊。你才霸道呢，那時候，你也挺壞的，有一次你向我爹告狀，說我早戀，給男生寫情書，結果，被我爹狠狠揍了一頓。」

「有這事嗎？」楊小翼很吃驚，她怎麼也想不起來了。

「有這事啊，其實你是嫉妒我，因為我要同伍思岷一道去給外國專家獻花。你過去嬌得不得了，老是欺負人。」世晨說。

「哪裡啊，你在說你自己吧？你才嬌，才欺負我呢。」

「我哪裡敢，我父親對你這麼好，看到你就低三下四地笑，我那時候，最看不慣的就是這個。」

楊小翼問劉伯伯和景蘭阿姨現在的狀況。

世晨說：「我爹還是老樣子，退下來了，感覺上還像是大權在握。經常有老部下來看他。他

晨改造得面目全非，如果這樣，也許不去看的話，不去看的，不去看是正確的，還保留著一份原來的記憶，看了，新的樣貌會強有力地置入腦海，從而戳破她藏在心中的舊夢。

公園路已經過修整、改造，原本公園路一帶的老房子都拆除了，石庫門倒是還保留著，只是修葺一新了。那棵讓蘇利文的腿粉碎性骨折的香樟樹依舊矗立在那裡。一群遊客在一女導遊的帶領下進入了石庫門。她也跟著他們進入。天井裡的夾竹桃在冬天依舊綠葉茂盛。

客廳陳設的擺放已和從前完全不同。客廳沒有餐桌，空蕩蕩的，像美術館的展覽廳。就在這時，楊小翼見到了將軍和母親的照片掛在客廳的牆壁上。那是兩張六寸照，分別裝在兩個相框裡面，並置在一起。他們各自微笑著，顯得年輕、燦爛，看上去像一對永恆的情人。

女導遊在對遊客講述將軍和母親楊瀘的故事。這故事已經過了演義，成了一個感人至深的關於革命與愛情的故事。楊小翼聽了，有一種時空錯置的感覺。

周圍鬧哄哄的。但楊小翼完全沉溺於自己的世界，好像這裡只有她一個人存在。在這座建築裡，有著太多屬於她個人回憶。這座建築沒有父親，可因爲她的願望和想像，父親的形象無處不在。她想起自己對身世和血緣的恐懼；想起外公曾自殺於永城的碼頭；想起當時她是多麼不願意范嬤嬤來串門；想起六月的某天，她看到母親和李醫生在床上親熱，而她的反應是多麼極端；想起伍思岷開著吉普車追著劉世軍和蘇利文的屁股；想起她和米豔豔在房間裡嬉笑地聊著男孩子們；想起劉世軍在窗外叫她，然而他等到的往往是米豔豔……

她突然眼淚湧泉，引得在場旅客的側目。眼淚是年輕人的玩意兒，她多少對自己的失控有些不好意思，但她不能平靜自己。二樓陽台還原樣保留著，她推門進去，陽台的圍欄還是從前的銅皮式樣，西洋式的華麗而誇張的花飾已被遊客磨得光滑發亮。

楊小翼曾無數次站在這裡，看窗外的街市光景。過去的一切已不復存在，除了這石庫門，周圍建築的年齡不會超過五年。這確實是一個日新月異的年代，人們無暇他顧，無暇回望。但對楊小翼來說，她年華已老，回望已是她生命的一部分，或者說就是她的生命。這個冬季，風和日麗，楊小翼站在陽台上，看到從前的風景和現在的街市重疊在一起。她看到街頭孩子們的歡鬧，看到天空的雲彩，看到附近公園裡飛過的蝴蝶。也許是她的幻覺，在這冬日的午後，她看到一隻松鼠從陽台上竄過，迅速地落在天井之中。天井裡，夾竹桃鬱鬱蔥蔥。她恍若見到從前的自己，見到一個人和這個紋絲不動的世界對抗，她的心中油然升起莫明的悲傷。她實在控制不住自己，又一次潸然淚下。

【附錄】尹澤桂將軍留法時期的詩作

余來自東方

余來自東方，太陽最早從彼地升起，
汝不知道，余之目光是女性底，
背向太陽，面向西方，面向汝，面向汝明亮燦爛底眼眸，
汝看不清余，覺得余神祕，多情，善解人意，
總有一天，汝會看清余猙獰之面目。

余來自東方，來自汝想像不到底國度，
汝不知道，吾國在暗中，梅花在漫天雪夜中盛開，
所有人都在夢中聞到了芬芳。那是鴉片底香氣，
故國在煙霧中。汝覺得她神奇，飄逸，遍地寶藏，
總有一天，汝會看到她質樸底眞容。

多麼好，汝天眞底笑容，汝這個傻瓜，

汝愛上了一個心懷鬼胎底人，東方底牡丹僞裝了余，
如夜之黑髮僞裝了余，黃皮膚僞裝了余，
汝有一萬種想像，不切實際之想像，
余在心裡冷笑，汝西方式底天眞。

余願意汝永遠天眞，願意汝是屋頂上之明月，
余願意在汝前扮演一個好情郎，
余願意躺於汝底懷中死得其所，余願意降生於汝之國土，
余願意若汝一樣簡單，與人爲善，
余願意唱著河流樣底小曲裝點汝之田園。

余來自東方，太陽最早從彼地升起，
余要成爲一個詩人，去稱頌吾之國土，稱頌長城底每幾磚，
稱頌守城底神仙飛過，稱頌花園底蟲子，
稱頌使兩岸豐收與災變底黃河，稱頌缺氧之高山，
余要帶著汝回去，汝勿要皺眉頭，也勿要高興，
吾國人對汝並不友善。

一九二一年八月二十九日於里昂

是年二十又一歲

INK PUBLISHING 文學叢書 365

風和日麗

作　　者　艾　偉
總 編 輯　初安民
責任編輯　鄭嫦娥
美術編輯　陳淑美
校　　對　鄭嫦娥

發 行 人　張書銘
出　　版　INK 印刻文學生活雜誌出版有限公司
新北市中和區建一路249號8樓
電話：02-22281626
傳眞：02-22281598
e-mail:ink.book@msa.hinet.net
網　　址　舒讀網 http://www.sudu.cc

法律顧問　漢廷法律事務所
劉大正律師
總 代 理　成陽出版股份有限公司
電話：03-3589000（代表號）
傳眞：03-3556521
郵政劃撥　19000691 成陽出版股份有限公司
印　　刷　海王印刷事業股份有限公司

港澳總經銷　泛華發行代理有限公司
地　　址　香港筲箕灣東旺道3號星島新聞集團大廈3樓
電　　話　852-2798-2220
傳　　眞　852-2796-5471
網　　址　www.gccd.com.hk

出版日期　2014年 9 月 初版
ISBN　978-986-5933-64-7

定價 450 元

國家圖書館出版品預行編目(CIP)資料

風和日麗／艾偉著. - - 初版. - - 新北市：
INK印刻文學，2013. 03
454面；17×23公分. - - （文學叢書；365）
ISBN 978-986-5933-64-7（平裝）

857.7　　102003865